Dein ist die Schande

AF150700

Dein ist die Schande

Johan Mattes

Bibliografische Information der Deutschen Bibliothek
Die Deutsche Bibliothek verzeichnet diese Publikation in der Deutschen
Nationalbibliografie; detaillierte bibliografische Daten sind im Internet über
http://dnb.ddb.de abrufbar.

© 2019 Johan Mattes
c/o AutorenServices.de
Birkenallee 24
36037 Fulda
mattesjohan@gmail.com
www.johanmattes.de

Covergestaltung:
© Jacqueline Wiehl / Werbeagentur Firebird

Herstellung und Verlag:
BoD – Books on Demand, Norderstedt

ISBN: 978-3-735791-57-3

„Was du auch tust, du wirst es bereuen."

(Sokrates)

1

Feen tanzen schweigend auf dem Wasser, dort, wo der Mond sich glitzernd mit der Oberfläche vereinigt. Ihre körperlosen Körper rufen sie stumm. Mit ihnen will sie gleiten über den See, der viel kälter ist als noch am Tag, und durch die Lüfte und durch die Unendlichkeit und allem entfliehen. Das Wasser ist pechschwarz und undurchdringlich. Als könne man geradewegs darüber gehen. Aber sie weiß natürlich, dass das nicht möglich ist. Noch nicht. Bald wird sie darüber schweifen und ihre Fingerspitzen werden die Oberfläche berühren, wo sich kleine sanfte Kreise bilden.

Sie geht tiefer hinein, die Hose ihres Schlafanzugs klebt bis zu den Knien an ihren Beinen, was sich unangenehm anfühlt, wie sie gleichgültig feststellt. Für einen Moment bleibt sie stehen, während sich ihre Zehen um kleine runde Kiesel krallen, die auf dem Grund des Sees liegen. Seit Jahrmillionen ruhen sie dort und lassen sich glatt schleifen. Niemand tut ihnen was zu Leide. Sie sind einfach da. Nichts weiter. Ein Stein möchte sie sein.

Sie weint nicht mehr. Das ist schon lange vorbei, und dennoch hat sie Angst, weil sie alleine hier ist. Aber vielleicht muss es so sein, dass man am Ende ganz alleine ist. Immerhin hat sie die Feen über dem Wasser im Mondlicht.

Noch einmal fühlt sie mit den nackten Füßen nach den Kieseln, dann spannen sich ihre Sehnen, sie macht zwei, drei, vier entschlossene Schritte nach vorne und gleitet beinahe lautlos mit dem Körper ins Wasser. Ihre Arme und Beine tragen sie gleichmäßig dorthin, wo das Licht glitzert, fort vom Ufer. Schwimmen kann sie. Wie eine Feder schwebt sie durchs Wasser, leicht, schwerelos, und sie spürt, wie die Schwere mit jedem Armzug, mit jedem Beinstoß von ihr weicht. Sie lacht und schwimmt schneller, leichter, freier, bis der Mond in ihr Gesicht scheint. Da oben sitzt er, der Mann im Mond, und sie hat das Gefühl, dass er weint. Du brauchst nicht zu weinen, flüstert sie, während sie sachte mit den Armen rudert und sich umschaut. Die Beine baumeln in die Tiefe, wo das Wasser noch kälter ist. Eisig. Die Feen sind verschwunden. Sie zieht ihre Beine nach oben. Ich habe keine Angst, sagt sie dem Mann im Mond, aber sie weiß, dass es nicht stimmt. Sie hebt die rechte Hand aus dem Wasser und sieht sie sich im fahlen Licht an. Die Haut ist beinahe weiß, als sei sie schon tot. Mit dem Finger berührt sie sanft die Wasseroberfläche, sodass sich ein kleiner Kreis bildet, der langsam größer wird.

Jetzt hört sie die Feen und weiß, weshalb sie verschwunden sind. Von unten rufen ihre Stimmen. Dort tief drunten schwimmen sie im tiefsten Schwarz und klingen doch so lieblich und friedvoll. Sie lächelt und zugleich sammelt sich eine Träne in ihrem Auge. Aber diese wird fortgewaschen von den tausenden und abertausenden Tränen des Sees, die sie umfangen, als sie sich nach unten gleiten lässt. Hinab in die Tiefe, zu den Feen, ins Schwarz.

2

Es regnete und die feuchte Kälte kroch unter den Mantel und in die für das Wetter viel zu eleganten Schuhe. Ich vermisse dich, Sommer, ich vermisse dich bereits jetzt so sehr, murmelte Jacob Rhodén in den aufgestellten Kragen. Er wollte nicht daran denken, dass erst November war. Die wirklich dunklen, grauen, kalten Wintermonate standen ihm noch bevor.

Ein schwarzer Lieferwagen fuhr viel zu schnell und vor allem viel zu nah am Gehsteig vorbei, sodass sich ein Schwall voller Schneeschlamm über Jacobs Hose und die feinen Schuhe ergoss. Verflucht nochmal! Hatte der keine Augen im Kopf?! Die eiskalte Brühe fand zügig den Weg in die Schuhe, wo sie sich in die Socken saugte und frostig um Fersen und Zehen legte.

Vorgestern hatte es geschneit. Der erste Schnee in diesem Jahr in Arvika. Das war Anfang November normal. Es war auch nicht ungewöhnlich, dass es gleich am Tag darauf wie aus Kübeln goss und der Regen die zehn Zentimeter dicke Schneeschicht in einen ebenso hoch stehenden Brei aus Matsch verwandelte. Nein, ungewöhnlich war das nicht, aber dennoch unerträglich.

Rhodén überquerte die Straße und erreichte ohne weitere Zwischenfälle die Schule. Hastig zog der Kommissar die Eingangstür auf. Das Geschrei hunderter aufgeregter Kinderstimmen erschien ihm ausnahmsweise wie ein Segen im Vergleich zu dem Wahnsinn draußen.

»Als sie das Spukhaus erreichten, lag etwas so Schauriges in der Totenstille unter der sengenden Sonne und etwas so Bedrückendes in der Einsamkeit und Verlassenheit des Orts, dass sich die Jungen kaum hineinwagten.«

Der Alte blickte auf, die Augen zusammengekniffen, die Mundwinkel schief. Alle schauten ihn gebannt an. Würden sie hineingehen? Bitte nein, es war doch klar, dass das nicht gut ausgehen würde.

»Sie krochen zur Tür und warfen zitternd einen Blick ins Innere«, fuhr der alte Mann mit seiner tiefen, sonoren Stimme fort.

Er las jetzt ganz langsam, betonte jedes Wort, linste immer wieder über den Rand des Buchs. Die Welt um Siri hätte zusammenstürzen können, sie hätte es nicht bemerkt, denn sie vernahm nur die warme Stimme des Mannes, sah die Bewegungen seiner Lippen und fühlte die Angst, die auch Tom und Huck haben mussten, als sie das verfallene Haus betraten und untersuchten, als sie ins obere Geschoss kletterten und plötzlich Stimmen zweier Männer hörten, die unten durch die Tür eintraten.

Es war doch klar, dass es keine gute Idee war, in das Haus zu schleichen, wollte Siri rufen, aber sie schwieg. Das Herz schlug heftig in ihrer Brust. Ganz aufrecht saß sie da, den Rücken durchgedrückt, die Hände krallten sich in die Knie, was sie aber vor lauter Anspannung gar nicht mehr spürte.

Die beiden Männer begannen, miteinander zu reden. »Die Stimme verschlug den Jungen den Atem und ließ sie erzittern. Es war die Stimme von Indianer-Joe«, las der Alte vor und hob seine Stimme, um die Spannung zu steigern.

Siris Augen standen weit offen. Nicht Indianer-Joe! Wenn er die Jungen entdeckte, dann würde er sie aufschlitzen. Der würde keine Gnade kennen, der nicht.

»Wie es weitergeht, werdet ihr morgen erfahren«, sagte der Alte, der eigentlich Bengt hieß, und schlug das Buch zu.

Wie nach jeder Vorlesestunde tönte ein lautes »Och nö« und »Weiterlesen« durch den Raum und die Kinder bettelten, dass er nur noch ein klein bisschen, ein klitzeklitzekleines bisschen weiterlese, aber Bengt blieb hart. Wie jedes Mal. Man könne den Büchern doch nicht ihre Spannung nehmen, pflegte er zu sagen. Dem hätte Siri gerne zugestimmt, wenn sie nicht wüsste, dass sie wieder die ganze Nacht von Indianer-Joe träumen würde, wie er Jagd auf Tom Sawyer – in den sie sich, wenn sie ganz ehrlich war, ein wenig verliebt hatte – und seinen Freund Huck machte.

Bengt verstaute das dicke Buch, auf dessen Vorderseite ein vergnügter Tom Sawyer mit einer Angel auf einem Steg saß und im Hintergrund einer jener Mississippi-Dampfer vorbeischipperte, die von den riesigen Wasserrädern, die sich an der linken und der rechten Seite des Schiffes befanden, vorwärts befördert wurden. Siri beobachtete den Vorleser und sah, dass er dreckige Schuhe hatte. Als käme er gerade aus dem Wald.

»Darf ich mich morgen wieder auf deinen Besuch freuen?« Bengt steuerte auf Siri zu, die alleine im Raum zurückgeblieben war, nachdem all die anderen Kinder rasch aus der Bibliothek gestürmt waren und nun draußen durch die Flure der Schule lärmten. Das Mädchen nickte eifrig und strahlte den Mann, der ihr Großvater sein könnte, aus braunen Augen an. Ihr Opa las ihr zwar auch manchmal Geschichten vor, hauptsächlich erzählte er aber Geschichten, die mit seinem Kiosk zu tun hatten, den er vor Jahren in Stockholm besessen hatte. Erzählungen von Dieben und Trunkenbolden, von alten Omas mit den immergleichen Einkäufen und von der Kunst, Zigaretten am Geruch zu erkennen. Einige davon waren ganz interessant, die meisten aber sterbenslangweilig. Außerdem wiederholten sie sich immer mehr, je älter ihr Opa wurde. Meistens schnappte sie sich dann eines ihrer Bücher, wenn er zu erzählen begann, und verzog sich damit in den Lesesessel, der in einem kleinen Zimmer stand, in dem sich bis unter die Decke Bücher und Comics stapelten. Doch in letzter Zeit wurden ihre Besuche in Stockholm ohnehin seltener. Vielleicht würden dann die Geschichten vom Opa wieder spannender, wenn sie sie nicht allzu oft zu hören bekam. Jedenfalls sollte er sich einmal eine gehörige Scheibe von Bengt abschneiden, denn der konnte wahrlich vorlesen. Da war die Langeweile in der Unterrichtsstunde zuvor ebenso vergessen wie das Alleinsein auf dem Pausenhof danach. Während dieser halben Stunde war alles vergessen. Es zählten nur Bengt und seine Stimme und seine Bücher. Und Huck. Und natürlich Tom.

»Nun geh aber nach draußen. Du wirst bei diesem Sauwetter doch sicher von deinen Eltern abgeholt«, sagte der alte Mann mit einem aufmunternden Lächeln.

»Ich bleib lieber noch in der Bibliothek und schau mich ein wenig um«, sagte Siri.

»Kennst du nicht schon jedes Bücherregal in- und auswendig, so oft, wie du hier bist?«

»Wenn ich bei den Büchern bin, geht's mir gut.«

»Aber außerhalb der Bibliothek, bei deinen Klassenkameraden und Eltern, da geht es dir doch sicherlich auch gut, oder?« Erwartungsvoll blickte er das zierliche Mädchen vor sich an, die auf den Boden starrte und nicht reagierte. »Na, dann bleib mal lieber bei deinen Büchern«, sagte Bengt schließlich und strich ihr über den Kopf. »Doch denk immer daran: Die Welt der Bücher kann dir helfen, die Welt da draußen besser zu verstehen, aber sie kann sie nicht ersetzen.«

An der Tür mit den roten Griffen drehte er sich noch einmal nach Siri um, doch sie stand bereits gedankenverloren vor einem

Bücherregal. Ein wehmütiges Lächeln huschte über Bengt Moströms Gesicht, ehe er die Tür aufzog und für den heutigen Tag
aus der Schule verschwand.

Unzählige Kinder strömten Jacob Rhodén entgegen, als er zügig durch die Aula schritt. In ihren Augen, ihren Gesichtern, ja, in
ihrer gesamten Körperhaltung konnte man erkennen, welch unterschiedliche Erfahrungen sie heute in der Schule gemacht hatten. Da waren die einen, die mit finsteren Blicken zielstrebig auf
den Ausgang zusteuerten. Da waren andere, die sich im Kreis
ihrer Freunde selbst übertönen mussten. Dann wieder andere,
denen bereits jetzt alles gleichgültig zu sein schien. Wie würden
die in zwanzig Jahren erst durch die Gegend laufen? Ein paar
Schüler, insbesondere von den jüngeren, hingen an der Hand des
Vaters oder der Mutter und erzählten aufgeregt, begeistert, ge-
langweilt, mürrisch, freudig davon, was sie während des heutigen
Schultags erlebt und gelernt hatten.

Und da war Siri.

Sie stand allein am Fuß der Treppe neben den Toilettentüren,
während um sie herum andere Schüler gingen, rannten und tob-
ten. Wie ein Fels in der Brandung wirkte sie, dachte Jacob. Wie
ein Fels, für den sich keiner interessierte. Ihr Rucksack, den sie zu
Beginn des Schuljahres geschenkt bekommen hatte, hing mit
einem Träger über die linke Schulter, die Arme hingen schlapp
an ihrem Körper, die gelb-blaue Jacke hing, als gehöre sie nicht
zu ihrer Trägerin, unförmig über ihre Schultern. Alles an Siri
schien irgendwie zu hängen. Sie schaute ihren Vater, der mit
einem Lächeln und ausgebreiteten Armen auf sie zusteuerte, an,
ohne dabei irgendeine Miene zu verziehen.

Sie war kein Fels in der Brandung, das wusste Jacob nur zu
gut. Wenn sie eine Woge zu hart träfe, würde sie zerfallen.

»Siri, mein Schatz, da bist du ja«, sagte Jacob, legte seine Arme um ihre Schultern und zog sie zu sich heran. »Wie war es
heute in ...«

Weiter kam er nicht, denn Siri machte sich aus seiner Umarmung los, stieß sich von ihm weg und glitt wortlos an ihm vorbei. Für einen kurzen Augenblick blieb Jacob wie erstarrt stehen,
die Arme und Hände immer noch so, als würden sie gerade jemanden umarmen. Aber da war niemand mehr. Dann drehte er
sich rasch um, denn er hatte plötzlich das Gefühl, dass alle ihn
anstarrten. Die Kinder, die an ihm vorbeieilten, die Mütter und

Väter, die Lehrerinnen. Zumindest Frau Lenningshoff guckte ihn unverhohlen an. Dort hinten an der Tür zum Lehrerzimmer stand sie mit verschränkten Armen und starrte zu ihm hinüber. Frau Lenningshoff war Siris Klassenlehrerin, eine untersetzte, dickliche Frau, die bereits auf die Sechzig zuging, aber – so schien es zumindest Jacob und seiner Frau Stina – nach wie vor einen guten Draht zu den Kindern hatte. Jacob schätzte sie. In diesem Moment jedoch verabscheute er sie. Dafür, dass sie da stand und ihn anstarrte, dafür, wie sie dastand und schaute. Jetzt wisse sie zumindest, weshalb Siri in letzter Zeit so ruhig und in sich gekehrt ist, dachte sie sich gerade sicherlich. Und: Wenn man die Eltern kennt, dann versteht man meist auch die Kinder und ihre seltsamen Eigenheiten. »Ja ja, steh da nur rum und denk dir, was auch immer du denken magst!«, brummte Jacob in sich hinein und machte sich auf, seine Tochter einzuholen.

Da sah er, wie ein Junge, der etwas größer als Siri war, nach ihrem Rucksack grapschte, ihn fortriss und einem anderen Schüler zuwarf. Siri versuchte, ihre Schultasche wieder zu bekommen, doch kaum war sie bei dem einen Jungen angelangt, warf dieser den Rucksack weiter zum nächsten. Die Jungen lachten und riefen, sie müsse einfach ein wenig schneller sein. Ein Junge, der einen dicken Leberfleck auf der Wange hatte, lachte besonders laut und höhnisch. Stand Siri vor ihm, hielt er den Rucksack hinter seinem Rücken versteckt, versuchte sie, nach ihm zu greifen, stieß er sie weg und streckte ihr die Zunge heraus. Dabei lachte er, wobei sich eine mächtige Zahnlücke zwischen den Vorderzähnen zeigte.

Er lachte nicht mehr, als er von hinten am Kragen seiner Jacke gepackt und wüst nach oben gezerrt wurde.

»Du gibst ihr augenblicklich den Rucksack zurück, sonst vergess ich mich, du ...!«

Die Zahnlücke war verschwunden, ebenso jeglicher Hohn. Der Junge nickte eifrig und gab Siri den Rucksack.

»Brav«, sagte Rhodén und ließ den Jungen los.

»Das ist meine Sache, Papa. Misch dich da nicht ein!«, rief Siri, ihre Tasche fest mit beiden Armen umklammert, lief fort, drückte die Schultür auf und war verschwunden.

Kein Danke für den Papa.

Kein stolzes Lächeln für den Vater, der sie beschützte.

Stattdessen: Misch dich da nicht ein.

Die Jungen trollten sich, während sie aufgeregt tuschelten und flüsterten. Frau Lenningshoff stand noch immer in derselben Position wie zuvor und beobachtete ihn.

Rhodén verfluchte die Abmachung, die er und Stina getroffen hatten, dass sie abwechselnd für die schulischen Belange ihrer Kinder zuständig waren. Im letzten Jahr hatte sich Stina um alles gekümmert, jetzt war er an der Reihe. Und sobald Kalle in der Schule wäre, würde er sich ein Jahr lang um seinen Sohn und dann ein Jahr lang um seine Tochter sorgen. Natürlich kümmerte er sich immer um beide, so gut er jedenfalls konnte, aber zu Elternabenden und anderen unnötigen Dingen ging nur derjenige, der eben gerade verantwortlich war. Was für eine bescheuerte Abmachung! Wieso konnte sich Stina nicht immer um Siris Belange kümmern und er sich um Kalles?

Er fuhr sich durchs Haar, verdrehte überdeutlich die Augen, als er noch einmal zu Siris Klassenlehrerin schaute, und verließ dann schleunigst das Schulgebäude. Am Auto wartete seine Tochter. Er drückte auf den Türöffner, Siri stieg zur Beifahrertür ein und hockte sich hinein.

Auf dem Heimweg sprachen sie kein Wort.

In den Regen hatte sich Schnee gemischt, der Matsch legte sich breiig auf die Windschutzscheibe und sein Gemüt.

Tagebuch 24. August

Wie haben wir heute gebadet! Unermüdlich sind wir von den Klippen gesprungen, haben getaucht und geplantscht, bis unsere Lippen ganz blau waren und unsere Haut verschrumpelt wie bei einem neugeborenen Baby. Mumpert, Karlas Hund, hat munter mitgetobt, aber trotzdem vor uns schlappgemacht. Alle Viere von sich gestreckt, lag er am Strand und hechelte die Sonne an. Das war ein Anblick. Seitdem Karla mir die Geschichte über den Namen des Hundes erzählt hat, muss ich bei seinem Anblick an Mumpert, den fiesen, aber doofen und tollpatschigen Troll denken, nach dem er benannt worden ist. Ihre Tante, die irgendwo weit oben im Norden, noch hinter Östersund, lebte, hatte bei jedem ihrer Besuche verrückte, gruselige, manchmal komische, jedoch immer mysteriöse Trollgeschichten erzählt. Und Mumpert war einer, der anderen nur Böses wollte, aufgrund seiner Dusseligkeit aber meist das Gegenteil erreichte. Die treudoofen Augen des Hundes erinnerten sie an Mumpert. Das hatte jedenfalls ihre Tante gesagt. Und so hatte er also seinen Namen bekommen. Als er heute so in der Sonne lag und die Zunge weit aus dem Maul streckte, da suchte ich nach dem Bösen in seinem Blick, aber ich konnte nur das Doofe und das Tollpatschige erkennen. Er ist so herrlich. Wenn ich auch einen Hund bekomme, dann soll er genauso aussehen wie Mumpert.

Dann ist aber etwas Seltsames passiert: Wir streckten uns am Strand neben dem Hund aus und ließen uns von der Sonne trocknen und wärmen. Irgendwann setzte ich mich auf, drehte mich um und sah unsern Nachbarn. Er stand in der Nähe der Parkbank zehn Meter von uns und hatte nur seine etwas zu enge Badehose an. Er starrte zu uns herüber und hob grüßend die Hand, als ich zu ihm schaute. Dann fragte er, ob wir heute Abend zum Grillen bei ihnen im Garten vorbeikommen wollten. Es gebe auch Bier. Ohne auf eine Antwort zu warten, drehte er sich um und verschwand zwischen den Büschen. Und ich wurde den Eindruck nicht los, dass er zuvor schon eine ganze Weile dort gestanden und uns beobachtet hatte.

Naja, ich denke, wir werden jetzt noch rüber gehen. Schließlich bekommt man nicht jeden Tag Bier. Und den Sommer müssen wir schön ausklingen lassen. Es soll jetzt regnerisch werden. Und kalt.

3

»Welche Laus ist dir denn über die Leber gekrochen?« Eva Wilhelmsson war offenbar die einzige Kollegin, an der der Winter, der seit einigen Tagen über Värmland gerollt war, keine Spuren hinterlassen hatte. Mit überkreuzten Beinen saß sie auf ihrem schwarzen drehbaren Stuhl, hielt einen Kaffeebecher locker in der Hand und zwinkerte ihm zu. Auf dem Schreibtisch vor ihr lagen irgendwelche Dokumente, von denen sie sich offensichtlich nur zu gerne ablenken ließ.

Sie hatten in den letzten Wochen nicht viel zu tun gehabt – ein bewaffneter Raubüberfall auf eine alte Oma, der jedoch rasch aufgeklärt werden konnte, da sich die Diebe mehr als dilettantisch angestellt hatten, eine Vergewaltigung, ein paar Drogendelikte. Ansonsten herrschten graue Routine und Langeweile. Zunächst hatte Rhodén gedacht, dass sie Wilhelmsson zuliebe aufregendere Fälle bräuchten. Ein wenig Abwechslung hätte ihr vielleicht geholfen, über die Geschehnisse im Sommer leichter hinwegzukommen. Aber Wilhelmsson war stark. Trotz dieses fürchterlichen Falls, ihrer zeitweiligen Suspendierung und – schlimmer noch – trotz des momentanen Novembergraus hatte sie erfrischende Laune, während sich alle anderen nach einer Lichttherapie sehnten.

Rhodén ertappte sich mehrfach dabei, wie er unruhig durch sein Büro tigerte, zum Fenster hinausschaute, von dem er einen weiten Blick über die Stadt und den See hatte, und sehnsüchtig wartete. Auf was? Auf ein Verbrechen, das ihn fordern würde? Auf mehr Fantasie und Raffinesse auf Seiten des Bösen? Nein, er wäre ein schlechter Polizist, wenn er sich mehr und nicht weniger Verbrechen wünschte. Aber dennoch. In Stockholm hatte er dieses Gefühl der Überflüssigkeit, des Nichtstuns, des unruhigen Daumendrehens nicht gekannt. War ein Fall abgeschlossen, wartete der nächste so sicher wie das Amen in der Kirche. Es ging immer weiter, wie in einem Hamsterrad. Die Großstadtkriminellen kannten keine Pause. Und Rhodén würde lügen, wenn er sagte, dass ihm dies nicht gefiel.

In Arvika war es anders, die Verbrecher selten und selten raffiniert. Die fehlende Herausforderung legte sich ebenso wie das nassgraue Wetter, das gegen die Fensterscheiben drückte, wie eine klebrige Flüssigkeit lähmend auf die Polizisten. Jemanden nach Feierabend anzurufen war ebenso wenig erwünscht wie unvorhergesehene Einsätze am Wochenende. Wenn es nur irgendwie ging, wurde werktags zwischen neun und siebzehn Uhr ermittelt. Rhodén war während seiner drei Jahre, die er seit dem verhängnisvollen Zwischenfall in Stockholm in Arvika verbracht hatte, mehr als nur einmal wahlweise dem Tobsuchtsanfall, dem Herzinfarkt oder dem Wahnsinn nahe gewesen, wenn sich die Aufklärung eines Falls nur deshalb in die Länge gezogen hatte, weil irgendjemand nicht erreichbar war oder sein wollte.

Der Lichtblick war Eva Wilhelmsson, seine achtunddreißigjährige Kollegin, die mit streng nach hinten gebundenem blondem Zopf vor ihm saß, ihn anlächelte und fragte, welche Laus ihm über die Leber gekrochen sei. Sie lebte für ihre Arbeit. Sie würde er mitten in der Nacht anrufen können und eine halbe Stunde später würde sie auf dem Revier sein, wenn es sein musste. Nur musste es das fast nie.

»Mir ist eine Lawine Schneematsch über die Leber gekrochen. Und eine Lehrerin. Und ein hässlicher Junge mit Zahnlücke. Und eine stumme Tochter«, sagte Rhodén und ließ sich Wilhelmsson gegenüber auf einen kleinen Hocker, der in ihrem Büro stand, sinken.

»Oje, der Blues des Hauptstädtlers!« Sie grinste noch immer. »Und jährlich im November grüßt das Murmeltier.«

»Das ist nicht wahr.«

»Wie du meinst.«

Rhodén erhob sich mühsam und trottete in die Kaffeeküche. Aus Sara Börjessons Büro, das sie sich mit Fredrik Skog teilte, tönte heftiges Geklapper der Tastatur. Es konnte nur Sara sein, die so in die Tasten hämmerte. Insbesondere die Leertaste bekam es ab, sodass jeder im Flur hören konnte, wann ein neues Wort begann.

»Dieses Wetter muss einem doch in irgendeiner Weise auf die Laune schlagen, oder nicht?«, rief Jacob Eva Wilhelmsson zu, die aufgestanden war und nun im Türrahmen lehnte.

Sie trank einen Schluck aus ihrem Becher, setzte ab und schaute ihren Kollegen und Chef nachdenklich an. »Jedes Wetter hat seine Zeit. Ist es so fürchterlich, dass es jetzt früh dunkel wird und die Sonne kaum durch die tiefhängenden Wolken dringen kann? Dann setz dich nach Feierabend mit einem guten Buch ins Café, trink etwas Warmes und iss eine Kanelbulle dazu. In wenigen Wochen wird der Schnee nicht mehr schmelzen oder weggeregnet werden und die Sonne wird nur noch kurz am Himmel vorbeihuschen. Dann schnapp dir deine Kinder und Schlittschuhe und dreh ein paar Runden auf dem zugefrorenen See.«

Rhodén schaute seine Kollegin skeptisch an. »Eva, sei nicht so altklug. Das steht dir nicht. Siri würde eher in ein Buch hineinschlüpfen als mit Schlittschuhen über den See fahren.«

»Hast du sie schon gefragt?«

Nein, hatte er natürlich nicht. Er brummte erneut etwas Unverständliches und drückte sich an Wilhelmsson vorbei.

»Trotzdem ist es grau und nass und kalt und ungemütlich da draußen«, grummelte er, ging in sein Büro und setzte sich an seinen Schreibtisch.

Er fuhr den Computer hoch, trommelte mit den Fingern unruhig auf der Schreibunterlage, während er wartete, und rief schließlich das Mailprogramm auf. Den Kopf missmutig in die rechte Hand gelegt, klickte er sich durch die Nachrichten, die im Laufe des Tages eingetrudelt waren. Eine neue Richtlinie zur Gleichbehandlung der weiblichen Kolleginnen, Werbung für besonders günstige Mietautos an der Tankstelle nebenan, die Einladung zur Weihnachtsfeier, die Anfang Dezember im Restaurant »Holmen« stattfinden würde. Auch alle weiteren Mails hatten einen ähnlich hohen Dringlichkeitsgrad. Er löschte sie, lehnte sich im weichen Ledersessel weit zurück und überlegte, ob er eine Runde »Minesweeper« spielen sollte. In einem Anflug melancholischer Gewissheit, dass früher als besser gewesen war, hatte er sich das Spiel vor einigen Tagen heruntergeladen und war seitdem immer besser geworden. In dem Moment, in dem er das Programm aufrufen wollte, klingelte das Telefon. Es war Helland, der Leiter der Polizeistation in Arvika.

»Hast du die Einladung zur Weihnachtsfeier bekommen, Jacob?«, fragte Paul Helland, ohne zuvor zu grüßen.

»Ja. Und gleich gelöscht.«

»Du kommst doch, oder? Es wird eine Überraschung geben, die euch allen gefallen wird.«

»Deswegen rufst du doch sicher nicht an, Paul, oder?«

Helland räusperte sich. »Nein, gewiss nicht. Ich habe eine Vermisstenanzeige auf dem Schreibtisch liegen und dachte mir, dass ihr, also Wilhelmsson und du, momentan nicht allzu viel zu tun habt.«

»Es geht. Ich wollte mich eigentlich gerade auf die Suche nach Bomben machen.«

»Was?«

»Vergiss es. Um wen handelt es sich?« Er griff nach einem Zettel und einem Stift, um sich die wichtigsten Fakten zu notieren.

»Eine Frau namens Karla Asmussen hat ihre Tochter Linda, dreizehn Jahre alt, als vermisst gemeldet. Laut der Mutter ist das Kind bereits seit gestern Abend verschwunden.«

»Und da meldet sie sich erst jetzt?«

»So sieht es aus. Sie habe wohl gedacht, dass ihr Kind schon wieder auftauche, und wollte die Polizei nicht zu früh und möglicherweise unnötig alarmieren. Mehr habe ich noch nicht vorliegen. Kannst du zusammen mit Wilhelmsson zu dieser Karla Asmussen fahren, damit ihr euch ein genaueres Bild machen könnt?«

»Welche Straße?«

»Kyrkogatan 34«, gab Helland durch, ehe er auflegte.

Jacob Rhodén hielt den Zettel mit den Namen der Mutter und des Kindes sowie der Adresse in der Hand. Dann stand er bestimmt auf. Er fühlte, wie eine Last von ihm abfiel. Es gab wieder etwas zu tun. Zugleich spürte er eine Unruhe in sich, die ihn stets überfiel, wenn einem jungen Mädchen etwas zugestoßen war. Stets überkam ihn in solchen Momenten die absurde Furcht, es könnte auch Siri das Opfer sein.

»Eva, kommst du?«, rief er vom Flur aus in die Richtung ihres Büros. »Wir haben etwas zu tun.«

4

»Sie ist ja beinahe meine Nachbarin«, bemerkte Eva Wilhelmsson, als sie vor dem Haus in der Kyrkogatan standen, in welchem die Wohnung von Karla Asmussen lag. »Ich komme jeden Tag hier vorbei, wenn ich zu Fuß zur Arbeit gehe.« Eva bewohnte eine kleine Zweizimmerwohnung, die sich eine Straßenecke weiter in der Köpmangatan befand. Jacob erinnerte sich düster an jenen Morgen, als er nur in Unterhosen bekleidet und mit einem Kater, der ihn implodieren ließ, in dieser Wohnung auf dem Sofa aufwachte und beim besten Willen nicht mehr wusste, was zwischen ihm und Eva gelaufen war. Nichts, wie sich später glücklicherweise herausstellte. Zumindest behauptete dies Eva.

»Kennst du Karla Asmussen möglicherweise?«

»Das glaube ich kaum. Ich kenne ja nicht einmal meine direkten Nachbarn«, sagte Wilhelmsson und drückte auf den Knopf der Klingel. Augenblicklich ertönte eine unsichere Stimme in der Gegensprechanlage. Sie stellten sich vor und wurden hereingelassen. Im Treppenhaus roch es penetrant nach Putzmittel, der sich im ersten Stock auf höchst unangenehme Weise mit dem Gestank von Zigaretten vermengte, in der zweiten Etage, wo Karla Asmussen wohnte, jedoch ein wenig nachließ. Die rote Wohnungstür mit dem Spion in der Mitte war bereits geöffnet, als Rhodén und Wilhelmsson die Treppe hinaufstapften.

»Kommen Sie herein!«, sagte Frau Asmussen, eine Frau, die Rhodén auf etwa fünfzig schätzte. »Wollen Sie einen Kaffee? Ihre Mäntel können Sie hier aufhängen. Oder ich hänge sie ins Badezimmer. Sie sind ja nass und wenn es von ihnen heruntertropft ... Sie wissen ja ... Wollen Sie Kaffee?«

»Nun lassen Sie uns erst einmal hereinkommen«, sagte Jacob Rhodén, streifte sich am Unterleger die Schuhe ab und trat in einen hellbraun gekachelten Flur ein, von dem vier Türen abgingen, die jedoch allesamt geschlossen waren. Trotz der sie hineinwinkenden Hand von Frau Asmussen zögerte er einen Augenblick, tiefer in diesen wie ein kahles Gefängnis wirkenden Flur einzutreten. Kein Bild hing an den Wänden, keine Pflanze stand auf dem Schuhschrank. Es gab nur eine Garderobe, besagten Schrank und ein Abtropfgestell für nasse Schuhe und Stiefel, auf das Karla Asmussen nun zeigte und sie aufforderte, dort ihre Fußbekleidung abzustellen. Sie sagte tatsächlich Fußbekleidung. Rhodén warf seiner Kollegin einen amüsierten Blick zu, welcher jedoch nicht erwidert wurde.

»Schön, dass Sie so schnell kommen konnten.« Karla Asmussen legte ihre Hände ineinander und lächelte ein künstlich wirkendes Lächeln. »Ihre Mäntel? Kaffee?«

»Den Mantel behalte ich an. Kaffee gerne. Schwarz. Für meine Kollegin mit Milch, aber ohne Zucker«, entgegnete Rhodén. »Können wir uns irgendwo setzen?«

»Aber natürlich. Hier geht es ins Wohnzimmer.« Sie öffnete die zweite Tür links, trat einen Schritt in das Zimmer und wartete, bis die beiden Polizisten hineingegangen waren.

»Setzen Sie sich aufs Sofa.« Dann schloss sie die Tür, eine andere wurde geöffnet und Rhodén und Wilhelmsson konnten hören, wie mit einer Kaffeemaschine und Tassen hantiert wurde.

Rhodén wollte lachen, aber es gelang ihm nicht. Vorsichtig setzte er sich auf das Ledersofa und bemühte sich darum, die akkurat in die beiden Ecken zwischen Lehne und Armlehnen drapierten Kissen nicht in ihrer sorgfältigen Anordnung durcheinanderzubringen. Wilhelmsson, die bisher noch kein Wort gesprochen hatten, tat es ihm gleich. Sie saß wie er aufrecht auf der Sofakante und wagte es nicht, sich anzulehnen. Man wollte die Hände artig flach auf die Knie legen. Man wagte nichts. Schon das Atmen fiel schwer.

Auf dem spiegelblanken Glastisch, der vor ihnen stand, befand sich eine rote Kerze in einer weißen Schale. Daneben lag die Fernbedienung für den Fernseher. Auf der unteren Ablage des Tisches stapelten sich zwei Zeitschriften, die absolut gerade und exakt aufeinandergelegt waren. Die wenigen restlichen Möbel - ein Ledersessel, ein Sideboard und eine Wohnwand, in deren Mitte ein großer Flachbildfernseher prangte - versprühten so viel Charme wie ein Fiat Multipla. Nirgends stand etwas Lebendiges, etwas, das ein wenig Abwechslung, vielleicht auch eine Störung der Eintönigkeit bewirkt hätte. Die Raufasertapete war beinahe das Lebendigste in diesem Raum, dessen Minimalismus Beklemmungen hervorrief. Selbst durch die Balkontür und das große Fenster kam kaum Licht, da sich um sechzehn Uhr die Sonne, die ohnehin nicht durch die dichte Wolkendecke dringen konnte, schon wieder verabschiedete.

Aus der Küche kam nach wie vor leises Klappern. Rhodén und Wilhelmsson sagten kein Wort. Jede Silbe schien an diesem Ort unpassend zu sein. Doch plötzlich stand Wilhelmsson auf und ging mit wenigen schnellen Schritten zur weißen Wohnwand, die zwischen all den verschlossenen hölzernen Schubladen und Türen eine Vitrinentür besaß. Drei Regalböden waren dahinter eingezogen. Auf den unteren beiden befanden sich Sekt- und Weingläser.

»Ein Zeichen von Leben«, flüsterte Wilhelmsson und zeigte dabei auf die zwei Bilder, die auf der obersten Ebene hinter der Glastür standen. Rhodén erhob sich und trat neben seine Kollegin. »Das ist wohl die verschwundene Linda.«

Das schwarzhaarige Mädchen war auf beiden Fotos zu sehen. Das eine Mal alleine, das andere Mal im Arm ihrer Mutter. Karla Asmussen lächelte, wohingegen die Tochter ernst in die Kamera schaute. Sie hatte ein schmales, aber durchaus hübsches Gesicht. Zwischen zwei leuchtend grünen Augen saß eine zierliche Nase. Die Lippen waren schmal, wie fast alles an ihr. Das pechschwarze Haar hing edel glänzend und glatt herunter.

Die Tür wurde umständlich geöffnet und Karla Asmussen trat mit einem Tablett und drei dampfenden Kaffeetassen ein. »Der Kaffee, bitte schön«, sagte sie und lächelte, doch das Tablett in ihren Händen zitterte. »Ah, Sie haben Linda schon entdeckt.« Sie setzte das Tablett ab, wobei der Kaffee in den Tassen so sehr in Bewegung geriet, dass er über die Tassenränder hinausschwappte. Ein nervöses Kichern, welches Rhodén als Entschuldigung verstand, war zu hören, dann verschwand Karla Asmussen wieder, um wenige Sekunden später mit einem Lappen und einem Handtuch aufzutauchen, den übergeschwappten Kaffee aufzuwischen, noch einmal entschuldigend zu lächeln und erneut in der Küche zu verschwinden.

Rhodéns und Wilhelmssons Blicke trafen sich. Mittlerweile hätte der Kommissar auch dann nicht mehr lachen können, wenn er es gewollt hätte. Aber er wollte es ohnehin nicht mehr. Diese Frau schaffte es, eine Enge in ihm hervorzurufen, obwohl er sie erst seit weniger als fünf Minuten kannte und sie kaum miteinander gesprochen hatten.

Karla kam zurück. Wieder legte sie die Hände ineinander, lächelte die Polizisten an und sagte: »Setzen wir uns doch.«

Wenig später saßen alle drei. Wilhelmsson und Rhodén auf dem Sofa, Asmussen auf dem Sessel. Und alle saßen kerzengerade und sagten erst einmal nichts.

Rhodén räusperte sich und hielt dabei die Hand vor den Mund, weil er es aus irgendwelchen Gründen als angebracht empfand. »Ihre Tochter, Linda, ... ist sie das Mädchen auf den Fotos?«

»Ja, das ist sie. Sie ist hübsch, nicht wahr?« Karla Asmussen hatte den Kopf etwas schief gelegt, um Rhodén anzuschauen. Ansonsten bewegte sich nichts an ihrem Körper. Nur die Hand mit der Kaffeetasse fuhr hin und wieder Aufzug und setzte die Tasse, wenn sie unten angekommen war, mit Bedacht und ohne ein Geräusch zu verursachen, auf die Untertasse, die von der anderen Hand gehalten wurde.

»Seit wann ist sie verschwunden?«, fragte Rhodén, während er seinen Notizblock aus der Innentasche seines Mantels zog und mit dem Kugelschreiber klickte. Das Geräusch wirkte störend, ja, beinahe beleidigend.

»Seit gestern Nachmittag.«

»Bitte schildern Sie uns dies etwas genauer! Wann hätte Linda zu Hause sein sollen? Ab wann haben Sie nach ihr gesucht? Haben Sie überhaupt nach ihr gesucht?«

»Selbstverständlich habe ich nach ihr gesucht. Was denken Sie denn?« Karla hob ihre Stimme etwas an, regte sich jedoch noch immer nicht. Nur die Tasse. Hoch und runter, hoch und runter. Beinahe im Sekundentakt. »Bis um fünfzehn Uhr ist sie in der Schule. Spätestens um halb vier hätte sie also zu Hause sein müssen. Aber das war sie nicht. Zunächst machte ich mir keine Gedanken. Vielleicht war sie ja noch zu einer Freundin gegangen. Das macht sie häufig.«

»Gibt sie in solchen Fällen nicht Bescheid?«, fragte Wilhelmsson.

»Nein, da verlasse ich mich auf sie. Sie ist ja schon groß.«

»Sie ist dreizehn.«

»Ja, sag ich doch. In diesem Alter sollten Kinder auch selbstständige Entscheidungen treffen dürfen. Finden Sie nicht?« Ihre Hand zitterte leicht.

»Es spielt keine Rolle, was ich finde«, sagte Rhodén. »Momentan spielt nur eine Rolle, dass wir Ihre Tochter finden.«

»Ja, da haben Sie recht«, sagte Karla Asmussen. Sie stellte ihre Kaffeetasse mit wackligen Händen auf dem Couchtisch ab. »Jedenfalls war sie um sechs Uhr immer noch nicht zu Hause. Also habe ich die Eltern ihrer Freundinnen angerufen, doch Linda war nirgends. Weder bei Sophie noch bei Ina oder bei Liza. Mehr Freundinnen hat sie ja nicht.«

»Was haben Sie dann gemacht?«

»Ich bin den Weg zur Schule mehrmals abgelaufen. Das sind ja nur zehn Minuten. Da kann ja eigentlich nichts passieren. Oder? Da kann doch nichts passieren?«

Dann geschah etwas Merkwürdiges, womit weder Wilhelmsson noch Rhodén gerechnet hätten. Inmitten der Stille und Ordentlichkeit und Eintönigkeit brach die Veränderung so unerwartet und plötzlich über sie herein, dass beide zusammenzuckten und Wilhelmsson etwas Kaffee verschüttete, der sich in Form eines hellbraunen Kleckses auf den weißen Teppich zwischen Sofa und Tisch ergoss. Karla Asmussens Körper wurde von einem Zittern ergriffen, ihre kerzengerade Haltung stürzte ein wie ein Hochhaus bei der perfekten Sprengung, sie rutschte im Sessel nach hinten, stützte ihr Gesicht in ihre Hände und begann heftig zu schluchzen. Zunächst konnten die beiden Polizisten nicht anders, als Frau Asmussen anzustarren. Irgendwann, es erschien Rhodén wie eine Ewigkeit, kramte Wilhelmsson in ihrer Tasche, zog ein Taschentuch heraus und ging damit zu Asmussen.

»Hier, nehmen Sie!« Sie legte ihre Hand behutsam auf den Rücken der Frau, der sich heftig hob und senkte.

»Ich habe doch nur sie«, schluchzte Karla Asmussen. »Ihr darf nichts zustoßen. Das darf einfach nicht sein. Warum habe ich nicht schon viel früher die Polizei gerufen?«

Ja, das frage ich mich auch, dachte sich Jacob Rhodén, doch der Kommissar behielt die Frage für sich.

»Warum haben Sie sich erst heute Nachmittag dazu entschieden, das Verschwinden Ihrer Tochter der Polizei zu melden?«, übernahm stattdessen Wilhelmsson und Rhodén musste sich eingestehen, dass ihr Tonfall deutlich behutsamer war als der, den er in seinen Gedanken angeschlagen hatte.

»Ich weiß es nicht.« Frau Asmussen stützte ihr Kinn in die Hände und starrte die gegenüberliegende Wand an. Tränen hatten den Kajal gelöst, sodass sich schwarze Streifen unter ihren Augen nach unten zogen. »Ich bin so blöd, so blöd, so blöd.«

»Frau Asmussen, es bringt nichts, sich nun Vorwürfe zu machen«, schaltete sich Rhodén ein. »Wir wollen so schnell wie möglich beginnen, nach Linda zu suchen. Auch wenn Sie sich verständlicherweise große Sorgen machen und Angst haben, lassen Sie uns bitte versuchen, ganz sachlich vorzugehen. Das hilft Ihrer Tochter am meisten.«

Karla schluckte und nickte dann langsam. Mit dem Handrücken wischte sie sich die Tränen ab, machte damit das Kajal-Desaster aber nur noch schlimmer.

»Ich dachte, Linda würde schon wieder auftauchen, so wie die anderen Male eben auch«, sagte sie mit brüchiger Stimme.

Rhodén horchte auf. »Wie die anderen Male? Was meinen Sie damit?«

»Ach, Linda tauchte in der letzten Zeit öfter mal nicht auf. Aber am nächsten Tag war sie immer wieder da. Manchmal hat sie bei Freunden übernachtet. Einmal auch auf unserem Boot, das unten im Hafen liegt.«

»Frau Asmussen, es ist November. Da wird Ihr Boot wohl nicht mehr im Wasser liegen. Und bei allen Freundinnen haben Sie auch angerufen. Haben Sie sich denn keine Gedanken gemacht, wo Ihre Tochter stecken könnte?«

»Doch, doch, natürlich!« Erneut begann Karla Asmussen zu schluchzen. »Ich hatte einfach gehofft, dass Linda wieder auftaucht. Glauben Sie, dass ihr etwas zugestoßen ist?«

»Wir glauben gar nichts.«

»Oder dass ihr jemand etwas zu Leide getan hat?«

Mit großen Augen starrte sie den Kommissar an. Bittend. Flehend. Sag mir, dass ihr niemand etwas getan hat, schrie der Blick. Sag es mir und beruhige mich, ansonsten drehe ich durch. Aber was hätte er sagen sollen? Alles war in solchen Momenten verkehrt. Entweder er würde lügen oder in nichtssagende Floskeln verfallen.

»Wir wissen es nicht. Doch wir werden alles in unserer Macht Stehende tun, um Ihre Tochter wohlbehalten wieder zu Ihnen zurückzubringen. Darauf können Sie sich verlassen.« Rhodén entschied sich für die Floskel. Sie fühlte sich bedeutend besser an als die Lüge.

»Weshalb ist Linda denn in letzter Zeit so häufig davongelaufen?«, fragte Wilhelmsson, die noch immer neben dem Sessel kniete und ihre Hand auf Asmussens Rücken gelegt hatte.

»Ich weiß es nicht. Sie redete kaum mehr mit mir. Sie ist so still geworden. So in sich gekehrt.«

Karlas Lippen zitterten und zum ersten Mal an diesem Tag tat sie Rhodén leid.

»Gab es Streit?«

Heftig schüttelte die Mutter den Kopf. »Nein, nur das, was eben zwischen einer Dreizehnjährigen und ihrer Mutter normal ist.«

»Und was ist das?«, fragte Rhodén.

»Aufräumen, Kleidung, Handy. Das Übliche eben.«

»Üblich ist es aber nicht, wenn man von zu Hause wegläuft.«

»Da war nichts. Ehrlich«, sagte Karla und wieder schaute sie mit diesem flehenden Blick zum Kommissar.

Er beschloss, es für heute dabei zu belassen, notierte sich aber, dass sie hierauf nochmals zurückkommen mussten. Denn da war etwas, was Karla ihnen verschwieg, das konnte er genau spüren.

Sie ließen sich eine Beschreibung der Klamotten geben, die Linda am gestrigen Tag angehabt hatte, fotografierten das gerahmte Bild des Mädchens in der Vitrine ab und warfen einen Blick in Lindas Zimmer.

Wie wohltuend in dieser kargen, sterilen Wohnung! Wie ein Fremdkörper wirkte der Raum, als gehöre er nicht zur restlichen Wohnung. Poster hingen schief und schräg an den Wänden, auf dem Boden lagen Klamotten verstreut, der Schreibtisch war unaufgeräumt, das Bett zerwühlt. Das Reich einer Dreizehnjährigen. Rhodén atmete tief ein und war erleichtert, dass sich die Sterilität der Mutter noch nicht auf das Kind übertragen hatte.

Kaum hatten sie den Raum betreten, huschte Karla Asmussen an ihnen vorbei, fischte die am Boden liegenden Shirts und Hosen auf und begann, sie hektisch zusammenzulegen. »Entschuldigen Sie bitte das Chaos! Das ist mir sehr unangenehm. Aber Linda und ich haben ausgemacht, dass das ihr Reich ist und ich hier weder aufräumen noch putzen darf. Ich war von Anfang an nicht damit einverstanden.«

»Lassen Sie alles liegen und stehen, wie es ist. Das ist schon in Ordnung so«, sagte Wilhelmsson.

»Und schön«, murmelte Rhodén, gerade so laut, dass es Asmussen noch hören konnte.

5

Von der Kyrkogatan bogen sie in die Torggatan ein, an deren Ende sich hoch und weiß die Dreifaltigkeitskirche erhob. Auf der linken Seite befand sich das Hotel Oscar, weiter oben schlossen sich nette, aber einfache Mehrfamilienhäuser in weißem Holz an. Als sie die Kirche erreicht hatten, wandten sie sich nach links in die Tingsgatan, von wo aus sie bereits die Schule erblicken konnten, die Jacob nur zu gut kannte. Hier hatte Siri ihn wie einen dummen Jungen stehen lassen. Nun würde er nicht als Vater, sondern als Polizist zurückkehren, als Ermittler in einem Vermisstenfall.

Er blieb stehen und drehte sich um, sodass er die Torggatan hinunter zum See schauen konnte. Im Sommer, wenn sich die Sonne in der blinkenden Oberfläche spiegelte, war dies ein herrlicher Anblick, jetzt war das Wasser ebenso grau wie der Himmel und die Stadt.

»Grau wie die Wohnung von Frau Asmussen«, sagte Rhodén.

»Zumindest ähnlich eintönig«, stimmte Wilhelmsson zu.

»Beklemmend. Ist dir aufgefallen, dass es in der ganzen Wohnung keine Spur von Lindas Vater gab?«

»Es gab in der ganzen Wohnung keine Spur von irgendwas.«

»Kein Bild von Vater und Tochter. Nichts. Sie haben sich, wie Karla Asmussen vorhin gesagt hat, vor einem Jahr getrennt. Selbst wenn die Trennung schmutzig war, ist es doch seltsam, dass es nichts mehr gibt, was auf ihn hindeutet.«

»Vielleicht wollte sie Tabula rasa machen«, sagte Wilhelmsson, während ihr Blick über den See in die Ferne schweifte und sie ihre Hände tief in die Taschen ihres Anoraks gesteckt hatte. »Es ist etwas anderes, was mir nicht aus dem Kopf geht. Lindas Zimmer.«

»Es war regelrecht eine Befreiung, dort einzutreten. Ein Kontrapunkt zur restlichen Wohnung.«

»Ist das nicht seltsam?« Wilhelmsson wühlte in ihrer Tasche nach einem Taschentuch und putzte sich die Nase. Ein kalter Wind wehte die Straße hinauf und ließ sie frösteln. Wenigstens hatte sich der Regen eine kleine Verschnaufpause gegönnt. »Karla

Asmussen war dermaßen beschäftigt, alles rein und ordentlich zu halten, dass sie sich zunächst überhaupt nicht auf uns konzentrieren konnte. Alles war der Ordnung untergeordnet. Wie kann diese Frau dann Lindas unaufgeräumtes und chaotisches Zimmer dulden? Das passt doch nicht zusammen.«

»Vielleicht hat sie gelernt, ihrer Tochter gegenüber toleranter zu sein.«

»Das glaubst du doch selbst nicht, dass diese Frau nur ein bisschen tolerant ist, wenn es um Ordnung geht.«

Die Straßenlaternen waren angegangen. Im Dämmerlicht konnte Rhodén ein junges Mädchen in Begleitung eines Mannes erkennen, das sich auf sie zubewegte. Das musste sie sein, dachte er bei sich.

»Was glaubst du dann?«, fragte er, wenig konzentriert, da er das Mädchen genau beobachtete.

»Da musste Krieg geherrscht haben zwischen Mutter und Tochter. Zumindest wenn es um die Oberhoheit über das Kinderzimmer ging. Und Linda schien gewonnen zu haben. Hast du gesehen, wie Karla Asmussen ganz klein und so, als könne sie sich ihre Niederlage weder vor sich noch vor anderen eingestehen, ins Zimmer huschte und begann aufzuräumen?«

Das Mädchen und der Mann blieben unter einer Laterne stehen und guckten zu den beiden Polizisten herüber. Im Licht der Straßenlampe konnte Rhodén erkennen, dass es einen dunkelroten Mantel trug, der viel zu groß wirkte und ihm bis zu den Knien reichte. Eine weiße Wollmütze hockte locker über einem wirren Berg dunkelblonden Haares.

»Liza Gurnell?«, fragte Jacob Rhodén und ging ein paar Schritte auf das Mädchen zu, das vorsichtig nickte. »Mein Name ist Jacob Rhodén. Ich bin Kriminalkommissar bei der Polizei in Arvika. Das ist meine Kollegin Eva Wilhelmsson.« Er gab Liza die Hand. Sie zitterte, und er wusste nicht, ob es von der Kälte oder von der Angst um ihre beste Freundin kam. Oder vom Aufeinandertreffen mit einem Kommissar, denn sie schaute ihn ehrfurchtsvoll aus großen Augen an.

Noch als sie bei Karla Asmussen gewesen waren, hatten sie Liza Gurnell angerufen, da sie angeblich Lindas beste Freundin war und sie an beinahe jedem Tag etwas gemeinsam unternahmen. Sie hatten sich an dieser Stelle vor der Dreifaltigkeitskirche getroffen, denn hier, so hatte es zumindest Liza am Telefon gesagt, hatte sie Linda gestern zum letzten Mal gesehen.

»Schön, dass du sofort kommen konntest. Sind Sie der Vater?«, fragte Rhodén den Mann, der bisher schweigend im Hintergrund geblieben war.

»Ja. Jan Gurnell.«

»Ist Linda etwas zugestoßen?«, fragte Liza und Jacob konnte die Angst in ihren Augen sehen.

»Das wissen wir leider noch nicht. Aber ich verspreche dir, dass wir alles dafür tun werden, sie zu finden und heil wieder zurückzubringen.« Wie ihn diese Floskel mittlerweile nervte. Und doch war sie besser, als zu lügen oder grummelnd über Lizas Frage hinwegzugehen.

»Am Telefon hast du gesagt, dass du gemeinsam mit Linda die Schule verlassen hast und ihr euch hier getrennt habt«, sagte Rhodén, wobei er versuchte, so sachlich und ruhig wie nur möglich zu klingen. Er wollte Liza beileibe nicht noch mehr Angst einjagen. »Um wie viel Uhr war das?«

»Um halb drei hatten wir die Schule aus. Das muss also kurz danach gewesen sein. Von der Schule bis hierher sind es ja nur zwei, drei Minuten.«

»Und an dieser Stelle biegt Linda rechts in die Torggatan ab und du gehst geradeaus weiter in die Richtung, aus der du jetzt gerade gekommen bist.«

»Ja, wir wohnen da weiter hinten in der Viksgatan.«

Rhodén nickte. Er wusste, wo das war, denn die Viksgatan war eine Parallelstraße zum Styckåsvägen, in dem das Polizeipräsidium lag. Er machte sich einige Notizen, währenddessen er von dem Mädchen unruhig beobachtet wurde.

»Was passiert denn jetzt?«, fragte Liza. »Kommt Linda morgen wieder in die Schule?«

»Das wissen wir nicht. Zuerst müssen wir herausfinden, wo sie steckt. Und du kannst uns möglicherweise dabei helfen. Ist Linda sofort die Torggatan hinuntergegangen, als ihr euch gestern verabschiedet hattet, oder hat sie noch etwas anderes gemacht?«

»Ich weiß nicht. Wir haben tschüss gesagt und dann sind wir beide in unsere Richtungen gegangen. Am Abend wollten wir noch whatsappen.«

»Und? Habt ihr das gemacht?«

»Nein. Also, ich habe ihr ein paar Nachrichten geschickt, aber sie hat nicht geantwortet.« Rhodén sah, wie Lizas Augen glänzend wurden, als sich Tränen in ihnen sammelten.

»Bei Whatsapp kann man doch sehen, ob die Nachricht beim Empfänger angekommen ist und ob sie gelesen worden ist«, mischte sich Wilhelmsson ein.

»Ja, aber bis heute ist da nur der Haken, dass die Nachrichten versendet wurden, aber nicht der, dass sie auch angekommen sind.«

»Dann ist Lindas Handy wohl aus. Mist.«

Die Glocken der Kirche tönten dröhnend über die Straße. Der Wind frischte auf und kroch in die Krägen der vier Personen, die unter der Straßenlampe standen, deren Schein sich wie ein goldenes Zelt über sie stülpte. Nur wärmte er nicht.

»Liza, ist dir gestern irgendetwas an Linda aufgefallen? War sie unruhig, wütend, ängstlich? War irgendwas anders als sonst?«

Liza überlegte und blickte hilfesuchend zu ihrem Vater, der jedoch lediglich mit den Schultern zuckte. »Nein«, sagte sie schließlich zögernd. »Nein, da war nichts. Sie war wie immer.«

»Und wie ist sie, wenn sie wie immer ist?«

»Was meinen Sie damit?«

»Wie ist Linda? Mit welchen Eigenschaften würdest du sie beschreiben?«

»Naja, wie sie halt so ist.« Zum ersten Mal huschte ein leichtes Lächeln über das Gesicht des Mädchens. »Wenn nur wir zwei zusammen sind, dann ist sie oft fröhlich. In der Schule und daheim kann sie aber auch anders sein. Ich glaube, unsere Lehrer mögen sie nicht so sehr.«

»Warum glaubst du das?«

»Weil sie denen immer ihre Meinung sagt. Und das macht sie nicht in dem freundlichsten Ton. Aber eigentlich ist sie ganz anders. Lustig und fröhlich. Und frech.«

»Und ihrer Mutter gegenüber legt sie auch nicht den freundlichsten Ton an den Tag?«, fragte Wilhelmsson.

»Nee, der gegenüber kann sie ziemlich pampig werden. Aber das verstehe ich. Das werden Sie auch, wenn Sie sie kennenlernen.«

»Was ist denn mit Lindas Mutter?«

»Die ist glaube ich nicht ganz normal. Wenn ich bei Linda zu Besuch bin, klopft sie alle zehn Minuten und fragt, ob wir etwas trinken wollen. Und einmal, als ich bei ihr übernachtet und am nächsten Morgen geduscht und meine Haare geföhnt habe, da wurde ich später ins Badezimmer gepfiffen, wo ich einzelne Haare aufsammeln musste, die beim Föhnen heruntergefallen waren. Das ist doch krank, oder?«

Wilhelmsson und Rhodén überhörten die Frage bewusst und hakten stattdessen nach, was Liza über die Male wusste, an denen Linda einfach verschwunden und erst am nächsten Tag wieder aufgetaucht war. Wie sich herausstellte, hatte sie in diesen Nächten häufig bei Liza übernachtet. Dass ihr Vater bei Frau Asmussen nachfragte, ob sie vom Übernachten ihrer Tochter wüsste, kam diesem nicht in den Sinn. Warum er das tun solle, wenn Linda doch gesagt habe, dass ihre Mutter Bescheid wüsste, hatte er nur gesagt und erneut mit den Schultern gezuckt. Weder Jacob Rhodén noch Eva Wilhelmsson erachteten es als sinnvoll, ihm Tipps in Sachen Kommunikation zu erteilen, und so endete das Gespräch bald. Rhodén gab Herrn Gurnell seine Karte, dann verabschiedeten sie sich. Die beiden Polizisten beschlossen, erst morgen die Lehrer aufzusuchen, da heute ohnehin niemand mehr in der Schule anzutreffen wäre, dann stapften sie, die Hände tief in den Jackentaschen und die Krägen aufgestellt, die Torggatan zurück in Richtung Innenstadt.

»Irgendwo auf dieser Strecke ist gestern ein kleines Mädchen verschwunden«, sagte Rhodén.»Der Weg ist nicht lang, da muss sie doch irgendjemandem aufgefallen sein.«

»Das heißt ...?«, fragte Wilhelmsson, aber sie wusste schon, was auf sie und ihre Kollegen zukommen würde.

»Genau das heißt es. Türenklopfen. Und zwar von jeder einzelnen Wohnung, die am Schulweg von Linda Asmussen liegt.«

Eva Wilhelmsson atmete tief ein und nickte langsam. Dann griff sie zu ihrem Mobiltelefon und gab die Anweisungen sowie das Foto des Mädchens, welches sie von Karla bekommen hatten, weiter.

6

Gegen neunzehn Uhr saßen sie erschöpft im Versammlungs-
raum und schlürften an ihren Kaffeetassen. Rhodén streckte sich,
doch die Kälte und Steifheit ließ sich nicht aus seinem Körper
vertreiben. Er würde Rheuma bekommen, das spürte er genau.
Wenn das so weiter ging, würde er bald weder Pistole noch Kugelschreiber halten können. Und was war ein Kommissar ohne
seine wichtigsten Begleiter?

Das Klirren der Löffel, die in den Tassen herumgerührt wurden, war ebenso monoton und traurig wie der Blick in die Gesichter seiner Mannschaft. Caroline Georgieva umwickelte den
Zeigefinger mit einer ihrer dunklen Locken, von denen sie Aber-
millionen hatte, Christoffer Nilsson zupfte unruhig an seiner
Lederjacke, während seine Lippen fest zusammengebissen waren,
Sara Börjesson hielt sich an ihrer Tasse fest, Fredrik Skog rührte
und rührte und rührte. An der Tür standen Holm und Borg, zwei
Streifenpolizisten, die sie beim Abklappern der Anwohner unter-
stützt hatten. Selbst Eva Wilhelmsson, die nie müde aussah, wirkte erschöpft. Eine Sorge nagte an ihren Lippen, ihren Augen,
ihrer Stirn. Eine Vorahnung von Unheil.

Alle Bewohner der Wohnungen entlang der Torggatan zwischen der Einmündung der Tingsgatan und der Kyrkogatan hatten sie abgeklappert und bis auf eine Handvoll hatten sie auch
alle angetroffen. Aber als sie nun der Reihe nach ihre Ergebnisse
vorstellten, hingen bald die Köpfe immer tiefer. Entweder hatten
die Anwohner nichts gesehen, weil sie »doch nicht ständig am
Fenster stünden, um alle Welt zu beobachten«, fernsahen, Wäsche
machten oder auch ein kleines Nickerchen, das dürfe »man sich
um diese Uhrzeit in diesem Alter doch wohl erlauben«. Die andere Gruppe gehörte offensichtlich zu jenen, die den ganzen Tag
am Fenster standen, um alle Welt zu beobachten, aber diese
hatten unzählige Kinder gesehen, da nach Unterrichtsschluss
tagtäglich eine ganze Welle von Schülern Richtung Innenstadt
und Bahnhof rollte. Während für die einen alles vollkommen
gewöhnlich und normal war, sahen die anderen dutzende Verdachtsmomente: Zwei Schüler hatten gerauft, zwei andere hatten

irgendetwas getauscht - »Das waren Drogen, ganz gewiss!« Es gab sogar welche, die junge Mädchen an den Händen älterer Männer gesehen hatten, zugleich aber einräumten, dass es sich bei den verdächtigen Männern durchaus auch um die Väter handeln konnte, da die Kinder arglos neben ihnen herliefen. Kurzum - sie hatten viele Geschichten, sonst jedoch nichts.

Georgieva und Nilsson hatten für den nächsten Tag die Aufgabe, die noch verbliebenen Anwohner, die nicht erreicht werden konnten, aufzusuchen.

Schließlich meldete sich Sara Börjesson zu Wort, und Rhodén atmete auf, als sie zu Ende gesprochen hatte, denn dies könnte ein möglicher Ansatz sein. Börjesson hatte Lindas Vater ausfindig gemacht. Ein Mann namens Tomas Begin. Morgen früh wurde er zum Gespräch auf dem Präsidium erwartet.

7

Jacob klopfte mit dem Messerrücken auf das Zitronengras, um es zu lockern, und schnitt es dann in dünne Streifen. In der Pfanne zischte es, als Stina die Currypaste anbrutzelte, und sogleich zog der scharfe Geruch durch die Küche und ließ Jacobs Vorfreude auf das Essen mit seiner Familie weiter steigen. Er nahm die marinierten Fleischstückchen aus dem Kühlschrank und legte sie zischend in die zweite Pfanne. Ihre Schultern berührten sich, während sie beide in ihren Pfannen rührten und wendeten. Es war nur eine leichte Berührung, selbst unter Kollegen oder Freunden könnte sie geschehen, doch Jacob genoss sie. Eine Vertrautheit lag in ihr, die sie sich nach den Geschehnissen des Sommers erst allmählich wieder erarbeiten mussten. Und beileibe hatten sie noch ein gutes Stück zu gehen.

»Wenn du Siri von der Schule abholen würdest«, begann Jacob zögernd, »aber sie wäre nicht da, einfach verschwunden und weg ...«

»Was redest du denn da?« Stina verzog ihr Gesicht zu einer Grimasse. »Solche Gedanken sollte man sich nicht machen.« Stur rührte sie in ihrer Pfanne weiter, hob Erdnussbutter unter und löschte mit der Kokosmilch ab.

»Was würdest du tun?«

Stina seufzte und schaute ihren Mann vorwurfsvoll an. »Es hat mit deiner Arbeit zu tun. Stimmt's?«

Jacob schwieg.

»Ich liebe dich, Jacob, deine Arbeit hasse ich.«

Das war soweit nichts Neues, dachte Jacob bei sich, aber dennoch ein Problem. Ihr großes gemeinsames Problem.

»Ein kleines Mädchen ist verschwunden. Sie ist ein paar Jahre älter als Siri und geht auf dieselbe Schule.«

Stina begann zu rühren, als die Kokosmilch aufkochte, doch das war kein gleichmäßiges Rühren, es war eckig, abgehackt. Ihre Mundwinkel verhießen nichts Gutes.

»Das ist tragisch. Sehr tragisch«, sagte sie. »Aber lass Siri aus dem Spiel. Warum musst du mir Angst machen, indem du mich so etwas fragst?«

Konnte er seine Familie aus dem Spiel lassen? War es möglich, nicht an seine eigene Tochter zu denken, wenn ein junges Mädchen verschwand? Wenn eine Frau mittleren Alters ermordet wurde und er den verzweifelten Ehemann sah, dann musste er daran denken, wie es wohl wäre, wenn Stina dort in der Blutlache läge.

War es möglich, als Kriminalkommissar eine Familie zu haben, ohne ständig Angst um sie zu haben, weil man tagtäglich erlebte, was den Menschen da draußen alles zustieß?

War es möglich?

Für ihn nicht. Vielleicht waren andere abgebrühter, konnten abends nach Hause gehen und nicht mehr an die Arbeit denken. Er konnte es nicht. Wie oft saß er bei einem Glas Whiskey bis tief in die Nacht über den Unterlagen, schaute sich Fotos von den Tatorten an auf der verzweifelten Suche nach dem entscheidenden Detail, das sie bisher übersehen hatten? Wie oft lag er grübelnd im Bett und dachte an den Einschlagswinkel der Mordwaffe, die Aussage eines Verdächtigen, zwei Puzzleteile, die einfach nicht zusammenpassen wollten, während Stina ihn mit den verführerischsten Avancen auf andere Gedanken bringen wollte?

Kein Wunder, dass sie seine Arbeit hasste. Es würde ihm genauso gehen, wenn er mit sich selbst zusammenleben müsste. Eine grausige Vorstellung und ein Glück, dass das unmöglich war.

Zwei leere Weingläser und vier vom Essen verschmutzte Teller standen auf dem Tisch. Die Kinder waren bereits wieder in ihren Zimmern verschwunden. Kalle hatte während des ganzen Essens vom Kindergarten gequasselt, von irgendwelchen seltsamen Spielen, die sie erfunden hatten, und von der quälend langen und langweiligen Mittagspause, während der sie schlafen oder zumindest stillliegen mussten. Niemand durfte sich unterhalten. Spiele waren während dieser Zeit sowieso verboten. Jacob konnte sich lebhaft vorstellen, welche Höllenqualen sein Sohn in dieser Stunde erleiden musste.

Er schenkte Stina und sich Wein nach, sie stießen wortlos an und schenkten sich ein schüchternes Lächeln.

»Siri hat während des Essens nicht ein Wort gesagt. Ist dir das aufgefallen?«, fragte er seine Frau.

»Natürlich«, sagte Stina. »Sie fühlt sich sehr einsam.«

Jacob erzählte davon, wie sie ihn hat stehen lassen, als er sie am Nachmittag von der Schule abholen wollte, und wie die Jungen sie ärgerten.»Wieso war sie mir böse, als ich die Jungs vertrieben habe?«, fragte er schließlich.

Stina zuckte mit den Achseln. Nachdenklich schwenkte sie das Weinglas vor sich und folgte mit den Augen den sanften Drehungen des roten Inhalts.»Ich glaube, sie möchte gerne selbst stark sein. Sie braucht gute Freunde in der Schule, die ihr beistehen. Wenn die Jungs sie nur deshalb in Ruhe lassen, weil sie Angst vor dem Vater, dem Polizisten, haben, dann hilft es ihr nichts, weil sich für sie kaum etwas ändert. Wenn sie Freunde hätte, bei denen sie sich wohl fühlt, dann könnte sie wahrscheinlich auch damit umgehen, wenn ihr mal der Rucksack weggenommen wird.«

»Du meinst, ich soll die Jungs mit ihrem blöden Gelächter einfach weitermachen lassen und nicht einschreiten, wenn ich so etwas sehe? Stina, das ist meine Tochter!«

»Nein, es war gut und richtig, was du gemacht hast.« Stina legte ihre Hand auf Jacobs und drückte sie sanft.»Ich bin mir sicher, dass Siri dir insgeheim dankbar war. Vielleicht war sie sogar stolz auf ihren Papa. Aber das konnte sie in der Schule vor den Jungen nicht zeigen. Das wäre ja ein Eingeständnis ihrer Schwäche gewesen. Ich will nur, dass du das verstehst. Siri ist einsam und traurig, deshalb reagiert sie anders, als du es dir wünschst, aber das bedeutet nicht, dass sie dich ablehnt. Sie liebt dich und sie ist stolz auf dich, Jacob, sie kann es nur nicht zeigen.«

Jacob saß ganz still und hätte weinen können. Dann nickte er langsam und flüsterte ein »Danke« über den Tisch. Plötzlich kam er sich dumm vor. Wieso war er so eitel zu glauben, dass seine Tochter ihn stets vor allen anderen verehren musste? Mit neuer Energie stand er auf und beschloss, nach oben zu gehen, um seine Tochter fest in den Arm zu nehmen und ihr zu zeigen, dass er immer für sie da war - egal, was passieren würde. Eilig ging er die Treppen nach oben und zu Siris Zimmer. Doch sie war verschlossen. Und Siri reagierte auch nicht, als er mehrmals klopfte und sie bat, die Tür zu öffnen.

8

Eva schaute hinauf zur Wand. Zum Bild ihrer Mutter. Dort oben hing sie und sah so erhaben aus. »Ich pass auf dich auf«, sagte sie, während sie auf ihre Tochter hinabblickte, die im Sofa an der Wand gegenüber saß, das Weinglas in der Hand schwenkend, sodass der Wein sachte darin kreisen konnte.

Ihre Mutter war nicht immer einfach gewesen. Nie hatte sie verstehen können, warum ihre Tochter zur Polizei gegangen war. Wenn es nach ihrer Mutter gegangen wäre, dann wäre Eva jetzt Kindergärtnerin in Charlottenberg oben an der norwegischen Grenze. Nein, sie wäre Kindergärtnerin gewesen. Mittlerweile hätte sie natürlich eine ganze Schar eigener Kinder und würde sich um diese kümmern.

Schweden hat die aufgeklärtesten und fortschrittlichsten Frauen der Welt. Evas Mutter gehörte nie dazu. Und dennoch liebte Eva ihre Mutter. Abgöttisch. Seit ihrem Tod sogar noch viel mehr.

Eva musste an die kleine Linda denken, die jetzt verschwunden war. Verfluchte sie ihre pedantische Mutter und liebte sie sie zugleich? So wie es wohl fast alle Kinder dieser Erde machen? Die eigene Mutter verfluchen und lieben, von sich stoßen und an ihr hängen? Oder war das Gefängnis zu Hause so eng, dass sie nur noch weg wollte? Genügte das eigene Zimmer als Flucht nicht mehr aus?

Der Wein kreiste und kreiste im Glas. Eva schaute zu ihrer Mutter, die jetzt schwieg und keine Hilfe war. Bei der Polizeiarbeit half sie ihr nie.

Eva überlegte, wie sie am nächsten Tag weitermachen sollten. Sie kam zu keinem vernünftigen Schluss. Brauchte Rhodén, der ihr sagen würde, was als Nächstes zu tun sei. Sie hatte Angst. Angst, etwas falsch zu machen. Und sie verfluchte sich dafür. Nie hatte sie diese Angst gehabt. Natürlich hatte sie auch schon früher oft angestrengt überlegt, was wohl das Richtige sei oder wie sie in einer Situation besser reagieren hätte können. Aber nie hatte sie Angst davor, das Falsche zu tun. Eva trank einen großen Schluck, schaute erneut zu ihrer Mutter, die schwieg.

Der Fall im letzten Sommer setzte ihr mehr zu, als sie sich das lange Zeit eingestehen wollte. Als taffe junge Polizistin hatte sie sich einen Ruf geschaffen. Sie wurde respektiert in einer Welt, die noch immer männlich dachte. Weil sie immer funktionierte, weil sie immer im Dienst war und wenn man sie brauchte, war sie in wenigen Minuten im Präsidium. Sie trank nicht – zumindest soff sie nicht –, sie trug keine Psychosen mit sich spazieren. Sie machte einfach ihren Job, zuverlässig und gut. Und ohne Angst, die falsche Entscheidung zu treffen.

Jetzt saß sie auf dem Sofa und spürte diese Angst, die sie nicht kannte. Das Leben eines dreizehnjährigen Mädchens hing möglicherweise von ihr ab. Sie durfte keine Fehler machen. Nicht wie im Sommer. Da hatte sie Fehler gemacht.

Rhodén und alle anderen Kollegen hatten ihr hinterher versucht, klarzumachen, dass sie zwar ihre Dienstpflicht verletzt hatte, als sie alleine in das Haus dieser verrücktgewordenen Deutschen gegangen war, dass sie es dadurch aber auch geschafft hatte, die Täter zu überführen. Aber verdammt nochmal! Das galt nicht. Das war nur ein kläglicher Versuch, sie zu trösten. Sie wusste es, und alle anderen wussten es auch. Sie hatte einen Fehler gemacht. Der Fehler hätte in die Katastrophe führen können. Schließlich hatte sie sich selbst in eine Situation gebracht, in der sie sämtliche Kontrolle verloren hatte. Sie war diesen Verrückten ausgeliefert. Sie hatten sie erniedrigt. Wäre Rhodén nicht zur Stelle gewesen, hätte sie wohl nicht überlebt.

Ihr Fehler.

Ihre Schuld.

Nie wieder durfte das geschehen. Genau davor hatte sie Angst.

Das Telefon klingelte. Eva wollte es ausklingeln lassen, aber irgendwann ging sie trotzdem ran.

»Du könntest mich mal wieder besuchen kommen.« Ihr Vater. Eva bereute es augenblicklich, dass sie das Gespräch angenommen hatte.

»Hast du getrunken, Papa? Es ist bald Mitternacht. Rufst du mich da an, um mir das zu sagen?«

Ihr Vater murmelte irgendetwas, das sie nicht verstand.

»Was sagst du, Papa?«

»Du weißt, dass ich nicht mehr trinke.«

In den Wäldern an der Grenze zwischen Schweden und Norwegen war die Definition von »trinken« eine andere, das wusste Eva. Wer »trank«, der soff Schnaps, am liebsten selbstgebrannten. Ein Karton Dosenbier fiel hingegen eher unter die Kategorie Flüssigkeitsaufnahme.

»Warum rufst du an, Papa?«

»Du könntest mich mal wieder besuchen.«

»Ja, Papa, das könnte ich.«

Das könnte sie wirklich. Charlottenberg war nicht allzu weit weg. Nur am See entlang, in den großen Wald hinein und kurz vor der norwegischen Grenze rechts. Und ihr Vater war einsam, auch das wusste Eva. Er würde das zwar nie zugeben, aber es war eindeutig. Seit er seine Frau verloren hatte, saß er seine Rente stupide ab. Er müsste in den Ort ziehen und das Haus am Waldrand verkaufen. Das hatte sie ihm schon oft gesagt. Er musste unter Leute. Aber da ließ er nicht mit sich reden. »Hier werde ich sterben«, sagte er dann immer. Die Sturheit der Alten findet ihren Meister nur in der Sturheit von Kleinkindern.

Sie müsste ihn öfter besuchen. Das war ihre Pflicht als Tochter. Oder nicht? Aber sie hatte immer nur ein inniges Verhältnis zu ihrer Mutter, nie zu ihrem Vater. Die Distanz zwischen ihnen hätte man phasenweise mit ganzen Ozeanen füllen können. Und dennoch: Sie war seine Tochter.

»Dann komm endlich mal wieder her. Du gehörst sowieso nach Charlottenberg und nicht in die Stadt.«

»Ja, Papa, ich schau bald mal wieder vorbei«, seufzte Eva. »Gute Nacht!« Damit legte sie auf.

Es gab nicht nur schlechte Eltern. Es gab auch schlechte Kinder. Vielleicht waren sie sogar in der Überzahl.

Tagebuch 9. September

Ich musste mich waschen. Ich fühlte mich so schmutzig. Noch nie in meinem ganzen Leben hatte ich einen größeren Drang danach, mich überall abzuschrubben. Stockdunkel war es, sodass ich nichts sah. Blind war ich und musste in eine Scherbe getreten sein. Das Blut bemerkte ich erst später, als ich im Bett lag. Plötzlich waren überall rote Flecken. Das ganze Laken war übersät davon.

Am See habe ich davon nichts bemerkt. Da war nicht einmal ein Schmerz. Zumindest keiner am Fuß, wo ich mich geschnitten hatte. Ich riss mir die Klamotten vom Leib und sprang ins Wasser, das vollkommen schwarz war. Als hüpfe man ins Nichts. Ich wusch mich, aber es ging nicht weg. Kein Mond schien, keine Sterne. Es war wirklich stockdunkel. Normalerweise hätte ich fürchterliche Angst, in solch einer Dunkelheit am See zu sein. Und jetzt war ich sogar im Wasser und fühlte mich sicher. Meine Eltern dürfen das nicht wissen: Ich schwamm weit in den See hinaus. Stehen konnte man dort schon längst nicht mehr. Wenn das Mama und Papa wüssten. Sie dürfen's nicht. Sie dürfen überhaupt nichts wissen. Das haben sie uns immer und immer wieder gesagt.

Ich schwamm endlos lange durch den See, bis mir beinahe die Arme abfallen wollten, weil sie nicht mehr konnten. Da riss die Wolkendecke auf und der Mond schien hindurch. Die Oberfläche blinkte schwach und milchig und ich war mittendrin. Ich fühlte mich winzig klein, ein kaum sichtbarer Punkt im weiten See, und zugleich überkam mich ein seltsames Gefühl von Größe. Plötzlich drang von irgendwoher ein Geräusch an mein Ohr, es klang ganz sanft, als ob jemand sänge. Ich konnte nirgendwo irgendjemanden sehen, und doch waren da die Geräusche, die Stimmen. Vielleicht waren es Feen, die aufwachten, als der Mond durch die Wolken schien. Je länger ich darüber nachdenke, desto sicherer werde ich mir: Das waren bestimmt Feen.

Eigentlich hätte ich schreckliche Angst bekommen müssen. Ich meine, ich war mitten in der Nacht mitten im See, ganz allein, und vor irgendwoher kamen seltsame Stimmen. Aber ich hatte keine Angst, denn ich bin mir sicher, dass die Feen für mich da waren. Sie beschützen mich. Vielleicht sitzt jetzt eine auf dem Fenstersims und schaut zu mir herein. Ich möchte gar nicht aufblicken, weil ich sie damit sicherlich vertreiben würde. Aber ich brauche sie jetzt. Sie dürfen nie wieder weg.

9

»Und er hat gestern am Telefon ganz gewiss gesagt, dass er in Kristinehamn sei?« Wilhelmsson blieb an der Tür zu Sara Börjessons Büro stehen und schaute zu ihrer Kollegin, die am Vorabend mit Tomas Begin, dem Vater der verschwundenen Linda, telefoniert hatte.

Börjesson unterbrach ihre grobe Bearbeitung der Tastatur, blickte zu Wilhelmsson und nickte. »Ich fragte, ob es ihm möglich sei, von Stockholm nach Arvika zu kommen, woraufhin er meinte, dass er schnell da sein könne, da er ohnehin in Kristinehamn sei.«

»Danke«, sagte die Inspektorin. Sie gab an der nächsten Tür ihrem Kollegen Christoffer Nilsson einen Wink. Er sprang auf und folgte ihr in ihr Büro.

Der Bart musste ab. So oft hatte sie es ihm bereits sagen wollen, ja, sie hätte es ihm sagen müssen. Schließlich waren sie hier weder in einem Saloon im Wilden Westen noch bei einem Pokerturnier, womit es keinen Grund für mit Pomade nach hinten gegelte Haare und schon gar nicht für schmale Oberlippenbärte gab. Aber wahrscheinlich würde sie Nilsson des Öfteren bei einem Pokerturnier finden, wenn sie ihm abends folgte. Vielleicht sogar mit gezinkten Karten. Für die Integrität ihres Kollegen würde sie ganz sicher keine Hand ins Feuer legen. Die Gefahr, dass sie sich dabei ordentlich verbrannte, war zu hoch. Er hätte attraktiv sein können, dachte sich Wilhelmsson. Gewitzte Augen, schmale Wangen, eine hübsche Nase. Aber warum um Himmels willen dieser Bart? Selbst Hipster-Bärte waren dagegen sexy.

Nilsson bekam von Wilhelmssons Gedanken nichts mit. Entspannt lehnte er mit beiden Händen in den Hosentaschen am Aktenschrank, das schwarze Hemd glänzte samten und steckte in einer ebenso schwarzen Jeans. Im Sommer saß für gewöhnlich eine Sonnenbrille im pomadigen Haar, doch bei dem momentanen Schmuddelwetter war es wohl selbst einem Snob wie Nilsson zu peinlich, mit Sonnenbrille durch die Gegend zu stolzieren.

»Er wird gleich nach oben kommen«, sagte Wilhelmsson. »Maria hat von unten angerufen und Bescheid gegeben. Tomas Begin ist sechs Jahre jünger als Karla Asmussen, von der er seit einem

Jahr geschieden ist. Vor drei Monaten entschied das Gericht in Karlstad, dass er sich nicht mehr seiner Ex-Frau und ihrem gemeinsamen Kind nähern dürfe. Wohl hatte ...«

Es klopfte. Hinter der Tür aus Glas standen Fredrik Skog und ein hagerer Mann, der Begin sein musste. Die Inspektorin nickte Skog zu, woraufhin er die Tür öffnete und den Mann hineinließ. Unsicher blieb er stehen und blickte von Wilhelmsson zu Nilsson und zurück.

Eine junge blonde Polizistin, der er nichts zutraut, und ein dunkelhaariger schmieriger Polizist, dem er nicht traut, versuchte Wilhelmsson, die Gedanken des Mannes zu lesen. »Tomas Begin?«, fragte sie, nachdem Skog die Tür hinter ihnen geschlossen hatte, und forderte ihn mit einem Handzeichen auf, sich auf den Stuhl, der vor ihrem Schreibtisch stand, zu setzen. Der grüne Überzug aus grobem Stoff hatte sich im Laufe der Zeit nicht zu seinem Vorteil verfärbt, dachte sich Wilhelmsson und wippte provozierend mit ihrem edlen schwarzen Ledersessel vor und zurück.

»Ja, der bin ich«, sagte der Mann und setzte sich vorsichtig. Offenbar traute er dem Stuhl genauso wenig wie Nilsson, der mittlerweile die Arme vor der Brust verschränkt hatte und Begin aufmerksam musterte.

»Sie waren gestern Abend, als Sie von unserer Kollegin angerufen worden sind, in Kristinehamn?«, fragte Nilsson.

Tomas Begin rückte die drahtige Brille, die ihm schief auf der Nase hockte, ein wenig zurecht und zupfte am obersten Knopf seines weißen Hemdes, das mit den senkrechten und waagrechten schwarzen Linien aussah wie ein Geschirrtuch. Der Mann war dünn, ja, regelrecht mager. Die Wangen wirkten eingefallen, wohingegen die Augen hinter dem Brillengestell aufmerksam und wach alles wahrzunehmen schienen, was um sie herum vorging. Das hellbraune Haar war klassisch langweilig kurzgeschnitten. Softwareentwickler, las Wilhelmsson in der Mappe, die vor ihr auf dem Schreibtisch lag, sie hätte diese Bestätigung aber nicht mehr benötigt.

»Ja, das ist richtig«, sagte Begin. »Ich hatte dort ein Treffen mit einem Kunden.«

»Aber Sie sind erst heute Morgen nach Arvika gefahren?«, fragte Nilsson weiter.

»Ja, ich bin auf direktem Weg zu Ihnen gekommen.«

»Und gestern Abend sind Sie noch in aller Ruhe essen gegangen, nachdem Sie bei Ihrem Kunden fertig waren, haben sich noch einen Whiskey und ein gutes Buch gegönnt, ehe Sie eingeschlummert sind, um heute in der Früh nach einem ausgiebigen Frühstück gemütlich nach Arvika zu fahren.«

Begin rutschte unruhig auf seinem Stuhl hin und her und lächelte Wilhelmsson und Nilsson gequält an. »So ungefähr, auch wenn es etwas übertrieben dargestellt ist. Wieso wollen Sie das wissen?«

»Ihre Tochter ist verschwunden, Herrgott nochmal!«, rief Nilsson und donnerte seine Faust auf den Aktenschrank. Das Dröhnen ließ nicht nur Begin zusammenzucken, sondern auch Wilhelmsson, die sich den Schrecken aber kaum anmerken ließ. »Sie erfahren gestern Abend von unserer Kollegin, dass Ihre Tochter verschwunden ist, und Sie machen sich einen gemütlichen Abend?«

»Ich sagte doch, dass das von Ihnen übertrieben dargestellt war. Ich war noch etwas essen, aber ich machte mir große Sorgen. Ich trank an der Hotelbar noch einen Absacker, aber nur, um irgendwie schlafen zu können.«

»Und warum haben Sie sich nicht augenblicklich in das Auto gesetzt und sind so schnell, wie Sie nur können, hierhergekommen? Praktischerweise waren Sie ja bereits in Kristinehamn. Da haben Sie schon Dreiviertel des Weges von Stockholm nach Arvika zurückgelegt.«

»Was hätte das denn gebracht?«, sagte Begin ruhig und sachlich, als spreche er über ein technisches Problem mit dem Computer. »Und wo hätte ich hinsollen, wenn ich mitten in der Nacht hier angekommen wäre. Zu Karla ganz gewiss nicht! Außerdem war ich mir sicher, dass das alles nicht so ernst wäre.«

»Wie meinen Sie das?«, mischte sich Eva Wilhelmsson ein.

Begin warf die Hände unbeholfen in die Höhe und ließ sie wieder auf die Oberschenkel fallen, wo sie auch zuvor gelegen waren. »Ach, wissen Sie, ich dachte, Linda taucht bis morgen, also bis heute, wieder auf. Ich war mir sicher, dass das erneut so eine Aktion von Karla ist, bei der ich mich lieber nicht blicken lasse, weil am Ende ich nur wieder der Gelackmeierte bin.«

»Eine Aktion von Karla?« Wilhelmsson lehnte sich mit den Ellbogen auf den Schreibtisch. »Das müssen Sie mir näher erklären.«

Karla Asmussen öffnete die knallrote Wohnungstür, als er noch fünf Stufen zu gehen hatte. Rhodén bildete sich ein, dass sie gestern zum exakt gleichen Zeitpunkt die Tür geöffnet hatte. Von der Gegensprechanlage im Erdgeschoss bis zur Position fünf Treppenstufen von der Wohnungstür entfernt brauchte er ungefähr zwanzig Sekunden. Das war genügend Zeit für Karla Asmussen, die Frisur zu kontrollieren, den letzten Fussel von der Bluse zu fegen, die Schuhe im Schuhregal nochmals auf den Millimeter genau auszurichten, zum Türspion zu gehen und im perfekten Moment zu öffnen. Rhodén ertappte sich beim Gedanken, heimlich Kameras in der gesamten Asmussenschen Wohnung anzubringen. Dann könnten sie den lieben langen Winter im Polizeipräsidium Realsatire schauen und die dunkle Jahreszeit besser ertragen. Nein, das wäre doch zu pervers und auf Dauer wohl auch unerträglich, dachte der Kommissar, verwarf rasch den Gedanken und gab Karla Asmussen mit einem freundlichen Lächeln die Hand. Nachdem er die Schuhe ordnungsgemäß verräumt hatte, durfte er auf dem Sofa im Wohnzimmer Platz nehmen, während Karla in der Küche Kaffee kochte. Déjà-vus können grausam sein, dachte Rhodén und ergab sich in sein Schicksal, wagte es dabei aber nicht, sich entspannt zurückzulehnen, sondern blieb aufrecht an der Sofakante sitzen.

»Gibt es irgendwelche Neuigkeiten?«, fragte Karla Asmussen, als sie mit Tablett und Kaffee ins Wohnzimmer kam.

Wieso fragt sie das erst jetzt? Müsste das nicht die erste Frage sein, bevor man den Kommissar überhaupt über die Türschwelle treten lässt? Müsste man ihn nicht mit Fragen regelrecht bombardieren, wenn das eigene Kind verschwunden ist?

Karla schenkte Kaffee ein, setzte sich und blickte den Kommissar neugierig an, als habe sie nach dessen Einschätzung der letzten Parlamentswahlen oder der Zusammenstellung eines Blumenstraußes gefragt. »Verdammt nochmal, Ihr Kind ist verschwunden!«, wollte er ihr entgegenbrüllen, doch glücklicherweise hatte er sich im Lauf seiner Berufsjahre ein gewisses Maß an Souveränität angeeignet, sodass ihm so etwas nicht mehr passierte. Wobei er noch weit, noch sehr weit von jener abgebrühten Souveränität entfernt war, die ihm in so vielen Filmen begegnete.

»Herr Rhodén, gibt es Neuigkeiten?«, wiederholte sich Karla Asmussen und bemühte sich um ein Lächeln. Es misslang ihr und wurde zur Fratze. Sie war noch stärker geschminkt als gestern. Wie eine Maske.

Wen werde ich finden, wenn ich die Schminke und die Maske abkratze? Wer taucht darunter auf? Jacob wusste, dass es eine Weile dauern und vor allem viel Geduld erfordern würde, bis es so weit wäre. Heute könnte er ein wenig an der Maske kratzen, mehr aber nicht. Außerdem hatte er weder Hammer noch Meißel dabei.

»Herr Rhodén, geht es Ihnen gut?«

»Nein, wir haben noch keine Neuigkeiten.« Rhodén nahm einen großen Schluck Kaffee und setzte die Tasse behutsam wieder ab. Links von ihm entdeckte er auf dem Teppichboden einen braunen Fleck, dessen Konturen gut sichtbar waren. Schande über dich, Eva, dachte Rhodén, während er innerlich grinste, du hast der armen Karla mehrere Stunden Arbeit und sicherlich viele verzweifelte Momente verschafft.

»Es muss doch irgendjemand etwas gesehen haben?«

»Wir sind dabei, alle Anwohner zu befragen. Bisher allerdings ohne Erfolg, es tut mir leid. Morgen werden wir Lindas Foto in der Zeitung abdrucken und um die Mithilfe der Menschen in Arvika bitten.«

»Dann weiß das ja jeder!« Karlas Hand fuhr zum Mund und legte sich auf die Lippen, während ihre Augen erschreckt zum Kommissar starrten.

»Frau Asmussen, Sie wollen doch auch, dass wir Linda wieder finden, oder?«

»Ja ... ja, gewiss«, stotterte Karla. »Es ist nur so ... Dann werden die Leute wieder schlecht über mich reden. Sie werden sagen, dass das zu erwarten war bei dieser Rabenmutter. Meinen Sie ... Herr Rhodén ... meinen Sie, dass mir dann das Sorgerecht abgesprochen wird?«

»Warum sollten die Leute Sie als Rabenmutter darstellen?« Begann die Maske etwa, schon ein wenig zu bröckeln?

»Weil Alleinerziehende angeblich immer schlechte Mütter sind. Ich höre sie doch ständig tuscheln.«

»Ich glaube, dass wir hier in Schweden in diesem Punkt doch etwas fortschrittlicher sind. Wir leben ja nicht in Deutschland.«

»Sind Sie alleinerziehend?«, fragte Karla und setzte fort, als Rhodén den Kopf schüttelte. »Sehen Sie, Sie haben keine Ahnung, lassen sich aber erfolgreich von diesem Schweden-ist-so-tolerant-Image blenden. Wir Schweden sind genauso konservativ wie alle anderen auch. Nur verbergen wir es geschickter.«

Ein Stück der Maske war abgebrochen und ein kleines Loch war entstanden, hinter dem Jacob vage und schwach eine andere Karla Asmussen entdecken konnte. Da kam eine unsichere, einsame Frau zum Vorschein, jemand, der stets die Welt gegen sich gerichtet sah und daher meinte, ständig kämpfen zu müssen. Aber weil die Welt sich nicht immer gegen sie stellte, ja, weil die Welt sich wahrscheinlich oftmals gar nicht für sie interessierte, führte sie mehr Scheingefechte als tatsächliche Kämpfe. Doch auch Scheingefechte können ermüden und zermürben.

»Ich möchte mir von Linda ein besseres Bild machen«, sagte Jacob, um das Gespräch wieder in die Bahnen zu lenken, die er vorgesehen hatte. »Linda wurde von Ihnen adoptiert.«

»Nein!«

»Wie ›nein‹? Das steht aber in Ihrem Personenregister. Im Alter von sechs Monaten haben Sie Linda adoptiert. Das war also im Jahr 2003.«

»Linda ist meine Tochter.« Karla Asmussen saß jetzt kerzengerade, die Kaffeetasse hatte sie auf den Tisch gestellt, die Hände lagen übereinander in ihrem Schoß.

Rhodén runzelte die Stirn, als er Frau Asmussen beobachtete. »Gewiss ist sie Ihre Tochter. Ich habe nichts anderes behauptet. Aber sie ist nicht Ihre leibliche Tochter.«

Karla blickte irgendwo an die Raufasertapete an der gegenüberliegenden Wand. Steif, reglos. Für mehrere Minuten sagte sie kein Wort mehr.

»Vielleicht ist Lindas Adoption der erste Punkt in einer langen, langen Liste von Dingen, die Karla gegen meinen Willen durchsetzte.« Der hagere Mann saß seit seiner Ankunft beinahe reglos auf dem hässlichen grünen Stuhl, aufrecht, die Hände gefaltet in den Schoß gelegt. Gelegentlich hatte Eva Wilhelmsson das Gefühl, sie rede mit einer Puppe, deren batteriebetriebenen Funktionen sich darin erschöpften, dass sie hin und wieder die Augenlider schließen und öffnen konnte und gleichmäßig den Mund bewegte, wenn sie redete. Vielleicht würde er ja auch artig ›Gute Nacht‹ sagen, wenn man ihn auf den Rücken legte. Tomas Begin war ein seltsamer Zeitgenosse, nicht unsympathisch und im Gespräch durchaus offen, aber Wilhelmsson fand keine Emotionen. Wahrscheinlich saß er, wenn er irgendwelche Softwares entwickelte, genauso emotionslos vor dem Computer wie jetzt in

Evas Büro, wo sie sich über seine verschwundene Tochter unterhielten.

Gestern eine sterile Wohnung, heute ein gefühlssteriler Mann. Damit hatten sie möglicherweise schon eine Erklärung für die Trennung der beiden gefunden. Und sicherlich auch für das aufbegehrende und widerspenstige Verhalten der Tochter.

»Moment, Herr Begin«, hakte Wilhelmsson ein. »Sie sagten eben, dass Sie Lindas Adoption nicht wollten? Wieso hat Ihnen dann das Jugendamt überhaupt ein Kind zugeteilt?«

»Es ist ein Unterschied, was man denkt und was man den Damen und Herren des Jugendamts sagt. Natürlich sind wir bei denen so aufgetreten, dass sie einen guten Eindruck von uns hatten.«

»Warum haben Sie nicht einfach gesagt, dass Sie kein Kind adoptieren wollen?«

»Das ging nicht.« Endlich kam ein wenig Bewegung in Herrn Begin. Die ineinandergelegten Hände kneteten sich, sodass die Knöchel weiß hervortraten. »Wenn Karla etwas wollte, habe ich ihr nie widersprochen. Vielleicht hätte ich das tun sollen. Aber wenn sich so etwas einmal einschleift, dann ist es eben so und wird von beiden akzeptiert. Außerdem war ich ja nur anfangs gegen die Adoption. Schließlich war ich erst neunundzwanzig, da denkt man nicht an Adoption. Karla war aber schon fünfunddreißig und sie wollte unbedingt ein Kind. Ich konnte sie verstehen, deswegen habe ich nichts gesagt. Und glauben Sie mir, seit Linda bei uns ist, liebe ich sie, als wäre sie mein leibliches Kind.«

»Gehen Liebe und Sorge nicht Hand in Hand?«, fragte Nilsson.

»Das habe ich schon gesagt, Herr Nilsson. Ich mache mir sehr große Sorgen. Nur weil ich hier nicht herumtigere und Sie anschreie, dass Sie nichts unternehmen, um Linda zu finden, sondern mich aus irgendwelchen Gründen in die Mangel nehmen, heißt das nicht, dass ich mir keine Sorgen mache«, sagte der Mann und blieb reglos sitzen. Er hatte Nilsson währenddessen nicht einmal angeschaut.

»Wie würden Sie Ihre Beziehung mit Karla Asmussen beschreiben?«, fragte Eva Wilhelmsson.

»Schwierig.«

»Können Sie das ein wenig genauer erläutern?«

»Wissen Sie, Karla ist eigentlich eine herzensgute Frau, aber sie ist so unsicher und ängstlich. Sie will allen gefallen, akzeptiert werden, bewundert werden. Da ist eine Mauer in ihr, die sie vor

Jahren errichtet hat. Auf der Vorderseite ist die Mauer wunderschön verziert, da ist kein vulgäres Graffito, kein Unkraut, das irgendwo zwischen den Ritzen hervorwächst. Auf der Rückseite aber steht ein riesiger Käfig mit dicken Eisengittern. In den wird alles gesperrt, was sie nicht zeigen möchte. Ihre Angst, ihre Unsicherheit, ihre Schusseligkeit, ihre verrückten Ideen.«

»All das, was einen Menschen zu einem Menschen macht«, murmelte Wilhelmsson.

»Ja, für eine gewisse Zeit ist es angenehm, diese schön verzierte Mauer anzuschauen. Es ist auch bequem, weil nie etwas Unvorhergesehenes geschieht. Aber sobald man sich an der Mauer zu schaffen macht oder sogar über sie hinwegklettern möchte, dann wird es ungemütlich. Und ich rede noch nicht davon, wie es ist, wenn man versucht, den Käfig aufzubrechen. Dann ist die Hölle dagegen ein friedlicher Ort.«

Wie konnte man solche Dinge erzählen, ohne eine Miene zu verziehen? Irgendwie musste es doch möglich sein, diesen Mann aus der Reserve zu locken?

»Irgendwann hielt ich es nicht mehr aus. Es war einfach zu viel«, fuhr Tomas Begin fort.

»Die Scheidung reichte aber Ihre Frau ein«, hakte Nilsson ein.

»Ja.«

»Wieso sagen Sie dann, dass Sie es nicht mehr ausgehalten haben, obwohl es Ihre Frau war, die sich von Ihnen getrennt hat?«

»Ich habe es nicht mehr ausgehalten, aber ich hätte mich nie von ihr getrennt. Ich habe sie gehasst und unendlich geliebt. Ich denke, so sieht es in den meisten Ehen aus, die nicht rechtzeitig geschieden werden.«

Wilhelmsson konnte ein Grinsen nicht unterdrücken. Sie kritzelte etwas, das nur sie lesen konnte, auf ihren Notizblock.

»Am Schluss habe ich ihn gehasst, weil er mich nicht so akzeptieren konnte, wie ich bin«, sagte Karla Asmussen.

Das Thema Adoption hatten sie hinter sich gelassen, da Lindas Mutter offensichtlich nicht bereit und fähig war, über dieses Thema zu sprechen. Nachdem er lange gewartet und vergebens nachgebohrt hatte, hatte Rhodén das Gespräch schließlich auf die Beziehung mit Tomas Begin gelenkt. Wenn es darum ging, ihren Ex-Mann mit Beschimpfungen zu überziehen, zeigte sich Frau Asmussen deutlich redseliger.

»Ständig hat er mich kritisiert, meinte, ich solle das und jenes doch lieber so und so machen. Zum Schluss forderte er mich sogar auf, zum Psychologen zu gehen. Und dabei immer dieselben Floskeln: ›Ich mache mir ja nur Sorgen um dich ...‹ oder ›Ich will dir ja nur helfen ...‹ Irgendwann habe ich mir dann selbst geholfen und die Scheidung eingereicht. Es war, als habe er eine Mauer um mich errichtet. Mit Wachtürmen und Scheinwerfern, die mich ständig ausleuchteten. Und er stand auf der Mauer und den Wachtürmen und ließ mich nicht mehr in Ruhe.«

»Und wie ging es dann weiter?«

»Zunächst akzeptierte er die Scheidung nicht, kämpfte dagegen an, aber das Gericht gab mir Recht. Anfangs war Linda an den Wochenenden bei ihm, doch dann begann er, sie am Sonntagabend nicht mehr zu mir zu bringen. Er behielt sie einfach bei sich und hetzte sie gegen mich auf. Zweimal waren sie verschwunden und niemand wusste, wo sie waren. Linda hätte zur Schule gemusst, doch sie war weg. Wie sich herausstellte, hatte Tomas sie einfach in sein Auto gepackt und war mit ihr weggefahren. Um ein wenig gemeinsame Zeit zu verbringen, wie er sagte. Dieser Idiot! Schließlich sprach mir das Gericht das alleinige Sorgerecht zu. Aber es wurde nicht besser. Tomas begann, uns zu stalken, er lauerte mir abends und Linda nach der Schule auf. Das war schrecklich. Sobald ich außer Haus ging, hatte ich Angst, dass er hinter der nächsten Straßenecke stand. Linda kam häufig mit irgendwelchen Geschenken nach Hause, die er ihr auf dem Heimweg zugesteckt hatte. Und manchmal kam sie gar nicht nach Hause, weil er sie entführte und zu einem Ausflug nötigte. Das ging so weit, bis das Gericht ihm untersagte, sich Linda und mir zu nähern. Vor drei Monaten zog er nach Stockholm. Seitdem ist es besser geworden.«

Christoffer Nilsson hatte sich das Unternehmen notieren lassen, bei dem Tomas Begin angeblich am Vortag gewesen war. Auch Name und Telefonnummer des Hotels in Kristinehamn standen auf dem Zettel. Es war klar, welche Telefonate er führen würde, sobald das Gespräch zu Ende war.

»Herr Begin, mir lässt es keine Ruhe, dass Sie zum einen so erstaunlich ruhig reagieren, obwohl Ihre Tochter, die Sie angeblich heiß und innig lieben, verschwunden ist, und dass Sie sich zum anderen ausgerechnet zu diesem Zeitpunkt in der Nähe von Arvika aufhalten.«

»Kristinehamn ist nicht in der Nähe Arvikas. Das liegt am Vänern und noch hinter Karlstad.«

»Es sind etwas mehr als hundert Kilometer. In Gegenden wie Värmland ist das nicht mehr als ein Katzensprung, und das wissen Sie genau, schließlich kommen Sie von hier.«

»Ich darf mich meiner Frau nicht mehr nähern. Das habe ich verstanden. Aber ich darf mich ihr wohl noch auf hundert Kilometer annähern, oder?« Wilhelmsson hörte etwas in seiner Stimme, das man als Wut interpretieren könnte. Man konnte ihn also aus der Reserve locken.

Nilsson ließ nicht locker. »Es wundert mich nur, dass Sie ausgerechnet dann in der Gegend sind, wenn Linda verschwindet. Und das wenige Monate, nachdem Sie das Sorgerecht verloren haben und sich auch nicht mehr Ihrer Tochter nähern dürfen. Sie haben sich schon zuvor über Auflagen des Gerichts eigenwillig hinweggesetzt. Vielleicht auch dieses Mal?«

»Das ist eine mutwillige Unterstellung. Sie machen mich zum Täter, weil Sie mich schuldig sehen wollen. Doch Sie können nichts beweisen.« Wieder kehrte diese schreckliche Ruhe in Begins Stimme ein. Die Worte kamen über seine Lippen, als gingen sie ihn nichts an. Allmählich wurde er Wilhelmsson unheimlich. »Ich denke, Sie sollten sich nun endlich an Ihre Arbeit machen und Linda suchen. Stattdessen überhäufen Sie den Vater mit wirren Beschuldigungen und sehen nicht, dass er vergeht vor Sorge.«

»Man mag es mir nicht ansehen, aber ich vergehe vor Sorge«, sagte Karla Asmussen und Rhodén hoffte, dass sie nicht wieder zusammenbrach wie am Vortag. Ohne Wilhelmsson war er in solchen Situationen aufgeschmissen. »Heute Nacht habe ich nicht eine Minute schlafen können. Wo steckt Linda nur? Wenn ihr etwas zugestoßen ist? Ich musste die ganze Zeit an meine Freundin aus Kindheitstagen denken, die eines Tages verschwunden war, bis man sie irgendwann ertrunken aus dem See gezogen hatte. Was ist, wenn Linda ... wenn Linda ...« Karla verdeckte ihr Gesicht mit beiden Händen und brach ab.

»Karla, ich verstehe, dass Sie sich Sorgen machen. Bitte beantworten Sie mir aber noch eine Frage.«

Langsam löste Frau Asmussen die Hände von ihrem Gesicht. Der Kajal war noch an Ort und Stelle, offenbar hatte sie in der Nacht alle Tränen schon verweint.

»Würden Sie Ihrem Mann zutrauen, dass er Linda wieder einmal mitgenommen hat?«, fragte Rhodén.

Karla schaute ihn lange nachdenklich an, dann nickte sie kaum merklich.

Das Mobiltelefon in Jacobs Innentasche vibrierte. Es war Caroline Georgieva, die ihm mitteilte, dass sie endlich einen Anwohner ausfindig gemacht hatten, der möglicherweise tatsächlich etwas von Bedeutung beobachtet hatte. Rhodén verabschiedete sich von Karla Asmussen, konnte nicht umhin, beim Anziehen der Schuhe andere Schuhe im Regal leicht zu verrücken, nur um zu sehen, ob sie beim nächsten Besuch wieder akkurat parallel stünden, und eilte dann in die Torggatan, wo Georgieva und Skog in der Wohnung des Rentners, der etwas gesehen haben wollte, auf ihn warteten.

10

Der Mann stellte sich als Ove Rungard vor. Auch wenn das Äußere darauf deutete, dass er bereits weit über hundert sein musste, so schienen seine Augen doch die eines Adlers zu sein, zumindest erkannte er Rhodéns Augenringe und blasse Haut - und wies ihn prompt darauf hin. Und auch die Tatsache, dass der Kommissar eine sehr hübsche Kollegin mit einem gesunden Teint hatte, von dem er sich einmal eine Scheibe abschneiden dürfe, entging ihm nicht. Wohl aber Rhodéns Bemerkung, welche seiner Kolleginnen er denn meine, schließlich stünden mit Georgieva und Wilhelmsson zwei im Raum. Das Gehör hatte sich offenbar dem Alter angepasst. Genauso der Geruch der Wohnung, denn es strömte der penetrante, aber typische Duft von altem Mann durch die Räume der beengten Drei-Zimmer-Wohnung.

»Was haben Sie uns mitzuteilen, Herr Rungard?«, rief Rhodén besonders betont und laut, damit der Alte ihn auch verstand.

»Ich bin zwar alt, aber nicht taub, ja!«, kommentierte Rungard und zuckelte gebeugt auf einen Gehstock zum Fenster, während Rhodén die grinsenden Gesichter seiner Kollegen hinter sich wusste.

Rhodén trat ans Fenster und stellte sich neben Rungard, der ihm - niedergedrückt von den Lasten eines langen Lebens - gerade noch bis zur Brust reichte. Der Alte zeigte mit zittriger Hand auf einen kleinen Parkplatz, der auf der anderen Seite der Torggatan lag. Die Straße war menschenleer, nichts und niemand bewegte sich dort draußen.

»Wenn die Schule aus ist, dann stehe ich oft hier am Fenster und beobachte die kleinen Kinder«, sagte Rungard. »In meinem Leben passiert nicht mehr viel, und wenn ich mich mit Freunden treffe, ist das Turbulenteste das Schachspiel, das wir zu spielen pflegen. Diese quirligen Kinder da unten auf der Straße zu sehen, ist wie ein Lebenselixier. Sie haben eine solche Freude, in ihren Gesichtern sehe ich eine Lust am Leben, die mich jedes Mal aufs Neue berührt und glücklich macht. Manchmal winke ich hinunter, aber nur ganz selten entdeckt ein Kind den alten Mann hinter der Gardine im ersten Stock und winkt zurück.«

»Gestern standen Sie auch hier am Fenster, als die Schule zu Ende war.« Rhodén hätte Ove Rungard mit seiner sonoren Stimme gerne noch länger zugehört, doch er hörte den dienstbeflissenen Polizisten in sich rufen, er solle endlich einmal zum Punkt kommen. »Was haben Sie gesehen?«

»Das muss so gegen Viertel vor vier gewesen sein, denn um vier Uhr traf ich mich mit einer guten Freundin auf einen Kaffee unten im Hotel Oscar. Die meisten Schüler waren schon vorbei, es gab sowieso nicht viel zu sehen, da die Kinder bei dem schlechten Wetter Regenschirme aufgespannt oder ihre Kapuzen über den Kopf gezogen hatten. Alle hatten es eilig. Da entdeckte ich auf dem Parkplatz einen älteren Mann mit einem jungen Mädchen, das einen Schulrucksack trug. Sie standen an seinem Auto und er redete heftig auf sie ein. Einmal nahm er das Kind an der Hand, doch es zog sie zurück und versteckte sie hinter ihrem Rücken. Irgendwann öffnete der Mann die Beifahrertür und das Mädchen stieg ein. Freiwillig, aber ich hatte ein seltsames Gefühl, da es so unglücklich dabei wirkte. Sie fuhren weg und das war's.«

Rungard drehte sich zum Kommissar und blickte ihn erwartungsvoll an. Doch dieser sagte erst einmal nichts.

»Es kann sich natürlich auch um Opa und Enkelin handeln«, setzte der Alte fort. »Aber dann müsste der Mann wohl nicht auf sein Enkelkind einreden, bei ihm einzusteigen.«

»Wenn der Opa so Auto fährt wie mein Vater, dann schon«, warf Fredrik Skog ein. Niemand außer Skog lachte.

»Können Sie den Mann, das Mädchen und das Auto denn beschreiben?«, fragte Rhodén.

»Der Mann hatte einen Anorak an und die Kapuze ins Gesicht gezogen. Schwarz oder grau war der Mantel.«

»Wieso konnten Sie dann sehen, dass es ein älterer Mann war.«

»Zum einen ist er nicht mehr gar so flott gegangen, zum anderen konnte ich das Gesicht ja durchaus ein wenig erkennen. Und Falten sind nun mal ein Hinweis auf einen älteren Menschen.«

Der Opa gefiel Rhodén. Er hatte eine gute Auffassungsgabe und erfand nicht irgendetwas, womit Erinnerungslücken häufig gefüllt wurden.

»Das Auto habe ich nicht mehr wirklich in Erinnerung. Es war weiß und wirkte schon älter. Wahrscheinlich ein Volvo. Vielleicht ein 760er, kann aber auch ein 850er sein. Da kenne ich mich nicht so gut aus.«

»Und das Mädchen?«

»Im Winter tragen doch alle schwarz oder grau. Für die Polizei muss das schrecklich sein, oder? Alle sehen gleich aus.« Rungard lachte und hustete gleichzeitig. »Irgendeine schwarze Jacke hatte sie an, ich weiß nicht mehr. Aber die Haare sind mir in Erinnerung, denn sie hatte langes, glattes schwarzes Haar. Darüber trug sie große gelbe Kopfhörer. Das hatte Stil.«

Jacob blickte zu Eva, die ihm zunickte. Linda Asmussen hatte ebenfalls langes schwarzes Haar. Es war gut möglich, dass Ove Rungard sie mit seinen Beobachtungen weitergebracht hatte. Er bedankte sich bei dem Alten, schüttelte ihm die Hand und war überrascht von dem festen Händedruck.

Als die vier Polizisten unten auf der Straße standen, konnten sie oben im ersten Stock ein faltiges Gesicht hinter einer Gardine erkennen. Wilhelmsson winkte nach oben, Rungard lächelte und nickte, ehe er sich zurückzog. Skog und Georgieva verabschiedeten sich, da sie noch weitere Wohnungen abzuklappern hatten. Wilhelmsson und Rhodén entschieden sich für einen Kaffee im Hotel Oscar, um von den Gesprächen mit Tomas Begin und Karla Asmussen zu berichten.

Sie senkten den Altersschnitt enorm, als sie auf den beigefarbenen Polstermöbeln im Café des Hotels Platz nahmen. Rhodén stellte fest, dass er eigentlich nie hier war, obwohl ihm der etwas in die Jahre gekommene, aber dennoch gemütliche Charme des Hotels gefiel. Sie bestellten Kaffee, beide schwarz, und dann stellte er die Frage, die man nicht stellen darf. Sie kam einfach aus ihm heraus. Nicht, dass sie sich aufgedrängt hätte und aus ihm herausgeplatzt wäre. Nein, sie war einfach da, so verkehrt und falsch sie auch war.

»Warum hast du keine Kinder, Eva? Willst du nicht auch welche?«

Rhodén! Bist du wirklich ein solcher Trampel? Du fragst eine alleinstehende Frau, die bald die magische Grenze von vierzig erreicht, nach Kindern? Idiot!

Er spürte, wie ihm das Blut in den Kopf schoss, und hörte, wie ihm eine genuschelte Entschuldigung über die Lippen kam. Ohrfeigen hätte er sich können. Wo kam diese Frage bloß her?

Doch seine Lieblingskollegin wäre nicht seine Lieblingskollegin, Eva wäre nicht Eva, wenn sie nicht auf ihre ganz eigene Weise reagiert hätte. Sie lachte auf, tadelte ihn laut, sodass alle sie hören konnten, dass man so etwas eine Frau in ihrem Alter doch nicht frage, und fügte dann leiser hinzu, dass er Stina auf keinen Fall verlassen dürfe, da er bei erneuter Partnersuche wohl so oft auf die Nase fallen würde, dass sie irgendwann vollkommen platt wäre. Dann meinte sie heiter, es brauche zum Kinderkriegen schließlich auch einen Mann, den sie nicht habe. Sicherlich könne sie irgendwo einen aufreißen, aber das wäre möglicherweise nicht die ideale Basis für gemeinsame Kinder. »Außerdem«, setzte sie ernst fort, »habe ich Angst vor der Erziehung und der Verantwortung, die ich als angehende Kommissarin niemals erfüllen könnte. Ein geregeltes Leben ist nicht möglich. Und morgens könnte ich meinen Kindern keinen Abschiedskuss geben mit dem Wissen, dass dies der letzte Kuss sein könnte, weil irgendein Verbrecher, eine Pistolenkugel oder ein Verrückter wie im letzten Sommer etwas dagegen hat, dass ich abends wieder nach Hause zurückkomme.«

Jacob schaute betreten auf die Tischplatte und rührte seinen Kaffee um. Nötig war das zwar nicht mehr, aber er brauchte etwas zu tun.

»Wie machst du das?«, fragte Eva.

Jacob wusste darauf keine Antwort. Er ging morgens einfach aus dem Haus und vertraute darauf, dass er abends schon wieder heimkomme. Anders ging es nicht. Viel schlimmer war die ständige Furcht um die Kinder, dass es ihnen so gehen könnte wie der verschwundenen Linda.

Er wollte gerade davon erzählen, wie Siri in der Schule im Abseits stand, ihn aber nicht als schützenden Vater an ihrer Seite haben wollte, als das Mobiltelefon klingelte und Sara Börjesson sie unterbrach. Sie hatte herausgefunden, dass Lindas leibliche Eltern wenige Monate nach ihrer Geburt bei einem Autounfall ums Leben gekommen waren, wodurch Linda zur Adoption freigegeben wurde. Sie kamen als mögliche Entführer daher nicht in Frage. Außer sie hätten ihre Tochter ins Jenseits entführt, sagte Wilhelmsson, aber daran wollten sie jetzt noch nicht denken. Daran durften sie noch nicht denken.

11

Sie traten aus dem Hotel heraus auf die Straße, deren Pflastersteine glitschig vom Regen und Schnee waren. Als sie die Kyrkogatan kreuzten, musste Jacob Rhodén unwillkürlich nach rechts blicken, in die Richtung, in der Karla Asmussen wohnte. Vor zwei Tagen war die kleine Linda hier entlanggegangen. Zumindest hätte sie an dieser Kreuzung in die Kyrkogatan biegen sollen. War sie überhaupt bis hierhergekommen?

Wo bist du vom Weg abgekommen, Linda? Wurdest du gewaltsam woanders hingeführt oder bist du freiwillig gegangen? Was ist geschehen? Wen hast du getroffen? Es muss dich doch jemand gesehen haben.

Konnte es sein, dass ein Mädchen am helllichten Tag verschwand und niemand bekam etwas mit? Bisher hatten sie nur einen Zeugen, jenen alten Mann weiter oben in der Torggatan.

Ein wütender Schrei hallte durch die fast menschenleere Straße. Rhodén glaubte, die Stimme wiederzuerkennen. Auch Eva Wilhelmsson war stehengeblieben und schaute in die Kyrkogatan, dorthin, wo die Schreie herkamen.

»Hau endlich ab!«, konnten sie verstehen, als sie näherkamen, und gleich darauf entdeckten die beiden Polizisten an einem Fenster im zweiten Stock eines wohlbekannten Hauses eine ebenso wohlbekannte Frau.

»Du sollst dich hier nicht blicken lassen!«, schrie Karla Asmussen aus dem Fenster. Sie fuchtelte mit den Händen, als könne sie so den Mann, der unten auf der Straße stand, vertreiben.

Eine alte Frau mit einem quietschbunten Regenschirm blieb stehen, beobachtete die Szene, ehe sie kopfschüttelnd weiterzuckelte.

»Karla! Hör mir doch bitte zu und mach die Tür auf!«, rief der Mann, dessen drahtige Brille schief auf der Nase hockte.

»Darf ich vorstellen?«, sagte Wilhelmsson und zeigte auf den Mann, von dem sie nur noch wenige Meter entfernt waren. »Tomas Begin, Karla Asmussens Ex-Mann.«

»Scheint ja eine heiße Beziehung gewesen zu sein«, murmelte Rhodén.

»Einen Scheiß hör ich dir zu! Ich werde dich ganz sicher nicht reinlassen, du perverses Schwein!« Karlas Gesicht war zu einer hässlichen Fratze verzerrt und knallrot angelaufen. Scheiße, pervers und Schwein - in zwei Sätzen hatte sie drei Wörter verwendet, die Rhodén ihr niemals zugetraut hätte. Überhaupt, wie sie dort oben am Fenster stand und wütete, passte absolut nicht zu dem Bild einer immer beherrschten, perfekten Frau, das er von ihr bisher gewonnen hatte. Man musste ihr also lediglich ihren Ex-Mann gegenüberstellen, dann fiel die Fassade, als habe man sie gesprengt. Rhodén machte sich eine gedankliche Notiz, dass er darauf später zurückgreifen würde, wenn es nötig werden sollte. Und er hatte das verdammt sichere Gefühl, dass es sehr bald so weit wäre.

»Jetzt kriegen Sie sich beide wieder ein und lassen die Beschimpfungen auf offener Straße bleiben!« Rhodén schritt ein, woraufhin sowohl Karla Asmussen als auch Tomas Begin zusammenzuckten und sich ihm zuwandten. Die Röte in ihren Gesichtern könnte von der Wut aufeinander kommen, oder aber von der Scham, von der Polizei beim Rosenkrieg unterbrochen worden zu sein. »Öffnen Sie bitte die Tür, Frau Asmussen! Meine Kollegin wird zu Ihnen nach oben kommen. Und Sie, Herr Begin, bleiben schön hier unten. Sie haben in der Wohnung von Frau Asmussen nichts verloren.«

Der hagere Mann mit dem seltsamen Drahtgestell im Gesicht blickte zu Boden und steckte seine Fäuste in die tiefen Taschen des dunkelgrünen Anoraks, den er trug.

»Sie wissen, dass Sie sich Ihrer Ex-Frau nicht nähern dürfen«, sagte Rhodén.

»Natürlich weiß ich das. Aber außergewöhnliche Umstände verändern doch solche Regelungen. Wenn unsere Tochter verschwindet, dann muss ich mit Karla reden. Wie soll das denn sonst anders gehen?«

»Glauben Sie mir, Regelungen ändern sich nicht, nur weil die Umstände außergewöhnlich sind. Wenn Sie das glauben, dann haben Sie noch nicht viel Umgang mit der Justiz und der schwedischen Bürokratie gehabt.« Bei der Beerdigung der gemeinsamen Tochter würde der Rechtsstaat möglicherweise eine Ausnahme machen, aber so weit würde es nicht kommen. So weit durfte es nicht kommen.

»Ich wollte doch nur mit Karla reden und für sie da sein«, sagte Begin. Rhodén fiel sein enormer Kehlkopf auf, der wie ein

Fremdkörper im Hals des Mannes steckte und nun nervös auf- und niederzuckte.

»Das verstehe ich«, sagte Rhodén. »Aber Sie müssen den Wunsch Ihrer Ex-Frau respektieren. Wenn sie Sie nicht sehen möchte, dann ist es so. Es liegt ein richterlicher Beschluss vor, dass Sie sich ihr nicht nähern dürfen. Also haben Sie sich daran zu halten.«

»Aber es geht doch um unsere Tochter!« Die dichten Augenbrauen des Mannes zogen sich zusammen, die Mundwinkel zuckten, Tränen traten in seine Augen. Mit einem Mal tat er Rhodén leid. Aber Gesetz war nun mal Gesetz, da brachte es wenig, wenn er Begin, der Vater war wie er selbst, nur zu gut verstehen konnte. »Meine Tochter, unsere Tochter ist verschwunden. Da müssen wir doch wieder enger zusammenrücken, egal, was der Gerichtsbeschluss sagt!«

»Wenn Karla das jedoch anders sieht.«

In diesem Moment öffnete sich die Tür, aus der vorsichtig Karla Asmussen trat, dann aber sofort stehen blieb. Hinter ihr erschien die Silhouette von Wilhelmsson. Tomas Begin hob den Kopf, und als er Karla entdeckte, eilte er auf sie zu. Das heißt, er wäre gerne auf sie zugerannt, hätte ihn dieser vermaledeite Kommissar nicht gepackt und festgehalten.

»Sie bleiben hier an Ort und Stelle und kommen Ihrer Frau nicht näher. Haben Sie verstanden?«

Begin grummelte etwas Unverständliches, was wohl eine Beleidigung war, die Rhodén auch dann, wenn er sie verstanden hätte, überhört hätte. »Lassen Sie mich los«, sagte Tomas Begin. »Ich bleibe ja schon stehen.«

Er zog den Anorak zurecht, als Rhodén ihn los, aber nicht aus den Augen ließ. »Karla, ich möchte einfach nur für dich da sein. Ich will, dass wir diese Situation gemeinsam durchstehen. Schließlich ist Linda unser gemeinsames Kind.«

»Ich komme damit schon alleine zurecht.« Da war sie wieder - die Fassade, die Mauer. Perfekt aufgerichtet, kein Riss, kein Fleck. Im düsteren Käfig dahinter waren Wut und Unsicherheit, Angst und Schuldgefühle fest eingesperrt. Niemand würde an sie herankommen, niemand würde es über die Mauer schaffen, die weiß war und kalt. Kalte Blicke aus grauen Augen in einem blassen Gesicht, in dem nur die Wangen vom Rouge Farbe trugen.

»Aber ich nicht, Karla! Ich komme damit nicht alleine zurecht.« Tomas Begin stand mit hängenden Armen da, der Anorak verbarg die hagere Gestalt kaum. Es schien, als würden die Augen in den tiefen Höhlen noch weiter nach hinten kriechen. Verloren stand er da, einsam. Eine Woge des Mitleids überkam Rhodén, die er sofort von sich schob. Wenn es eine Eigenschaft gab, die man als Polizist abtöten musste, dann war es Mitleid. Wie oft hatte er schon Mitleid mit Menschen gehabt, die sich später als brutale Täter herausstellten, als Sadisten, die mit ihren Opfern eines ganz gewiss nicht hatten: Mitleid.

Ein alter roter Volvo - einer dieser herrlichen Autos, die nur Ecken und nirgends eine Rundung hatten - fuhr deutlich schneller als die erlaubten dreißig Stundenkilometer durch die enge Straße und bremste vor dem Haus, vor dem sie standen, abrupt ab. Der Fahrer parkte nicht ein, nein, er ließ den Wagen einfach auf der Straße stehen, stieg aus und kam schnurstracks auf die zwei Polizisten und die beiden Streithähne Asmussen und Begin zu. Aus der Beifahrertür kletterte eine ältere Dame mit einer rot gefärbten Dauerwellenfrisur, die seit mindestens dreißig Jahren vollkommen aus der Mode war. Sie tastete sich vorsichtig an der Karosserie entlang, umkurvte das Auto und kam dann auf unsicheren Beinen in ihre Richtung. Währenddessen war der Fahrer, ein Mann der Marke rüstiger Rentner, schon längst bei ihnen angekommen und hatte sich zwischen Karla und Tomas gestellt, die Hände in die Hüften gestemmt, den Blick böse auf Begin gerichtet.

»Verschwinde augenblicklich hier und lass meine Tochter in Ruhe, ehe ich mich vergesse«, knurrte der Mann, der dem Äußeren nach mindestens siebzig sein musste, aber anscheinend aus dem Brunnen innerer Juvenilität getrunken hatte. Die Glatze und die tiefen Falten in der braun gebrannten Haut ließen seine Worte noch bedrohlicher wirken. Auch die markante Narbe, die sich von der rechten Augenbraue zur rechten Schläfe zog, passte ins Bild. Alles an diesem Mann sagte: Spaße lieber nicht mit mir.

»Immer mit der Ruhe«, sagte Rhodén und trat zwischen Begin und den rüstigen Rentner, der wohl aus dem Alterssitz für ehemalige Wrestler entlaufen war. »Sie vergessen sich ganz sicher nicht. Aber Sie werden mir jetzt Ihren Namen verraten und erklären, was dieser Auftritt soll.«

»Und wer sind Sie?«

»Kriminalkommissar Rhodén, Polizei Arvika«, sagte Rhodén und hielt dem Mann seinen Ausweis unter die Nase, woraufhin dieser verächtlich grollte.

»Jan, was ist denn los?« Mit piepsiger Stimme mischte sich die Dauerwellenfrau, die sich mittlerweile angenähert hatte, ein. Ihren Stock hielt sie tastend vor sich. Sie musste blind sein, oder zumindest nahezu.

»Jan Asmussen«, sagte der glatzköpfige Mann. »Ich bin Karlas Vater. Das ist Beata, meine Frau. Karla hat uns vor wenigen Minuten angerufen und gebeten, dass wir sofort vorbeikommen sollen, weil dieser Nichtsnutz sie mal wieder belästige.«

Karla hatte sich aus der Tür gelöst und war hinzugetreten. Sie legte die Arme um ihre Mutter und drückte sie fest an sich. »Hej, Mama! Danke, dass ihr gleich gekommen seid.«

»Das ist doch selbstverständlich, meine Liebe«, sagte Beata Asmussen, während sie ihrer Tochter auf den Rücken tätschelte.

Karla löste sich und richtete sich wieder auf. »Hallo Vater«, sagte sie. Ihr Blick streifte kurz den des Vaters, dann wandte sie sich an Rhodén: »Das sind meine Eltern. Ich habe sie um Hilfe gerufen.«

»Herr Kommissar«, rief der bullige alte Mann mit tiefer Stimme. »Dieser Tunichtgut darf sich meiner Tochter nicht nähern. Also sorgen Sie dafür, dass er sich zum Teufel schert.«

»Ich denke, es wird ausreichen, wenn er geht«, sagte Rhodén und blickte Tomas Begin, der das Gespräch reglos und stumm verfolgt hatte, auffordernd an. Karlas früherer Mann nickte langsam, während der Kehlkopf nach oben schoss und sich dann rasch wieder nach unten bewegte. Er drehte sich um und schloss die Tür eines dunkelblauen Saabs 900, der wenige Schritte von Rhodén entfernt geparkt war, auf.

»Bitte melden Sie sich bei mir, sobald Sie etwas von Linda wissen«, sagte er zu Rhodén, der nickte und auf der Seite des Beifahrers neben das Auto trat.

»Das werde ich. Bitte stehen Sie zur Verfügung, falls wir Fragen haben. Und bitte halten Sie sich von Frau Asmussen fern, egal, wie außergewöhnlich die Umstände sind.«

Begin schaute Rhodén lange an, ehe er die Brille auf der Nase zurechtrückte, die Tür öffnete und in den Wagen stieg. Rhodén ließ seinen Blick sinken und schaute durch das Seitenfenster auf den Beifahrersitz. Halb darunter verborgen entdeckte er etwas auf der Fußmatte, das seine Aufmerksamkeit auf sich zog.

»Einen Augenblick, Herr Begin!« Der Kommissar riss die Beifahrertür auf, woraufhin Tomas Begin die Hand vom Schlüssel, den er gerade im Zündschloss umdrehen wollte, nahm.

»Was ist denn?«, fragte er.

»Für wen ist das Geschenk?«, fragte Rhodén und griff nach dem in Geschenkpapier eingeschlagenen Päckchen, das unter dem Beifahrersitz lag. Begin wollte ihn davon abhalten, doch der Kommissar war schneller. Er nahm das Geschenk an sich und begutachtete das weiße Geschenkpapier, auf dem sich unzählige Mummins tummelten. Begin sprang aus dem Wagen, doch die Empörung, mit der er zunächst auf der anderen Seite des Autos gestanden war, wich schnell der Verlegenheit, denn Karla Asmussen war nun nähergekommen und schaute argwöhnisch zwischen Päckchen und Begin hin und her. Hinter ihr hatte sich ihr Vater aufgebaut, flankiert vom blinden Dauerwellenungetüm und Eva Wilhelmsson, die bereit war, sich jederzeit auf den alten glatzköpfigen Mann zu werfen, sollte er Schwierigkeiten machen.

»Herr Begin, für wen ist das Geschenk?«, wiederholte Rhodén seine Frage.

Karlas Ex-Mann nestelte nervös am Kragen des Anoraks herum. Die Blicke der Umstehenden lasteten schwer auf ihm. Karlas Blick vernichtete ihn, Jan Asmussens tötete.

»Ist das Geschenk für Linda?«, fragte Rhodén, als Begin nicht antwortete.

Wieder Schweigen. Wieder das nervöse Gefummel am Kragen.

»Ja«, sagte Begin schließlich tonlos.

»Hast du Linda ...?«, setzte Karla Asmussen an, aber sie wollte die Worte nicht weitersprechen, den Gedanken nicht weiterdenken.

»Nein, ich habe Linda nicht entführt!«, rief Begin. »Wenn ich das getan hätte, dann wäre das Geschenk doch nicht mehr im Auto.«

»Du sollst dich doch von Linda fernhalten, du gehirnamputierter ...«, knurrte Karlas Vater, aber Rhodén unterbrach ihn.

»Was ist in dem Päckchen?«

»Nichts Besonderes, nur ein Geschenk. Zwei Bücher, von denen ich weiß, dass sie die Autorin mag, ein neues Tagebuch, ein Füller.«

»Mach dich doch nicht lächerlich«, spottete Karla. »Was will Linda denn mit einem Tagebuch? Du kennst deine Tochter kein bisschen. Halte dich von ihr fern!«

»Vielleicht kenne ich sie besser, als du denkst.«

»Was soll das heißen? Kommst du etwa öfter hierher, um sie zu beschenken?« Karla war einen weiteren Schritt auf den Saab zugetreten.

»Nein ... ja.« Tomas Begin warf den Kopf hin und her, als würde er von oben, von rechts, von links, von irgendwoher Hilfe erwarten. »Manchmal war ich hier, um sie zu sehen. Ich muss sie sehen. Sie ist doch meine Tochter.«

»Du darfst sie nicht sehen!«, brüllte Karla. »Hau ab! Hau jetzt endlich ab!«

Wilhelmsson trat mit zwei großen Schritten neben Karla Asmussen und hielt sie mit beiden Händen fest.

»Es ist wohl wirklich besser, wenn Sie jetzt gehen«, sagte Rhodén. »Das Geschenk behalte ich und ich werde es auch auspacken.«

»Es hat ja sowieso seinen Nutzen verloren«, murmelte Begin.

»Sie bleiben in der Nähe, Begin. Halten Sie sich bereit, falls wir Sie noch einmal auf dem Präsidium brauchen.«

Tomas Begin sagte nichts, reagierte nicht. Er stieg ein, startete den Motor, trat zu heftig auf das Gaspedal und raste davon.

»Warum lassen Sie ihn gehen? Was ist, wenn er Linda entführt hat?« Jan Asmussen richtete sich bedrohlich vor Rhodén auf.

»Das Geschenk für Linda ist noch hier.« Rhodén hob das Päckchen vor Asmussens faltiges Gesicht. »Hätte er sie damit in sein Auto gelockt, um sie zu entführen, läge es nicht gut verpackt unter dem Beifahrersitz.«

Aber sie würden Tomas Begin ganz genau unter die Lupe nehmen, dachte er bei sich. Sie würden ihm auf die Füße treten. Auf jeden Zeh einzeln.

12

In dem Päckchen waren die Geschenke, die Tomas Begin angekündigt hatte. Sie lagen neben dem Mummins-Geschenkpapier auf dem großen Tisch des Besprechungsraums und wollten nicht hierhergehören. Ihr Platz war neben einer Geburtstagstorte mit vielen bunten Kerzen, die ausgeblasen wurden. Unterm Weihnachtsbaum. In einem Osterkorb. Aber nicht in einem Besprechungsraum der Kriminalpolizei. Die Geschenke verloren ihre Unschuld, wenn sie hier lagen. An der Stellwand neben dem Tisch hing das Foto von Linda Asmussen, darüber die Bilder von Karla und Tomas Begin. Auf einer ausgedruckten Straßenkarte waren die Schule und die Wohnung in der Kyrkogatan mit einem dicken Kreuz und der Weg dazwischen mit roter Farbe eingezeichnet. Ansonsten gähnte die Wand sie leer an.

Fredrik Skog erhob sich und pinnte das Bild eines weißen Volvos neben Lindas.»Ein Volvo 760. Möglicherweise ist es das Auto desjenigen, der von Rungard beobachtet worden ist. Caroline und ich haben ihm verschiedene Autotypen vorgelegt. Beim 760er meinte er, dass es das gewesen sein könnte. In diesem Auto könnte der Mann zusammen mit dem Mädchen von dem Parkplatz weggefahren sein. Wenn es sich bei dem Mädchen also um Linda handelte und wenn Rungards Erinnerung nicht getrübt ist, dann könnten wir nach einem weißen Volvo 760 fahnden.«

»Das sind viele Wenns«, raunte Paul Helland und wippte dabei mürrisch auf dem Stuhl vor und zurück.

Jacob hasste es, wenn sein Chef bei den Besprechungen anwesend war, vor allem wenn sie in den Ermittlungen noch nicht weit waren, wenn sie stocherten und suchten und jedes Steinchen umdrehten, selbst wenn sie sich sicher waren, dass sie darunter nichts finden würden.

Helland war ein Hüne. Die wuchtige Glatze glänzte im Licht der Deckenleuchten, die Arme mit den hochgekrempelten Hemdsärmeln waren vor der mächtigen Brust verschränkt. Zusammen mit Jan Asmussen hätte Paul Helland ein kongeniales Duo abgegeben, schoss es Jacob durch den Kopf und er musste gegen seinen Willen lächeln. Zum Glück achtete in diesem Moment niemand auf ihn.

»Was haben wir noch?«, fragte Rhodén.

Christoffer Nilsson meldete sich zu Wort. Er hatte im Hotel in Kristinehamn angerufen. Begin hatte tatsächlich dort übernachtet, insgesamt sogar drei Nächte gebucht, referierte der Polizeiinspektor, während er sich entspannt zurücklehnte und das linke Bein lässig auf das rechte Knie legte. Mit einer Hand fuhr er sich durchs glattgegelte Haar und versicherte sich, dass jede Strähne saß. Er hätte es nicht tun müssen, da bei dieser Menge Pomade nur ein Schneesturm sibirischen Ausmaßes seiner Frisur etwas zuleide tun würde. Das Unternehmen, das Begin angegeben hatte, war zwar tatsächlich ein Kunde, fuhr Nilsson fort, jedoch gab es keinerlei Termin mit Begin. Es hatte ihn auch niemand gesehen, geschweige denn mit ihm gesprochen.

»Dann hat er uns also glatt ins Gesicht gelogen«, fasste Rhodén zusammen.

»Weil er seine Tochter heimlich besucht und er das aber geheim halten will, da er genau weiß, dass er mächtige Probleme bekommt, wenn aktenkundig wird, dass er sich nicht an die Auflagen hält.« Wilhelmsson trommelte mit den Fingern der rechten Hand auf ihrer Wange herum, als könne sie damit ihre Gedanken auf Trab bekommen. Dann nestelte sie abwesend an dem Geschenkpapier und begutachtete eine Mummins-Figur. »Entweder stimmt Tomas' Geschichte und er wollte tatsächlich nur seine Tochter sehen und ihr ein Geschenk machen. Daher quartiert er sich in Kristinehamn ein. Von dort kommt er schnell nach Arvika und kann Linda nach der Schule treffen, ohne dass Karla Asmussen etwas davon mitbekommt.«

»Oder aber«, führte Sara Börjesson den Gedanken fort, »er hat uns eine fein ausgedachte Lügengeschichte aufgetischt, samt einem Geschenk, das nie für Linda gedacht war, sondern sie nur anlocken sollte.«

»Karla Asmussen meinte, Linda würde nie im Leben Tagebuch führen. Auch ein Füller passe überhaupt nicht zu ihr«, sagte Rhodén. »Das könnte darauf hindeuten, dass das Geschenk gar nicht für Linda gedacht war. Andererseits würde Begin wohl keine große Szene vor Karlas Wohnung machen, wenn er Linda entführt hätte.«

»Wir müssen ihre Freundin fragen, ob sie etwas davon weiß, dass sich Linda öfters heimlich mit ihrem Vater getroffen hat. Wie hieß sie noch?«

»Liza Gurnell.« Jacob machte sich eine Notiz. »Sara, das übernimmst du morgen.«

Schweigen machte sich breit. Jeder hätte gerne mit einer großen Nachricht aufgewartet, mit etwas Entscheidendem. Aber da war nichts. Ein alter Mann, der sich vage an ein Auto erinnern konnte. Ein verzweifelter Vater, der zumindest ein Motiv hätte. Sonst nichts. Wenn Linda abgehauen wäre, dann hätte sie mit Sicherheit irgendwo entdeckt werden müssen.

»Ihr wisst, welchen Druck die Öffentlichkeit macht, wenn es um kleine Kinder geht.« Paul Helland erhob sich. Stehend wirkte er noch mächtiger als sitzend. Die kleine Sara Börjesson, die neben ihm saß, zog unwillkürlich den Kopf ein, als erwarte sie einen Angriff des Hünen. »Momentan haben wir nichts und die Presse wird nicht mehr lange meine ewig gleichen Antworten, man ermittle in alle Richtungen, hinnehmen. Sie wollen Futter, Fakten, eine heiße Spur. Also strengt euch an!«

Er verließ den Raum und hinterließ ein noch drückenderes Schweigen als zuvor. Rhodén kam es vor, als seien seine Mitarbeiter tatsächlich einen Kopf kürzer geworden. Sie wirkten so klein, als wollten sie am liebsten verschwinden. Er wusste, was ihnen durch die Köpfe ging. Verschwundene kleine Kinder musste man lebend wiederfinden. Die Alternative war, dass man zeit seines Lebens von nie verschwindenden Fragen und Selbstvorwürfen geplagt würde. Ein totes Kind, schlimmer noch, ein totes geschändetes Kind verzieh einem niemand. Nicht die Öffentlichkeit, nicht die Angehörigen, nicht man selbst. In Stockholm hatte er solche Kollegen gehabt. Es waren arme Schweine.

Rhodén räusperte sich. »Wir suchen einen weißen Volvo 760. Gebt das an alle Streifen raus. Vielleicht kommen wir darüber weiter. Morgen will ich eine Liste mit allen Besitzern eines solchen Autos in Arvika und der Umgebung. Fredrik, das ist deine Aufgabe.«

Fredrik Skog seufzte und nickte. Er machte sich eine Notiz in seinem Heft und schlug es dann missmutig zu. Seine Miene zeugte nicht gerade von großer Motivation und Begeisterung.

»Morgen müssen wir dringend weiterkommen«, mahnte Rhodén. »Morgen muss etwas passieren.«

Es würde etwas passieren. Aber etwas, mit dem weder Rho-dén noch einer seiner Kollegen gerechnet hätte.

13

Aus dem Kissen, in das Siri ihr Gesicht gedrückt hatte, kam gedämpftes Schluchzen. Bäuchlings und die Beine weit von sich gestreckt lag Jacobs Tochter auf dem Bett, das Kissen fest umklammert, das Gesicht tief vergraben. Ihr Rücken bebte und zitterte.

Jacob trat leise ein und beschloss, das Licht nicht anzuschalten. Der Schein, der vom Flur hereindrang, genügte, dass er ausreichend viel erkennen konnte. Auf dem Boden vor dem Bett lagen mehrere Bücher wild durcheinander. Auf dem Nachttisch befand sich hingegen nur eines. Ronja Räubertochter, las Jacob. Er musste lächeln. Es war eines seiner Lieblingsbücher, als er ein kleiner Junge war. Jedes Mal, wenn er es las – und das waren viele Male – hatte er eine unbändige Sehnsucht nach Freiheit und Herumtollen im Wald und wilden Frühlingsschreien verspürt. Und er beneidete Birk, denn er durfte seine Kindheit mit Ronja verbringen, während Jacob nur von ihr lesen durfte. Ronja konnte eigentlich nur noch von Karlsson vom Dach getoppt werden. Wenn Jacob als Kind durch die Straßen von Stockholm gelaufen war, hatte er immer nach oben zu den Dächern und Giebeln geschaut und gehofft, dass ihm irgendwann einmal Karlsson entgegenwinken würde. Freilich war das nie geschehen, aber dennoch wusste er, dass der kleine dicke Karlsson mit dem Propeller auf dem Rücken irgendwo dort oben durch die Lüfte schwirren musste.

Wie würde Karlsson Siri aufmuntern? Wahrscheinlich würde er ihr irgendeine Quatsch- und Lügengeschichte erzählen und dabei so wunderbar übertreiben, dass man gar nicht anders konnte, als zu lachen. Aber Jacob war nicht Karlsson. Er konnte Geschichten vorlesen, aber erfinden, das war nicht seine Sache.

Ein lauter Schluchzer drang aus dem Kissen und ein heftiges Beben fuhr durch den zierlichen Körper seiner Tochter. Er setzte sich auf die Bettkante und strich Siri sanft über den Rücken. Kurz zuckte sie zusammen, dann wurde sie ruhiger. Nein, sie lag vollkommen still da, wie erstarrt.

»Was ist los, mein Liebling?«

»Bin nicht dein Liebling«, kam aus dem Kissen genuschelt.

Jacob streichelte Siri weiter über den Rücken und konnte dabei die Wirbel spüren. Sie ist so zerbrechlich, dachte er, so ungeschützt. Jedes Wort konnte sie verletzen, jeder Schlag sie niederschmettern. Am liebsten würde er sie in einen dicken Kokon aus Watte packen, der all die Widrigkeiten da draußen von ihr abhielt.

»Ist heute etwas passiert? Haben die Jungs dich wieder geärgert?«

Was tat sie jetzt? Spielte sie tot? Unter seiner Hand, die auf ihrem Rücken lag, rührte sie sich nicht mehr. Er konnte spüren, wie sie sachte und flach atmete, aber der restliche Körper war wie erstarrt.

»Siri, rede doch bitte mit mir! Nur dann kann ich dir helfen.«

»Du kannst mir nicht helfen! Geh weg!«

Auch wenn man es gewohnt war, als Vater von seinen Kindern vieles einstecken zu müssen, schmerzten Siris Worte. Zwei Wörter, wie Stiche in seinem Herzen, wie Gift in seinen Nerven. Geh! Weg!

»Siri ...«

»Du sollst gehen!« Siri strampelte sich irgendwie unter die Decke, drehte sich zur Seite, mit dem Rücken zu Jacob, zog die Beine an und die Decke über den Kopf.

Jacob nahm das Buch auf dem Nachttisch in die Hand und blätterte lustlos darin. Ronja hatte Mattis, ihren Vater, den sie eigentlich heiß und innig liebte, auch einmal gehasst. Aber das war, weil er ihr den Umgang mit Birk verboten hatte. Ronja hatte also einen Grund. Aber welchen Grund hatte Siri, ihn zu hassen? Wenn sie doch nur mit ihm reden würde.

Als sich nach fünf Minuten, in denen er sie mehrfach sachte versuchte aus ihrer Erstarrung zu ziehen, immer noch nichts unter der Decke rührte, gab Jacob auf. Er legte das Buch zurück auf den Nachttisch, flüsterte »Gute Nacht« und sagte Siri, dass er sie lieb habe, dann stand er auf, ging und zog die Tür leise hinter sich zu. Kurz überlegte er, ob er mit Stina, die unten im Wohnzimmer saß und las, über Siri reden sollte. Doch er beschloss, es für heute sein zu lassen. Am Ende würde er wieder wie der Blöde dastehen, der von Entwicklungspsychologie, Pubertät und pädagogischen Grundsätzen keine Ahnung hatte.

Er ging nach unten, schenkte sich ein Glas Whiskey ein und setzte sich mit dem Laptop in die Küche, wo er versuchte, die bisher angesammelten Dokumente zu sortieren und einen Überblick über den Ermittlungsstand zu gewinnen. Er klickte sich durch die Protokolle der Aussagen der Anwohner in der Torggatan, überflog noch einmal, was Tomas Begin im Gespräch mit Eva Wilhelmsson und Christoffer Nilsson von sich gegeben hatte, überlegte, wie viele weiße Volvo 760 es wohl in Arvika und Umgebung gab.

Alle Versuche, etwas Übersehenes zu entdecken, führten ins Nichts. Er konnte sich nicht konzentrieren. Über Linda Asmussen gelangten seine Gedanken immer wieder zu Siri, die eine Etage höher in ihrem Bett lag und weinte. Mehrfach ertappte er sich dabei, wie er daran dachte, wenn Siri einfach so verschwunden wäre. Er würde daran zerbrechen. Würde fallen und könnte nie wieder aufstehen. Nach dem zweiten Glas Whiskey entschloss er, ins Bett zu gehen.

Als er das Licht neben seinem Bett gelöscht und sich gerade unter der Decke ausgestreckt hatte, hörte er von fern Sirenen. Die Feuerwehr. Irgendwo musste es brennen, dachte er, aber das sollte ihn nicht interessieren. Dann schlief er ein.

Tagebuch 23. Dezember

Ich liebe ja den Weihnachtstisch. Jedes Jahr ist es ein Fest für mich. Der eingelegte Hering, Lachs, Köttbullar und natürlich der Weihnachtsschinken. Vollstopfen kann ich mich aber vor allem mit Janssons Frestelse. Der Mund ist danach so salzig, dass man unendlich viel trinken will.

Heute wollte ich so viel trinken, bis ich ertrinken würde.

Von Anfang an schaute er mich an. Er grinste immer so dämlich. Aber nicht so, dass man lachen muss, sondern so, dass ich Angst bekommen habe. Und natürlich setzte er sich neben mich.

Mama und Papa redeten die ganze Zeit. Keine Ahnung über was, ich habe nicht zugehört. Und sie haben nicht gesehen. Überhaupt nichts haben sie gesehen. Nicht, wie er mich angeglotzt hat und auch nicht seine Hand, die sich irgendwann auf mein Knie gelegt hat. Sie war warm und feucht und so eklig. Immer wenn ich aufstehen wollte, drückte er mein Knie fest und ließ mich nicht los. Ich sagte, dass ich gehen wolle, aber meine Eltern haben natürlich nur gesagt, dass der Abend doch noch so jung sei und man so selten beisammen saß. Blabla. Und sie haben nichts gemerkt! Diese Hand. Irgendwann rutschte sie unter meinem Rock nach oben. Ich konnte nichts dagegen tun. Saß einfach nur da und war wie gelähmt.

»Janssons Frestelse − Janssons Versuchung«, sagte er irgendwann leise zu mir und lutschte dabei an einer der salzigen Anchovis. »Das prickelt richtig, nicht wahr?«

Ich werde nie wieder Janssons Frestelse essen. Es ekelt mich an. Ich hasse es. Genauso wie den Weihnachtstisch und meine Eltern und alle. Ich hasse die Blindheit.

Ich will schlafen und nie wieder aufwachen. Nie wieder.

14

Und er Idiot hatte tatsächlich gedacht, der Brand ginge ihn nichts an. Das kurze Haar stand verwuschelt in alle Richtungen. Mühsam versuchte Jacob, es einigermaßen in den Griff zu bekommen. Er müsste es waschen, doch dazu blieb keine Zeit. Die Ziffern auf dem Radiowecker im Bad leuchteten ihm »4:00« entgegen. Sein Gesicht war grau. Hinter den Schläfen pochte es. Er griff zu den Kopfschmerztabletten, die im Schrank hinter dem Spiegel verborgen waren, und spülte eine hinunter. Er wusch das Gesicht eiskalt ab, putzte mehr als oberflächlich die Zähne, stopfte sich zur Sicherheit einen Zahnpflegekaugummi in den Mund, zog die Klamotten an, die vom Vortag noch auf einem ungeordneten Haufen lagen, griff im Erdgeschoss zu den Autoschlüsseln und ging außer Haus.

Es war nicht nur ein Brand, hatte Berg, der Leiter der Spurensicherung, ihm am Telefon mitgeteilt. Er könne mit sehr großer Wahrscheinlichkeit von Brandstiftung ausgehen. Außerdem waren da die zwei Toten. Und damit war klar, dass Rhodén das Ausschlafen nicht vergönnt bleiben durfte.

Er seufzte und gähnte und seufzte gleich noch einmal. Die nachtschwarzen Straßen waren menschenleer. Keine Autos waren unterwegs. Nichts. Nur er und zwei einsame Lichtkegel, die die Scheinwerfer seines Wagens in die Dunkelheit warfen. Das Navigationsgerät führte ihn auf die Straße 151 bis zum Kreisverkehr beim Krankenhaus. Das große rote Fastfood-M leuchtete lockend, aber doch einsam, die Lichter des Krankenhauses verschwammen im Nebel. Es würde noch Stunden dauern, bis sich die Sonne über den Horizont gekämpft und den Nebel vertrieben hätte. Oder der Nebel hielt sich den ganzen kurzen Tag, was den November jedoch nicht unerträglicher machen würde. Grau würde Grau bleiben - mit oder ohne Nebel. Wieder ertappte sich Jacob dabei, dass er seufzte. Er bog im Kreisverkehr die erste Ausfahrt auf den Karlstadsvägen ab, um ihn gleich darauf wieder nach links zu verlassen. Bei der nächsten Abzweigung blinkte er rechts und fuhr in den Långvaksvägen. Die wenigen Produktions- und Logistikhallen ließ er hinter sich. Noch immer war ihm kein einziges Auto entgegengekommen. Er fühlte sich unendlich einsam, wie er auf der kleinen Landstraße an Bäumen vorbeizischte, in denen der Nebel wie ein lauernder Feind hockte. Und er spürte die Müdigkeit, die schwer in seinen Lidern saß und sich nicht vertreiben ließ. Hoffentlich hatten die Techniker von der Spurensicherung schon Kaffee gemacht. So wie er sie kannte, wartete eine dampfende Tasse bereits auf ihn. Wenigstens ein kleiner Trost.

Die freundliche Dame des Navigationsinstruments plärrte, dass er jetzt sofort rechts abbiegen müsse. Jacob bremste, setzte den rechten Blinker, was er sich angesichts des überschaubaren Verkehrs hätte sparen können, und fuhr in die schmale Seitenstraße ein. Der Weg schlängelte sich durch dichten Wald. Hier und da zeigten sich Bauernhöfe oder Villen, deren Besitzer ihren Reichtum wohl lieber hier in der Abgeschiedenheit versteckten, als ihn in der Stadt zur Schau zu stellen. Endlich sah er blinkendes Blaulicht zwischen den Bäumen. Er erreichte einen Schotterweg, der nach links abbog. Ein Streifenwagen stand am Straßenrand und eine Polizistin stellte sich ihm in den Weg, winkte ihn aber durch, als sie ihn erkannte.

Als er ausstieg, stieg ihm sofort der beißende Geruch des mittlerweile gelöschten Feuers in die Nase. Eine Polizistin hob das Absperrband und ließ ihn passieren. Bauscheinwerfer erhellten das abgelegene Haus - oder das, was von ihm übrig geblieben war. Der Dachstuhl hatte sich größtenteils im wahrsten Sinne des Wortes in Luft aufgelöst, das Holz der Fassade war kohlrabenschwarz. Nur an einer Stelle konnte Rhodén erkennen, dass es ursprünglich einmal gelb gestrichen war. Drei steinerne Stufen führten hinauf zur Veranda, an deren hinteren Rand das schwarze Skelett der Eingangstür baumelte. Die Wand, die die Tür hielt, stand noch. Rechts und links des Eingangs waren zwei Fenster zu erkennen. Hinter dem rechten entdeckte er Berg. Neben ihm stand Eva Wilhelmsson, die auf ihn zukam, als sie ihn sah. Verdammt, warum war sie mal wieder schneller als er? Und warum sah sie schon wieder so fit aus?

»Darf man durch die Tür hineingehen?«, fragte Rhodén einen Feuerwehrmann, der ihm entgegenkam.

»Nur zu. Aber Vorsicht! Da könnte jeden Moment ein Teil der Fassade zusammenbrechen. Im hinteren Teil des Hauses sind noch einige Kollegen auf der Suche nach Brandnestern, im vorderen ist aber alles gelöscht. Dort hinten finden Sie Schutzkleidung.«

Rhodén bedankte sich und holte sich einen Überzug. Erst jetzt bemerkte er, wie viele Leute unterwegs waren. Dutzende Feuerwehrleute und Polizisten, ein Krankenwagen, der vermutlich umsonst gekommen war, offenbar alle Techniker, die Berg nur irgendwie auftreiben konnte, auch die ersten Journalisten waren hinter der Absperrung zu erkennen. Doch obwohl so viele Menschen hier waren, wirkte alles gedämpft und leise. Kaum jemand schien mit anderen zu sprechen, und wenn doch, dann nur flüsternd. Über der Ansammlung an Fahrzeugen, Blaulichtern und Menschen erhoben sich die Reste der rußgeschwärzten Hausfassade, die mit der rabenschwarzen Nacht verschwammen, welche sich trotz Bauscheinwerfern und Lichtern drückend über sie wölbte. Es war, als bewegten sie sich in einer Blase, die sich in der Dunkelheit gebildet hatte, die aber nie in das Dunkle dringen könnte, sondern eher von ihr erdrückt würde.

Eine dampfende Tasse Kaffee schob sich in sein Blickfeld. Jemand war neben ihn getreten, ohne dass er es bemerkt hätte.

»Guten Morgen«, lächelte Wilhelmsson. »Schwarz und ohne Zucker.«

Er bedankte sich und fragte, was sie schon in Erfahrung gebracht habe, was nicht viel war, da sie nur wenige Minuten vor ihm hergekommen war.

»Berg ist gerade mit den zwei Toten beschäftigt. Sie liegen hinter dem Fenster rechts der Tür. Ein Mann und eine Frau.«

»Warum hinter dem Fenster? Weshalb sind sie nicht zur Tür?«, fragte Rhodén.

Wilhelmsson zog ihn zum Haus oder zu dem, was von ihm übrig geblieben war, und führte ihn die drei Stufen zur Veranda hinauf. Vor der Eingangstür blieb sie stehen.

»Die Feuerwehrleute, die als Erstes an Ort und Stelle waren, haben sie eingetreten, da sie sich nicht öffnen ließ. Und weißt du, warum?«

»Woher sollte ich?« Dumme Ratespiele konnte Rhodén nicht leiden.

»Weil sie von außen mit einer kleinen Metallplatte verschlossen worden war. Hier siehst du es.« Sie zeigte auf ein Plättchen, das schwarz glänzte. Mit zwei Schrauben war es im Türrahmen befestigt. Zwei weitere Schrauben hingen jetzt, nachdem die Tür eingetreten worden war, nutzlos in den Löchern der Platte. »Diese Schrauben waren in die Tür gebohrt.«

»Das bedeutet, dass sie von innen nicht geöffnet werden konnte.«

»Exakt«, sagte Wilhelmsson. »Wahrscheinlich wollten sie daher durchs Fenster fliehen. Aber die Flammen waren wohl schneller.«

Ein Feuerwehrmann, den Rhodén als den Brandmeister erkannte, trat auf sie zu. »Herr Kommissar, Frau Inspektorin, ihr inspiziert die verriegelte Tür?«

»Einfach Eva und Jacob, das genügt«, sagte Rhodén. »Hallo Kemal, wir hatten schon länger nicht mehr das Vergnügen.« Er meinte es ernst, denn mit Kemal Ferres konnte er prächtig zusammenarbeiten. Geradlinig, ohne viel Firlefanz, immer auf das Wesentliche fokussiert. Im Privaten würde ihm so jemand wahrscheinlich auf den Keks gehen, aber bei der Arbeit wollte er am liebsten nur solche Menschen um sich herum haben, was wohl immer ein Wunsch bleiben würde.

»Kannst du schon etwas zum Brand sagen?«

»Es ist ganz klar Brandstiftung«, sagte Kemal. »Schaut her!« Er ging die Stufen hinab und auf einen Kanister, der wenige Meter daneben im Gras lag. »Ein Benzinkanister und genau an dieser Stelle der Fassade eindeutige Zeichen einer enormen Hitzeentwicklung. Das Feuer hat sich aber nicht von dieser Stelle durch das Haus gefressen, sondern es gibt mehrere Brandherde.«

Rhodén zog die Augenbrauen hoch. Der Kanister, die versperrte Haustür, die beiden Toten. Das roch verdammt stark danach, dass es jemand auf die beiden abgesehen hatte.

»Ähnliche Kanister haben wir auf allen Seiten des Hauses entdeckt«, setzte Kemal fort. »Bisher sechs Stück.«

»Sechs? Dann wollte jemand aber auf Nummer sicher gehen.«

»Das kann man wohl so sagen. Jedenfalls muss sich das Feuer rasend schnell ausgebreitet haben. Die Nachbarn, die dort vorne wohnen«, er zeigte in die Dunkelheit, dorthin, wo die kleine Straße verlief, »haben die Feuerwehr gerufen. Aber als wir ankamen, war das Haus schon längst nicht mehr zu retten.«

»Jemand soll die Aussage der Nachbarn aufnehmen«, sagte Rhodén zu Wilhelmsson. »Sind Nilsson und Georgieva schon hier?«

»Ich kümmere mich darum«, meinte Wilhelmsson und verschwand.

»Können wir einmal um das Haus herumgehen?«, fragte Rhodén.

Kemal Ferres nickte und zog eine Taschenlampe hervor. Sie gingen auf die linke Seite des Hauses, wo ein paar krüppelige Obstbäume standen. Nur wenige Meter weiter hinten begann der Wald.

»Siehst du?« Kemal leuchtete auf einen weiteren Kanister. »Hier liegt der nächste.«

Rhodén trat näher. Der Deckel war abgeschraubt, große Teile des Plastikbehälters geschmolzen. Berg und sein Team würden Stunden hier verbringen müssen. Fingerabdrücke, Fußabdrücke, die Toten, sie würden den Fluchtweg der Opfer rekonstruieren müssen, wie das Feuer durch das Haus gewandert ist.

»Interessant sind die Brandmuster an der Hauswand«, riss Ferres ihn aus den Gedanken.

Rhodén leuchtete mit der Taschenlampe die Fassade ab, die seiner Meinung nach überall einfach nur schwarz war. »Um ehrlich zu sein, sehe ich überhaupt keine Muster, sondern nur schwarz.«

»Das ist es. Gäbe es nur einen Brandherd, hätte unser Pyromane also einfach das Benzin ausgekippt und angezündet, dann würde ein V-förmiges Brandmuster an der Wand entstehen. Ganz unten, der Feuerquelle am nächsten wären die Brandschäden am stärksten, dann würden sie nach oben hin einerseits breiter, andererseits etwa schwächer.«

»Aber das ist hier nicht so.« Rhodén glaubte zu erahnen, worauf Ferres hinauswollte. »Da hier alles gleichmäßig verbrannt ist, wurde das Benzin, bevor es entzündet wurde, auch gleichmäßig verteilt.«

»Exakt«, lobte der Feuerwehrmann.

»Es war also keine hektische Tat. Der, der dafür verantwortlich ist, ging zielstrebig und gründlich vor. Er wollte sichergehen, dass sein Plan aufging.«

Sie gingen weiter und gelangten an die Rückseite des Hauses, wo sich ein weitläufiger, akkurat gemähter Rasen erstreckte. Im Schein der Taschenlampe zeichneten sich schwarz einige Büsche ab, etwas weiter weg stand eine kleine Sitzgruppe. Der Garten sah nach Wohlstand aus. Sie würden sehr genau überprüfen müssen, ob Wertgegenstände verschwunden waren, dachte Rhodén und dann, dass das in einem Haus, von dem nicht einmal mehr die Hälfte übriggeblieben war, eine verdammt schwere Angelegenheit werden dürfte.

Das Gerippe eines Geländers reckte sich vor ihnen in die Höhe. Bis vor wenigen Stunden hatte es wohl die Terrasse umgegeben, deren Bretter nun ebenso verkohlt waren wie der Rest des Hauses. Sie entdeckten zwei weitere Kanister, gingen um die Hausecke, wo noch einer lag, der bis zur Deformation verschmolzen war, dann traten sie wieder auf den geschotterten Vorplatz.

Rhodén bedankte sich bei Kemal und starrte die schwarze Fassade an. Wer auch immer der Täter war, er wollte nicht verbergen, dass es sich um Brandstiftung handelte. Die Polizei durfte es rasch herausbekommen. Sollten sie es vielleicht sogar herausfinden? War das ein Zeichen? Sollte alle Welt wissen, dass diese beiden Menschen, die jetzt verkohlt dort innen auf dem Boden lagen, verbrannt werden sollten? Und sie sollten zu Tode kommen. Sechs Kanister und eine zugeschraubte Tür sprachen da eine ziemlich eindeutige Sprache.

Eine Leiche tauchte vor ihm auf. Kalkweiß im Gesicht und tiefe, schwarze Löcher dort, wo die Augen sein sollten. Fredrik Skog sah erbärmlich aus, als er zu Rhodén kam.

»Was zum ...«, setzte der Kommissar an, doch Skog winkte ab.

»Die Kinder haben Brechdurchfall. Ich hab nicht einmal eine Stunde geschlafen. Und ich fürchte, der Tag heute könnte länger dauern. Es geht mir beschissen. Ich sehe beschissen aus. Reicht das? Können wir dann zur Arbeit kommen?«

»Können wir«, sagte Rhodén und konnte ein Grinsen nicht unterdrücken.

»Das Haus gehört einem gewissen Victor Fridberg, verheiratet mit Elma Fridberg. Beide sind Rentner und haben eine Tochter namens Viola, die in Arvika wohnhaft ist. Grund und Haus sind seit 1981 im Besitz der Fridbergs. Mehr konnte ich bisher noch nicht herausbekommen.«

Rhodén nickte. »Für den Anfang genügt das. Ich vermute, bei den beiden Toten wird es sich um Victor und Elma handeln. Versuche, noch mehr über sie herauszubekommen. Zu der Tochter werde ich im Lauf des Vormittags fahren. Besorge mir bitte ihre Adresse!« Skog nickte und wollte gehen. »Ach ja«, rief Rhodén ihm hinterher. »Fotografier die Kanister und frag in allen Baumärkten in der Umgebung, ob sie diese verkaufen. Klappert zudem alle Tankstellen ab. Wenn jemand mehrere Kanister aufgefüllt hat, dann muss das jemandem aufgefallen sein.«

»Wenn es eine bemannte Tankstelle war«, gab Skog zu bedenken.

Rhodén biss die Lippen zusammen und nickte. Fredrik Skog hatte Recht. Es gab zu viele Tankstellen, die unbemannt waren und bei denen man nur mit Karte direkt an der Zapfsäule zahlen musste. Bis sie da alle Überwachungsvideos durchgeschaut hätten, würden Tage vergehen.

Rhodén stopfte die Hände in die Jackentaschen. Es war bitterlich kalt, aber erst jetzt schien er es wahrzunehmen. Er trottete zu dem Kanister, der direkt vor dem Haus lag. Wie viel Liter fasste er wohl? Fünfzehn Liter? Zwanzig? Sechs solche Kanister anzuschleppen, erforderte Kraft und Ausdauer. Der Täter war wahrscheinlich nicht mit dem Auto bis vor die Haustür gefahren und hatte dort die Kanister abgeladen. Wenn er aber weiter entfernt geparkt hatte, dann musste das Benzin über mindestens hundert Meter hergetragen worden sein. Vielleicht sollten sie in Betracht ziehen, dass es sich um mehr als einen Täter handelte. Die Spurensicherung musste auf jeden Fall auch die nähere Umgebung absuchen. Vielleicht fanden sie verdächtige Reifenspuren.

Etwas Rotes leuchtete ihm aus dem Gras entgegen. Der Kommissar holte eine durchsichtige Plastiktüte aus der Jackentasche, bückte sich und hob es auf. Es war ein kleines, einfarbiges Feuerzeug. Kein Aufdruck. War dieses unscheinbare Feuerzeug der Auslöser für das Inferno? Rhodén zeigte den Fund seiner Kollegin Wilhelmsson, die zurückgekommen war und mitteilte, dass sich Nilsson und Georgieva um die Nachbarn kümmerten.

In diesem Moment winkte Berg durch das ausgebrannte Fenster und rief die beiden Ermittler zu sich. Sie stiegen die drei Stufen nach oben, zwängten sich vorsichtig durch die Tür und traten ins Innere. Wobei man schwerlich vom Inneren des Hauses sprechen konnte, denn über ihnen sahen sie durch ein gewaltiges Loch in der Decke und im Dach den nachtschwarzen Himmel. Rhodén erkannte Reste von Möbelstücken, auf denen heruntergestürzte Balken lasteten. Die Wände waren verkohlt und zum Teil in sich zusammengebrochen. Dennoch war zu erkennen, dass sie sich im Flur befanden. Weiter hinten im Haus sah Rhodén eine Treppe, die in einem erstaunlich guten Zustand war. Auch die Wände dort hinten waren nicht so schwarz und verrußt, sondern ließen die Muster und Farben der Tapeten durchscheinen.

»Sie waren umzingelt«, sagte Jacob Rhodén, während er sich vorsichtig zwischen den verkohlten Möbeln, Balken und Brettern

Berg näherte. »Ein Ring aus Feuer hat sie umgeben. Die Hauswände brannten lichterloh, wohingegen die Flammen die Mitte des Hauses nicht erreichten oder erst später.«

»Aber sie konnten sich dort nicht in Sicherheit bringen, weil sie am Rauch erstickt wären.« Wilhelmsson leuchtete mit der Taschenlampe durch eine Tür, die ins Wohnzimmer führte. Auch hier waren die Schäden nicht so groß wie im vorderen Teil des Flurs.

»Daher mussten sie versuchen, den Feuerring zu durchbrechen. Doch als sie die Haustür, die wahrscheinlich schon in Flammen stand, aufreißen wollten, konnten sie sie nicht öffnen.«

»Weil sie von außen zugeschraubt worden war.«

Mittlerweile hatten sie Mikael Berg, den Leiter der Spurensicherung, erreicht. Er kniete neben etwas, was wie eine schwarze, zur Seite gekippte Skulptur aussah. Ein anderer Techniker fotografierte die beiden Leichen.

»Als sie erkannten, dass sie durch die Tür nicht ins Freie gelangen konnten, rannten sie hierher zum Fenster. Sie schafften es zwar, das Fenster aufzureißen, doch die Kräfte reichten nicht mehr, um nach draußen zu kommen. Guten Morgen, Mikael! Könnte es so abgelaufen sein?«

»Nein. Oder nur zum Teil«, sagte Berg, ohne aufzublicken.

»Das musst du mir erklären.« Rhodén zog die Augenbrauen zusammen.

»Keine Sorge, das werde ich schon.« Berg erhob sich und streckte sich, doch der Buckel, der ihm den Beinamen Glöckner bei den Kollegen eingebracht hatte, blieb. Das graue Haar war auf der einen Seite platt an den Schädel gedrückt, auf der anderen Seite stand es kreuz und quer ab. Berg hatte sicherlich nicht mehr in den Spiegel geschaut, als der Anruf gekommen war. Er hatte wahrscheinlich auch keine Zähne mehr geputzt, sondern auf dem Hinweg zwei Zigaretten geraucht und seitdem war er bei der Arbeit.

Wieder ging er neben den beiden Leichen in die Knie. Die eine lag über der anderen und befand sich in einer Embryohaltung. Arme und Beine waren gebeugt, die Fäuste steckten wie bei einem Boxer unter dem Kinn. Kleiderfetzen hingen vom Körper herab, an manchen Stellen schien es so, als seien sie mit der Haut verschmolzen. Wahrscheinlich war es auch so. Als Rhodén das Gesicht betrachtete, den leicht geöffneten Mund, die geschlossenen Augen, das fehlende Haar, glaubte er, die Züge eines männlichen Gesichts zu erkennen, doch sicher war er sich nicht. Von der unteren Leiche war nicht allzu viel zu sehen, da die obere auf ihrem Oberkörper und Kopf lag. Ein Arm, schwarz wie alles andere auch, war nach oben gereckt und auf den Brustkorb der oberen Leiche gelegt. Die Finger waren gebeugt und schienen sich in die Haut des anderen krallen zu wollen.

»Verbrannten sie bei lebendigem Leib oder waren sie schon zuvor tot?«, fragte Rhodén.

»Du fragst wegen der Fötuslage der oberen Leiche? Dass sich der Mann vor Schmerzen gekrümmt haben muss und daher so daliegt? Nein, das ist kein Hinweis darauf, ob das Opfer noch lebte, als es vom Feuer erreicht wurde. In der Hitze dehydrieren die Muskeln und kontrahieren daher. Die Verformung in diese Haltung kann also auch noch nach Eintritt des Todes entstanden sein. Die Gerichtsmedizin wird feststellen können, wie viel Rauch in die Lungen eingetreten ist. Ist der Kohlenmonoxidgehalt sehr hoch, dann starben sie höchstwahrscheinlich an einer Rauchvergiftung. Aber das ist dann nicht mehr mein Job. Wurde Doktor Nysell schon informiert?«

Es war nicht möglich, den abfälligen Tonfall zu überhören, als Berg den Gerichtsmediziner aus Karlstad ansprach. Berg und Nysell könnten gegensätzlicher nicht sein. Entsprechend groß war auch die gegenseitige Wertschätzung. Rhodén schaute Wilhelmsson fragend an, die bestätigend nickte.

»Gut«, setzte Berg seinen Vortrag fort. »Bei der unteren Leiche, im Übrigen eine weibliche, könnte es gut möglich sein, dass sie entweder verbrannte oder an einer Kohlenmonoxidvergiftung starb. Es sieht so aus, als sei der Mann auf sie gestürzt und habe sie unter sich begraben. Der Mann aber könnte auch an etwas anderem gestorben sein.«

Rhodén wollte nachfragen, doch es kam nichts als ein wüstes Husten aus ihm heraus. Die rauchgeschwängerte Luft brannte in den Augen und reizte Mund und Hals dermaßen, dass er es kaum aushielt. Wilhelmsson schien es nicht besser zu gehen. Nur Berg machte die verpestete Luft offensichtlich nichts aus. Seine geteerte Lunge merkte wahrscheinlich gar keinen Unterschied, dachte Rhodén.

»Schaut her!« Berg winkte die beiden Polizisten näher heran, woraufhin sie sich über die Leiche beugten. »Seht ihr das hier?«

Wenige Zentimeter neben der Stelle, an der die Hand der unteren Leiche auf dem Brustkorb lag, konnte Rhodén ein größeres und ringsherum mehrere kleine Löcher erkennen. »Eine Schusswunde?«

»Sieht zumindest danach aus. Möglicherweise aus einer Schrotflinte. Daher die Streuung und die kleineren Löcher um das große herum«, sagte Berg.

»Das bedeutet, dass sie es vielleicht sogar aus den Flammen geschafft hätten?« Wilhelmsson trat zum Fensterrahmen und schaute hinaus auf den Vorplatz, auf dem sich nach wie vor unzählige Feuerwehrleute und Polizisten tummelten. Sie tat so, als wolle sie sich mit beiden Händen am Rahmen festhalten und nach oben ziehen. »Nehmen wir einmal an, der Mann wollte durchs Fenster nach draußen klettern. Er riss das Fenster auf, kletterte auf den Sims und dann ...«

»... dann schaute er direkt in den Lauf einer Schrotflinte, deren Schuss ihn zurück ins Haus beförderte und zugleich seine Frau unter ihm begrub«, setzte Rhodén fort.

»Möglich«, brummte Berg. »Die Spekulationen überlasse ich euch. Ich halte mich an die Fakten. Heute Nachmittag hast du einen ersten Bericht auf dem Schreibtisch.« Damit war er wieder abgetaucht und mit seinen Leichen beschäftigt.

»Wenn es so war«, sagte Rhodén zu Wilhelmsson, »dann musste der Täter wissen, dass seine Opfer durch genau dieses Fenster entkommen wollten, nachdem es ihnen durch die Tür nicht geglückt war. Der Täter kannte sich also im Haus aus. Er wusste ganz genau, was er tat.«

»Er war vorbereitet«, stimmte Wilhelmsson zu. »Und er war gründlich.«

Sie gingen aus dem Haus und schauten sich um, als Rhodén plötzlich stehen blieb und Wilhelmsson am Oberarm festhielt. Er zeigte auf einen niedrigen Schuppen, der etwas abseits lag. »Gehört dieser Schuppen zum Grundstück?«

»Keine Ahnung.« Wilhelmsson zuckte mit den Schultern. »Ich gehe einmal davon aus.«

Dann sah auch sie, was Rhodén entdeckt hatte. Mit schnellen Schritten eilten sie auf das offenstehende Tor zu. Von Moos überwucherte Balken, von Winter und Wetter gekrümmt, sodass große Löcher zwischen ihnen klafften, die beiden Torflügel konnten wahrscheinlich gar nicht mehr verschlossen werden, so windschief hingen sie in den Angeln. Doch es war nicht der beinahe romantisch wirkende Schuppen, der Rhodéns Interesse geweckt hatte, sondern das, was er darin stehen sah: ein weißes Auto, ein weißer Volvo 760. Jacob Rhodén beleuchtete ihn mit der Taschenlampe, sah den abblätternden Lack, die verrosteten Felgen. Am Heck prangte auf einem Aufkleber das schottische Kreuz. Er richtete die Lampe in den Innenraum, auf der Rückbank lag ein Stofftier, die Vordersitze waren leer.

»Ein weißer Volvo 760. Das Auto, das Rungard gesehen hatte«, sagte Wilhelmsson. »Zumindest glaubte er, dass es ein 760er war.«

Jetzt hatte Rhodén es eilig. Er rannte zur Ruine des Hauses zurück, in der der Kriminaltechniker Berg noch immer über den beiden Leichen gebeugt war. »Berg! Durchsucht das ganze Haus nach einer möglichen dritten Kinderleiche! Nehmt alles auseinander, jeden Schlupf, jeden Schrank, alles! Es könnte sein, dass sich hier die Leiche eines jungen Mädchens befindet. Und nehmt den Volvo, der dort hinten in dem Schuppen steht, gründlich auseinander. Ich will noch heute wissen, ob es irgendwelche Spuren eines Kindes, eines Mädchens, darin gibt. Ihr macht heute nicht früher Pause, bis ihr mir über alles Bericht erstatten könnt. Verstanden?«

Mikael Berg nickte, sah aber nicht auf. »Machen wir. Und Pausen machen wir ohnehin nie. Alles Weitere klärst du dann mit dem Personalrat.«

Rhodén verzichtete darauf, es mit Berg auf einen Streit ankommen zu lassen. Er hatte Wichtigeres zu tun. Jetzt zählte jede Minute. Und endlich war er wach. Hellwach. Ab ins Präsidium.

15

Er fuhr vorneweg, Wilhelmsson hinterher. Wenn sich die Aufregung etwas gelegt hätte und das schwere Gerät der Feuerwehr verschwunden wäre, dann würden sie zum Ort des Brandes zurückkehren und ihn genauer unter die Lupe nehmen. Doch fürs Erste hatten sie genug gesehen.

Es war noch immer dunkle Nacht, wenngleich sich der Horizont im Osten schwach silbrig färbte. Es würde ein trüber, wolkenverhangener Tag folgen, der rasch wieder verschwunden wäre und der Dunkelheit unterwürfig Platz machen würde, ehe er erst richtig begonnen hatte.

Am Kreisverkehr, an dem sie die 61 in Richtung Polizeirevier verlassen mussten, lag eine hell erleuchtete Tankstelle. Das grelle Licht zog ihn magisch an, als sei er eine Motte in der Nacht. Noch im Blindflug, doch bald würde er sehen.

Wilhelmsson und Rhodén betraten die Tankstelle, wo sie von einem völlig übermüdeten Angestellten begrüßt wurden. Wahrscheinlich ein Student bei seinem Aushilfsjob. Und wie er aussah, war er direkt von der Disko zur Frühschicht gegangen. Sie ließen sich zwei Kaffee aus dem Automaten, der neben dem Regal mit den Zeitschriften und Zeitungen stand. Eine Überschrift in dicken roten Lettern sprang ihm entgegen: »Polizei tappt im Dunkeln – keine Spur im Fall der verschwundenen Linda Asmussen!«

»Mal wieder und wie immer die ›Aftonposten‹«, seufzte Jacob, griff nach der Zeitung und ging zur Kasse.

»Schrecklich, dass so etwas in Arvika passieren kann«, gähnte der Tankwart und zeigte dabei auf das Titelbild der Zeitung. »Bleibt nur zu hoffen, dass die Polizei endlich mal ihren Arsch hochkriegt und das Mädchen wieder findet.« Er gähnte und riss seinen breiten Mund dabei so weit auf, dass Jacob das Gaumensegel begutachten konnte.

»Ja«, sagte er. »Wenn Ihr Hirn wieder genügend Sauerstoff zugeführt bekommen hat, können Sie mir dann sagen, ob es öfter vorkommt, dass Leute nicht nur normal tanken, sondern das Benzin in Kanister abfüllen?«

Rasch schloss der junge Mann seinen Mund, wobei der Unterkiefer gefährlich knackte. »Kommt schon vor, vor allem diese kleinen Reservekanister. Wer will das wissen?«

»Kommissar Rhodén, Polizei Arvika«, sagte Jacob und genoss es zu sehen, wie das Blut in das zuvor blassgraue Gesicht des Tankwarts schoss. »Würde es einem Tankwart auffallen, wenn jemand mehrere, sagen wir sechs, große Kanister auffüllen würde?«

»Ich ... ich denke schon. Das kommt nicht häufig vor. Eigentlich habe ich es noch nie erlebt.«

»Dann fragen Sie alle ihre Kollegen, ob sie das schon einmal erlebt haben. Und sollte so etwas in den vergangenen Tagen vorgekommen sein, dann sollen sie sich augenblicklich bei der Polizei melden.«

»Ist ... ist gut.«

Rhodén bestellte zwei Croissants, bezahlte und stellte sich mit seiner Kollegin an einen Stehtisch, der etwas abseits stand. Kurz darauf brachte der Tankwart, der plötzlich übereifrig wirkte, die Croissants und noch einen Schokomuffin dazu.

»Geht aufs Haus«, sagte er und verzog sich wieder hinter seinen Tresen, von wo aus er die beiden Polizisten neugierig beobachtete.

Gemeinsam überflogen sie den Artikel der »Aftonposten«, gewohnt reißerisch und wie so oft ohne genaue Faktenkenntnisse. Nein, eigentlich schienen überhaupt keine Kenntnisse vorzuliegen. Das Einzige, was korrekt war, war die Tatsache, dass Linda Asmussen verschwunden war. Der Reporter vermutete ein Beziehungsdrama. Irgendwie hatte er herausbekommen, dass die Ehe zwischen Tomas und Karla den Bach heruntergegangen war. Das genügte für ihn, diese Theorie in die Welt hinauszujagen. Dann folgte das übliche Blabla. Die Polizei habe keine Spur, tue sowieso zu wenig und wirke seltsam inaktiv. Die Vorwürfe waren so abgegriffen, dass Rhodén sich nicht einmal mehr darüber aufregte, was Wilhelmsson spöttisch anmerkte.

Sie stopften die Croissants in sich hinein und fuhren zum Revier. Es herrschte eine seltsam ruhige Stimmung. Wie die Ruhe vor dem Sturm. Als erwarteten die Polizisten etwas. Etwas, das sich bereits angekündigt hatte, das nun allmählich aufzog und drohend am Horizont thronte.

Es waren keine neuen Hinweise auf Linda Asmussen und ihr Verschwinden eingegangen, nichts hatte sich zum Vortag geändert. Dabei sollte es heute doch losgehen. Rhodén hatte ein so sicheres Gefühl verspürt, dass sich heute etwas ereignen würde, das sie weiterbrachte. Stattdessen hatten sie einen neuen Fall mit einem niedergebrannten Haus und zwei Toten. So hatte er sich das nicht vorgestellt. Der Elan, den er vor kurzem noch gespürt hatte, war plötzlich wie weggeblasen.

Wilhelmsson fragte in die Stille, ob er sich vorstellen könne, dass es zwischen beiden Fällen einen Zusammenhang geben könnte. Wegen dem weißen Volvo. Sicher müssten sie das prüfen, aber außer dem Auto deutete nichts darauf hin, dass beide Taten miteinander zusammenhängen könnten. Berg würde sicher keine Kinderleiche in der Ruine finden. Sie würden zwei Teams für zwei unterschiedliche Fälle bilden müssen, was bedeutete, dass sie nicht mehr mit voller Kraft nach der kleinen Linda suchen könnten. Rhodén sah bereits die nächste Schlagzeile vor sich.

Nachdem sie sich die nächsten zwei Stunden durch Protokolle und Gesprächsnotizen gewühlt hatten, aber auf nichts, das ihnen irgendeinen Anhaltspunkt hätte geben können, gestoßen waren, beschlossen sie, noch einmal zum Brandort hinauszufahren. Georgieva und Nilsson sollten in der Zwischenzeit die Suche nach dem Volvo vorantreiben und die ersten Befragungen in der Schule in die Wege leiten. Wilhelmsson und Rhodén würden später nachkommen.

16

»Er muss irgendwo in der Nähe geparkt haben, von wo aus er sechs schwere Benzinkanister zum Haus schleppen konnte.« Wilhelmsson stand neben Rhodén an der Stelle, wo der kleine Schotterweg von der Landstraße weg zum Haus führte. Etwa einhundertfünfzig Meter entfernt ragten die schwarzen Ruinen empor. Feuerwehrleute waren nur noch wenige vor Ort, dafür drängten sich jetzt umso mehr Schaulustige, die mit ihren Handys hinter den Absperrungen standen, Videos und Fotos machten und von den Kollegen nur mit Mühe davon abgehalten werden konnten, über die Absperrbänder zu klettern.

»Ich vermute, dass es nicht nur ein einzelner Täter gewesen ist«, sagte Rhodén, während er die Umgebung nach auffälligen Reifenspuren absuchte. Davon gab es jedoch eine ganze Menge, schließlich waren in den letzten Stunden unzählige schwere Löschfahrzeuge, Polizeiautos und Krankenwagen ein- und ausgefahren. »Selbst wenn er hier geparkt hat, wäre es für einen Einzelnen sehr anstrengend, die Kanister zum Haus zu transportieren.«

»Aber hier zu parken, wäre gefährlich. Denn die Nachbarn haben freien Blick auf die Abzweigung.« Wilhelmsson zeigte zum Nachbarhaus, das hinter einem Zaun und einigen Obstbäumen auf der anderen Straßenseite lag.

Sie gingen die Straße entlang und suchten nach einer geeigneten Parkmöglichkeit, die von den Nachbarhäusern nicht einsehbar war, doch fanden sie keine. Direkt neben der Straße begann der Wald. Sie machten kehrt und gingen in die andere Richtung weiter. Weniger als hundert Meter von der Abzweigung entfernt, blieben sie stehen und blickten sich vielsagend an. Ein Fußweg kreuzte hier die Straße und führte in den Wald hinein. Er war schmal, aber breit genug, um mit einem Auto darauf zu fahren. Sie mussten nicht lange nach Spuren suchen, denn als sie näherkamen, entdeckten sie die Abdrücke von Autoreifen in der vom Regen aufgeweichten Erde. Vorsichtig gingen sie den Weg entlang und achteten darauf, die Spuren nicht zu zerstören.

Rhodén fluchte, da er wieder einmal völlig falsch gekleidet war. Die eleganten Anzugschuhe versanken im Matsch und die Kälte kroch unerbittlich durch das dünne Leder. Von oben tropfte es eiskalt von den Blättern. Hatte er bereits erwähnt, dass er den November in Värmland hasste? Wahrscheinlich schon.

»Schau dort!« Wilhelmsson zeigte nach rechts, wo zwischen den eng stehenden Bäumen hindurch das Haus der Fridbergs zu erkennen war, beziehungsweise das, was von ihm übrig geblieben war. »Hier enden die Autospuren. Stattdessen gibt es unzählige Fußabdrücke.«

Rhodén ging in die Hocke und begutachtete die Spuren, die sich deutlich im nassen Untergrund abzeichneten.

»Siehst du diesen Abdruck hier?« Er zeigte auf eine rechteckige Form, die tiefer war als die Schuhabdrücke. »Ich könnte wetten, dass die Kanister, die wir beim Haus gefunden haben, exakt in den Abdruck passen.«

»Hier stand er also«, sagte Wilhelmsson und schaute zum Haus. »Ungestört, nicht zu sehen und gerade einmal fünfzig Meter von den Fridbergs entfernt.«

»Gib Mikael Bescheid, dass sie auch hier alle Spuren sichern sollen!« Rhodén wusste, dass Berg und sein Team jedes Detail im Haus, im Schuppen und auf dem Waldweg untersuchen, fotografieren und kartographieren würden. Jeden Meter, jeden Zentimeter würden sie absuchen. Und viele Kinder würden heute ihre Väter und Mütter nicht zu Gesicht bekommen. Könnte er Kalle und Siri heute Abend gute Nacht sagen? Die Wahrscheinlichkeit, von Stina einen vorwurfsvollen Blick oder gleich einen handfesten Streit um seine Arbeitszeiten und Prioritätensetzung abzubekommen, war jedenfalls bedeutend höher.

Während Eva Wilhelmsson durchs Unterholz abmarschierte und Rhodén neidvoll feststellte, dass seine Kollegin Gummistiefel trug, blieb er zurück. Bei den Spuren im feuchten Boden, bei den Tropfen, die schwer vom Blätterdach niederfielen, bei der nassen Kälte, die sich den Weg durch seine Manteljacke bahnte und langsam in ihn hineinkroch. Wer stand gestern Abend hier? Fror er ebenso wie jetzt Rhodén? Oder saß er gemütlich im warmen Auto, während Musik aus dem Radio trällerte und er darauf wartete, dass im Haus dort drüben die Lichter erloschen?

»Hast du dich gefreut, endlich Rache nehmen zu können?«, fragte er in die Stille und schaute den weißen Atemwölkchen hinterher. »Warst du wütend oder warst du eiskalt, weil du ein Profi bist?«

Rhodén horchte in den Wald hinein und bemerkte, dass sich nichts in ihm regte. Nirgends knackte ein Ast, kein Wind wehte durch das nackte Geäst. Nur gedämpft, als kämen sie von weit her, drangen die Stimmen der Polizisten, Journalisten und Schaulustigen an sein Ohr. Braunes Laub bedeckte den Boden, an einzelnen Stellen klumpte noch Schnee, der jedoch fast überall weggeregnet worden war.

»Nein, du bist kein Profi. Es gibt niemanden, der dich beauftragt hat«, sprach Rhodén zu den Spuren. »Du wolltest nicht vertuschen, dass der Brand gelegt worden war. Es ist dir gleich. Wir dürfen ruhig die Kanister entdecken, das Feuerzeug im Gras. Dir ist es egal. Auch die Spuren hier im Wald können wir entdecken. Was macht es dir aus? Du hast sie getötet, hast sie hingerichtet. Damit hast du dein Ziel erreicht. Was jetzt kommt, steht nicht mehr in deiner Hand. Aber auch das ist dir gleich. Ist es so?«

Rhodén horchte, als könne aus der Stille des Waldes eine Antwort kommen. Doch der blieb ruhig. Dagegen klingelte sein Handy.

»Frau Lenningshoff hier, Siris Lehrerin. Herr Rhodén, Siri will sofort aus der Schule abgeholt werden. Sie hat vollkommen zugemacht, sie weint und ich komme nicht mehr an sie ran. Um ehrlich zu sein, bin ich mit meinem Latein am Ende. Bitte kommen Sie schnell vorbei.«

17

Warum jetzt? Warum ausgerechnet jetzt? Der alte Konflikt, er würde ihn zeit seines Lebens verfolgen. Auf der einen Seite des Rings stand die Familie. Ihre Waffe war das Herz. Die Gegenseite, der Beruf, war jedoch ebenfalls gut gerüstet. Pflicht war seine Waffe. Und er, Jacob Rhodén, stand mittendrin und bekam die Schläge von beiden Seiten ab. Sie trafen regelmäßig und sie trafen hart. Ins Gesicht, in die Magengrube, mitten ins Herz.

Bis letzten Sommer hatte er geglaubt, er könne die Schläge aushalten, würde sie schon irgendwie wegstecken. Irgendwie würde alles immer funktionieren. Das war schon immer so in seinem Leben gewesen. Irgendwie. Bis Stina sich einen Neuen gesucht hatte. Einen, der für sie da war, wie sie sagte, der sie nicht ständig links liegen ließ, sobald die Arbeit rief.

Diesen Kampf hatte er gewonnen. Zumindest war der Mann wieder aus Stinas und seinem Leben verschwunden. Doch jedes Mal, wenn er abends, nachts oder am Wochenende zur Arbeit gerufen wurde, jedes Mal, wenn er das gemeinsame Abendessen abbrechen oder den geplanten Kinobesuch absagen musste, schwebte der letzte Sommer wie eine dunkle Drohung über ihm.

Herrgott, dass es niemand verstehen konnte, der nicht selbst Polizist war, dass man manchmal einfach alles stehen und liegen lassen musste. Kriminelle warteten nicht artig darauf, gefasst zu werden, bis man im Kreis der Familie fertiggegessen hatte. Verbrechen fanden auch während der Kinovorstellung, mitten in der Nacht und am Wochenende statt, nicht nur montags bis freitags zwischen neun und siebzehn Uhr. So schwer war das doch nicht zu verstehen!

Und dann kam der Anruf, dass Siri weinend in der Schule saß und sofort abgeholt werden wollte. Natürlich musste er augenblicklich zu ihr. Das stand völlig außer Frage. Er war schließlich ihr Vater. War er am Tatort so unersetzlich, dass nicht auch die Kollegen die Arbeit machen konnten? Ging es letztlich darum? Dass man sich ständig für unersetzlich hielt und sich daher immer verpflichtet fühlte?

Jacob drückte aufs Gas. Selbst jetzt, als es zwar noch trüb, aber immerhin hell war, kamen ihm auf der Landstraße kaum Autos entgegen. Die Menschen, die hier wohnten, suchten die Einsamkeit.

Kurz hatte Jacob überlegt, ob er Stina Bescheid geben sollte, dass sie sich um Siri kümmern könnte. Aber dann war von irgendwo eine dunkle Erinnerung gekommen, dass sie heute mit Kalle in Karlstad bei einem Ohrenspezialisten war. Auf dem rechten Ohr hörte sein kleiner Sohn in letzter Zeit so schlecht. Irgendetwas am Hörkanal oder an der Muschel war nicht in Ordnung. Er hatte gestern Abend und heute Morgen weder mit Stina darüber gesprochen noch Kalle alles Gute gewünscht. Und schon kam der nächste Fausthieb aus der Familienecke, mitten in den Magen. Der Schmerz in Form des schlechten Gewissens setzte sofort ein.

Wenig später hatte er die Schule erreicht. Er eilte die Treppen hinauf, riss die Eingangstür auf und blieb stehen, von der plötzlichen Stille, die ihn in Empfang nahm, erdrückt. Fahles Licht sickerte durch die trüben Fenster in die Aula, in der sich kein Mensch befand. Jeder Schritt hallte durch den weiten Saal. Er fühlte sich beobachtet, obwohl nirgends jemand zu sehen war. Dort hinten war letztens Siri mit hängenden Armen, hängenden Schultern und hängendem Kopf gestanden und hatte sich nicht von ihm in den Arm nehmen lassen. Plötzlich tauchte Linda Asmussen in Jacobs Gedanken auf. Wo stand sie mit ihren langen schwarzen Haaren und ihrem ernsten Blick? Irgendwo am Rand, im Abseits? Oder war sie mittendrin? War sie leise oder laut? Jacob stellte fest, dass er sich noch kein Bild von Linda machen konnte. Ihre Freundin Liza Gurnell hatte ein gänzlich anderes gezeichnet als ihre Mutter.

»Kommissar Rhodén?« Aus einer Seitentür trat eine mittelalte Frau mit einer blonden aufgetürmten Haarpracht. Mit raschen Schritten und ausgestrecktem Arm kam sie auf Jacob zu, schüttelte ihm kräftig die Hand und verströmte dabei einen so aufdringlichen Geruch, als habe sie in Parfüm gebadet, dass es Jacob beinahe die Sinne vernebelt hätte. Irgendwie gelang ihm ein Nicken.

»Karin Pärsson. Ich bin die Sekretärin. Frau Kaikanen, die Schulleiterin, möchte Sie gerne sprechen.«

»Haben Sie mich gesehen, als ich hereingekommen bin?«, fragte Jacob. Unwillkürlich wanderte sein Blick an den Wänden und

Decken entlang auf der Suche nach installierten Überwachungskameras. Freilich fand er keine.

Die Sekretärin lächelte geheimnisvoll und meinte, dass sie mehr sehen, als den Besuchern und vor allem den Schülern recht sei. Dann stolzierte sie vorneweg, die Duftwolke hinterher, und am Ende folgte der Kommissar.

Frau Kaikanen war eine derjenigen Frauen, die mild lächeln konnten und dabei dennoch streng wirkten. Falten hatten sich in ihr eckiges Gesicht gegraben. Ihre drahtigen Finger legten sich in Jacobs Hand und drückten diese fester, als er es ihnen zugetraut hätte.

»Ich bin ein wenig ärgerlich«, sagte die Schulleiterin in einem Tonfall, der Rhodén das Gefühl gab, er habe etwas angestellt. Der böse Bub. Längst verdrängte Erinnerungen an die Schulzeit keimten auf, doch Jacob schob sie rasch beiseite.

»Wieso denn das?« Rhodén war ehrlich irritiert.

»Sie hatten angekündigt, dass heute Morgen mehrere Polizisten in die Schule kommen würden, um Kollegen und einzelne Schüler wegen Linda Asmussen zu befragen. Ich habe die entsprechenden Lehrkräfte darauf vorbereitet und ja, ich muss gestehen, dadurch ist eine gewisse Unruhe aufgekommen, was mir nicht recht sein kann. Ich verstehe aber natürlich, dass dieser Schritt der Polizei nötig ist. Was ich jedoch nicht verstehe, ist, dass sich weit und breit kein Polizist blicken lässt. Sie sind der erste, der hier erscheint.«

Rhodén brauchte einen Moment, bis er den Ärger der Schulleiterin verstand. Dann entschuldigte er sich, dass bisher noch niemand in der Schule erschienen war, und erklärte, dass es an einem Hausbrand lag, der all ihre Kräfte gebunden hatte. Die Polizisten, die die Befragung vornehmen, würden jedoch bald erscheinen. Er dankte ihr für die gute Zusammenarbeit, fügte hinzu, dass seine Tochter sich hier an der Schule sehr wohlfühlte, was glatt gelogen war, die strenge Miene der Rektorin aber deutlich entspannen ließ. Dann meinte er, dass er eigentlich aus privaten Gründen wegen seiner Tochter hier war und mit Frau Lenningshoff sprechen wollte, woraufhin er entlassen war. Vor der Tür des Rektorats atmete er tief durch und war glücklich, dass er kein Schüler mehr war. Dann fiel ihm ein, dass ein Gespräch mit seinem Chef Paul Helland viele Parallelen zu dem mit Frau Kaikanen aufwies, woraufhin das Stimmungsbarometer gleich wieder absank.

Im Trakt, in dem Siris Schülergruppe untergebracht war, stieß er sofort auf seine Tochter. Eingesunken saß sie auf einem Stuhl in dem großen Raum, um den herum sich mehrere Klassen- und Gruppenarbeitszimmer und das Lehrerzimmer befanden, in dem die Lehrer, die Siris Gruppe betreuten, arbeiteten. Siri hatte ihre Jacke bereits angezogen, der Schulrucksack stand gepackt vor ihr. Sie blickte nur kurz auf, als ihr Vater hereintrat, dann ließ sie den Kopf wieder hängen.

Vor der Tür zum Lehrerzimmer stand ein kleiner, etwas dicklicher Junge, der weinte und völlig hilflos wirkte. Eine Lehrerin, die Rhodén nicht kannte, und Frau Lenningshoff saßen neben ihm, redeten mit ihm, trösteten ihn. Die anderen Schüler befanden sich in den angrenzenden Klassenräumen, wie Rhodén durch die Glasscheiben, die zwischen den Zimmern und dem zentralen Raum, in dem er stand, erkennen konnte. Doch die Schüler saßen nicht brav auf ihren Plätzen. Im Gegenteil: Sie wirkten unruhig, schauten immer wieder neugierig durch die Fenster, sie flüsterten, zeigten mit ihren Fingern mal auf den Jungen, mal auf Siri. Irgendetwas war geschehen. Unruhe lag in der Luft. Und eine Beklemmung, die Rhodén beinahe den Atem nahm.

»Frau Lenningshoff?« Er versuchte, leise zu sprechen, doch jeder Ton kam ihm wie ein Schrei vor.

Die untersetzte Frau blickte auf und kam auf den Kommissar zugeeilt, als sie ihn erkannt hatte. »Schön, dass Sie so schnell kommen konnten. Ich weiß nicht, was geschehen ist. Siri sagt nichts. Entweder sie weint oder sie sitzt abwesend da wie jetzt. Auch von den Mitschülern sagt niemand, ob und was geschehen ist.«

»Was ist mit dem Jungen?«, fragte Rhodén.

»Was? Nein, das hat nichts damit zu tun. Das ist etwas anderes, was Sie nichts angeht.« Mit einem Mal war ihr Ton barsch geworden. Sie wirkte gehetzt.

»Hätten Sie einen kleinen Moment, damit ich mit Ihnen über Siri reden kann?«, fragte er.

»Sie sehen doch, dass ich gerade beschäftigt bin!«, fuhr sie ihn an. »Entschuldigen Sie!«, sagte sie dann leiser. »Ich wollte nicht laut werden. Ich muss mich aber um den Jungen kümmern. Es geschieht heute so viel. An normalen Unterricht ist nicht zu denken. Irgendetwas liegt in der Luft.«

Ja. Brandgeruch. Zwei Tote. Eine Vermisste.

Rhodén verabschiedete sich zügig, nahm seine Tochter an der Hand und verließ rasch das Schulgebäude. Ja, etwas lag in der Luft. Er konnte es riechen, er konnte es spüren, aber er konnte es nicht fassen.

18

Es hatte wieder zu regnen begonnen. Die Wolken hingen tief, die Menschen duckten sich darunter hinweg und hielten ihre Schirme wie einen Abwehrschild nach oben. Keinen der Passanten sah Rhodén lächeln. Der Värmland-November machte die Menschen grau und ernst.

Wie Siri.

Während der gesamten Fahrt schaute sie wortlos zum Beifahrerfenster hinaus. Er versuchte erst gar nicht, sie anzusprechen, er wusste nicht, wie er es hätte anstellen können, und kam sich wieder einmal wie der unfähigste Vater vor. Siri hatte einen imaginären Schutzwall um sich hochgezogen und ihm war es nicht möglich, ihn zu durchbrechen. Schlimmer noch, er wagte nicht einmal, daran zu kratzen. Müsste er das? Oder würde das seine Tochter noch tiefer in das Schweigen treiben?

Als sie zu Hause waren, wollte sich Siri in ihr Zimmer verziehen, aber Jacob hielt sie zurück. Er machte für sie und für sich eine heiße Schokolade, stellte die dampfenden Tassen auf den Küchentisch und schob Siri einen Stuhl unter den Hintern, sodass sie sich setzen musste. Er selbst hockte sich ihr gegenüber, nahm die heiße Tasse in beide Hände und lehnte sich nach vorne.

»Und jetzt erzähl mir mal, was heute geschehen ist!« Auffordernd blickte er Siri in ihre großen braun-grünen Augen, doch sie schaute weg, murmelte irgendetwas Unverständliches und fummelte am Henkel der Tasse herum. Sie war blass. Von der Sommerbräune war nichts mehr geblieben – wenn sie denn jemals im Sommer etwas braun geworden war. Bereits vor einigen Monaten hatte sich Jacob Sorgen gemacht, weil Siri so hager geworden war. Aber seitdem war sie noch dünner geworden. Für ihr Alter war sie ungewöhnlich groß, wodurch ihre dürre Gestalt nahezu gespenstisch wirkte. Heraustretende Wangenknochen erhoben sich unter ihren großen Augen, die ihren Glanz verloren hatten.

Siri schwieg.

»Hör mal, Siri, Frau Lenningshoff meinte, dass du geweint hast. Das machst du doch nicht ohne Grund. Bitte sag mir, was geschehen ist. Nur so kann ich dir helfen.«

»Du kannst mir nicht helfen.«

Wieder dieser Stich, diese brutalen Worte.

»Vielleicht denkst du das jetzt. Aber du musst wissen, dass ich immer für dich da bin. Egal, was passiert.«

»Stimmt doch gar nicht. Du bist ganz oft nicht daheim und Mama muss alles alleine machen.«

Patsch, der nächste Fausthieb aus der Familienecke! Rhodén taumelte, aber er fiel nicht. Er konnte, durfte nicht fallen.

»Siri, wenn du sogar aus der Schule abgeholt werden musst, dann muss etwas Außergewöhnliches vorgefallen sein. Bitte rede mit mir!«

»Ich will da sowieso nicht mehr hin.«

»Wohin? In die Schule?«

»Ja.«

»Warum? Was ist dort, weswegen du nicht mehr hinwillst?«

Erneut schwieg Siri. Innerlich seufzte Jacob. Wenn Verdächtige schwiegen, dann konnte er damit umgehen, das war sein Job, aber wenn Siri nicht mehr redete, dann wollte er verzweifeln. Er konnte seine Tochter doch nicht vor die Hunde gehen lassen! Aber wenn sie nicht mit ihm redete, wie sollte er ihr dann helfen?

Plötzlich verstand Jacob seine Kollegin Eva und weshalb sie keine Kinder wollte. Sie hatte gemeint, sie könne die Verantwortung nicht auf sich nehmen. Er hingegen hatte über so etwas nie nachgedacht. Stina war schwanger geworden, sie hatten Siri bekommen, später Kalle. So war das eben. Und nun saß er da mit einem Riesenberg Verantwortung auf den Schultern und wusste nicht weiter.

Siri wollte aufstehen, aber Jacob hielt sie an der Hand fest und zog sie zurück auf den Stuhl.

»Du hast geweint, Siri. Wer hat dir wehgetan?«

»Es war nichts Besonderes.«

»Siri, ich musste dich von der Schule abholen. Das ist etwas Besonderes.«

»Olle hat auch geweint.«

»Wer ist Olle?«

»Er hat einen Brief bekommen, in dem stand, dass seine Großeltern gestorben sind. Oder so.«

»Ist Olle der Junge, um den sich Frau Lenningshoff und die andere Lehrerin gekümmert haben, als ich dich abgeholt habe?«
Siri nickte.
»Hat Olle etwas damit zu tun, dass du geweint hast?«
Siri schüttelte den Kopf.
»Weshalb hast du dann geweint?«
Siri schwieg.

Jacob wäre am liebsten laut schreiend aufgesprungen. Er wollte mit den Fäusten auf den Tisch hauen, wollte Siri schütteln, bis sie endlich sprach. Zum Glück konnte er sich seiner Tochter gegenüber beherrschen und so blieb er sitzen. Verzweifelnd, hilflos, ohnmächtig, aber er blieb sitzen.

Nachdem sie sich ein paar Minuten angeschwiegen hatten, erhob sich Siri irgendwann und verzog sich in ihr Zimmer. Jacob horchte den leisen Schritten auf den Treppenstufen hinterher, ließ sich im Stuhl zurückfallen, trank zuerst seine, dann Siris Schokolade aus. Er wusste nicht, wie oft er in dieser Zeit geseufzt hatte. Es mussten unzählige Male gewesen sein.

Eva Wilhelmsson rief ihn an und fragte, wo er abgeblieben war. Rhodén erklärte, was vorgefallen war. Eva berichtete, dass sie gemeinsam mit Nilsson und Georgieva in der Schule waren und sich über Linda Asmussen kundig machten. Sara Börjesson hatte zudem eine lilafarbene Wollmütze am Parkplatz gegenüber der Wohnung von Rungard gefunden. Vielleicht gehörte sie ja Linda, was noch überprüft werden müsste. Vom Brandort gab es noch keine weiteren Neuigkeiten. Der Gerichtsmediziner sei mittlerweile vor Ort, die Zusammenarbeit zwischen Stefan Nysell und Mikael Berg gestalte sich höchst amüsant, wie Wilhelmsson mit einem akustischen Augenzwinkern berichtete. Sie verabredeten sich um fünfzehn Uhr im Präsidium zu einer Lagebesprechung.

In der verbliebenen Zeit versuchte Jacob, mit Siri zu reden. Vergebens. Er rief Stina mehrfach auf ihrem Handy an. Vergebens. Sie nahm nicht ab. Er tigerte im Wohnzimmer auf und ab und redete sich dabei ein, der schlechteste Vater der Welt zu sein. Höchst erfolgreich.

Um zehn vor drei rief er durch Siris abgeschlossene Tür, dass er zurück zur Arbeit müsse. Antwort, auf die er ohnehin nicht gehofft hatte, bekam er keine.

19

Die leise, gedrückte Stimmung in Erwartung eines drohenden Unheils hatte sich verflüchtigt. Die Arbeit war ins Rollen gekommen, und so hatte jeder etwas vorzubereiten, zusammenzustellen und zu berichten. Der Besprechungsraum glich einem Bienenstock und Rhodén hatte seine liebe Mühe, für Ruhe zu sorgen und dafür, dass sich jeder hinsetzte und zuhörte. Neben den Üblichen, also Wilhelmsson, Georgieva, Nilsson, Skog und Börjesson, waren einige Kollegen anwesend, die entweder bei den Befragungen in der Schule beteiligt oder heute Morgen beim Hausbrand zugegen gewesen waren. Wie Rhodén mit einem stillen Seufzen feststellte, war auch Paul Helland gekommen. Das verschwundene Kind schien ihn in Unruhe zu versetzen, was dazu führte, dass er sich stärker als sonst in die laufenden Ermittlungen einmischte. Es war ein Ärgernis.

»Nachdem wir über Wochen die Füße hochlegen konnten, haben wir jetzt zwei Fälle, die beide höchste Priorität haben«, begann Rhodén. Nacheinander schaute er seinen Mitarbeitern in die Augen, um sich zu vergewissern, dass sie voll und ganz anwesend waren und begriffen, um was es nun ging. »Das bedeutet, dass wir zwei Teams bilden müssen, was wiederum heißt, dass auf jeden von uns doppelte Arbeit zukommt. Sagt euren Lieben zuhause also Bescheid und das gemeinsame Abendessen ab. Wir müssen schnell liefern. Im Fall der verschwundenen Linda Asmussen rückt uns die Presse jetzt schon auf die Pelle.«

Er erntete müdes Nicken und wenig Begeisterung. Damit hatte er aber auch nicht gerechnet. Zu gut wusste er, wie es war, seinen Kindern und seiner Frau zu sagen, dass wieder einmal Tage, vielleicht sogar Wochen auf sie zukamen, an denen sie sich höchstens beim Frühstück zufällig über den Weg laufen würden.

»Den Hausbrand mit zwei Toten übernehmen Wilhelmsson und ich. Die Ermittlung im Fall Asmussen leiten Caroline Georgieva und Christoffer Nilsson. Fangen wir damit an! Caroline, Christoffer, was gibt es Neues?«

Die beiden Inspektoren berichteten von den Befragungen in der Schule. Das Bild von Linda, das sie durch die Aussagen der

Mitschüler und Lehrer erhielten, deckte sich in vielem damit, was Liza Gurnell, Lindas beste Freundin, bereits gesagt hatte. Ein selbstbewusstes, meist fröhliches Mädchen, das sich für Musik, Stars und Mode, aber noch nicht für Jungs interessierte. Die eigene Meinung schleuderte sie offensichtlich jedem entgegen, egal, ob der sie hören wollte oder nicht, was immer wieder zu Konflikten mit Schülern und Lehrern führte. Dadurch polarisierte sie offenbar. Sie hatte einige gute Freundinnen, aber auch Klassenkameraden, die sie nicht ausstehen konnten. Manche Lehrer waren erfreut über das selbstbewusste Mädchen, das auch wagte, Dinge in Frage zu stellen, während andere sich angesichts dieser Eigenschaften völlig entnervt zeigten. Dass sie von zu Hause abhauen und in eine imaginäre Villa Kunterbunt einziehen wolle, habe sie jedem und ständig erzählt, wodurch keiner wusste, ob man sie dabei ernst nehmen sollte oder nicht.

Sara Börjesson meldete sich zu Wort. Zum einen hatte sie mit Liza Gurnell über Lindas Vater gesprochen. Wie sich herausstellte, wusste die Freundin sehr gut darüber Bescheid, dass Tomas Begin immer mal wieder in Arvika auftauchte und mit seiner Tochter kleinere Unternehmungen machte und ihr Geschenke mitbrachte. Zum anderen hatte sie die Mütze, die sie auf dem Parkplatz gefunden hatten, Frau Asmussen gezeigt, die sie eindeutig wiedererkannte. Sie gehöre ganz klar Linda, hatte sie gesagt. Sie wisse das, weil es wegen der Mütze immer Streit gab. Karla wollte, dass Linda sie trug, wenn das Wetter so schlecht war, Linda hingegen wehrte sich mit Händen und Füßen gegen alles, was ihre Frisur kaputt machen könnte.

Schließlich ging Fredrik Skog nach vorne und trat zur Stellwand. Noch immer sah er aus, als sei er durch einen Fleischwolf gedreht worden. Die Augen waren verquollen und rot umrändert, die Haut blass und fleckig. Er hatte eine Liste mit allen Haltern eines weißen oder silberfarbenen Volvo 760 in und um Arvika zusammengestellt und teilte die Kopien an seine Kollegen aus. Rhodén überflog sie kurz. Zweiundfünfzig Zeilen umfasste die Tabelle, da kam was auf sie zu. Ein paar Namen kannte er flüchtig, auch Victor Fridberg befand sich darunter. Bei einem musste er lachen.

»Joakim!« Er wandte sich an einen der Polizisten, die bei der Befragung in der Schule mitgeholfen hatte. »Hast du denn ein Alibi für Montag in der Zeit zwischen fünfzehn und siebzehn Uhr?«

»Sehr witzig«, sagte der blonde Hüne mit dem eckigen Gesicht.»Ich habe gearbeitet. Meinen Namen könnt ihr also von der Liste streichen.«

»Gut«, sagte Skog. »Dann haben wir nur noch einundfünfzig. Diese Liste umfasst aber nur die in Arvika und in einem Umkreis von zwanzig Kilometern gemeldeten Fahrzeuge. Hinzu kommt, dass es sich nur um die 760er-Baureihe handelt. Der Zeuge Rungard meinte, dass es ein solcher sei, den er auf dem Parkplatz gesehen hatte. Es kann sich aber genauso gut um einen 740er oder 780er handeln. Die Unterschiede zwischen diesen Modellen sind nicht sonderlich groß.«

»Rungard meinte, dass es sich um einen älteren Mann auf dem Parkplatz handelte«, ergriff Nilsson das Wort. »Überprüft also alle Halter auf dieser Liste, die über fünfzig sind. Ergänzt sie eventuell und nehmt auch Volvo-Fahrer auf, die einen 740er oder 780er besitzen. Sara, Fredrik, übernehmt ihr das?«

»Es bleibt uns wohl nichts anderes übrig«, brummte Skog. Er bekam zwei weitere Kollegen an die Seite gestellt, was ihn aber nur geringfügig zufriedener machte.

»Die Nummer 10 auf der Liste übernehmen Eva und ich«, mischte sich Rhodén ein. »Das sind die Fridbergs, deren Haus heute Morgen abgebrannt ist und die wahrscheinlich die beiden Toten sind.«

Skog nickte und machte sich eine Notiz.

»Sind die beiden Toten noch nicht identifiziert? Hat noch niemand mit der Tochter gesprochen?« Paul Helland wirkte gereizter als sonst. Ungeduldig und ungehalten. Irgendetwas an diesen beiden Fällen schien ihn zu beunruhigen.

»Wilhelmsson und ich wollten eigentlich vor der Besprechung zu Viola Fridberg fahren«, sagte Rhodén.

»Aber?« Helland wirkte wie ein Vulkan, der jederzeit explodieren konnte. Was war nur mit ihm los?

Rhodén hob beschwichtigend die Hände. Sollte er sagen, dass es noch Wichtigeres gab, als Todesnachrichten zu überbringen? Seiner Tochter ging es nicht gut, er musste sich um sie kümmern. Würde er das sagen, stünde dem Ausbruch nichts mehr im Wege. Wütende Beschimpfungen würden ihn wie durch die Luft fliegende Felsbrocken treffen. Also verschwieg er Siri und sagte, dass sie einfach alle Hände voll zu tun gehabt hatten. Schließlich gab es neben dem Brand auch noch den Vermisstenfall.

Es half nichts. Der glatzköpfige Vulkan brach dennoch aus. Zumindest richteten sich die Beschimpfungen nun aber nicht nur gegen ihn, sondern prasselten auf alle in gleichmäßiger, gerechter Verteilung nieder. Mit dem Befehl, dass sie endlich einmal liefern müssten und sich gefälligst den Arsch abrackern sollten, verließ Helland den Raum.

Zurück blieb ein Haufen schweigender Polizisten. Doch Rhodén entging nicht, dass einige nur mühsam ein Grinsen unterdrücken konnten.

Rhodén fasste die bisher noch recht mageren Ergebnisse des Hausbrandes zusammen, sagte, dass es sich bei den Toten vermutlich um das Ehepaar Fridberg handelte, dass dies aber ebenso ungewiss sei wie die genaue Todesursache. Sie würden Bergs und Nysells Berichte abwarten müssen, ehe sie Genaueres sagen konnten. Zwei Polizisten, darunter der Wikinger Joakim, erhielten den Auftrag, sämtliche Tankstellen und Baumärkte abzuklappern und nach den Kanistern, die sie am Tatort gefunden hatten, zu fragen.

Wilhelmsson und Rhodén beschlossen, augenblicklich zu Viola Fridberg aufzubrechen. Schließlich wollten sie den baldigen Tod ihres Vorgesetzten durch Herzversagen nicht mutwillig herbeiführen.

20

Viola Fridberg wohnte in einem unscheinbaren Mehrfamilienhaus aus grauem Backstein in der Hamngatan. Schüchtern öffnete sie die Tür, und als sich Rhodén und Wilhelmsson vorstellten, zuckte sie zusammen.

»Also doch«, keuchte sie.

Rhodén schaute seine Kollegin verwundert an, aber diese blickte ebenso ratlos zurück.

»Dürfen wir hereinkommen?«, fragte der Kommissar. Langsam, als wäre jeder Zentimeter ein neuer Schmerz, öffnete Viola Fridberg die Tür. Die Polizisten traten ein, streiften ihre Schuhe ab und blickten sich in dem beengten Flur um. Unzählige Fotografien hingen an allen Wänden. Hochzeitsbilder, Porträts, wahrscheinlich von allen möglichen Verwandten, einige Fotos, auf denen mehrere Personen zusammenstanden und in die Kamera lächelten. Auf einem Bild erkannte Rhodén Viola mit zwei älteren Menschen. Waren das Elma und Victor Fridberg? Die beiden, die jetzt verkohlt in den Resten ihres Hauses lagen? Beim Anblick des freundlich lächelnden Paares war das schwer vorstellbar. Aber so war der Tod nun mal: schwer vorstellbar.

»Was meinten Sie, als Sie gerade ›also doch‹ sagten, Frau Fridberg?«, fragte Rhodén.

»Sind Sie wegen meinen Eltern hier? Sind sie ... tot?«

Ängstlich schaute Viola von einem Polizisten zum anderen. Man sah ihren kleinen Augen an, dass sie geweint hatte. Mit zittriger Hand wischte sie sich eine Strähne ihres dunkelblonden, schulterlangen Haares aus dem Gesicht. Sie war mindestens einen Kopf kleiner als Rhodén und zierlich, regelrecht dürr. Sie wirkte nicht so, als könne sie den Widrigkeiten des Lebens etwas entgegensetzen, dachte Jacob, aber er wusste, wie wenig dieser Schein etwas zu bedeuten hatte.

Hinter Viola wurde eine Tür geöffnet und ein kleiner, etwas dickerer Junge kam herausgetapst. Er war barfuß, trug eine Jogginghose und einen viel zu weiten Pullover. Jacob erkannte ihn sofort wieder.

»Wer ist das, Mama?«

»Sie sind von der Polizei, mein Lieber.« Dann wandte sie sich an Rhodén und Wilhelmsson. »Das ist Olle, mein Sohn.«

Unzählige Puzzleteile schwirrten Jacob durch den Kopf. Er versuchte, sie irgendwie zusammenzubringen, doch es gelang ihm nicht. Er musste stumm und mit offenem Mund länger dagestanden sein, denn irgendwann fragte Viola, ob mit ihm alles in Ordnung sei. Rhodén versicherte, dass es ihm gut gehe, und verfluchte sich insgeheim, dass er noch nie bei einem Elternabend gewesen war. Dann hätte er gewusst, wer Viola Fridberg war. Die Mutter eines Klassenkameraden von Siri.

Olles Mutter.

Olle, der heute Morgen hilflos und verloren in der Schule gestanden war und von den beiden Lehrerinnen getröstet werden musste.

»Können wir ins Wohnzimmer gehen und uns setzen?«, fragte Rhodén atemlos.

Viola Fridberg nickte und führte sie ins Wohnzimmer, in dem ein ausgesessenes Sofa vor einem überdimensionalen Flachbildfernseher stand. Im Sessel daneben lungerte eine Katze, die von Viola verscheucht wurde, woraufhin sie der kleine Olle in seinen Arm nahm und fest an sich drückte.

Rhodén blickte Wilhelmsson auffordernd an und gab ihr zu verstehen, dass sie das Gespräch weiterführen sollte. Er musste sich sammeln. Was hatte Siri erzählt? Dass Olle einen Brief bekommen hatte, in dem stand, dass seine Großeltern gestorben sind? Aber das war nicht möglich. Zu diesem Zeitpunkt wusste doch nur ein kleiner Kreis von den Toten im niedergebrannten Haus. Und bis jetzt war nicht einmal endgültig geklärt, ob es sich bei den beiden überhaupt um Victor und Elma Fridberg handelte. Die Schläfen pochten, das Kopfweh machte sich wieder bemerkbar.

»Frau Fridberg!« Rhodén hörte Wilhelmssons Stimme gedämpft, als befände sie sich weit weg. »Heute am frühen Morgen kam es im Haus Ihrer Eltern zu einem verheerenden Brand. Das Haus konnte nicht gerettet werden. Im Inneren haben wir zwei Tote gefunden. Wir müssen davon ausgehen, dass es sich dabei um Ihre Eltern handelt. Es tut mir leid.«

Es folgte langes Schweigen. Viola nickte kaum merklich, reagierte ansonsten aber überhaupt nicht. Sie saß einfach nur da, starrte die gegenüberliegende Wand an, nickte hin und wieder leicht. Sie weinte nicht. Sie sah auch nicht geschockt aus. Vielmehr schien es, als habe sie eine Bestätigung bekommen für etwas, das sie bereits erwartet hatte. Auch Olle bewegte sich nicht mehr, sondern blieb wie erstarrt stehen. Die Katze in seinem Arm fühlte sich offensichtlich unwohl, machte sich frei und suchte das Weite. Rhodén sah, wie eine einsame Träne über die rosige Wange des Jungen lief. Mehr geschah nicht.

»Die Nachricht kommt nicht unerwartet für Sie?«, fragte Rhodén.

Viola Fridberg schüttelte den Kopf.

»Meine Tochter Siri geht in Olles Klasse«, sagte Rhodén, woraufhin Viola neugierig aufblickte. »Sie meinte, dass Olle heute Morgen einen Brief erhalten habe, in dem stand, dass seine Großeltern gestorben seien. Stimmt das?«

Viola nickte, dann erhob sie sich plötzlich, verließ das Zimmer und kam kurz darauf mit einem Blatt Papier zurück, das sie Rhodén gab. Sie setzte sich wieder und zog ihren Sohn an sich, der sich an den Hals der Mutter klammerte und sich fest an sie drückte.

Rhodén las, stutzte, gab das Blatt an Wilhelmsson weiter, in seinem Kopf schwirrte es wie verrückt. Die Schläfen pochten immer heftiger.

»Sei nicht traurig, dass deine Großeltern tot sind. Sie haben es verdient«, las Wilhelmsson leise vor. Mehr stand nicht darauf. Nur diese Worte. »Von wem hast du den Brief, Olle?«

Der Junge vergrub sein Gesicht am Hals seiner Mutter.

»Er sagte, dass er ihn heute nach der zweiten Stunde in seinem Spind gefunden hatte«, antwortete Viola für ihren Sohn. Sie war blass, wirkte aber gefasst. »Frau Lenningshoff hat mich irgendwann angerufen und mich gebeten, in die Schule zu kommen. Olle war vollkommen aufgelöst.«

Ein Déjà-vu. Rhodén schüttelte sich. Das alles war zu seltsam, zu fremd und es kam ihm zu nahe. Beinahe wäre er heute Morgen Frau Fridberg über den Weg gelaufen, weil sie beide ihre Kinder frühzeitig aus der Schule abholen mussten.

»Ich war natürlich völlig durch den Wind«, setzte Viola stockend fort. »Es machte mir Angst, was dort stand. Ich habe mehrmals versucht, meine Eltern anzurufen, aber weder über das Festnetz noch über ihre Mobiltelefone konnte ich sie erreichen. Und dann standen Sie vor der Tür.«

Sie schluchzte und griff nach den Papiertaschentüchern, die auf dem Tisch lagen. Die Gedanken ratterten durch Rhodéns

Hirn. Doch bisher verstörten sie ihn mehr, als dass sie irgendeine Klarheit brächten.

»Wer hat Zugang zu deinem Spind, Olle?«, fragte er, wobei er versuchte, nicht gehetzt zu wirken. Aber er war gehetzt. Am liebsten wollte er durch das Wohnzimmer tigern, wie er es in seinem Büro so oft tat, wenn sich Gedanken und Puzzleteile zusammensetzen mussten.

Olle schwieg und vergrub sich weiterhin. »Schlüssel haben nur er und das Sekretariat«, sagte Viola. »Aber in den Spindtüren gibt es Belüftungsschlitze, durch die man einen solchen Brief hineinstecken kann.«

»Olle, das ist jetzt sehr wichtig«, sagte Wilhelmsson. »Du sagst, dass du nach der zweiten Stunde den Brief entdeckt hattest. Wann warst du zuvor das letzte Mal an deinem Spind?«

»Olle, bitte antworte der Polizistin!« Viola streichelte ihrem Sohn zärtlich über den Kopf.

»Vor der ersten Stunde«, nuschelte Olle, ohne sein Gesicht aus der sicheren Umgebung des Halses der Mutter zu nehmen.

»Und da war der Brief noch nicht da?«

»Nein.«

»Frau Fridberg, wir müssen den Brief mitnehmen und genauestens untersuchen lassen. Es könnte sein, dass er von den Mördern Ihrer Eltern stammt«, sagte Wilhelmsson.

Jetzt reagierte Viola Fridberg stärker als sonst. Sie riss den Kopf nach oben und schaute Wilhelmsson mit geweiteten Augen an. Eine Furcht hatte sich in ihr Gesicht gegraben, die nun wie ein schwerer Schatten über ihren Lidern lag.

»Mörder?« Sie drückte Olle fester an sich, als könne sie ihn so vor etwas beschützen.

Rhodén strafte seine Kollegin mit einem strengen Blick. Hastig warf er ein, dass man das nicht sicher wisse, dass sie aber von Brandstiftung ausgingen. Von der Schussverletzung und der versperrten Haustür sagte er nichts. Das hatte noch Zeit, bis sie die Todesursache zweifelsfrei geklärt hatten.

»Darf ich sie sehen?«, fragte Viola Fridberg schließlich.

»Es ist kein schöner Anblick«, sagte Rhodén. »Sie sind verbrannt.«

»Ich möchte sie dennoch sehen. Ein letztes Mal.«

21

Rhodén hatte sich versichert, dass die Leichen noch am Tatort waren, während Viola Fridberg die Nachbarn verständigte, die sich um Olle kümmern sollten. Nun standen sie vor zwei Bahren, auf denen die Toten in grauen Leichensäcken auf den Transport in die Gerichtsmedizin warteten. Stefan Nysell, der Pathologe aus Karlstad, legte die Finger an den Reißverschluss und zog diesen entschlossen auf. Wie immer war er perfekt gekleidet. Jedoch hatten sich Ruß- und Aschepartikel auf seinen Anzug und die rote Krawatte verirrt. Es gebe immer jemanden oder etwas, das seine Arbeit störe, hatte Nysell pikiert gesagt, als sie angekommen waren, und dabei versucht, die Asche zu entfernen, was nur dazu führte, dass sie sich in grauen Streifen tiefer in den Stoff legte.

»Das sind nicht meine Eltern.« Viola Fridberg machte einen Schritt zurück, ließ die beiden Toten, die schwarz und verkohlt aus den Leichensäcken schauten, jedoch nicht aus dem Blick.

»Was?«, entfuhr es Rhodén.

»Das sind nicht meine Eltern«, wiederholte Viola.

»Nicht?«

»Wenn Sie Ihre biologischen und genetischen Tests machen, dann werden Sie Übereinstimmungen finden. Aus medizinischer Sicht sind das vielleicht meine Eltern. Aber sie sind es nicht. Schauen Sie sie doch einmal an? Das sind zwei verbrannte Körper. Es könnte irgendwas sein. Aber wo sind die Menschen geblieben, die sie waren? Diese Körper, die hier liegen, haben nichts mit den Menschen, mit den Lebenden, zu tun. Wo ist die Milde in den Zügen meiner Mutter? Wo der Witz in denen meines Vaters? Es sind fremde Körper. Ich kenne sie nicht. Und ich will sie nicht mehr sehen.«

Sie drehte sich weg und schlang die Arme fest um sich. Rhodén gab Nysell einen Wink, woraufhin er die Säcke wieder verschloss. Wilhelmsson führte Viola Fridberg zu einem Zelt, das die Polizei provisorisch aufgebaut hatte und das vor Regen und Schnee schützen sollte, was es aber nicht tat. Mehrere Thermoskannen mit Kaffee und Plastikbecher standen bereit. Wilhelmsson füllte drei und reichte einen Viola und einen Rhodén. Der kalte Nieselregen wehte von der Seite herein, kroch unter die Haut und ließ sie frösteln.

»Ich muss Sie jetzt noch einmal fragen«, sagte Rhodén. »Sind das Ihre Eltern?«

»Nach Ihrem Verständnis, in biologischer Hinsicht sind sie es wohl, ja«, antwortete Viola Fridberg matt.

»Jemand hat das Feuer mit Absicht gelegt. Wir müssen also von einem Anschlag ausgehen, der zum Ziel hatte, Ihre Eltern zu töten oder Ihnen zumindest Schaden zuzufügen. Hatten Ihre Eltern irgendwelche Feinde, denen Sie das zutrauen würden?«, fragte Rhodén. »Gab es jemanden, der aus welchen Gründen auch immer schlecht auf sie zu sprechen war?«

Viola schüttelte den Kopf, während sie ihre Hände am heißen Kaffeebecher wärmte.

»Denken Sie nach! Gab es früher irgendwelche Konflikte?«

»Meine Eltern hatten nicht viele Menschen um sich herum. Sie lebten lieber einsam. Schließlich hatten sie ja sich«, sagte Viola. »Streit gab es eigentlich nur einmal. Jedenfalls war es das einzige Mal, dass ich etwas mitbekommen habe.«

»Und um was ging es da?«

»Es ging um den Schreinerei-Betrieb, den mein Vater mit Jan Asmussen und Måns Sahlin führte. Die drei waren lange Zeit die besten Freunde, doch dann hatten sie sich zerstritten. Das war aber schon lange her. Irgendwann vor Olles Geburt.«

Die beiden Ermittler schauten sich irritiert an. »Jan Asmussen sagen Sie?«

»Ja, aber mit ihm hatte sich Vater weniger gestritten. Vielmehr lagen Jan und mein Vater mit Måns im Clinch. Es ging um den Betrieb. Aber ich weiß nicht mehr, um was genau. Das ist viel zu lange her, und ich glaube, dass sie sich mittlerweile auch wieder versöhnt haben.«

Rhodén notierte sich die Namen und bedankte sich bei Viola Fridberg. Sie fuhren sie nach Hause und blieben noch so lange, bis eine Freundin Violas kam, um sich um die beiden, die gerade Eltern beziehungsweise Großeltern verloren hatten, zu kümmern.

Auf der Rückfahrt zum Präsidium sprachen sie kein Wort. Rhodén saß auf dem Beifahrersitz und lehnte den Kopf schwer nach hinten. Alles brummte und schwirrte und raste und drehte sich. Er brauchte jetzt sein Büro, in dem er ungestört tigern konnte, oder einen Spaziergang. Er brauchte Klarheit. Doch davon fühlte er sich meilenweit entfernt.

22

»Ein unauffälligeres Leben als das der Fridbergs ist wohl nicht möglich.«

Eva Wilhelmsson hatte unbemerkt die Tür zu seinem Büro geöffnet und lehnte nun mit verschränkten Armen im Türrahmen. Jacob zuckte zusammen, als sei er als pubertierender Junge mit dem Playboy erwischt worden. Dabei hatte er nichts Verwerfliches getan. Er war lediglich durch das Zimmer getigert und hatte versucht, die unzähligen Puzzleteile zu einem wie auch immer gearteten Ganzen zusammenzufügen. Und er hatte sich endlich mal wieder um die darbenden Pflanzen gekümmert, die regelrecht nach Wasser bettelten. Hatte er mit ihnen geredet? Er konnte sich nicht daran erinnern, doch Evas verschmitztes Lächeln ließ ihn ahnen, dass er es wieder einmal getan hatte.

Rhodén, du wirst alt und senil, dabei hast du noch beinahe zwanzig Jahre vor dir. Was für ein Kauz soll aus dir nur mal werden?

Jacob schüttelte den Gedanken rasch von sich, bat Wilhelmsson, sich zu setzen, und nahm selbst in seinem großen schwarzen Lederstuhl hinter dem Schreibtisch Platz.

»Was hast du über sie herausgefunden?«

»Das ist es ja gerade. Nichts.« Wilhelmsson biss sich auf die Unterlippe und sah zerknirscht aus. Er müsste sie so fotografieren und das Bild im Büro aufhängen. Sie nicht immer frisch, nicht immer munter zu sehen, würde ihn vielleicht etwas weniger demotivieren.

»Nichts? Was meinst du damit? Es gibt über jeden irgendetwas in den Registern zu finden?«

»Natürlich«, sagte Wilhelmsson und zog ein Blatt Papier hervor. »Ich kann dir sagen, dass Victor 1945 geboren wurde und Elma 1948, dass sie 1978 geheiratet und zwei Jahre später ihre Tochter Viola, das einzige Kind, bekommen haben. Zeit ihres Lebens wohnten sie in Arvika. Die erste gemeinsame Wohnung hatten sie im Etydvägen, ehe sie 1981 in das Haus zogen, in dem sie bis heute Nacht lebten. Victor ist studierter Betriebswirt und führte gemeinsam mit Jan Asmussen und Måns Sahlin einen

Handwerksbetrieb, wobei sich Victor 2005 aus dem Geschäft zurückzog. Er hatte einen Waffenschein und ging hin und wieder auf die Jagd. Mit Waffen hatte Elma hingegen nichts zu tun. Sie arbeitete als Mesnerin in der Mikaelikirche und war dort bis zuletzt ehrenamtlich tätig.« Wilhelmsson blickte vom Papier auf und schaute ihren Vorgesetzten frustriert an. »Das kann man problemlos über die Fridbergs herausbekommen. Aber ansonsten ist da nichts. Kein Eintrag im Führungszeugnis, keine Schulden, nie eine Anzeige, nicht einmal ein Strafzettel wegen überhöhter Geschwindigkeit. Nichts eben.«

»Ein Musterpärchen in Schwedens Musterprovinz«, seufzte Rhodén. »Aber irgendwo muss etwas zu finden sein. Irgendwo ist Schmutz unter der perfekten Oberfläche. Wir müssen nur herausfinden, an welcher Stelle wir kratzen müssen.«

Rhodén wusste, was auf sie zukommen könnte. Menschen mit der perfekten Oberfläche gab es unzählige. Es war kein Wunder, dass alle Welt Schweden als perfektes Land ansahen. Denn die wenigsten kratzten an der Oberfläche. Wahrscheinlich hatten sie Angst davor, was sie darunter zu sehen bekämen, weshalb sie es lieber bleiben ließen. Bei manchen Menschen konnte man an jeder beliebigen Stelle ansetzen. Sobald der erste Putz bröckelte, stürzte die ganze Fassade an Schönheit und Perfektion in sich zusammen. Bei anderen hingegen konnten sie die Oberfläche bearbeiten und beackern, sie fanden die eine entscheidende Stelle nicht oder erst nach monatelanger Arbeit, während der sie detailversessen, akribisch bis manisch, frustriert und gereizt jede noch so kleine Facette im Leben der Person untersuchten. Und irgendwann hatten sie vielleicht Erfolg und landeten den entscheidenden Treffer. Oder eben auch nicht.

Doch daran durfte er jetzt noch nicht denken. Entschlossen griff er zu seinem Notizblock und einem Stift und kritzelte drei Stichpunkte darauf. »Es gibt drei Dinge, bei denen wir ansetzen können. Wir beginnen bei der Mikaelikirche. Vielleicht finden wir dort etwas über Elma Fridberg heraus. Dann müssen wir herausbekommen, mit wem Victor auf der Jagd war. Und schließlich sollten wir Jan Asmussen und Måns Sahlin einen Besuch abstatten. Das machen wir aber erst morgen. Heute sollten wir Kirche und Jagd schaffen.«

»Und wir müssen uns einen Überblick darüber verschaffen, wer Zugang zu Olles Spind hat«, warf Wilhelmsson ein.

»Und vor allem, wer wusste, welcher Spind der von Olle ist. Es befinden sich nämlich keine Namensschilder daran.«

»In Frage kommen neben den Lehrern, dem Hausmeister, den Sekretärinnen und dem Reinigungspersonal also nur mindestens hundert Schüler, wenn nicht viel mehr, die wir überprüfen müssen«, seufzte Wilhelmsson.

Wo war nur ihr Esprit hin? Rhodén wunderte sich über die neuen Seiten an seiner Kollegin. Vor wenigen Minuten war er der Versuchung erlegen, ihrer missmutigen Art etwas Positives abzugewinnen, jetzt aber wünschte er sich schon wieder seine zuversichtliche, motivierte, strahlende Kollegin zurück. Schließlich war es ihre Aufgabe, ihn mitzureißen, wenn er drohte, in Melancholie zu verfallen. An dieser Aufgabenverteilung war nicht zu rütteln. Wenn Eva so weitermachen würde, müsste er bald ein ernstes Wort mit ihr reden.

Rhodéns Handy, das auf dem Schreibtisch lag, klingelte. Er sah Stinas schönes Gesicht im Display auftauchen. Ein ungutes Gefühl fuhr ihm in den Magen. Eine Vorhersehung, dass gleich ein Donnerwetter über ihn hereinbrechen würde.

Er war ein Seher.

»Bist du denn des Wahnsinns?!«, brüllte Stina ins Telefon, sobald er abgenommen hatte. Nicht nur er, auch Eva zuckte angesichts dieser eher weniger freundlichen Begrüßung zusammen. »Wie kannst du Siri in ihrem Zustand nur alleine zuhause lassen?«

Das ungute Gefühl verstärkte sich zu einem Krampf, der unnachgiebig seinen Magen zermalmte. Was war mit Siri geschehen? Hatte sie sich etwas angetan? Jacob versuchte, etwas zu sagen, aber er brachte kein Wort über die Lippen.

»Du wusstest genau, dass ich mit Kalle erst wieder gegen Abend zurückkommen wollte. Wie kannst du da nur auf die schwachsinnige Idee kommen, Siri alleine zu lassen, wo du doch gesehen hast, wie schlecht es ihr geht?«

»Ich habe versucht, dich anzurufen, aber konnte dich nicht ...«

»Das ist doch scheißegal, was du versucht hast und was nicht! Du kannst deine Tochter nicht einfach alleine daheim lassen, wenn sie mit ihren Nerven völlig am Ende ist! Das ist doch nicht so schwer zu verstehen, oder? Aber wahrscheinlich war die Arbeit wieder einmal wichtiger. Wichtiger als deine eigene Tochter.«

»Stina, so ist das nicht ...« Jacob versuchte irgendetwas zu antworten, dabei wusste er, dass seine Frau recht hatte. Natürlich war es die Arbeit gewesen, weshalb er wieder gehen musste. Aber er musste eben. Er hatte neben seiner Tochter noch andere Verpflichtungen, die er nicht einfach so ignorieren konnte.

»Stina, so ist das doch nicht«, äffte Stina ihn nach. »Dein Egoismus kotzt mich so an!«

Damit legte sie auf und ließ Jacob mit dem Hörer in der Hand reglos dasitzen. Wilhelmsson blickte irgendwo auf den Boden. Ihr war es ebenso wie Jacob unangenehm, dass sie das Gespräch mithören musste. Wie kam man nun elegant aus dieser Situation? Es ging nicht. Rhodén saß stumm hinter dem Schreibtisch, den Telefonhörer noch immer in der Hand, der Kopf hochrot, Wilhelmsson hockte auf der anderen Seite des Schreibtischs, ebenso stumm und reglos. Zum ersten Mal in ihrem Leben nahm sie das Muster des Linoleumbodens bewusst wahr.

»Die Mikaelikirche und die Jagdgesellschaft übernimmst du. Ich muss nach Hause.« Abrupt stand Jacob auf, griff nach dem Mantel, der an der Garderobe hing, und eilte zur Tür.

»Na danke, Chef!«, raunzte Wilhelmsson.

»Ich bin eben nicht nur Chef, sondern auch Vater.«

Damit riss Rhodén die Tür auf und verließ fluchtartig das Präsidium. Er holte das Auto aus der Tiefgarage und fuhr hinaus in den strömenden Regen. Schwarze Wolken hingen tief über den Straßen, der Regen klatschte mit Wucht gegen die Windschutzscheibe, sodass die Lichter der entgegenkommenden Fahrzeuge zu einem weißgelblichen Etwas verschwammen.

Heute kam alles zusammen. Heute hatte sich alles gegen ihn verschworen. Rhodén knurrte das Lenkrad an. Und als bräuchte er eine Bestätigung, setzten die Kopfschmerzen urplötzlich, aber dafür umso heftiger ein. Von den Schläfen zog sich ein stechender Schmerz zum Hinterkopf und hatte bald den ganzen Schädel erfasst.

23

Als Jacob nach Hause gekommen war, war er zuerst schnurstracks ins Bad gewankt, hatte zwei Kopfschmerztabletten auf einmal eingeworfen und sich eine halbe Stunde lang eingeschlossen. Die Tabletten erfüllten zuverlässig ihre Aufgabe, sodass sich Jacob bald gewappnet sah, sich der Auseinandersetzung mit Stina zu stellen. Er ging hinunter ins Wohnzimmer und erwartete einen schlimmen Streit. Doch es kam anders. Unerwartet anders. Stina konnte ihn nicht nur mit Wutanfällen, die wie aus heiterem Himmel kamen, überraschen, sondern auch mit versöhnlichen Gesten. Sie wolle inhaltlich zwar nichts zurücknehmen, denn sie könne nach wie vor nicht verstehen, dass die Arbeit wichtiger sein konnte als das eigene Kind, dem es hundsmiserabel ging. Aber sie wolle sich dafür entschuldigen, wie sie mit ihm gesprochen habe. Das wäre nicht fair gewesen.

»Siri hat mich nach dem Telefonat hart angegangen und hat gemeint, dass ich so nicht mit Papa reden dürfe«, sagte Stina.

»Hat sie das wirklich gesagt?«

Stina nickte. »Und sie hatte recht. Bitte versprich mir aber, dass du sie nie wieder alleine lässt, wenn sie Hilfe braucht.«

»Versprochen, Stina, versprochen.« Er fasste seine Frau vorsichtig bei den Händen und schaute sie lange an.

»Ich denke, du solltest zu Siri nach oben«, sagte Stina. »Sie liegt schon im Bett, aber ich bin mir sicher, dass sie noch nicht schläft. Sie braucht dich mehr, als du denkst.«

Das Kinderbett knarzte leicht, als sich Jacob auf die Kante setzte. Siri lag bäuchlings im Bett und hatte die Decke über die Schultern nach oben gezogen, sodass nur ihre braunen Haare zu sehen waren. Vorsichtig streichelte Jacob über ihren Hinterkopf. Lange saß er so da und spürte den kleinen Kopf unter seiner Hand. Sie brauchte so viel Schutz. Sie war noch so klein und der Welt mit all ihren Unwägbarkeiten ausgeliefert. Und es war seine verdammte Aufgabe, ihr diesen Schutz zu bieten, den Ort, an dem sie sich wohlfühlte, an dem sie einfach sein konnte.

Im Augenwinkel sah er das »Ronja Räubertochter«-Buch, das noch immer auf dem Nachttisch lag, wobei das Lesezeichen viele Seiten weiter nach hinten gerutscht war. Er nahm es in die Hand, wog es hin und her und betrachtete das Titelbild.

»Birk mag ich nicht«, hörte Jacob Siris Stimme neben sich. Ohne dass er es bemerkt hatte, hatte sie ihren Kopf gehoben und ihn beobachtet, wie er mit dem Buch in der Hand dasaß und nachgedacht hatte. »Er ist überhaupt nicht so witzig wie Ronja. Und auch Ronjas Papa ist viel lustiger als Birks Vater.«

Jacob lächelte und strich Siri über die Wange. Sie zog ihren Kopf nicht weg, sondern ließ seine Hand zu. Jacob spürte, wie eine Woge voll Liebe und Zuneigung ihn zu überspülen drohte. Als habe er es zuvor vergessen, wiederholte eine Stimme tief in ihm wie ein Mantra: Das ist deine Tochter. Jacob, das ist deine Tochter.

»Ich habe Birk als Kind auch nicht leiden können«, sagte Jacob. »Schließlich war ich in Ronja verliebt und bildete mir ein, dass ich viel besser zu Ronja passen würde als dieser Birk.«

»Da warst du aber ziemlich albern, Papa«, meinte Siri. »Das weiß man doch, dass Ronja kein echter Mensch ist.«

»Ich finde, dass man sich auch in eine literarische Figur verlieben kann. Genauso wie man Figuren aus Büchern hassen und verabscheuen kann.«

»Das stimmt«, gab ihm Siri recht. »Ich finde aber nicht, dass du zu Ronja gepasst hättest. Sie wäre viel zu wild für dich. Tom Sawyer wäre der beste Freund für Ronja.«

»Oder Huckleberry Finn«, gab Jacob zu bedenken.

»Nein, Tom Sawyer wäre besser!«

»Na gut, dann sollen Tom und Ronja unser Traumpaar sein.«

Jacob lächelte seine Tochter an, und als sie ihn anschaute und ihn anlachte, als würden sie nun ein gemeinsames Geheimnis teilen, da schwor er sich, dass er sie nie wieder alleine lassen würde.

»Magst du mir das Kapitel vorlesen, in dem Ronja von den Wildruten verfolgt wird?«, fragte Siri und legte ihren Kopf auf Jacobs Oberschenkel.

Er blätterte im Buch, bis er das entsprechende Kapitel fand. Dann las er vor und versuchte dabei, den krähenartigen Unwesen eine besonders hohe und kratzige Stimme zu verleihen. Er las, bis Ronja gerettet war und er glaubte, dass Siri eingeschlafen war.

Doch als er das Buch auf den Nachttisch zurücklegte, murmelte sie leise: »Du liest zwar nicht so gut wie Bengt, aber trotzdem ziemlich gut.«

»Wer ist Bengt?«

»Mensch Papa, ich habe dir doch schon mindestens hundert Mal von Bengt erzählt. Bengt Moström. Er liest immer in den Mittagspausen und am Nachmittag in der Schule vor. Wenn ich ihm zuhöre, dann ist es immer so, als sei ich mitten in der Geschichte und gar nicht mehr in dieser Welt.«

Jacob glaubte sich vage zu erinnern, von diesem Bengt schon einmal am Mittagstisch gehört zu haben. Beschämt musste er sich eingestehen, dass er offensichtlich nicht immer so zuhörte, wie es sich für einen Vater eigentlich gehörte. Jedenfalls nahm er sich vor, Bengt Moström einmal anzusprechen, wenn er Siri von der Schule abholte, und ihn nach Tipps zum Vorlesen zu fragen.

Die Tür zum Kinderzimmer wurde geöffnet und Stina streckte ihren Kopf und das schnurlose Telefon herein. »Dein Vater«, sagte sie leise und legte ihre Stirn mitleidsvoll in Falten. Jacob seufzte lautlos, strich seiner Tochter sanft übers Haar und erhob sich. Draußen im Flur griff er nach dem Hörer. Meistens waren die Gespräche mit seinem Vater anstrengend, manchmal in Ordnung, selten angenehm. Das lag vor allem daran, dass Arved in Ermangelung neuer Erlebnisse Altes wiederkaute oder Zeitungsüberschriften vorlas, um diese als Sprungbrett zu nutzen, um sich über Politiker im Besonderen und über die Welt im Allgemeinen, die sich im Niedergang befände, zu beklagen. Die Gespräche waren lästig, doch zugleich war es sein Vater. Und Jacob wollte nicht nur aus reiner Verpflichtung seinem Erzeuger gegenüber hin und wieder mit ihm sprechen, nein, es lag ihm tatsächlich etwas daran, wie es seinen Eltern in Stockholm ging. Nach spätestens fünf Minuten am Telefon setzte sich meist aber der Drang danach, das Gespräch möglichst schnell wieder zu beenden, durch. Nach dem Auflegen wich die Erleichterung rasch dem schlechten Gewissen, und so war es letztlich immer so, dass es Jacob nach einem Telefonat mit seinem Vater nicht gut ging.

»Hej Arved, wie geht es dir?«, fragte Jacob in den Hörer.

»In der Zeitung habe ich gelesen, dass du nach einem verschwundenen Kind suchst. Und im Internet stand heute, dass es bei einem Brand zwei Tote gegeben hat. Ist das auch dein Fall?«

Jacob schloss die Augen und atmete tief ein. Er wollte jetzt nicht über die Arbeit sprechen. Nicht jetzt! »Ich bin der einzige

Kommissar in Arvika, daher bin ich in alle Fälle, bei denen möglicherweise ein Verbrechen vorliegt, involviert. Das weißt du aber, Arved.«

»Es ist nicht gut, wenn Kinder verschwinden.«

»Nein, das ist es nicht.« Jacob lehnte sich schwer gegen den Türrahmen. Konnte er nicht einfach auflegen?

»Habt ihr schon eine Spur?«

»Es geht voran, zäh, aber wir kommen voran.«

»Du klingst erschöpft, Jacob.«

»Das bin ich auch, Arved.« Er hoffte inständig, dass er den richtigen Tonfall getroffen hatte. Einen Ton, der sagte, dass es am besten sei, das Gespräch zu beenden und den erschöpften Sohn in Ruhe zu lassen. Kapierte sein Vater das?

»Ich habe dir schon immer gesagt, dass du nicht zur Polizei gehen sollst.«

Nein, er kapierte es nicht. Im Gegenteil.

»Bei der Polizei, da lassen sie dich ausbluten«, setzte Arved Rhodén fort. »Die wollen, dass du bis zur Rente buckelst, und dann speisen sie dich mit einer mickrigen Pensionszahlung ab. Ist es nicht so?«

Jacob schwieg. Er füllte sich innerlich so leer, so entsetzlich leer.

»Ich habe dir damals gesagt, dass du meinen Kiosk übernehmen sollst. Der lief gut und du wärst dein eigener Herr gewesen. Aber du wolltest ja nicht.«

»Es ist gut jetzt«, flüsterte Jacob.

»Ich sag's ja nur. Wie ich es damals auch schon gesagt habe.«

»Papa, bitte!«

Endlich verstummte Arved.

»Wie geht es Stina?«, fragte er nach einer Weile.

»Alles gut.«

»Und Siri?«

Das wäre die Gelegenheit für ein schönes, ein intensives Vater-Sohn-Gespräch über Erziehung, die Fehler, die man zwangsläufig dabei macht. Jacob könnte von Siri erzählen, von den unbeantworteten Fragen, die sich in ihm auftaten, Arved hätte vielleicht einen guten Ratschlag parat. In manchen Situationen war mehr Lebenserfahrung ja tatsächlich von Nutzen. Aber Jacob schaffte es nicht. Nicht heute.

»Es ist alles gut«, sagte er. »Wir kommen euch bald mal in Stockholm besuchen, ja? Sobald der Fall abgeschlossen ist.«

»Das wäre schön«, sagte Arved und Jacob meinte, eine traurige Sehnsucht in der Stimme seines Vaters zu hören.

»Wie geht es Mutter?«

»Ulrika kämpft, aber sie will zu viel. Du kennst sie ja. Sie kann nicht akzeptieren, dass ihr Herz schwach ist und sie vor allem viel Ruhe braucht. Das macht ihr zu schaffen.«

»Ja«, sagte Jacob. Viel mehr gab es nicht zu sagen.

Dann schwiegen sie sich eine Weile an und seltsamerweise fühlte sich das besser an als das erschöpfende Gespräch zuvor mit all den offenen und versteckten Vorwürfen und Anspielungen. Väter und Söhne sollten öfters miteinander schweigen. Wenig später verabschiedeten sie sich mit kurzen Worten. Jacob ging nach unten, schenkte sich einen Whiskey ein und kam zum ersten Mal an diesem langen Tag zur Ruhe.

Tagebuch 12. Februar

Liebes Tagebuch,
wenn du nicht wärst, dann wäre es dunkel. Danke, dass ich dir immer und alles erzählen kann. Mit Mama und Papa kann ich nicht reden. Sie würden mich nicht verstehen und es abtun. Mit Karla geht es auch nicht, da sie mir am wenigsten helfen kann. Das Einzige, was wir tun könnten, wäre wegzuziehen. Oder uns aufzulösen. Das wäre es! Heute stand ich am Ufer. Es war eiskalt und der Schnee hatte die Kiesel und den Sand bedeckt. Ohne zu frieren, schaute ich mindestens eine halbe Stunde auf den zugefrorenen See hinaus. Ich stellte mir vor, wie es wäre, wenn ich auf das Eis hinausginge und mit jedem Schritt blasser und blasser würde, bis ich irgendwann in der Mitte des Sees nicht mehr da wäre. In Gedanken ging ich den ganzen Weg, während die Sonne, die kein bisschen wärmte, in mein Gesicht schien. Es wurde immer heller, und in dem Moment, als ich nicht mehr da war, war alles grell und gleißend, dass ich mit den Augen hätte blinzeln müssen, aber sie waren ja wie ich aufgelöst. In diesem Moment war ich glücklich. Doch dann bellte Mumpert hinter mir und riss mich von der Seemitte wieder zurück ans Ufer. Karla kam mit ihrem Hund, wir quatschten kurz und die Kälte, die ich verlassen hatte, kehrte zurück. Unter meine Haut. In meine Gedanken. In mein Herz.

Karla möchte nicht mit mir abhauen. Sie will nicht darüber reden und sagt, es werde schon vergehen. Aber das wird es nicht. Nie wird es das! Es sitzt zu tief, ganz tief in mir drin. Und es ist kalt.

Wenn ich nicht weglaufen kann, dann will ich mich auflösen, zur Mitte des Sees, die Sonne in den Augen. Vielleicht, ja, vielleicht würde mir dann wieder warm.

24

»Papa, du musst mich nicht bis ins Klassenzimmer bringen. Ich finde schon alleine den Weg.«

Da war sie wieder, die abweisende Siri, die bloß nicht zusammen mit ihrem Vater in der Schule gesehen werden wollte. Als seien der vergangene Abend und ihr blindes Verständnis, dass Birk irgendwie blöd war und Ronja lieber mit Tom zusammenkommen sollte, ein Traum gewesen. Er stand zwar klar vor ihm und dennoch, es war nur ein Traum. Oder nicht?

Siri stapfte vor ihm die Treppen nach oben und zog die schwere Eingangstür der Schule auf. Jacob eilte hinterher und zwängte sich zwischen der Tür durch, ehe diese sich wieder schloss.

»Ich komme aber mit, weil ich mit Frau Lenningshoff noch etwas besprechen muss.«

Er hörte, wie Siri genervt seufzte. Sie blieb stehen, drehte sich zu ihm um und schaute ihn streng an. »Aber keine Umarmung und kein doofer Kosename.«

Als würde er seinen Kindern jemals alberne Kosenamen geben. Er wollte bereits empört protestieren, sah jedoch ein, dass das hier und jetzt der falsche Ort für solche Diskussionen war, weshalb er einwilligte. Keine Umarmung. Kein Kosename. Einfach nur tschüss und weg. Kinder glaubten immer, dass das Kindsein hart sei, weil sie ständig von ihren Eltern bevormundet wurden. Aber sie sollten mal wissen, wie hart es war, Vater zu sein. Da musste man lernen, einzustecken.

Sie gingen an den Spinden vorbei, bis Siri an ihrem angekommen war. Jacob musterte die Belüftungsschlitze, durch die es ein Leichtes war, einen Brief ins Innere zu stecken. Mit einem betont unauffälligen Kopfnicken und einem Brummen, das entfernt an ein »Bis später« erinnerte, verabschiedete er sich schließlich von seiner Tochter und steuerte auf Frau Lenningshoff zu, die etwas abseits stand und die hereinströmenden Schüler beobachtete.

Von unten herauf blickte sie ihn an, lächelte und wünschte ihm einen guten Morgen. In der Bluse, die sie trug, wirkte sie wie eine Hausfrau, die seit Jahren nichts anderes tat, als sich um Haus und Hof zu kümmern. Dazu das wirr nach oben gesteckte graue Haar, der braune Rock, der über die Knie reichte. Äußerlich könnte die Distanz zwischen der auf die Pension zugehenden Lehrerin und ihren Schülern nicht größer sein, und dennoch hatte sie einen Draht zu den Kindern, wie ihn sich viele Eltern wohl wünschten. Auch wenn er aufgrund ihrer Körpergröße auf sie herabsehen musste, schaute Rhodén zu ihr auf. Und er fürchtete sich ein wenig vor ihr, da er stets das Gefühl hatte, dass sie ihn und alle seine erzieherischen Schwächen komplett durchschaute.

»Ist in letzter Zeit etwas vorgefallen, unter dem Siri leidet?«, fragte er. »Sie ist so anders als sonst.«

»Sie ist nicht anders, Herr Kommissar.« Frau Lenningshoff lächelte mild. »Sie ist, wie sie ist. In den vergangenen Wochen haben sich gewisse Eigenschaften nur verstärkt.«

Rhodén hasste es, wenn er außerhalb der Arbeit mit Kommissar angesprochen wurde. Er war hier wegen seiner Tochter und nicht wegen irgendeines Falls. Wenn er Frau Lenningshoff zufällig in der Sauna treffen würde, dann würde er sie ja auch nicht mit »Frau Lehrerin« anreden. Ihm fiel auf, dass er ohnehin nie einen Lehrer mit seinem Berufstitel ansprechen würde. Und zugleich wünschte er sich inständig, dass er nie in die Verlegenheit käme, Frau Lenningshoff in der Sauna zu begegnen. Bestimmte Dinge sollte man in seinem Leben von vornherein kategorisch ausschließen können: seine Eltern beim Sex zu erwischen, der eigenen Mutter, wenn sie alt und senil war, den Hintern abwischen zu müssen, und eben Frau Lenningshoff in der Sauna zu begegnen.

Rhodén ließ die Lippen flattern, woraufhin ihn die Lehrerin verwundert anschaute.

»Alles in Ordnung?«, fragte sie.

»Ja. Ja, alles in Ordnung. Ich sollte weniger denken.«

Frau Lenningshoff runzelte die Stirn und blickte ihn fragend an. Dann hellte sich ihre Miene auf, als sie meinte zu verstehen. »Sie müssen sich nicht zu viele Gedanken um Siri machen und über jeden Schritt nachdenken. Da haben Sie recht. Ihrer Tochter geht es nicht sonderlich gut. Sie hat kaum Freunde und ein paar der Jungs setzen ihr manchmal ordentlich zu. Sie kommt aus Stockholm, dafür haben die Landeier hier oft nur Spott übrig. Dass in der Hauptstadt nur Schickimicki-Damen herumspazieren, ist etwas, was vielen von ihren Eltern eingepflanzt wird. Siri bietet gewisse Angriffsflächen, weil sie lieber liest, als in den Pausen mit den anderen zu spielen. Den Jungs haue ich aber ordentlich auf die Finger. Sprichwörtlich natürlich nur.«

Rhodén wollte einwenden, dass sie das nicht nur sprichwörtlich machen müsse, doch er schwieg.

»Siri lebt in ihrer eigenen Welt, in der Welt der Geschichten und Bücher, und da fühlt sie sich pudelwohl. Je mehr sie sich aber in dieser Welt vergräbt, desto größere Schwierigkeiten hat sie, sich in der realen Welt einzufügen. Aber das wird sie. Da bin ich mir sicher. Was sie braucht, ist Zuwendung. Die müssen Sie ihr geben, Herr Kommissar. Dann machen Sie alles richtig und müssen dabei gar nicht viel nachdenken.«

»Betonen Sie bitte nicht, dass ich bei der Polizei bin. Zum einen weiß ich das selbst ganz gut und muss nicht daran erinnert werden. Zum anderen befürchte ich, dass Siri denkt, die Jungs würden sie nur deswegen in Ruhe lassen, wenn ich in der Nähe bin, weil ich Polizist bin. Sie will aber, dass sie ihretwegen in Frieden gelassen wird.«

»Das verstehe ich, Herr Kommissar, es wird ab jetzt nicht mehr vorkommen«, lächelte sie ihn an.

Jacob bedankte sich für den guten Rat der Lehrerin und meinte es ernst. Vielleicht waren Lehrer manchmal eben doch die besseren Pädagogen.

»Ein berufliches Anliegen habe ich aber dennoch«, sagte der Kommissar. »Olle Fridberg wurde gestern ein Brief in den Spind gesteckt. Was haben Sie davon mitbekommen?«

»Berufliches und Privates zu trennen, fällt Ihnen wahrscheinlich ebenso schwer wie uns Lehrern, oder?« Frau Lenningshoff lächelte ihn mild an. Rhodén hob vielsagend die Augenbrauen. Die Frage bedurfte keiner Antwort. »Es war am Ende der Pause kurz vor Beginn der dritten Stunde, als Olle völlig aufgelöst zu mir und meiner Kollegin kam. Er weinte und wusste gar nicht mehr ein oder aus. Dann zeigte er uns diesen Zettel. Der jagte auch mir richtiggehend Angst ein.«

»Vor allem weil wenige Stunden zuvor der Inhalt des Briefs Realität geworden war.«

»Was?« Frau Lenningshoff taumelte einen Schritt zurück und hielt sich die Hand vor den Mund, als habe sie etwas Verwerfliches gesagt. Lange starrte sie Rhodén an, ehe sie sich wieder gesammelt hatte. »Der ... der Hausbrand, von dem heute etwas in der Zeitung stand?«

Der Kommissar nickte. Diese Information konnte er herausgeben, da sie bereits die Presse hatte. Weiter ins Detail durfte er allerdings nicht gehen, weshalb er das Gespräch wieder auf den Spind zurücklenkte. »Der Brief musste irgendwann zwischen Beginn der ersten und Ende der zweiten Stunde in den Spind gelegt worden sein. Haben Sie in dieser Zeit jemanden gesehen, der nichts an der Schule verloren hat?«

Frau Lenningshoff schüttelte langsam den Kopf. Der Schreck war ihr noch immer deutlich anzusehen. »Ich hatte Unterricht. Nein, ich habe niemanden gesehen.«

»Ich gehe davon aus, dass theoretisch jeder Zugang zu den Spinden hat, da die Schule ja nicht abgeschlossen wird.«

»Da haben Sie recht.«

»Wer weiß, welcher Spind welchem Schüler gehört?«

»Es stehen keine Namen darauf. Die Liste, welchem Schüler welcher Schlüssel ausgehändigt worden war, befindet sich im Sekretariat. Ansonsten weiß das offiziell niemand. Wobei die Schüler natürlich wissen, wer welchen Spind besitzt. Und Olle kann es auch anderen erzählt haben. Oder er wurde beobachtet.«

»Ja, das ist alles möglich.« Rhodén sah sich bereits auf der Suche nach der berühmten Nadel im Heuhaufen.

Dann zogen mehrere Kinder seine Aufmerksamkeit auf sich, die sich um einen Mann drängelten, der ihm vage bekannt vorkam. »Hej Bengt«, riefen sie. »Bist du in der Mittagspause da?« und »Was liest du uns vor?«, fragten sie.

Der Mann mit den schneeweißen Haaren und tiefen Falten im Gesicht lachte und tätschelte den Mädchen und den Jungs liebevoll auf den Kopf. In der anderen Hand trug er einen Stapel Bücher, den er vorsichtig über den Kindern hinwegbalancierte.

»Er würde sich gut als Rattenfänger von Hameln eignen«, lachte Rhodén auf.

Frau Lenningshoff stimmte ihm zu. »Die Kinder hängen an seinen Lippen, wenn er vorliest. Er ist tatsächlich magisch.«

Jetzt fiel der Groschen. »Das ist Bengt Moström? Meine Tochter schwärmt für ihn.«

»Die beiden sind ja auch ein Herz und eine Seele. Ja, das ist Bengt Moström. Früher war er der Stadtbibliothekar. Seit fünf Jahren ist er in Rente, aber ohne Bücher kann er einfach nicht. Daher liest er ehrenamtlich in der Mittagspause und am Nachmittag in der Schule vor. Ich denke, ich kann, ohne dass es mich beschämen würde, sagen, dass kein Lehrer die Liebe zu Büchern besser wecken kann als er.«

Damit verabschiedete sich Frau Lenningshoff und schickte die Kinder lautstark in die Klassenzimmer. Ohne zu murren, folgten sie ihren Anweisungen. Mit einem Male war Ruhe eingekehrt. Rhodén eilte Bengt Moström hinterher, der mit seinem Bücherstapel in die Aula entschwunden war.

»Darf ich Sie kurz stören?«

Moström blieb stehen und drehte sich zu Rhodén um. Stechend blaue Augen blickten ihn neugierig und freundlich an. Eine große Nase hockte breitbeinig zwischen ihnen. Unter der schwarzen Regenjacke schaute eine braune Strickjacke hervor, wie sie typisch für Rentner war. Zumindest war sie für Rhodén die klassische Pensionärskleidung. Auch die abgetragene Cordhose und die groben Schuhe, die schmutzig waren, passten ins Bild.

»Ich habe heute Morgen schon im Garten gearbeitet, aber vergessen, die Schuhe zu wechseln«, sagte Bengt Moström, der Jacobs Blicken gefolgt war.

»Schon in Ordnung. Ich wollte Sie einfach nur mal kennenlernen. Meine Tochter schwärmt von Ihnen. Siri. Mein Name ist Jacob Rhodén.«

»Sieh an, der Herr Kommissar!« Moström lächelte mild, während Rhodén innerlich fluchte. Warum redeten ihn heute alle mit Kommissar an? Stand das auf seiner Stirn geschrieben? »Bengt«, sagte der alte Mann und streckte Jacob die freie Hand entgegen. »Bitte sag du zu mir. Ich verabscheue das Sie. Das hatten wir in Schweden eigentlich erfolgreich abgeschafft. Aus welchen Gründen auch immer kommt es momentan wieder angeschlichen. Aber ich duze jeden, egal ob Putzfrau oder Kommissar. Also soll auch jeder Du zu mir sagen.«

Jacob nickte. Der Mann war ihm auf Anhieb sympathisch. Er hatte eine Aura um sich, die ihn magisch anzog. Diese klaren Augen, die angenehme sonore Stimme, das freundliche Lächeln. Er blickte auf den Bücherstapel, den Moström bei sich trug, und musste grinsen, denn zwischen »Momo«, Mobergs »Einwanderern« und »Kalle Blomqvist« entdeckte er »Tom Sawyer« und »Ronja Räubertochter«.

»Ich habe die Bücher gerade eben abgeholt, damit ich mich noch ein wenig auf die Vorlesestunde vorbereiten kann. Momentan steht »Tom Sawyer« bei den Schülern hoch im Kurs. Aber das muss ich Ihnen nicht sagen. Wahrscheinlich erzählt Siri den ganzen Tag über von nichts anderem. Sie hat ja nur noch Tom im Kopf.«

Rhodén schluckte. Was sollte er darauf sagen? Nein, das macht Siri nicht? Denn sie erzählt so gut wie nichts und verkriecht sich nur in ihr Zimmer? Er spürte, wie sich ein Kloß in seinem Hals bildete, der immer größer anwuchs, immer schwerer wurde und ihm nicht nur das Sprechen unmöglich machte, sondern ihm auch den Atem nahm. Er versuchte zu schlucken, doch der Kehlkopf regte sich nicht.

»Sie ist ein gutes Mädchen, Jacob. Sie sollte nur aufpassen, dass sie angesichts ihrer unzähligen literarischen Freundschaften die echten nicht vergisst. Jetzt muss ich aber weiter. In die Welt der Bücher abtauchen, du verstehst?« Mit leuchtenden Augen zeigte er auf den Bücherstapel, er nickte Jacob zu und marschierte auf den Ausgang zu.

Während Jacob damit kämpfte, den Kloß und das nagende Gefühl, ein schlechter Vater zu sein, hinunterzuschlucken, hörte er eilige Schritte hinter sich.

»Herr Rhodén?« Jacob nahm erleichtert wahr, dass er zum ersten Mal an diesem Morgen nicht mit »Herr Kommissar« angesprochen wurde, doch als er sich umdrehte und in das aufgeregte Gesicht von Viola Fridberg schaute, war jedes Gefühl von Erleichterung wie weggeblasen. Die zierliche Frau wirkte gehetzt. Die Pupillen sausten hektisch von links nach rechts und wieder zurück.

»Haben Sie Olle gesehen?«, fragte sie.

»Äh, nein. Suchen Sie ihn?« Zugegeben, das war eine blöde Frage. Natürlich suchte sie ihn.

»Ist er nicht an Ihnen vorbeigekommen?«

»Ich habe, um ehrlich zu sein, nicht auf ihn geachtet.«

Viola Fridberg hatte sich schon wieder von ihm abgewandt und bewegte sich nun auf den Flur zu, in dem Olles und Siris Gruppen waren. »So schnell kann er gar nicht gewesen sein. Ich hätte ihn doch noch sehen müssen«, sagte sie, wobei Rhodén nicht wusste, ob die Worte ihm galten oder ob Viola mit sich selbst sprach.

Er gab seiner inneren Neugier, ihr zu folgen, nicht nach, sondern erinnerte sich daran, dass er ursprünglich Siri nur schnell vor der Schule absetzen wollte, da die Kollegen bei der Frühbesprechung sicherlich bereits auf ihn warteten. Eilig drückte er die

Tür auf und ging zum Parkplatz, wo er seinen Wagen abgestellt hatte. Am Ende der Straße konnte er Bengt Moström erkennen, der mit dem Fahrrad davonradelte. Teufelskerl, dachte sich Jacob. Wahrscheinlich würde er auch bei Schneesturm und minus zwanzig Grad das Fahrrad nehmen. Und über hundert Jahre würde er auch alt werden. Selbstverständlich.

Der Alte imponierte ihm. Dennoch war er froh, als er die Fahrertür zuziehen konnte und damit dem eisigen Wind, der vom See heraufdonnerte, nicht länger ausgeliefert war.

25

Das Treffen der Ermittler im Besprechungsraum war kurz. Alle nahmen erleichtert wahr, dass Paul Helland dieses Mal nicht anwesend war, was die Stimmung sogleich etwas hob. Wie es eben an einem verregneten Novembertag mit zwei Fällen, bei denen sie im Nebel herumstocherten, möglich war. Skog musste beißenden Spott über sich ergehen lassen, weil er auch heute genauso beschissen aussah wie gestern. Wilhelmsson hatte ihre schlechte Laune offensichtlich überwunden, was vielleicht auch daran lag, dass sie heute bereits zehn Kilometer laufen war, wie sie sagte. Rhodén grummelte, dass ihm ein Teufelskerl pro Tag reiche und er keine zwei brauche, winkte jedoch ab, als seine Kollegin irritiert die Stirn runzelte.

Nilsson fummelte an seinem albernen hauchdünnen Oberlippenbart herum, als er gemeinsam mit seiner Partnerin Caroline Georgieva den aktuellen Stand zusammenfasste. Viel mehr als gestern hatten sie nicht erreicht. Einige Volvo 760-Fahrer hatten sie abgeklappert, dabei aber noch keine interessante Spur entdecken können. Da Karla Asmussen die Mütze eindeutig als Lindas identifiziert hatte und diese exakt dort auf dem Parkplatz gefunden worden war, wo Rungard den älteren Mann mit Volvo und Linda beobachtet hatte, konnten sie davon ausgehen, dass Linda tatsächlich an dieser Stelle in ein fremdes Auto gestiegen und höchstwahrscheinlich entführt worden war. Sie würden also weiterhin die Liste der Volvo-Fahrer abklopfen, zudem aber Tomas Begin, Lindas Vater, noch einmal zu einem Verhör vorladen. Ganz sauber sei der nicht, schloss Nilsson.

Wilhelmsson berichtete den Kollegen, dass Viola Fridberg ihre Eltern identifiziert hatte und sie dabei waren, Victors und Elmas Leben auf Ungereimtheiten, Risse, Streitigkeiten abzuklopfen, was bisher jedoch eine undankbare Aufgabe war, da beide ein scheinbar idealschwedisches Leben geführt hatten. In der Mikaeli-Gemeinde, in der Elma bis zum Schluss ehrenamtlich tätig gewesen war, zeigte man sich tief bestürzt über die Nachricht vom Tod der immer zuverlässigen, immer freundlichen, immer hilfsbereiten Mesnerin. Keiner, der ein schlechtes Wort über sie verlor.

Niemand, der jemals von einem Streit innerhalb der Gemeinde etwas mitbekommen haben wollte. Das sei beinahe zu harmonisch, verdächtig harmonisch, gewesen, wie Wilhelmsson meinte. Auch einige ehemalige Jagd-Gefährten hatte sie ausfindig gemacht. Victor Fridberg sei jedoch schon seit einigen Jahren nicht mehr auf die Jagd gegangen und habe sich - sehr zum Bedauern seiner früheren Kollegen - zurückgezogen.

»Der einzige Ansatzpunkt, der uns momentan noch bleibt, ist der Handwerksbetrieb, den Victor bis 2005 geführt hatte. Hier gab es mit den beiden anderen Eigentümern wohl Streit«, sagte Wilhelmsson.

»Und wie sieht es mit den Benzinkanistern aus?«, fragte Rhodén.

Der arme Skog hob hilflos die Arme und ließ sie erschöpft wieder sinken. Die Augenringe hatten sich bis zu den Nasenflügeln nach unten gefressen, wodurch er aussah, als habe er einen wüsten Boxkampf hinter sich, bei dem er nicht als Sieger aus dem Ring gestiegen war.

»Das ist hoffnungslos«, sagte er. »Joakim und ich waren gestern Abend und heute Morgen unterwegs. Zwei Baumärkte, einer in Arvika und einer in Åmotfors, verkaufen diese Kanister zwar, aber wenn einer in den letzten Wochen über die Ladentheke gegangen war, dann waren es immer nur Einzelkäufe. Wir haben von allen Einkäufern die Kredit- und die Bankkartennummern verglichen. Das waren alles unterschiedliche Leute.«

»Sucht weiter!«, sagte Rhodén.

Fredrik Skog hob die Arme, während sich die Augen verdrehten und irgendwann bei einem Punkt an der Decke zur Ruhe kamen. Für einen kurzen Moment sah er mit den erhobenen Augen aus wie Christus. Allerdings wie ein sehr verzweifelter Christus, der weder Wein noch Brot teilen, sondern einfach nur ein Bett und seine Ruhe wollte. Joakim saß neben ihm. Auch er sah nicht sonderlich glücklich aus.

»Eva, wir fahren zu Asmussen und Sahlin und hoffen, dass wir dort etwas über Victor Fridberg herausbekommen.«

Rhodén stand auf, die Besprechung war zu Ende. Die Kollegen sammelten ihre Unterlagen und die geleerten Kaffeebecher zusammen und verließen nach und nach den Raum. Als Wilhelmsson und Rhodén die steile Rampe aus der Tiefgarage nach draußen fuhren, kniffen beide zeitgleich die Augen fest zusammen. Die Sonne. Sie blendete. Sie schien. Endlich mal wieder. Mit dem bestimmten Gefühl, dass doch alles gut werden könnte, trieb Rhodén seine Kollegin an, schneller zu fahren. Er wollte zu Asmussen. Er wollte endlich loslegen, die Initiative ergreifen und nicht länger den Ereignissen nur hinterherhecheln.

26

»Haben Sie den Kerl eingebuchtet?« Die massige Gestalt von Jan Asmussen versperrte die Haustür. »Der soll endlich die Finger von meiner Tochter lassen.«

»Nett haben Sie es hier, Herr Asmussen«, sagte Jacob Rhodén und zeigte hinunter zum See Ullen, einem kleinen Gewässer im Osten Arvikas. Als er gemeinsam mit Wilhelmsson hergefahren war, hatten sie festgestellt, dass die Fridbergs nicht weit von den Asmussens entfernt gewohnt hatten. Man musste nur den Långvaksvägen noch weiter nach draußen ins Nirgendwo fahren, dann kam man an einer Ansiedlung von Häusern namens Birka vorbei, ehe der Ullen zur Rechten lag. Von dort waren sie eine kleine Nebenstraße etwas bergauf geholpert, bis sie vor dem gepflegten zweigeschossigen Holzhaus der Asmussens standen. Von der Veranda aus hatte man einen prächtigen Blick über den See, der in der schwachen Sonne blinkte und glitzerte, als habe er seit Jahren keine Sonnenstrahlen mehr gesehen. Der Rasen rund ums Haus war fein säuberlich getrimmt, sodass selbst ein Engländer vor Neid erblasst wäre.

»Sie sind sicher nicht gekommen, um mir zu sagen, dass ich es nett hier habe«, knurrte Jan Asmussen. Mit der Glatze, der breiten Nase, der Narbe über dem rechten Auge und der massigen Gestalt kam er Rhodén immer mehr wie ein Boxer vor, wobei er sowohl an den Sportler als auch an den Hund dachte. Wie er mittlerweile herausgefunden hatte, war Jan dreiundsiebzig Jahre alt und dennoch wollte er sich lieber nicht mit ihm anlegen.

»Dürfen wir hereinkommen?«, fragte der Kommissar, woraufhin Jan Asmussen mit einem widerwilligen Brummen zur Seite trat und sie hereinließ. Die beiden Polizisten zogen ihre Schuhe aus, wie es sich in einem schwedischen Haushalt gehörte, und wurden ins Wohnzimmer geführt. Auf einem übermächtigen schwarzen Ledersofa entdeckten sie die zierliche und fast blinde Beata, die mit ihrer rot gefärbten Dauerwelle mindestens ebenso fehlplatziert in diesem Raum wirkte wie die Schweizer Kuckucksuhr, die über der Sitzgruppe hing. Die Asmussens schienen einen

Hang zu schweren Möbeln zu haben. Die Fernsehwand, der Tisch, das Sideboard, alles wirkte wuchtig und massiv.

»Sie waren Schreiner, nicht wahr?«, fragte Wilhelmsson. »Haben Sie alle Möbel selbst hergestellt?«

»Auch deswegen sind Sie nicht hergekommen«, raunzte der alte Mann. »Was zu trinken?«

Rhodén und Wilhelmsson lehnten ab, gaben Beata Asmussen die Hand und setzten sich auf das Sofa und auf den Ledersessel, der daneben stand.

»Es ist schrecklich, was gerade alles geschieht«, sagte Beata. Ihre Stimme zitterte. Sie wirkte steinalt, obwohl sie erst vierundsechzig war. »Zuerst das mit Linda und dann noch der Brand bei den Fridbergs.«

»Sie haben also bereits davon gehört.«

»So etwas spricht sich herum wie ein Lauffeuer. Wissen Sie, es wohnen nicht viele Leute hier draußen. Man kennt sich. Wenn so etwas passiert, dann wissen das alle im Handumdrehen.«

»Sitzt dieser Lump jetzt hinter Schloss und Riegel, oder nicht?« Jan unterbrach das Gespräch barsch. Er stand noch immer und machte auch keine Anstalten, sich zu setzen. Bleibt ja nicht zu lange und macht es euch nicht gemütlich, schien seine Körperhaltung zu sagen.

»Welchen Lump meinen Sie denn?«, fragte Rhodén so ruhig es nur ging.

»Das wissen Sie ganz genau.«

»Nein, das weiß ich nicht.«

»Na, Tomas Begin«, knurrte Jan. »Der, der unsere Tochter nicht in Ruhe lässt.«

»Dass er ein Lump ist, das wusste ich noch gar nicht«, sagte Rhodén, während er genüsslich beobachtete, wie sich kochendes Blut in Jan Asmussens Schädel sammelte und die Adern an der Stirn dunkel hervortraten. »Ich mache mir gerne ein eigenes Bild von den Menschen, mit denen ich zu tun habe. Alte Berufskrankheit, Sie müssen verstehen.«

»Treiben Sie es nicht zu weit. Sie sind nur Gast hier.«

»Jan«, meldete sich seine Frau zu Wort.

»Lass das meine Sache sein, Beata!«

Beata Asmussen sank in der weiten Lehne des Sofas zurück. Wäre nicht die leuchtend rote Dauerwelle gewesen, hätte man glauben können, sie wolle verblassen.

»Tomas Begin ist nicht in Haft, da momentan kein Grund vorliegt, der dies rechtfertigen würde«, sagte Rhodén. »Aber deswegen sind wir nicht hier: Wir würden uns lieber mit Ihnen über den Schreinereibetrieb unterhalten, den Sie zusammen mit Victor Fridberg und Måns Sahlin geführt haben.«

Asmussen schnaubte. »Das ist doch schon lange her. Was interessiert Sie, was ich vor über zehn Jahren gemacht habe?«

»Lassen Sie das bitte unsere Sorge sein.«

Asmussen trat näher an den Wohnzimmertisch heran und lehnte sich leicht darüber. Rhodén nahm kurz Maß und stellte zufrieden fest, dass er noch außer Schlagweite war. »Hören Sie, Herr Kommissar, ein kleines Mädchen wurde entführt und ist seit Tagen verschwunden. Und was machen Sie? Anstatt nach ihm zu suchen, tauchen Sie hier auf und wollen mir Fragen zu einem Handwerksbetrieb stellen, aus dem ich vor über zehn Jahren ausgestiegen bin.«

»Herr Asmussen«, schaltete sich Wilhelmsson ein. »Wir haben einen Hausbrand mit zwei Toten. Gerne würden wir schneller ermitteln, aber wenn uns jeder so lange aufhält wie Sie, dann werden wir nicht vorankommen. In keinem der beiden Fälle. Also lassen Sie jetzt bitte diesen albernen Widerstand bleiben und beantworten uns einfach unsere Fragen, dann sind wir auch bald wieder verschwunden. In Ordnung?«

Rhodén blickte zu seiner Kollegin, die ganz vorne an der Sofakante aufrecht dasaß. Die blonden Haare hatte sie zu einem strengen Zopf nach hinten gebunden. Ihr Teint war makellos, die Wangen rosig. Sie sah wunderbar aus und viel zu nett. Vielleicht wirkten gerade im Kontrast zu ihrem Aussehen die Worte besonders deutlich. Jedenfalls starrte Asmussen sie eine Weile an, als wolle er sie auffressen, dann nickte er kurz, holte einen Stuhl aus dem Esszimmer und setzte sich.

»Was wollen Sie wissen?«, fragte er.

»Erzählen Sie uns von dem Handwerksbetrieb! Wann haben Sie ihn gegründet? Wie liefen die Geschäfte? Weshalb sind Sie ausgestiegen?«

»Ich bin 2005 ausgestiegen, weil ich in Rente gehen wollte. Das ist doch wohl mein gutes Recht.«

»Das hat nie irgendjemand bezweifelt«, sagte Wilhelmsson und forderte ihn mit einem Nicken auf, weiter zu berichten.

»Wir haben ihn ... Wann haben wir ihn gegründet, Beata? Ich war kurz zuvor fünfzig geworden.«

»1994«, sagte seine Frau aus den Weiten des Sofas.

»Genau, 1994. Måns und ich arbeiteten als Schreiner bei 7Snickare AB, oben in Gunnarskog. Vielleicht kennen Sie das Unternehmen ja. Jedenfalls träumten wir beide schon lange davon, uns selbstständig zu machen, hatten aber keine Ahnung von Betriebsführung und so. Als dann Victor seinen Job verlor, hatten wir auch einen Finanzexperten zur Verfügung. Er ist gelernter Betriebswirt. Aber das wissen Sie wahrscheinlich ohnehin schon.« Kurz hielt Asmussen inne und für einen kleinen Augenblick schien es Rhodén so, als könne er Trauer in seinem Boxer-Gesicht erkennen. »Also, er war Betriebswirt.« Dann war der Moment vorbei, er starrte die beiden Ermittler an, kniff die Augen zusammen. »Was zum Teufel bringt es Ihnen, wenn ich diese ollen Kamellen erzähle?«

»Bitte berichten Sie einfach weiter.« Wilhelmsson ließ sich nicht aus der Ruhe bringen, wie Rhodén anerkennend feststellte.

»Na gut«, grummelte Asmussen. »Aber was soll ich schon sagen? Der Betrieb lief prächtig, die Auftragsbücher waren stets gut gefüllt. 2005 zog ich mich zurück. Fertig.«

»Jan, verkaufen Sie uns doch nicht für dumm. Der Betrieb lief nicht gut«, sagte Rhodén.

»Wenn Sie sowieso schon alles wissen, weshalb fragen Sie mich dann überhaupt?« Jetzt wurde Asmussen laut. Die Falten rechts und links der Nase vertieften sich. Die Augen funkelten.

»Wir wissen noch nicht viel. Wir haben nur Dinge gehört«, entgegnete ihm Rhodén. »Aber wir können die Rechnungsbücher gerne überprüfen und mit dem Insolvenzverwalter sprechen. Oder Sie sagen uns einfach, wie es mit dem Betrieb zu Ende gegangen ist.«

»Damit Sie mir dann ein Motiv anhängen können, oder was? Darum geht es Ihnen doch!« Asmussens Kopf war hochrot angelaufen und konnte jeden Moment explodieren.

»Jan, bitte setzen Sie sich! Wir wollen einzig und allein Victor Fridbergs Leben beleuchten, damit wir einen Anhaltspunkt finden können, weshalb jemand sein Haus angezündet hat.« Und die beiden Fridbergs eingesperrt und beim Fluchtversuch aus dem brennenden Haus erschossen hat, hätte er noch hinzufügen können, aber das war etwas, was bisher nur den engsten Ermittlerkreis etwas anging. »Wir verdächtigen Sie nicht und wir wollen Ihnen auch gewiss kein Tatmotiv anhängen. Weshalb glauben Sie denn, dass wir dies tun könnten?«

»Weil wir im Streit auseinandergegangen sind«, brummte Asmussen, während er sich wieder setzte.

Rhodén beobachtete Beata aus dem Augenwinkel, doch es war, als wäre sie gar nicht mehr da. Reglos und anscheinend völlig teilnahmslos lehnte sie im Sofa. Lediglich die Finger kneteten sich nervös.

»Weshalb haben Sie sich gestritten?«, fragte Wilhelmsson. Das Notizheft lag auf ihrem Knie, bereit, die Informationen in sich aufzunehmen.

»So ab dem Jahr 2001 oder 2002 liefen die Geschäfte nicht mehr so rund. Keine Ahnung, woran das lag. Jedenfalls gingen die Aufträge immer weiter zurück. Måns und ich machten uns allerdings keine Sorgen, da wir ja in den Jahren zuvor enorm viel eingenommen hatten und damit rechneten, ein gutes Polster zu haben. Bis uns Victor eines Tages eröffnete, dass wir kurz vor der Pleite stünden. Sie können sich vorstellen, wie wir vor den Kopf gestoßen waren. Jahrelang hatten wir uns abgerackert und dann das. Victor legte uns die Bücher offen und zeigte uns, wie es finanziell um den Betrieb stand. Zwar ließ sich nirgendwo in den Abrechnungen etwas Seltsames oder Auffälliges feststellen, doch Måns und ich waren uns sicher, dass Victor die ganzen Jahre über in seine eigene Tasche gewirtschaftet hatte. Keine Ahnung, wie er das angestellt hat, sicher waren wir uns aber. Und ich bin es bis heute.«

»Haben Sie keinen Kassenprüfer hinzugezogen?«

»Hören Sie, Victor war ein guter Freund! Da macht man so etwas nicht. Zumindest nicht in Värmland. Vielleicht in Stockholm, wo Sie herkommen.« Ein verächtlicher Blick traf Rhodén. Er hätte fluchen können. Weshalb erkannten alle sofort seinen Stockholmer Einschlag? Eigentlich dachte er, dass er nicht sonderlich stark Dialekt spreche.

»Jedenfalls kam es zum Streit. Victor fühlte sich als Opfer und beleidigt, woraufhin er alles hinwarf, uns seine Anteile am Geschäft verscherbelte und, tja, weg war er. Mir war das alles zu viel, außerdem war ich da bereits zweiundsechzig, sodass ich mich ebenfalls aus dem Geschäft zurückzog. Måns fühlte sich von uns im Stich gelassen, womit er wohl nicht ganz Unrecht hatte, doch er wollte das, was wir aufgebaut hatten, nicht aufgeben. Also kämpfte er um den Betrieb, steckte viel privates Geld hinein, um ihn zu retten. Aber letztlich brachte es nicht viel. Vor zwei Jahren musste er Insolvenz anmelden.«

Asmussen schwieg. Das Reden hatte ihm die Wut genommen, sodass er nun wieder ruhiger auf dem Stuhl saß. Doch Rhodén war vorsichtig geworden. Auch ein schlafender Vulkan konnte jederzeit ausbrechen. Bei diesem Bild musste er unwillkürlich an seinen Chef Paul Helland denken. Er und Asmussen waren sich sehr ähnlich, nicht nur äußerlich mit der Glatze und der stämmigen Statur. Rhodén malte sich aus, wie ein Verhör verlaufen würde, das Helland mit Asmussen führen würde. Wahrscheinlich würde es nur einer der beiden lebend verlassen.

»Für mich ist Gras über die Sache gewachsen. Hin und wieder habe ich noch ein wenig Kontakt mit den beiden, aber die Freundschaft hat sich doch recht abgekühlt. Måns trägt es mir noch immer nach, dass ich ihn im Stich gelassen habe. Und Victor konnte ich bis zum Schluss nicht mehr ganz vertrauen. Hassgefühle ihm gegenüber habe ich aber nicht.«

»Und Måns Sahlin?«

»Was?«

»Hegt er Hassgefühle gegenüber Victor Fridberg?«

Jan Asmussen zuckte mit den Schultern und zog den Mund schief. »Möglich.« Das war alles und Rhodén erkannte, dass er in diesem Gespräch nicht mehr über die Beziehung zwischen Victor und Måns herausbekommen würde.

»Nur, damit wir das geklärt haben: Wo waren Sie in der Nacht von Montag auf Dienstag?«, fragte der Kommissar.

»Er war die ganze Zeit hier«, sagte Beata wie aus dem Nichts.

»Können Sie das für die gesamte Nacht bestätigen, Frau Asmussen?«

»Natürlich«, sagte sie mit erstaunlich bestimmtem Ton. »Ich wache sofort auf, wenn Jan nachts aufsteht.«

Rhodén nickte, als es an der Tür klingelte. Jan Asmussen stand auf und ging zur Haustür. Die Polizisten hörten ihn jemanden begrüßen, als sei der andere ein Vertreter oder ein Zeuge Jehova. Zu ihrer Überraschung kam dann Karla Asmussen herein, die sie steif begrüßte, ehe sie zu ihrer Mutter ging und sie fest und liebevoll drückte.

»Hej Karla, wie geht es dir?«, fragte Wilhelmsson.

»Was ist denn das schon wieder für eine bescheuerte Frage?«, schrie Jan Asmussen. Jetzt explodierte sein Kopf tatsächlich. Die Augen traten hervor und funkelten wütend, Adern an Stirn und Hals schwollen an, die Haut mitsamt der Glatze färbte sich puterrot. »Ihre Tochter ist verschwunden und Sie fragen, wie es ihr geht? Was glauben Sie denn?«

»Sei ruhig, Vater!«, sagte Karla leise, aber doch so klar, dass Jan verstummte. Dann wandte sie sich an die beiden Ermittler: »Es geht. Die Beruhigungspillen, die ich von meinem Arzt erhalten habe, tun mir ganz gut.«

Ihre Augen wirkten glasig. Sie saß aufrecht und dennoch schien es so, als sei sie in sich zusammengefallen. Sie musste ihre Fassade über Jahre hinweg in Perfektion aufgebaut haben, dass sie nun noch immer halbwegs hielt, dachte Jacob. Wer nicht genau hinschaute, der musste glauben, eine starke Frau vor sich zu haben. Ihre Hände waren in die ihrer Mutter gelegt, die sie sanft streichelte.

»Sie wissen, dass Sie mit solchen Pillen nicht mehr Auto fahren dürfen«, sagte Wilhelmsson.

Jan lachte laut auf. Nicht fröhlich, nicht amüsiert, sondern boshaft. »Darüber können Sie sich selbstverständlich Gedanken machen. Das Kind kann entführt sein, mit den Nerven kann man am Ende sein, aber bitte die Verkehrsregeln beachten. Nur immer brav nach den Regeln spielen, dann ist man passend in diesem hübschen Land.«

Wilhelmsson atmete laut durch die Nase aus und versah Asmussen mit einem strafenden Blick. »Mir geht es darum, dass Karla weder sich noch irgendjemand anders gefährdet. Als fürsorglicher Vater sollte Ihnen das ebenfalls ein Anliegen sein.«

Jan Asmussen schnaubte und verschränkte die Arme demonstrativ vor der Brust, doch immerhin schwieg er nun. Karla fragte leise und stockend, ob es etwas Neues von Linda gebe, was Rhodén verneinen musste. Er betonte jedoch, dass es einige heiße Spuren gab, denen sie intensiv folgten, auch wenn er wusste, dass die einzige, die wirklich heiß war, die Suche nach dem weißen Volvo war. Alle anderen erreichten höchstens eine lauwarme Temperatur.

Was mit Tomas sei, fragte Karla. Jacob antwortete wahrheitsgemäß, dass sie ihn überprüften, dass momentan jedoch kein dringender Tatverdacht gegen ihn vorläge, was Karlas Vater mit einem neuen wütenden Schnauben kommentierte.

Schließlich trat ein langes Schweigen ein, das nur durch das laute Atmen von Jan Asmussen und dem Ticken der Kuckucksuhr durchbrochen wurde. Eine Schwere lag in dem Raum, eine Ahnung von Schuld, die immer drückender wurde, bis sich Rhodén und Wilhelmsson gleichzeitig erhoben, verabschiedeten und fluchtartig das Haus verließen.

27

»Da ist etwas«, sagte Wilhelmsson, als sie wieder auf der Landstraße waren, die sie zurück nach Arvika führte. »In diesem Haus. Bei Jan Asmussen. Ich kann nicht sagen, was es ist, aber ich bin mir sicher, dass wir hier weiterkommen. Da war etwas ... etwas Verborgenes, etwas Unausgesprochenes. Hast du das gespürt?«

Rhodén brummte und nickte. Obwohl er ein Freund der Fakten und der klaren Beweise war und sich abgewöhnt hatte, auf irgendwelche Stimmungen und Gefühle zu hören, wusste er genau, was seine Kollegin meinte. Müde schaute er aus dem Beifahrerfenster und erspähte einen Vogel, der über einem Feld seine Runden zog. Ein Räuber, der gleich wie aus dem Nichts auf seine ahnungslose Beute herabstürzen würde. Als der Vogel aus Rhodéns Blickfeld verschwand, kreiste er noch immer. Er würde sich noch ein wenig gedulden müssen. Bauernhöfe und einsame Häuser tauchten zwischen den Bäumen auf. Die Sonne verwandelte die nassen Dächer in spiegelnde Oberflächen. Kühe auf den Weiden. Ein Mann schraubte an einem uralten Citroën 2CV. Frisch geharkte Schotterauffahrten führten zu roten und weißen Häusern aus Holz. Ein Bilderbuchidyll war das hier draußen.

Ein Idyll, in dem wütende Boxer ihre blinden Frauen zum Schweigen brachten und Senioren in ihren Häusern verbrannt wurden.

Was wohl hinter all diesen wunderschönen weiß und rot gestrichenen Wänden vor sich ging? Weinte gerade eine Frau am Küchentisch, weil ihr Mann sie wieder einmal geschlagen hatte? Stand die alte Frau einsam und hilflos am Fenster, weil die Kinder und Enkel sie im Stich ließen?

»Jan Asmussen müssen wir genauer überprüfen.« Wilhelmsson riss Rhodén aus seinen Gedanken. »In beiden Fällen, in denen wir ermitteln, taucht er auf. Bei Victor Fridberg hätte er durchaus ein Motiv, auch wenn er das heruntergespielt hatte. Und Tomas Begin, Lindas Vater, hasst er offensichtlich so sehr, dass er ihn hinter Gitter sehen möchte.«

»Ein wütender Vater eben, der seine Tochter schützen möchte«, warf Rhodén halbherzig ein.

»Der will doch seine Tochter nicht beschützen! Hast du gesehen, wie distanziert sie miteinander umgehen? Als wären sie Fremde. Karla sagt »Vater« zu ihm. Ist dir das nicht aufgefallen?«

»Sicher habe ich das bemerkt. Aber was soll er dann mit Lindas Verschwinden zu schaffen haben?«

»Was ist, wenn es ihm nur darum geht, Tomas Begin zu schädigen?«

»Du meinst, er entführt seine Enkeltochter, um den Verdacht auf den Schwiegersohn zu lenken?« Rhodén schaute zu seiner Kollegin und blickte sie irritiert an. »Nein, so krank ist Jan Asmussen nicht. Er ist wütend und selbstgerecht, aber nicht krank.«

Wilhelmsson zuckte mit den Schultern, meinte, dass es nur eine Überlegung gewesen sei, und bog schweigend auf die 175 ab, die sie nach Ingesund brachte. Dorthin, wo Måns Sahlin wohnte. Sie passierten Dottevik, wo Jacob lebte, und bogen bei der lateinamerikanischen Freikirche »Iglesia de Dios Ministerial de Jesucristo«, die Jacob schon seit seinem Umzug nach Dottevik für eine seltsame Sekte hielt, ab und erreichten bald den Simfonivägen. Auf der einen Seite der ruhigen Straße reihten sich steinerne, zweigeschossige Häuser, die zwar monoton und langweilig aussahen, aber dennoch von einem gewissen Wohlstand zeugten. Auf der anderen Seite, nur wenige Meter vom Straßenrand entfernt, lag der See, an dessen anderem Ende Jacob verschwommen die Hafengebäude Arvikas ausmachen konnte. Ein einsames Motorboot schaukelte an einem Steg. Alle anderen Boote waren schon längst an Land gebracht und winterfertig gemacht worden. Als sie vor der Hausnummer 30 parkten und ausstiegen, empfing sie ein eisiger Wind, der vom See her wehte und die Birken am Ufer knarzen ließ. Rhodén blickte zum Haus und sah einen Schatten hinter dem Fenster im ersten Stock. Ein Balkon erstreckte sich dort über die gesamte Hausbreite. Die Blumenkübel, die noch immer am Geländer hingen, zeugten davon, dass hier jemand wohnte, der es im Sommer schön haben wollte, jedoch zu bequem war, im Herbst alles wegzuräumen und den Sommer damit endgültig zu verabschieden. Wie bei ihm zu Hause, dachte er. Auch da standen all die verdorrten und eingegangenen Pflanzen irgendwo herum und warteten auf bessere Zeiten, die aber nie kommen würden. Denn irgendwann hatten sie nur noch einen Gang vor sich: auf den Kompost. Neue Pflanzen aus dem Baumarkt würden sie ersetzen, jedoch ebenfalls nur einen Sommer überleben. Da hatten es die Blumen in seinem Büro geradezu paradiesisch. Zwar litten sie an chronischem Wassermangel, doch sie überlebten. Und das war bei ihm nicht selbstverständlich. Auch Stinas grüner Daumen war ein Krüppel.

Noch ehe sie die Haustür erreicht hatten, wurde sie von einem Mann geöffnet, dessen fehlende Zentimeter in der Größe augenscheinlich in die Breite investiert worden waren. Mit zusammengekniffenen Augen musterte er die beiden Besucher, wobei die buschigen Brauen beinahe die gesamten Augen verdeckten.

»Ja?«, fragte der Mann in einem brummigen Basston, während er sich missmutig am grauen Dreitagesbart kratzte. Er trug eine braune Cordhose, die von roten Hosenträgern gehalten wurde. Ein Hemd, das farblich irgendwo zwischen weiß und beige changierte, war in die Hose gestopft und drohte, am Scheitelpunkt des nicht unbeträchtlichen Bauches zu platzen.

Wilhelmsson und Rhodén stellten sich vor und baten darum, hereingelassen zu werden. Der Mann, der Måns Sahlin war, wie er mit einem knappen Nicken bestätigte, meinte, dass er zwar nicht wisse, warum er etwas mit der Polizei zu schaffen haben solle, ließ sie aber dennoch herein. Sie gelangten in einen muffigen Flur. Die Tür zu einem Zimmer stand offen, in dem Kisten und Kartons wild durcheinander gestapelt waren. Ehe Rhodén einen näheren Blick hineinwerfen konnte, hatte Sahlin die Tür eilig zugezogen. Er führte sie zu einer Treppe, über die sie ins Obergeschoss kamen, wo sich die Küche und das Wohnzimmer befanden. Hier war plötzlich alles anders als im düsteren Erdgeschoss: Durch eine breite Fensterfront strömte helles Tageslicht herein, die Kissen auf den Sofas waren ordentlich hingelegt, ein kleines Deckchen bedeckte den Couchtisch, kein dreckiges oder unaufgeräumtes Geschirr trübte den Blick in die Küche.

Ein Mensch mit zwei Gesichtern, dachte Rhodén und machte sich eine gedankliche Notiz.

»Leben Sie alleine hier?«, fragte er den Mann.

»Meine Frau ist schon lange tot. Sie starb jung. Keine Lust mehr auf eine zweite Frau«, antwortete Sahlin. »Was zu trinken?«

Obwohl Sahlin nicht weniger mürrisch wirkte als zuvor Jan Asmussen und ebenso wenig einen freundlichen Eindruck erweckte, sagten sowohl Wilhelmsson als auch Rhodén, dass sie gerne einen Kaffee nähmen. Wie er bei Asmussen wusste, dass er nur so lange wie unbedingt nötig bleiben würde, so spürte er, dass mit Sahlin ein angenehmeres Gespräch möglich sein könnte. Wie Gefühle einen immer wieder täuschen konnten. Das weißt du eigentlich, Rhodén.

»Soll ich etwa entsetzt dreinschauen und anfangen zu heulen, weil dieser Hund endlich gestorben ist, nur damit sie mich von Ihrer Verdächtigenliste streichen?«, rief der kleine untersetzte Mann und warf sich in die weichen Polster des Sofas.

Rhodén hatte vom Tod von Victor und Elma Fridberg berichtet, wovon Sahlin offensichtlich noch nicht erfahren hatte. Er war zwar überrascht, wirkte dann jedoch beinahe zufrieden angesichts dieser Nachricht, weshalb der Kommissar kritisch nachgefragt hatte.

»Das können Sie aber vergessen, hören Sie? Victor war ein Hund und Egoist, dem ich keine Träne hinterherweinen werde. Vielleicht macht mich das verdächtig, kann sein. Wahrscheinlich habe ich für die Tatzeit auch kein Alibi, weil ich die ganze Zeit frustriert alleine hier im Haus herumsitze. Ja, ich seh schon, wie es in Ihren Augen aufblitzt: Da haben wir ja unseren Verdächtigen. Bald dürfen wir uns in der Presse rühmen lassen für die schnelle Aufklärung dieses Falls. Aber Sie kriegen von mir kein Geständnis. Und wissen Sie auch warum? Weil ich es nicht war. Ich zieh nicht durch die Gegend und fackle die Häuser von anderen ab. Das macht man als Schreiner nicht.«

Sahlin krempelte die Hemdsärmel zurück und verschränkte die Arme über seinem dicken Bauch, wobei die kräftigen Unterarme sichtbar wurden. Die Arme eines Handwerkers, dachte Rhodén. Noch so ein Kasten, mit dem nicht zu spaßen war.

»Sie haben nichts über den Fall in der Zeitung gelesen?«, fragte Kommissar Rhodén.

»Nö.«

»Warum wissen Sie dann, dass es sich um einen Brand handelte?«

Sahlin hob den Kopf und kratzte sich an seinem Bart. Jacob konnte sehen, wie die Muskeln des Unterarms zuckten. »Naja, von dem Hausbrand mit zwei Toten habe ich schon gehört. Man bekommt ja was mit. Beim Bäcker und so. Und als Sie jetzt sagten, dass es Victor und Elma erwischt hat, konnte ich eins und eins zusammenzählen.«

»Wo waren Sie denn in der Nacht von Montag auf Dienstag?«

»Ha, wusste ich, dass diese Frage kommt!«, rief Sahlin, wobei er bellte wie ein Hund. »Ich war hier und wahrscheinlich kann es niemand bezeugen, außer die Nachbarn haben zufälligerweise meinen Schatten im Haus gesehen.«

»Wir werden das überprüfen«, sagte Wilhelmsson.

»Ah, darf die Praktikantin auch einmal etwas sagen«, rief Sahlin.

»Für Sie ist dies immer noch Frau Inspektorin Wilhelmsson! Verstanden?« Rhodén wäre beinahe aufgesprungen und auf diesen selbstgerechten Zukurzgeratenen losgegangen. Was war denn nur los an diesem Vormittag? Gehörte es etwa zur Berufsbeschreibung von Schreinern, unflätige Tölpel zu sein? »Beantworten Sie einfach wahrheitsgemäß unsere Fragen. Alles andere behalten Sie für sich. Das wollen weder wir noch irgendjemand anders wissen.«

Er griff zur Tasse und wollte einen Schluck Kaffee trinken, stellte sie aber rasch zurück. Von diesem Sahlin wollte er ebenso wenig etwas annehmen wie von Asmussen. Allmählich dämmerte es ihm, weshalb die Geschäfte irgendwann nicht mehr so gut liefen. Wahrscheinlich gab es keine Kunden, die sich diese beiden griesgrämigen Typen ein zweites Mal antun wollten.

Måns Sahlin erhob sich schwerfällig vom tiefen Sofa, das Hemd spannte sich gefährlich, dann schlurfte er in die Küche und schenkte sich frischen Kaffee nach. Mit der Tasse in der Hand kam er zurück und blieb am Fenster stehen.

»Ein herrlicher Ausblick, nicht wahr?« Er zeigte zum See hinaus, auf dem sich Wellen gebildet hatten, die sich weiß kräuselten. »Als Mia und ich hier Ende der 1970er Jahre bauten, sollte ein Traum seinen Anfang nehmen. In diesem Haus am See, zwei oder drei Kinder, das war unsere Zukunft. Eine traumhafte Zukunft. Wir waren erst Mitte zwanzig, hatten aber beide einen ganz gut bezahlten Job und daher keine Angst vor dem hohen Kredit.«

Måns schwieg und schaute auf den See. Sein Hinterkopf wippte leicht hin und her, als wiege er etwas ab. Während er so dastand und wehmütig aufs Wasser hinausblickte, waren das Aggressive, das Polternde, das Herablassende, was er vor wenigen Augenblicken noch gezeigt hatte, plötzlich verschwunden. Ein einsamer alter Mann am See war übrig geblieben.

»Und dann kam die Krankheit. Es ist eine himmelschreiende Ungerechtigkeit, wenn eine Frau, die so lebensfroh, so heiter, so gesellig wie Mia ist, mit zweiunddreißig Jahren an Brustkrebs erkrankt. Zuerst habe ich gebetet, und als das nichts geholfen habe, bin ich aus der Kirche ausgetreten, was aber natürlich auch nichts gebracht hat. Mia kämpfte. Sie kämpfte unglaublich und war dabei so stark. Wie sie all die Rückschläge wegsteckte. Sie war es, die mich tröstete, wenn wieder schlechte Blutwerte gemessen worden waren. Sie tröstete mich, nicht ich sie. Sie gab mir Halt, wo ich ihn zu verlieren drohte. Im Jahr 1993 starb sie. Mit neununddreißig Jahren. Ist das gerecht?«

Er drehte sich zu den beiden Polizisten um. Rhodén sah, dass seine Augen gerötet waren. Warum erzählte er ihnen diese Geschichte? Gerade eben hatte er sich noch über Wilhelmsson lustig gemacht und jetzt weinte er vor ihnen.

»Ist das gerecht, habe ich Sie gefragt!«, wiederholte Sahlin. Wie ein kleines Kind wirkte er nun, das Bestätigung auf eine selbstverständliche Frage wollte. Doch was sollte man darauf sagen? Der Tod ist niemals gerecht. Irgendwie brachte Jacob ein »Nein« hervor. Nein, das ist nicht gerecht, aber warum erzählst du das? Weil ihr die Ersten seit Jahren seid, die mir zuhören. Ist es so?

»Ein Jahr nach Mias Tod eröffnete ich zusammen mit Jan und Victor den Schreinerbetrieb. Jan kannte ich schon länger. Wir arbeiteten zusammen bei einer Schreinerei in Gunnarskog. Victor hatte ich ein paar Mal zuvor gesehen. Er wohnte hier in der Nachbarschaft. Wirklich gekannt habe ich ihn aber nicht. Die Arbeit war meine Rettung. Ich schuftete wie verrückt, um Mia, die Kinder, die wir nie hatten, und den Traum, den wir nie leben konnten, irgendwie zu vergessen. Eigentlich machte ich nichts anderes mehr. Ich arbeitete, schlief, arbeitete, schlief. So ging das Jahre. Bis wir plötzlich pleite waren, weil Victor, dieser elendige Hund, unser hart erarbeitetes Geld veruntreute. Keine Ahnung, was er damit gemacht hat und wie er es angestellt hat, aber in irgendwelchen schwarzen Löchern ist das Geld verschwunden, für das Jan und ich uns jahrelang den Arsch aufgerissen hatten.«

»Weshalb haben Sie ihn nicht angezeigt, wenn Sie sich so sicher waren, dass er Geld veruntreut hatte?«

Sahlin zuckte mit den Schultern und ließ Kopf und Arme hängen. Mittlerweile sah er aus wie ein begossener Pudel. Er schien noch weiter geschrumpft zu sein, wohingegen er in der Breite immer mehr zunahm. Nein, er war doch nicht mit Jan Asmussen zu vergleichen. Jan war ein Boxer, Måns ein Pudel, wenngleich ein dicker. Beide bellten und knurrten, wenn man sie angriff. Das war aber die einzige Gemeinsamkeit.

»Ich konnte Victor nie sonderlich leiden. Er war ein Betriebswirt, ich ein Handwerker. Wir hatten uns nicht viel zu sagen. Als es mit dem Betrieb bergab ging, hasste ich ihn, und das mache ich bis heute. All die Arbeit, die ich in unser Geschäft gesteckt habe, galt Mia. Ich musste den Schmerz vergessen, um eine schöne Erinnerung an sie haben zu können. Die Arbeit war meine Therapie. Und Victor hat sie mit Füßen getreten, damit er ein wenig reicher wurde. Damit hat er auch Mia mit Füßen getreten. Ja, ich hasse ihn bis heute dafür und ich fühle kein bisschen Trauer, weil er tot ist. Aber ich würde nie jemanden anzeigen. Ich wüsste nicht einmal, was ich da machen müsste.«

»Also haben Sie die Anteile am Geschäft, die er Ihnen anbot, gekauft und den Betrieb weitergeführt.«

»So war es. Auch wenn die Anteile günstig waren, hat er dennoch Geld damit gemacht, einen Betrieb, der dem Untergang geweiht war, zu verkaufen. Und kurz darauf hat sich auch Jan aus dem Staub gemacht. Da stand ich nun. Ich hatte keine Ahnung von Betriebsführung, aber plötzlich einen Betrieb ohne Rücklagen und mit Schulden am Hals. Vor zwei Jahren musste ich Insolvenz anmelden. Alles, was mir geblieben ist von meinen Träumen, ist dieses Haus hier. Jetzt stehe ich täglich am Fenster, schaue auf den See, sehe Mia vor mir und höre Kindergeschrei in meinen Gedanken. Das ist mein Leben. Zerstört vom Krebs.«

»Und von Victor Fridberg«, fügte Wilhelmsson hinzu.

»Sag ich doch: vom Krebs.«

Sahlin setzte sich ihnen gegenüber und schwieg. Die in alle Richtungen wachsenden Augenbrauen irritierten Rhodén. Darunter die müden Augen und die zerfurchten Wangen. Von den Träumen war nichts mehr geblieben. Die Augen waren stumpf. Da war keine Hoffnung mehr, dass das Leben ihm etwas bieten würde. Auf einmal spürte Rhodén, wie ihn das Mitleid packte. Was hätte er gemacht, wenn im letzten Sommer Stina das Weite gesucht und die Kinder mitgenommen hätte? Wenn er plötzlich allein in Arvika zurückgelassen worden wäre? Wenn das der Endpunkt seiner Träume gewesen wäre?

Doch das Mitleid musste fort. Weg. Es hatte bei der Arbeit nichts zu suchen, schließlich hatte Sahlin ein handfestes Motiv und zudem kein Alibi. Er war stark genug, um gefüllte Benzinkanister zu schleppen, und als Handwerker fähig, die Tat so umzusetzen, wie sie begangen worden war.

Sahlin sorgte selbst dafür, dass das Mitleid rasch das Weite suchte. Nachdem er eine Weile geschwiegen hatte, ging ein Ruck durch seinen Körper. Er streckte den Rücken durch, starrte zuerst Rhodén, dann Wilhelmsson eindringlich an, ehe seine Mundwinkel begannen, wütend zu zucken. Abrupt stand er auf und ging zur Treppe, die hinunter ins Erdgeschoss und zur Eingangstür führte.

»Warum erzähl ich Ihnen das eigentlich?«, raunzte er. »Es interessiert Sie ja doch nicht. Das Einzige, was Sie hören wollten, ist, dass ich Victor nicht ausstehen konnte.«

»Måns, wir wollten etwas über Victor erfahren ...«, versuchte es Wilhelmsson, aber Sahlin fuhr ihr wütend ins Wort.

»Ach, hören Sie auf! Sie brauchen einen Verdächtigen, einen, dem man die ganze Scheiße in die Schuhe schieben kann. Deswegen sind Sie hierhergekommen und deswegen haben Sie mich dazu gebracht, Ihnen meine Lebensgeschichte zu erzählen.«

»Sie haben von sich aus angefangen.«

»Machen Sie mir doch nichts vor. Ich kenne Ihre subtilen Tricks. Sie wollten hören, dass ich Victor gehasst habe. Bitte, da haben Sie ein Motiv! Natürlich, mit dem Sahlin kann man's ja machen. Aber mir reicht das jetzt. Gehen Sie bitte!«

»Herr Sahlin, ich fürchte, Sie missverstehen uns«, sagte Rhodén, doch er wusste, dass das Gespräch nicht mehr zu retten war.

»Gehen Sie einfach und sagen Sie mir nicht, wann ich was verstehe und wann nicht.« Måns' Kopf wurde rot vor Zorn. Er spuckte, wenn er sprach. Kleine Tröpfchen, die ihnen entgegenflogen. »Sie werden keine Spuren von mir am Tatort finden, darauf können Sie sich verlassen. Und wenn Sie unbedingt ein Motiv brauchen, dann fragen Sie doch mal bei Jan Asmussen nach, was er davon hält, dass Victor ein Verhältnis mit Beata hatte.«

»Hatte er?«, fragten Wilhelmsson und Rhodén wie aus einem Mund. »Wann?«

»Na, fragen Sie ihn doch! Und dann überlegen Sie, wen Sie hier wann und wieso verdächtigen.«

Jacob Rhodén hätte gerne nachgehakt, aber Sahlin deutete dermaßen vehement die Treppe nach unten, dass er schwieg, sich nuschelnd für das Gespräch bedankte und an Sahlin vorbeidrückte. Draußen sog er die kalte Luft tief ein, legte den Kopf in den

Nacken und schloss die Augen. Wilhelmsson ging an ihm vorbei, knuffte ihn in die Seite und grinste ihn an.

»Liebenswerte Zeitgenossen, die Herren Asmussen und Sahlin«, sagte sie.

Sie überquerten die Straße und stapften zwischen den Birken hinunter zum See. Der Wind war erfrischend kalt und es regnete nicht. So konnte man den värmländischen November einigermaßen aushalten.

»Ein interessanter Dreiherrenbund«, sagte Rhodén. »Wirklich leiden kann sich da niemand. Sahlin hätte ein Motiv, und wenn es stimmt, was Måns über Victor und Beata gesagt hat, dann hätte auch Jan einen Grund gehabt, den Nebenbuhler aus dem Weg zu räumen.«

»Aber warum musste dann auch Elma Fridberg sterben?«, fragte Eva Wilhelmsson.

Rhodén zuckte mit den Achseln. Die gleiche Frage galt für das Motiv von Måns Sahlin. Der Betrieb war eine Sache zwischen den drei Männern. War Elma nur ein zufälliges Opfer, weil sie mit Victor unter einem Dach lebte, quasi der Ein-Personen-Kollateralschaden? Immerhin wurde nur Victor gezielt erschossen. Elma starb an einer Rauchvergiftung. Oder galt der Brandanschlag doch beiden Fridbergs?

»Einen schönen guten Tag, Jacob!«, rief eine angenehme, tiefe Männerstimme.

Rhodén drehte sich um und sah Bengt Moström auf sich zuradeln. Er bremste vor den beiden Ermittlern und schüttelte ihnen kraftvoll die Hand.

»Was treibt dich an diesem schönen Tag nach Ingesund?«, fragte er und lachte.

»Eva, darf ich vorstellen? Laut meiner Tochter der beste Vorleser Schwedens, Bengt Moström. Wohnst du etwa hier?«

Moström nickte und zeigte die Straße hinunter. »Zwei Häuser weiter. Wollt ihr auf einen Kaffee reinkommen?«

»Nein danke, wir haben noch zu tun«, sagte Rhodén. »Wenn du hier wohnst, dann bist du mehr oder weniger Nachbar von Måns Sahlin. Kennst du ihn näher?«

»Man sieht sich, man hilft sich«, sagte Bengt. »Måns ist nicht direkt jemand, der den Kontakt zu den Nachbarn sucht. Ab und zu unterhält man sich, wenn man sich zufällig auf der Straße trifft. Manchmal schaut meine Frau bei ihm vorbei. Sie meint, er sei einsam und brauche hin und wieder jemanden zum Reden.«

»Ist dir in der Nacht von Montag auf Dienstag etwas aufgefallen? Hast du zum Beispiel mitten in der Nacht Motorenlärm gehört oder irgendetwas anderes?«

Moström überlegte einen Moment, ehe er den Kopf schüttelte. »Nach der Lesestunde und dem Glas Wein am Abend schlafe ich meist wie ein Murmeltier. Tut mir leid, ich habe nichts Auffälliges mitbekommen.«

Rhodén bedankte und verabschiedete sich. Moström sagte, er solle Siri lieb von ihm grüßen. Sie solle sich vor den Wildruten in Acht nehmen. Jacob lachte und wünschte sich heimlich, dass man die Großväter seiner Kinder einfach austauschen könnte. Er würde Bengt gerne gegen seinen eigenen Vater tauschen. Auch Siri wäre damit sicherlich nicht unglücklich. Aber seine Väter suchte man sich eben noch weniger aus als seine Kinder. Da war nix zu machen.

»Etwas weiter die Straße hinauf, dort hinten auf der leichten Anhöhe, befindet sich ein wunderbares Café mit herrlichen selbstgebackenen Kanelbullar. Lust auf einen Kaffee?«, fragte er Wilhelmsson, die eifrig nickte.

Er hätte natürlich wissen müssen, dass das Café schon längst geschlossen hatte. Öffnungszeiten von Mai bis August. So sah das in Värmland aus, sobald man die Zentren der Städte verließ. Und kein Stadtzentrum in Värmland, nahm man möglicherweise Karlstad aus, war sonderlich groß.

Es blieb ihnen also nichts anderes übrig, als ins Polizeipräsidium zurückzufahren. Schon während der Fahrt hatte Rhodén ein ungutes Gefühl. Etwas kam auf sie zu, etwas Dunkles. Je näher sie dem Präsidium kamen, desto sicherer wurde er sich, dass der eigentliche Alptraum erst noch begann.

28

Eine zierliche Frau lehnte am Tresen, hinter dem die gute Maria wacker die Stellung hielt. Wie immer trug sie ihre schwere goldene Kette und die massiven Ohrringe, natürlich ebenfalls aus Gold, die in Kombination mit ihrem voluminösen Äußeren dazu beitrug, dass man die Gesamterscheinung von »Gold-Marie« nur mit sehr viel gutem Willen als ästhetisch bezeichnen konnte. Andererseits trug die Empfangsdame all ihre Ketten, Ohrringe, bunten und häufig zu engen Klamotten, hochhackigen Schuhe und den etwas zu aufdringlichen Lippenstift mit einer solchen Selbstverständlichkeit und einem Selbstbewusstsein, dass sich nur selten jemand über sie spöttisch äußerte. Außerdem war Maria viel zu wichtig für die Polizeiarbeit. Sie war es, bei der die Menschen, die eine Anzeige erstatten wollten, zuerst landeten. Das waren Leute, die beraubt, betrogen, vergewaltigt worden waren, die aufgebracht, ängstlich, hilflos oder in Tränen aufgelöst waren. Maria war da. Und sie schmiss die Verrückten hochkant hinaus, die regelmäßig auftauchten und den ICA-Supermarkt wegen abgelaufener Lebensmittel oder den Nachbarn wegen der angeblichen Entführung und Ermordung der Katze anzeigen wollten oder einfach nur jemanden zum Reden brauchten. Dieser Job am Eingang war eine Herausforderung. Er erforderte Fingerspitzengefühl, Empathie und Härte. Nichts für Männer. Perfekt für Maria.

Jacob hörte sie sagen, dass eine Vermisstenanzeige erst nach vierundzwanzig Stunden aufgenommen werden könne. Doch die kleine Frau mit den dunkelblonden Haaren, die Wilhelmsson und Rhodén den Rücken zuwandte, ließ nicht locker. Sie schien sich im Tresen festkrallen zu wollen.

»Er ist aber verschwunden. Ich habe ihn überall gesucht. Er ist einfach weg!«

»Es tut mir leid«, sagte Maria und man sah ihr an, dass sie es ernst meinte.

»Nun hören Sie doch auf mich!«, rief die Frau und Jacob konnte hören, dass sie weinte. »Olle hat heute Morgen das Haus verlassen, ist aber nie in der Schule angekommen.«

Jacob und Eva blieben abrupt stehen und schauten sich fragend an. Eine böse Vorahnung stieg in Rhodén auf, ein Ziehen in seinem Magen, das Herz schlug schneller. Der Alptraum, jetzt würde er richtig beginnen.

»Viola Fridberg?«, fragte er, woraufhin die Frau herumwirbelte und dabei beinahe das Gleichgewicht verlor. Über den blassen Wangen prangte eine klobige, tiefschwarze Sonnenbrille. Niemand sollte sehen, dass sie weinte. Sie wollte alleine bleiben in ihrem Schmerz. Auch wenn Jacob verstand, weshalb sie die Brille trug, hätte er fast grinsen müssen, schließlich passte die riesige Sonnenbrille auf der Nase der zierlichen Frau zum November in Värmland wie eine Strandbar ans Nordkap.

Als sie Rhodén und Wilhelmsson erkannte, stürzte sie auf die Ermittler zu und griff nach Jacobs Mantelkragen. »Olle ist verschwunden!«, rief sie, wobei sie an Jacob zog und zerrte, als würde er dadurch eher glauben, was sie sagte. »Diese Frau da hält mich für verrückt und sagt, ich solle wieder nach Hause gehen. Aber ich kann doch nicht einfach heimgehen und dort sitzen und warten? Das geht doch nicht. Mein Sohn ist verschwunden!«

Rhodén erklärte Viola Fridberg, dass Maria lediglich ihre Arbeit mache. Erst wenn eine Person länger als vierundzwanzig Stunden verschwunden war, konnte man sie als vermisst melden. So war das Gesetz. Maria halte sie gewiss nicht für verrückt. Und Jacob wusste, dass Frau Fridberg ganz sicher nicht verrückt war. Er wusste, dass Olle verschwunden war und nicht plötzlich wieder auftauchen würde. Er wusste es. Zuerst Linda und jetzt Olle.

Ein Schwindel stieg in ihm auf, er taumelte leicht, sog tief Luft ein und sammelte sich wieder. Sie mussten Violas Anzeige aufnehmen, auch wenn es erst ein paar Stunden her war, dass sie ihren Sohn zum letzten Mal gesehen hatte.

»Kommen Sie mit!«, sagte Rhodén und führte Viola Fridberg die Treppe hinauf zu seinem Büro.

»Darf ich rauchen? Eigentlich rauche ich ja nicht, aber seit gestern ...«

»Lassen Sie es lieber bleiben.«

Jacob betrachtete die dünne Frau, die auf dem klapprigen Besucherstuhl mit dem hässlichen grünen Sitzkissen vor seinem Schreibtisch saß und nicht wusste, wo sie mit ihren Körperteilen hin sollte. Sie zupfte an ihren Haaren, kratzte sich an der Wange, verschränkte die Arme vor der Brust, nur, um gleich darauf die

Handflächen zwischen Oberschenkel und Sitzfläche zu schieben. Ihr Blick wanderte zum Fenster, zu Rhodén, zu den Akten im Regal hinter ihm, zu den Pflanzen, die mal wieder die Köpfe hängen ließen, bis er schließlich auf einem Punkt am Linoleum-Boden haften blieb. Rhodén hätte Viola am liebsten in den Arm genommen und sie fest an sich gedrückt. Aber ihm kamen solche Umarmungen immer übergriffig vor. Als würde er seine Position als Polizist missbrauchen. Wenn Wilhelmsson einen Zeugen in den Arm nahm und tröstete, wirkte es natürlich und war die selbstverständlichste Sache der Welt. Aber seine Kollegin war nicht da, denn sie hatte sich in ihr Büro verzogen, um die beiden Gespräche, die sie am Morgen mit Asmussen und Sahlin geführt hatten, zu Papier zu bringen. Wie er sie jetzt gebraucht hätte.

»Sie sagen also, dass Sie heute Morgen Olle nachgegangen sind, weil er sein Pausenbrot vergessen hatte, ihn aber auf der Straße nicht mehr gesehen haben. Sie sind den Weg bis zur Schule abgegangen, doch von Olle keine Spur. In der Schule wurde Ihnen dann gesagt, dass Ihr Sohn noch nicht erschienen sei. Ist das korrekt?«

Viola Fridberg nickte. Gleichmäßig wippte sie mit dem Oberkörper vor und zurück.

»Wie viel Zeit verstrich zwischen dem Moment, als Olle die Wohnungstür hinter sich schloss, und dem Augenblick, als sie ihm hinterher sind?«, fragte der Kommissar.

»Das war nicht mehr als eine Minute. Sie wissen ja, wo wir wohnen. Es sind zwanzig Meter bis zur nächsten Kreuzung, dort muss Olle rechts abbiegen und dann immer geradeaus gehen, bis er an der Schule ist. Ich hätte ihn also auf der Straße sehen müssen. Hören Sie? Ich hätte ihn sehen müssen! Aber er war nicht da!«

Sie schluchzte. Tränen tauchten am unteren Rand der Sonnenbrille auf und flossen über die Wangen herab. Viola sah so zerbrechlich und hilflos aus, was Rhodén seinerseits hilflos machte. Er musste das Gespräch fortführen. Möglichst sachlich, möglichst abgeklärt. Das beruhigte.

»Haben Sie irgendetwas Verdächtiges gesehen. Ein Auto, das schnell wegfuhr? Irgendwas?«

Viola schüttelte den Kopf und brachte einen Laut hervor, der wohl »Nein« bedeuten sollte.

»Wurde Olle an der Schule überhaupt nicht gesehen oder erschien er nur nicht im Unterricht?«

»Niemand hat ihn gesehen. Frau Lenningshoff nicht und auch nicht die Schüler seiner Gruppe.«

Also auch Siri nicht. Ein beklemmendes Gefühl erfasste Jacob. Der Fall rückte immer näher an seine Tochter. Als Linda Asmussen verschwand, fühlte es sich seltsam an, in der Schule zu ermitteln, die die eigene Tochter besuchte. Aber das konnte vorkommen. Linda war ein paar Jahre älter als Siri und die beiden hatten nichts miteinander zu tun. Doch bei Olle war es anders. Zwar gingen sie nicht in dieselbe Klasse, jedoch gehörten sie der gleichen Lerngruppe an, zu der je drei Klassen zusammengefasst und die von denselben Lehrern unterrichtet wurden. Siri und Olle sahen sich täglich, auch wenn sie nicht befreundet waren. Außerdem war möglicherweise derjenige, der Elma und Victor Fridberg ermordet hatte, in der Schule gewesen, um den Zettel in Olles Spind zu stecken. Es war gut möglich, dass Siri ihm begegnet war. Eine Gänsehaut fuhr Jacobs Rücken hinauf, legte sich auf den Nacken und kribbelte auf dem Hinterkopf.

Rhodén schob die Gedanken an Siri von sich und fragte weiter. Ob es eine Abkürzung auf dem Weg zur Schule gebe, die Olle gewählt haben könnte. »Nein.« Ob er einen Freund habe, mit dem er den Schulweg gemeinsam antrete. »Nein.« Ob Viola sich vorstellen könne, dass Olle aufgrund des Todes seiner Großeltern nicht in die Schule wollte und deswegen irgendwo anders hingegangen sei. »Nein.« Ob sie jemanden kenne, der Olle oder ihr etwas Böses wolle. »Nein.«

Das Gespräch erlahmte. Viola Fridberg konnte nicht nachdenken, wollte es nicht. Jegliche Energie war aus ihr gewichen. Als säße nur noch ihre Hülle auf dem alten Stuhl vor seinem Schreibtisch, die nur ein Wort sagen konnte: »Nein.«

»Hat Olle irgendwelche Freunde, zu denen er vielleicht gegangen ist? Oder Nachbarn? Tanten, Onkel?«

»Meinen Sie etwa, dass ich nicht alles versucht habe? Dass ich nicht den ganzen Vormittag wie eine Irre durch die Stadt gefahren bin und alle Orte, an denen er sein könnte, abgeklappert habe? Dass ich bei allen möglichen und unmöglichen Leuten angerufen habe, um nach Olle zu fragen?«

Jacob seufzte und schüttelte schwach den Kopf. Seine Fragen stellte er, weil er sie stellen musste, weil er die Hoffnung nicht begraben wollte, dass Olle einfach wieder auftauchen könnte. Aber das würde nicht geschehen. Olle war ebenso verschwunden wie Linda. Wahrscheinlich entführt, vielleicht schon tot. Zwei

Kinder innerhalb von einer Woche. Jacob wusste, was das bedeutete. Paul Helland würde ihm die Ermittlung zur Hölle machen und die Presse würde sich bei jedem kleinen Fehler auf die Polizei stürzen. Aber schlimmer war, dass er nicht mehr beruhigt schlafen würde, bis der Fall geklärt wäre, und dass er es nicht ertragen könnte, wenn Olle und Linda nicht mehr lebend zurückkehrten. Und dann kamen noch die Blicke der Eltern hinzu: diese stummen Klagen, die ihn wortlos anbrüllen und zerschmettern würden.

Routine.

Er brauchte nun dringender als sonst Routine. Alles andere würde ihn wahnsinnig machen und die Ermittlungen in ein fürchterliches Chaos stürzen. Alle müssten sie ganz routiniert und höchst professionell ihre Arbeit erledigen, egal, was die Presse schrieb oder was bittende Mütteraugen forderten.

In diesem Moment war er froh, dass Viola Fridberg eine Sonnenbrille trug, die so schwarz war, dass er ihre Augen nicht sehen konnte, sondern nur sich selbst als Spiegelbild, wie er ganz klein hinter seinem Schreibtisch saß.

Er ließ sich von Viola die Angaben zu ihrem Sohn und ein aktuelles Foto geben. Dann empfahl er ihr, einen Arzt aufzusuchen, der ihr etwas zur Beruhigung verschreiben sollte, wobei er sich selbst nach einem Glas Whiskey sehnte. Er half der zierlichen Frau in ihren schwarzen Anorak und begleitete sie hinaus auf den Flur. Gerade wollte er sich verabschieden, als sie aufblickte und verwundert den Gang hinabschaute.

»Tomas, was machst du denn hier?«, fragte sie.

»Das Gleiche könnte ich dich fragen, Viola.«

Aus dem Büro von Christoffer Nilsson war Tomas Begin getreten. Hinter ihm erschienen Christoffer und Caroline Georgieva. Rhodén erinnerte sich, dass sie Lindas Vater und Karlas Ex-Freund nochmals aufs Präsidium geladen hatten, um ihm weitere Fragen zu stellen.

»Sie ... Sie kennen sich?« Jacob trat zwischen die beiden und schaute fragend vom einen zum anderen.

»Ja«, antworteten Tomas Begin und Viola Fridberg unisono, wobei Tomas nüchtern und neutral klang, wohingegen Violas »Ja« ein Seufzen war.

»Wie kannten Sie sich? Und woher?«

»Wir waren mal ein Paar. Kurzzeitig zumindest«, sagte Viola. Sie wirkte nicht glücklich dabei.

Gedanken ratterten durch Jacobs Hirnwindungen. Zu viele auf einmal, als dass er sie fassen konnte. Tomas und Viola ein Paar? Zwei Kinder waren verschwunden und Tomas Begin war mit beiden Müttern zusammen gewesen. Die Großeltern des einen vermissten Kindes waren tot, ermordet, wobei einer der Toten eine Verbindung zu Jan Asmussen aufwies, welcher wiederum der Großvater des zweiten verschwundenen Kindes, Lindas, war. Und Jan hasste Tomas Begin.

Rhodén schwindelte.

»Kommen Sie bitte nochmal in mein Büro, Frau Fridberg«, brachte er atemlos hervor. Nilsson und Georgieva gab er mit Blicken zu verstehen, dass sie auch an Begin noch ein paar Fragen richten sollten.

»Sie waren mit Tomas Begin zusammen?« Rhodén drückte Viola auf einen Stuhl am Besprechungstisch und setzte sich ihr gegenüber.

»Was ist denn daran so schlimm?«, fragte Viola Fridberg.

»Weshalb ist Tomas überhaupt bei der Polizei?« Jacob schwieg und er musste auch nichts sagen, denn Viola setzte sich die Puzzleteile selbst zusammen. »Linda Asmussen! Ich habe gehört, dass sie ebenfalls als vermisst gilt. Und Tomas ist ihr Vater.«

Rhodén schwieg noch immer.

»Hat er etwas mit Lindas Verschwinden zu tun?«, fragte Viola, ehe ein Ruck durch ihren Körper ging, sie nach vorne schnellte und sich weit über den Tisch lehnte. »Ist er auch an Olles Verschwinden schuld?« Ihre Handflächen schlugen laut klatschend auf die Tischoberfläche. Die Finger krallten sich hinein, fanden aber keinen Halt. Weiß traten die Knöchel hervor. Weiß war ihr Gesicht. Aschfahl.

»Dieses Schwein!«

»Frau Fridberg!« Rhodén überwand sich und griff nach Violas Händen, die er fest in die seinen nahm und drückte. Er musste jetzt zu ihr durchdringen. »Ziehen Sie bitte keine voreiligen Schlüsse! Tomas Begin ist hier, weil er der Vater von Linda Asmussen ist. Er ist nicht verdächtigt.«

Noch nicht verdächtigt, tönte eine Stimme in ihm. Noch nicht!

»Hören Sie mich, Frau Fridberg?«

Viola starrte ihn an und presste seine Hände zu Mus. Nun verfluchte er die Sonnenbrille, in der er sich spiegelte und er in sein ernstes Gesicht blicken konnte, in dem die Falten tiefer als sonst waren.

»Können Sie mir erzählen, wann und wie lange sie mit Tomas Begin zusammen waren?«

Violas Anspannung ließ etwas nach. Jacob spürte, wie das Blut pochend in seine Hände zurückfloss.

»Das war vor einem Jahr«, sagte sie leise. »Er hatte sich gerade von Karla getrennt. Wir kannten uns schon länger, weil wir häufig morgens im Hallenbad zum Schwimmen waren. Da ist nicht viel los und man kennt sich schnell. Vor allem wenn man noch unter fünfzig ist.«

»Kurz nach der Trennung zwischen Karla und Tomas wurden Sie also ein Paar?«

»Wir waren zusammen. Ob wir ein Paar waren, weiß ich nicht. Er schmeichelte mir, führte mich zum Essen aus, machte mir Geschenke. Naja, und da mit Mitte dreißig und als alleinerziehende Mutter die Männer nicht gerade Schlange stehen, ließ ich mich darauf ein. Ich fand ihn ganz nett, aber Liebe war, glaube ich, nicht im Spiel.«

»Und wie lange ging das dann zwischen Ihnen?«

»Nicht länger als drei Wochen. Ich habe mich von ihm getrennt, weil ich es nicht mehr ausgehalten habe. Wissen Sie, er war unglaublich besitzergreifend. Schon nach wenigen Tagen redete er von gemeinsamen Kindern, von Urlaubsreisen, faselte etwas von Heirat und vom gemeinsamen Altwerden. Zugleich konnte er aber von Karla nicht lassen. Ständig erzählte er von ihr, und ich glaube, er versuchte die ganze Zeit, wieder mit ihr zusammenzukommen. Nicht unbedingt die besten Voraussetzungen für eine glückliche Beziehung, nicht wahr?«

Kurz zuckten die Mundwinkel nach oben und zeigten so etwas wie ein Lächeln. Nur für den Bruchteil einer Sekunde, aber es war nicht fröhlich. Da steckten so viel Schmerz und Enttäuschung darin, dass die Gesichtsmuskeln sich noch so sehr verformen konnten, ein glückliches Lachen würden sie nicht zustande bringen.

»Hat Tomas Begin Olle kennengelernt?«, fragte Rhodén.

»Ja. Sie haben sich relativ häufig gesehen. Und ich glaube, sie mochten einander.«

29

»Ich fürchte, wir können die Trennung der beiden Fälle nicht länger aufrechterhalten.« Rhodén streckte sich auf dem Stuhl und ließ die Schultergelenke knacksen. Caroline, Christoffer und Eva saßen mit ihm im Besprechungsraum. »Auch wenn wir völlig im Dunkel tappen und ich keine sinnvolle Verknüpfung der Fälle erkennen kann, bin ich mir dennoch sicher, dass sie zusammengehören. Es wäre zu viel des Zufalls. Viola Fridberg hat ihre Eltern verloren und am Tag darauf ihren Sohn. Tomas Begin war mit den Müttern der verschwundenen Kinder zusammen. Jan Asmussen ist Lindas Großvater und zugleich früherer Partner von Victor Fridberg. Dieser wiederum hatte möglicherweise ein Verhältnis mit Beata Asmussen.«

Er stand auf und zeichnete an der Tafel Verbindungslinien zwischen die Fotos der Personen. Immer wieder malte er ein großes Fragezeichen dazu. Die drei anderen Ermittler sagten nichts, doch er konnte ihnen ansehen, wie sich Gedanken und Überlegungen windungsreich verknoteten. Nilsson setzte an, etwas zu sagen, entschied sich dann aber dagegen. Es war zu verwirrend.

»Wir haben also mehrere Verbindungen, bisher aber noch keine, die irgendeinen Sinn macht«, fasste Georgieva treffend zusammen. Sie zupfte an einer ihrer unzähligen dicken Locken, als führe sie dies zur Erleuchtung.

»Exakt. Jan Asmussen könnte ein Motiv haben, Victor umzubringen, genauso Sahlin. Weshalb aber sollten sie Linda und Olle entführen?«, sagte Rhodén.

»Tomas Begin hat einen Bezug zu den Kindern, könnte diese entführt haben. Jedoch gibt es keinerlei Verbindung zu den Fridbergs«, meinte Wilhelmsson.

Alle brummten oder seufzten. Schweigen setzte ein.

»Meiner Meinung nach sollten wir Tomas Begin auseinandernehmen bis aufs Letzte«, durchbrach Nilsson irgendwann die Stille. »Der tickt äußerst seltsam. Seine Tochter ist verschwunden, doch er wirkt wie der nüchternste Sachbearbeiter, als spräche er über die Fehler, die er bei einem Computer feststellen konnte.

Außerdem sagt er zu Viola Fridberg, er habe sich von Karla Asmussen getrennt, dabei ging die Trennung ganz klar von ihr aus. Auch Viola warf ihn am Ende heraus, doch er faselt etwas von einer einvernehmlichen Trennung. Das Sorgerecht wird ihm entzogen, er darf sich Karla nicht mehr nähern, aber er hält sich nicht daran und kommt immer wieder nach Arvika, um heimlich mit Linda Ausflüge zu machen und sie zu beschenken.«

Georgieva räusperte sich. »Mag sein, dass er ein Motiv hat, Linda zu entführen. Wieso aber Olle? Das macht doch keinen Sinn.«

Wieder schwiegen sie. So vieles machte keinen Sinn.

»Wir müssen sie alle auf Herz und Nieren überprüfen. Asmussen, die Fridbergs, Begin, Sahlin. Irgendwo gibt es die Verbindung. Irgendwo. Und unsere Aufgabe ist es, sie zu finden, und zwar schnell. Ich will kein totes Kind auf dem Seziertisch sehen!«

Rhodén schlug mit der flachen Hand auf den Tisch, sodass dieser erzitterte, und stand auf.

In diesem Moment klopfte es und Mikael Berg von der Spurensicherung kam herein. In der Hand hielt er wie eine Trophäe einen Ordner. »Darf ich stören?«

»Schon geschehen.«

»Ich denke, ich habe einige Ergebnisse, die alle von euch interessieren dürften.«

Er legte den Ordner bestimmt vor Rhodén auf den Tisch. Mit ihm war ein Schwall kalten Rauchs in den Raum gedrungen. Er hockte in Bergs Kleidung, in seinen Haaren, in seiner Haut, die fahl wie immer war. Die kurzen, grauen Haare waren an der linken Kopfhälfte plattgedrückt, wohingegen sie auf der anderen Seite wild durcheinander standen. Berg sah wie so häufig aus, als sei er in seinem Labor über einem Mikroskop eingeschlafen.

»Wenn du uns die erlösende Verbindung zwischen all den Fällen nennst, ist dir sicher niemand undankbar.« Wilhelmsson war aufgestanden und neben Berg getreten. Nun blickte sie neugierig auf die Mappe, die der Kriminaltechniker mit seinen gelben Fingern aufgeschlagen hatte.

»Ich dachte immer, das sei euer Job?«, sagte Berg und grinste, wobei Rhodén sich nicht sicher war, ob es freundlich oder bösartig gemeint war. »Wir sammeln lediglich Spuren und werten sie aus. Und das haben wir gemacht.«

Er schlug eine Seite mit einer langen Liste von Telefonnummern auf. »Das sind die Gespräche, die die Fridbergs in den vergangenen Tagen angenommen oder selbst getätigt haben. Es sind nicht sonderlich viele, etwa zwei pro Tag. Eine Nummer taucht sehr häufig auf. Es ist die von Viola Fridberg. Nichts Besonderes also. Eine aber ist interessant: Um 22 Uhr am Abend des Brandes wurden die Fridbergs von dieser Nummer hier angerufen. Das Gespräch dauerte jedoch nur etwas mehr als zwei Minuten. Und jetzt ratet mal, von wem der Anruf kam!«

»Keine Spielchen, Berg!« Rhodén winkte entnervt ab.

»Jan und Beata Asmussen.«

Jacob schnellte nach vorne und griff nach dem Ordner. Die Nummer stand ganz oben auf der Liste. Es war der letzte Anruf, ehe die beiden sterben mussten. 22:02 bis 22:04 Uhr.

»Davon hat Asmussen mit keinem Wort gesprochen«, sagte Wilhelmsson. »Er wird uns etwas zu erklären haben.«

»Dann könnt ihr ihn auch fragen, ob er im Besitz eines zwölfkalibrigen Jagdgewehrs ist. Wir haben eine entsprechende 70er-Patronenhülse gefunden. Steht alles im Bericht«, sagte Berg. »Im Übrigen gab es im ganzen Haus keine Spur einer weiteren, dritten Person. Wohl aber im Auto, das in dem Schuppen etwas abseits des Wohnhauses stand. Auf der Rückbank haben wir längere schwarze Haare gefunden. Ein Abgleich hat bisher noch keinen Treffer ergeben.«

»Linda Asmussen hat doch schwarze Haare, oder?«, fragte Georgieva.

Rhodén nickte. Sie würden Lindas Zimmer nach einer DNS-Spur, am besten einem weiteren Haar, absuchen müssen, um feststellen zu können, ob Linda auf dem Rücksitz des Volvos der Fridbergs gesessen hatte. Er spürte, wie sein Herz schneller schlug. Da war sie endlich, die Spur.

»Hast du sonst noch etwas?«, fragte er.

»Wir haben uns die Login-Daten der Handys von Tomas Begin und Linda Asmussen angeschaut. Linda hat zwar nach ihrem Verschwinden nicht mehr gesimst oder telefoniert, jedoch gibt das Handy auch so einmal pro Tag seine Location Area an. Am Montag gab es ein Ortungssignal, und zwar um 16:27 Uhr im Umkreis von Gunnarskog.«

Rhodén runzelte die Stirn. Der Ort kam ihm bekannt vor. Irgendwo hatte er ihn in letzter Zeit schon einmal gehört. Nur in welchem Zusammenhang?

»Ungefähr zwanzig Kilometer nördlich von hier«, sagte Berg, der Rhodéns fragenden Blick gesehen hatte. »Aber das bringt uns nicht sonderlich viel. Zum einen gibt es dort nur sehr wenige Mobilfunkmasten, wodurch wir eine Streuung von etwa zwei Kilometern haben, zum anderen ist das das letzte Signal, das von Lindas Handy ausging.«

»Wenn die Ortung um halb fünf erfolgte, dann wissen wir immerhin, dass Linda mit einem Auto weggebracht worden ist, was die Wahrscheinlichkeit deutlich erhöht, dass sie entführt wurde.«

»Aber was bringt uns das?«, warf Nilsson ein. »Die Täter können sie überallhin gebracht haben. Vielleicht sind sie in Norwegen. Oder sie sind auf die E45 Richtung Mora. Oder sie sind in Gunnarskog. Sie können überall sein.«

Ein Raunen machte die Runde, denn jeder wusste, wie recht Nilsson hatte. Rhodén seufzte und fragte nach weiteren Erkenntnissen. Berg verwies auf die Überprüfung der Daten von Begins Mobiltelefon. Am Montag, also am Tag von Lindas Verschwinden, befand er sich zweifellos in Kristinehamn, wie er es selbst angegeben hatte. Interessanter war da schon, dass er sich bereits am heutigen Morgen in Arvika aufgehalten hatte, obwohl das erneute Verhör im Präsidium erst auf vierzehn Uhr angesetzt war. Aber was sollte das schon bedeuten? Tomas Begin konnte in dieser Zeit einkaufen gehen, einen Spaziergang machen oder ein Kind entführen. Alles war möglich. Nur dass er früher in Arvika war, machte ihn noch lange nicht verdächtig.

Rhodén wollte erneut seufzen, doch er unterdrückte es, schließlich hatte er eine Vorbildfunktion und wollte die gedrückte Stimmung nicht noch weiter senken. Als sich aber die Tür öffnete, Paul Helland seinen glatzköpfigen Schädel hereinstreckte und den Kommissar in sein Büro beorderte, ließ sich das Seufzen nicht länger aufhalten.

»Jacob, wir müssen endlich liefern!«, rief Helland, sobald er die Tür hinter sich und Rhodén geschlossen hatte. »Es kann doch nicht sein, dass binnen weniger Tage zwei Kinder entführt und zwei Rentner getötet werden und wir rein gar nichts in den Händen haben.«

»Es ist nicht wahr, dass wir nichts haben, wir ...«

»Papperlapapp! Erzähl mir doch nichts! Ich habe mich durch die Protokolle gequält. Da ist nichts!« Hellands Kopf wurde wieder gefährlich rot. »Da sind Möglichkeiten und Eventualitäten, Verdachtsmomente und lauwarme Spuren. Aber sonst?«

Sein stechender Blick durchbohrte Rhodén, der sich rasch abwandte und zum Fenster ging. Jacob machte sich selbst genug Druck, da brauchte er den von seinem Vorgesetzten sicherlich nicht auch noch.

»Ich muss der Presse etwas liefern. Verstehst du, Jacob? Ich muss die irgendwie füttern!«

Helland schob sich zwischen Fenster und Rhodén, stand nun beinahe Kopf an Kopf mit dem Kommissar. Jacob konnte Hellands Atem riechen. Irgendwas mit Zwiebeln zum Mittagessen. Ihm war schlecht.

»Jacob, ich will keine toten Kinder auf dem Seziertisch liegen sehen.«

»Das will ich doch auch nicht, Herrgott nochmal!«, platzte es aus Rhodén heraus. Er machte sich los, eilte durchs Zimmer und kam an der Tür wieder zum Stehen. »Meinst du etwa, ich mache mir keinen Druck? Glaubst du etwa, wir machen nicht alles, damit wir diese Kinder wieder finden?«

Das Atmen fiel ihm schwer. Er griff zur Türklinke und stützte sich auf sie. Raus hier! Er musste schleunigst nach draußen und an die frische Luft.

»Natürlich weiß ich das«, sagte Helland etwas ruhiger. »Ich könnte mir zwei tote Kinder nur nie verzeihen.«

»Ich mir auch nicht«, sagte Rhodén. »Glaub mir, ich mir auch nicht.«

30

In der einbrechenden Dunkelheit des Nachmittags machten sich Wilhelmsson und Rhodén auf den Weg nach Karlstad. Stefan Nysell, der Gerichtsmediziner, hatte angerufen und gesagt, dass er erste Befunde habe. Sein Angebot, die wesentlichen Punkte telefonisch zu besprechen, hatte Rhodén sofort abgelehnt. Er musste raus aus dem Präsidium, brauchte die Ruhe und das Gespräch mit Wilhelmsson auf der einstündigen Fahrt, um seine Gedanken sortieren und die nächsten Schritte planen zu können. Auf dem Rückweg würden sie nochmals bei den Asmussens vorbeischauen, denn Jan hatte ihnen noch einige Fragen zu beantworten.

Als sie den Styckåsvägen stadtauswärts fuhren, hüpfte eine fröhliche Siri nur wenige Meter von der Einmündung der Skolgatan in den Styckåsvägen entfernt auf dem Bordstein entlang. Ein Strahlen zog sich von Wange zu Wange, wie es ihr Gesicht schon lange nicht mehr gesehen hatte. Was war das nur für ein seltsamer Tag gewesen? Mit ihren warmen Winterstiefeln versuchte sie, das nassschwere Laub, das noch immer in großen Haufen am Wegrand lag, aufzuwirbeln. Heute wollte sie zu Fuß nach Hause gehen, auch wenn der Bus nur wenige Minuten bis nach Dottevik gebraucht hätte. Denn heute war ein anderer Tag, ein besonderer.

Sie erreichte den Styckåsvägen mit seinen hässlichen Wohnblocks und bog rechts auf ihn ab. Es herrschte reger Verkehr. Ein Auto hupte ein anderes an, weil es angeblich zu lange brauchte, um abzubiegen. Siri grinste. Ihre Lehrer warnten alle Schüler, die auf dem Nachhauseweg entweder den Fallängsvägen im Westen oder den Styckåsvägen im Osten überqueren mussten, weil diese Straßen so gefährlich, ja, regelrechte Verkehrsungeheuer seien. In Stockholm wären sie als ruhige Nebenstraßen durchgekommen. Aber wenn Frau Lenningshoff oder ein anderer Lehrer etwas sagte, dann schwieg sie mittlerweile und berichtete nicht davon, wie es in Stockholm war. Einige Mitschüler konnten die Hauptstadt offensichtlich nicht leiden. Jedenfalls stöhnten sie immer laut auf, wenn sie von Stockholm erzählte, und schubsten sie in der Pause durch die Gegend. Viele kannten die Hauptstadt gar nicht oder waren bisher nur einmal dort gewesen. Wie man dann eine Stadt nicht leiden konnte, war Siri ein Rätsel. Sie sagte ja auch nicht, dass sie Göteborg doof fände. Schließlich war sie noch nie da gewesen. Wenn sie aber näher darüber nachdachte, fiel ihr auf, dass viele ihrer früheren Stockholmer Freunde und Mitschüler auf Göteborg schimpften, obwohl auch sie die Hafenstadt im Westen nicht kannten. Ob das normal war? Dass man Dinge nicht mochte, die man nicht kannte? Für Siri war es jedenfalls rätselhaft.

Sie spürte, wie sich die Riemen des schweren Schulrucksacks in ihre Schultern drückten. Vielleicht hätte sie doch den Bus nehmen sollen. Aber nein, nicht heute! Da würde ihr auch das Gewicht der Schultasche nichts ausmachen.

Links lag das Polizeipräsidium, in dem ihr Vater arbeitete. Kurz überlegte sie, ob sie ihn besuchen und von dem, was sie erlebt hatte, erzählen sollte. Doch sie verwarf den Gedanken schnell. Zum einen könnte sie ihm heute Abend davon berichten. Zumindest wenn er nicht wieder bis tief in die Nacht arbeiten musste wie so oft. Zum anderen mochte sie das Betongebäude mit den orangefarbenen Fensterrahmen nicht. Es lag leicht erhöht und guckte von dort oben mit seinen hunderten Augen auf sie herab, als ob es sie beobachtete, aushorchte, kontrollierte. Das Gebäude machte ihr Angst. Auch wenn man drinnen war, wurde es nicht schöner oder weniger angsteinflößend. Und sie wusste, dass es im Keller Zellen gab, in denen Menschen eingesperrt werden konnten. Den Gedanken, irgendwo zu arbeiten, wo man wusste, dass zwei Etagen tiefer Menschen gefangen gehalten wurden, fand sie gruselig. Während sie ihren Vater fast nie bei der Arbeit besuchte, konnte ihr kleiner Bruder Kalle nicht genug davon bekommen, auf leisen Sohlen wie ein Detektiv durchs Präsidium zu schleichen und mit der Empfangsdame Räuber und Gendarm zu spielen. Siri fiel der Name der Frau nicht mehr ein, aber sie erinnerte sich gut an den schweren Schmuck, der ihr um den Hals und an den Ohren hing, an den leuchtend grünen Lidschatten und das süße Parfüm, das ihr fast den Atem genommen hatte, als die Frau sie einmal fest in den Arm genommen hatte.

Siri drückte das Kreuz durch, hob das Kinn ein wenig und versuchte, stolz und aufrecht weiterzugehen. Dabei setzte sie einen würdevollen Blick auf. Ging so eine Lucia? Bei allen Mädchen, die sie bisher als Lucia gesehen hatte, sah der Gang stets leicht und zugleich feierlich aus. Sie würde noch üben müssen, wenn sie wirklich zur Lichterkönigin gewählt würde.

Sie verstand es immer noch nicht. Am Morgen hatten ihr die Jungs mal wieder die Schultasche weggenommen und sie im Kreis rennen lassen. Sie hatten getönt, dass ihr Vater sie jetzt nicht retten könne, denn der müsse Linda Asmussen retten. Und selbst das schaffe er nicht. Siri hatte gespürt, wie eine Wut in ihr aufstieg, wie es in ihr kochte und brodelte. Nicht wegen der Schultasche, sondern wegen ihrem Vater. Er hatte kein Recht, sich immer als ihr Retter aufzuspielen. Und die Jungs hatten kein Recht, sich über ihn lustig zu machen. Sie wusste, wie viel Jacob arbeitete, dass er nie zu Hause war und dass er alles dafür tun würde, dass Linda wieder in die Schule gehen könnte. Als Ibrahim einen blöden Spruch von sich gab, hätte sie ihm am liebsten eine runtergehauen, aber sie beherrschte sich, da sie nur zu gut wusste, dass es damit enden könnte, dass sie wieder einmal mit dem Kopf voraus in den Mülleimer gesteckt wurde.

So hatte der Tag begonnen.

Und dann kam die Schwedischstunde bei Frau Lenningshoff.

Das Lucia-Fest stehe vor der Tür, hatte die Lehrerin gemeint. Siri liebte dieses Fest mit der Dunkelheit, die von unzähligen Kerzen durchbrochen wurde, bis alles in hellem Glanz erstrahlte. Am Morgen des 13. Dezembers würden alle Lehrer und Schüler in der völlig dunklen Aula sitzen. Dann öffnet sich eine Tür und herein tritt Lucia. Sie ist ganz in Weiß gekleidet, auf dem Kopf trägt sie einen Kranz mit sieben Kerzen. Mit klarer Stimme singt sie »Natten går tunga fjät«, die Nacht hinterlasse tiefe, schwere Fußspuren. Hinter ihr gehen die zwölf Jungfern, auch sie in weißen Gewändern und mit einer Kerze in der Hand. Am Schluss folgen die vier Sternträger. Alle siebzehn Personen des Zuges singen nun: »I vårt mörka hus, stiger med tända ljus.« In unser dunkles Haus tritt mit angezündeten Kerzen: Santa Lucia! Würdevoll schwebt der Zug durch das Publikum, steigt vorne auf die Bühne und formiert sich. Es werden Lieder gesungen, Gedichte vorgetragen und gemeinsam wird gefeiert, dass die dunkle Jahreszeit von nun an allmählich verschwinde und die Tage wieder heller werden.

Die schönen, selbstbewussten Mädchen mit langen blonden Haaren und vielen Freunden werden normalerweise als Lucia gewählt, weshalb sich natürlich die hübsche Anna sofort gemeldet hatte, als Frau Lenningshoff gefragt hatte, wer sich denn vorstellen könnte, als Lucia aufzutreten. Andere meldeten sich freiwillig oder wurden vorgeschlagen. Und dann sagte Pia, dass sie sich Siri sehr gut als Lucia vorstellen könne. Zunächst war sich Siri nicht sicher, ob Pia sie nur veralbern wollte. Vielleicht rechnete sie damit, dass die Hauptstädterin abgeschlagen auf dem letzten Platz landen und somit wieder eine neue Angriffsfläche bieten würde. Doch als Frau Lenningshoff meinte, dass sie das für einen guten Vorschlag halte, spürte Siri, dass Pia es ernst gemeint hatte. Es wurde geheim gewählt und dann wurde ausgezählt. Anna führte, wie es jeder erwartete, aber Siri befand sich auf dem zweiten Platz. Noch drei Stimmzettel waren übrig. Staffan, der auszählte, faltete den ersten auf: Siri. Den zweiten: Siri. Gleichstand. Der letzte: Wieder Siri.

Unglaublich.

Siri hörte den Applaus der Klasse nur gedämpft und nahm erst beim dritten Mal wahr, dass Frau Lenningshoff sie gefragt hatte, ob sie die Wahl annahm. Selbstverständlich tat sie das. Zwar hatte sie in Anna eine neue Feindin, doch das konnte sie verschmerzen. Ihre Klasse hatte sie zur Lucia gewählt. Bis jetzt konnte sie es nicht verstehen. Und sie war sich auch sicher, dass sie niemals die Schulwahl für sich entscheiden könnte, die nun anstand. Aber all das war egal.

Sie stellte sich auf Zehenspitzen, breitete die Arme leicht aus und sang leise und etwas zitternd, dass das Dunkel sich bald aus den Erdentälern verziehen würde - »Mörkret skall flykta snart, ur jordens dalar« -, als ein riesiger Lastwagen neben ihr bremste und zum Stehen kam. Der Fahrer lehnte sich auf die Beifahrerseite und stieß die Tür auf. Dicke Backen und eine knotige Nase schauten ihr unter einer Baseball-Mütze entgegen.

»Hej hübsches Mädchen, kannst du mir weiterhelfen? Irgendwie habe ich mich völlig verfahren.«

Siri blickte gebannt nach oben. Wenn man direkt neben einem Lkw stand, wirkte er noch größer. Das Gesicht des Mannes schwebte mehr als einen Meter über ihr.

»Wo wollen Sie denn hin?«, fragte sie.

»Kletter doch hoch zu mir, dann kann ich es dir auf der Karte zeigen!«

»Mein Papa sagt immer, dass ich nicht zu Fremden ins Auto steigen dürfe.«

»Dein Papa ist ein kluger Mann«, lachte der Lkw-Fahrer. »Warte, ich steige aus und komm zu dir herüber.«

31

Die verkohlten und in Embryohaltung erstarrten Leichen von Victor und Elma Fridberg hatten wenig Menschliches an sich. Sie wirkten wie schaurige Puppen. Oder wie das Werk eines Maskenbildners für einen Horrorfilm. Die aufgerissenen Münder schienen noch immer zu schreien. Der Schrecken der Brandnacht lebte auf dem Seziertisch fort.

Sie waren bereits auf dem Rückweg. Wilhelmsson saß wie fast immer am Steuer, während Rhodéns Blick über die weiten Felder schweifte, die im Dunkel lagen. Aber es hatte begonnen zu schneien, sodass sich eine dünne weiße Schicht über Gras und Sträucher legte, die die Nacht erhellte. Es war erst kurz nach fünf Uhr am Nachmittag, aber die Sonne war bereits seit mehr als einer Stunde hinter dem Horizont verschwunden.

»Hören Sie jetzt gut zu, denn das ist für Ihre Ermittlung mit Sicherheit von Bedeutung.« Rhodén hatte Nysells Worte noch gut in Erinnerung. »Die beiden Opfer kamen auf unterschiedliche Weise zu Tode. Zunächst einmal können wir davon ausgehen, dass Herr und Frau Fridberg beim Ausbruch des Brandes noch am Leben waren. Beide haben einen deutlich erhöhten Kohlenmonoxidspiegel, sie haben also Rauch eingeatmet. Ich konnte zudem Rußpartikel im Rachenraum und den Atemwegen feststellen. Dies war ein Leichtes. Wie Sie auf den Fotos, die ich von Elma Fridbergs inneren Organen gemacht habe, erkennen können, sind diese hellrot gefärbt. Was bedeutet das?«

»Kohlenmonoxidvergiftung«, antwortete Rhodén mit einem Seufzen. Auch wenn Nysell alle Mordermittler für forensische Knallchargen hielt, kannte Rhodén sich mit den Grundlagen durchaus aus.

Doch dies hielt Nysell nicht von einem erklärenden Vortrag ab. »Exakt«, sagte er. »Gut aufgepasst! Das eingeatmete Kohlenmonoxid verbindet sich mit dem Hämoglobin und produziert dabei Carboxyhämoglobin. Und dies ist für die hellrote Farbe verantwortlich. Der Bluttest hat zudem gezeigt, dass der Kohlenmonoxidspiegel bei 73 Prozent lag, was nicht nur bei alten Menschen mehr als genügt, um die Person ins Koma fallen und schließlich sterben zu lassen. So weit, so gut. Interessant wird es bei Victor Fridberg, der einen erhöhten Wert von 41 Prozent aufwies, was zu Koordinationsverlust führen kann, selten aber zum Tod. Er wurde erschossen. Ihr vorlauter Spurensicherer hat Ihnen sicherlich bereits das Kaliber genannt. Richtig? Richtig. Neben dieser banalen Information kann ich Ihnen noch sagen, dass er aus nächster Nähe erschossen wurde, etwa zwei oder drei Meter. Bei Herrn Fridberg handelt es sich somit eindeutig um Mord, wobei der Täter seinem Opfer wahrscheinlich in die Augen sehen konnte, als es gerade versuchte, aus dem Fenster zu steigen.«

Rhodén lehnte sich im Beifahrersitz zurück und schloss die Augen. Nysell hatte selbstverständlich nicht darauf verzichtet, seine Leistung zu rühmen. Doch Jacob hatte die offen zur Schau getragene Hochnäsigkeit beinahe genossen. Nysell machte sich nichts aus der Meinung der Presse wie Helland, ihn interessierte nicht, ob irgendwelche Kinder verschwunden waren oder Mütter weinten. Für ihn gab es die Leichen und die Informationen, die aus ihnen zu gewinnen waren. Zwischenzeitlich schweifte er ab und legte dem Kommissar nahe, dass er die aktuelle Inszenierung von Mozarts Don Giovanni an der Osloer Oper nicht verpassen dürfe, um gleich darauf über die unguten Leberwerte von Victor Fridberg zu referieren.

»Nysell bringt mich mit seiner Art jedes Mal beinahe zur Weißglut«, sagte Wilhelmsson.

»Mich beruhigt er«, sagte Jacob.

Dann schwiegen sie wieder und fuhren durch die nächtliche Einsamkeit, die von einer immer dickeren Zuckerwatteschicht überzogen wurde. Es war alles gesagt. Nysells kluger und mit unzähligen Fremdwörtern angereicherter Vortrag hatte ihnen keine neuen Informationen gebracht, die Mikael Berg nicht bereits zuvor ihnen mitgeteilt hatte. Auf der Hinfahrt hatten sie die Fälle hin und her gewendet, hatten Motive und Verbindungen diskutiert, hatten überlegt, welche Verknüpfung es zwischen Tomas Begin und den Fridbergs oder zwischen Jan Asmussen und Olles Verschwinden geben könnte, und waren doch immer wieder nur bei einem überdimensionalen Fragezeichen gelandet. Der Konjunktiv war ihr ständiger Begleiter und doch ein schlechter Berater.

Die Rücklichter des vor ihnen fahrenden Autos kamen näher, während das Schneetreiben stärker wurde. Weiße Flocken blendeten im Scheinwerferlicht. Der Wagen vor ihnen wurde immer langsamer, bis Wilhelmsson aufgeschlossen hatte. Es war ein alter, eckiger Volvo. Ein weißer. Ein 760er. Auf der Kofferraumklappe klebte auf blauem Hintergrund ein weißes Andreaskreuz, die Flagge Schottlands.

»Das darf doch nicht wahr sein. Das ist Fridbergs Wagen!« Rhodén setzte sich aufrecht hin.

»Was zum Teufel fährt der hier herum?«, murmelte Wilhelmsson. Sie kurbelte die Fensterscheibe herunter, woraufhin eiskalte Luft und Schneeflocken hereinwehten, kramte nach dem Blaulicht und setzte es auf das Dach. Rüber auf die linke Fahrspur, überholen, Rhodén gibt dem Fahrer des Volvos ein Zeichen, dass er rechts ranfahren solle, dann zurück auf die rechte Spur. Im Rückspiegel sieht Jacob das erschreckte Gesicht eines jungen Mannes. Wilhelmsson drosselt die Geschwindigkeit. Der Wagen hinter ihnen bremst abrupt ab und schwenkt nach rechts in einen Waldweg. Verdammt! Vollbremsung. Es knackst, als der Rückwärtsgang nicht eingelegt werden will, dann zurück, schnell, schneller. Bremsen. Vorwärts und nach rechts in den Waldweg, immer den roten Rückleuchten des Volvos hinterher. Das Auto poltert durch hundert Schlaglöcher, Jacob muss sich festhalten. Alles wankt. Der Wackel-Elvis auf dem Armaturenbrett zappelt und tanzt um sein Leben. Die Rücklichter kommen näher. Du entkommst uns nicht, vergiss es! Der Volvo biegt scharf links auf einen anderen Weg ab, schlingert auf der dünnen Schneedecke, fängt sich, gibt wieder Gas. Wilhelmsson ist nun dicht hinter ihm. Rhodén sieht auf der Rückbank zwei Kinder, die mit aufgerissenen Augen zu ihnen nach hinten starren.

»Da sind Kinder drin!«, schreit er, aber Wilhelmsson reagiert nicht. Sie hält das Lenkrad fest in beiden Händen, den Blick starr geradeaus. Absolute Konzentration.

Die Kinder sind ein Mädchen und ein Junge. Jacob sieht, dass der Bub weint. Ihre angstvollen Gesichter werden von den Scheinwerfern angestrahlt. Dann fliegen sie plötzlich nach vorne, aus dem Scheinwerferkegel heraus, als der Volvo vor ihnen heftig abbremst. Wilhelmsson steigt auf die Bremsen, die Hinterräder brechen aus, aber es gelingt ihr, den Wagen auf dem schmalen Weg zu halten.

Sie stehen.

Rhodén spürt Schmerzen auf Brust und Schulter, wo der Gurt in die Haut geschnitten hat. Wilhelmsson hält das Lenkrad noch immer fest. Im Volvo regt sich nichts. Die Köpfe der Kinder sind verschwunden.

Rhodén schüttelte sich, schnallte sich ab, tastete nach seiner Dienstwaffe und riss die Beifahrertür auf. Auch seine Kollegin hatte sich wieder gesammelt und sprang aus dem Auto. Auf der Fahrerseite näherten sie sich dem Volvo und erkannten, weshalb er so plötzlich abbremsen musste: Eine geschlossene Schranke versperrte die Weiterfahrt. Jacob sah im Rückraum des Autos die beiden Kinder. Bei dem Bremsmanöver waren sie offensichtlich gegen die Lehnen der Vordersitze geknallt. Jetzt weinten beide. Das Mädchen brüllte sogar so laut, dass es durch die Scheiben nach draußen drang. Der Fahrer lehnte über dem Lenkrad und bewegte sich nicht.

»Aussteigen! Ganz langsam und mit erhobenen Händen!«, schrie Wilhelmsson.

Der Mann regte sich zunächst nicht, während das Brüllen aus dem Rückraum anschwoll. Dann lehnte er sich langsam zurück, starrte jedoch weiterhin stumm geradeaus. Wilhelmsson trat mit gezückter Waffe an die Tür und öffnete sie.

»Sofort aussteigen, habe ich gesagt!«

Wie in Trance, in unglaublicher Langsamkeit rührte sich der Mann, schnallte sich ab und hob zuerst das linke, dann das rechte Bein nach draußen. Schwankend zog er sich aus dem Auto. Sobald er stand, packte ihn Wilhelmsson, drehte ihn mit dem Gesicht zum Wagen und die Arme auf den Rücken. Handschellen klickten. Jetzt konnte Rhodén die hintere Tür öffnen. Das Brüllen des Mädchens erstarb. Mit schreckerfüllten Augen und zitternden Lippen starrte sie ihn an. Der Junge drückte sich auf die andere Seite der Rückbank.

»Habt keine Angst vor mir. Ihr seid jetzt in Sicherheit. Wir sind von der Polizei«, sagte Rhodén.

»Tu Papa bitte nicht weh!« Der Junge war vielleicht fünf oder sechs Jahre alt. Die schmächtige Statur erinnerte Rhodén an Kalle. Langes, dunkles Haar fiel ihm ins Gesicht, das er mit einer Handbewegung zur Seite wischte.

»Mein Arm ...«, wimmerte das Mädchen, das lange schwarze Haare hatte. Wie Linda. »Ich habe solche Schmerzen.«

Der Unterarm war merkwürdig deformiert. »Ich rufe einen Krankenwagen«, sagte der Kommissar. »Ist das euer Vater? Und wie heißt ihr denn?«

»Ich bin Jonas. Und das ist meine Schwester Lisa«, sagte der Junge. »Was hat Papa denn gemacht?«

Wilhelmsson hatte den Mann abgetastet und seine Geldbörse gefunden. Sie zog den Ausweis heraus und las: »Lars Mordal, wohnhaft in Arvika.« Sie gab den Ausweis ihrem Kollegen, damit er Lars Mordal überprüfen lassen konnte. Rhodén ging mit dem Papier in der Hand zurück zum Wagen und rief zunächst einen Krankenwagen, dann Nilsson und Georgieva als Verstärkung.

»Warum zum Henker haben Sie die Flucht ergriffen und sind nicht einfach rechts rangefahren?«, rief Wilhelmsson. »Sie haben die Gesundheit der Kinder mutwillig gefährdet!«

»Es ... es tut mir leid«, stammelte der Mann, der nicht älter als dreißig wirkte. »Bitte nehmen Sie mir die Handschellen ab! Sie wissen ja gar nicht, was das bei den Kindern auslöst.«

Wilhelmsson konnte ein Lachen nicht unterdrücken. Es brach aus ihr heraus, wirbelte durch die Schneeflocken und verhallte irgendwo in der Dunkelheit des Waldes. »Sie haben mit Ihrer Flucht die Kinder in Angst und Schrecken versetzt. Sie sollten sich lieber selbst Vorwürfe machen.«

»Hören Sie, ich habe nichts angestellt.«

»Außer dass Sie einen Wagen fahren, der nicht Ihnen gehört und der zudem Bestandteil polizeilicher Ermittlungen ist«, sagte Rhodén, der wieder zu ihnen getreten war.

Er beugte sich zu dem Mädchen namens Lisa herab, legte ihr eine Decke über die Schultern und sagte ihr, dass der Notarzt gleich hier sei und sich um ihren Arm kümmern werde. Lisa nickte tapfer und schluckte neue Tränen, die aufgestiegen waren, wieder herunter. Jonas war inzwischen auf den Fahrersitz gekrabbelt, von wo aus er das Geschehen besser verfolgen konnte.

»Ich habe den Wagen nicht gestohlen, falls Sie das denken«, sagte Mordal. Das coole und lässige Erscheinungsbild mit dem blonden Pferdeschwanz und der Tätowierung, die sich in seinem Nacken emporrankte, stand in krassem Gegensatz zu der weinerlichen, hilflosen Art, wie er redete. »Er gehört Victor Fridberg. Ich wohne in derselben Straße, ein Stück weiter hinunter, und kenne Victor schon länger. Er hat mir einen Autoschlüssel gegeben, damit ich mit den Kindern ab und zu Ausflüge machen kann. Ich kann mir kein Auto leisten und die Fridbergs brauchen es nicht mehr so oft.«

Rhodén zog die Augenbrauen misstrauisch zusammen. »Wann haben Sie den Wagen geholt?«

»Heute Morgen.«

»Und da ist Ihnen nichts aufgefallen?«

Der Mann seufzte und nickte. »Doch«, sagte er nach längerem Zögern.

»Aber?«

»Sie halten mich jetzt für einen schlechten Menschen. Ich weiß, was den Fridbergs zugestoßen ist. Das ist wirklich tragisch. Und ich habe auch das Absperrband der Polizei gesehen, als ich heute Morgen das Auto holen wollte. Aber ich hatte den Kindern schon seit Wochen versprochen, dass wir in das Abenteuer-Bad nach Karlstad fahren. Da konnte ich sie doch nicht einfach enttäuschen.«

»Und dann haben Sie sich einfach den Wagen genommen, obwohl Sie wussten, dass Sie damit die Ermittlungsarbeit der Polizei gewaltig stören, Beweismaterial entfernen und sich somit strafbar machen?«

»Strafbar?« Mordal drehte den Kopf nach hinten und versuchte, Rhodén in die Augen zu schauen. »Ich habe doch nichts gemacht und wollte das Auto auch gleich nach unserer Rückkehr wieder zurückstellen.«

»Unfassbar. Das ist unfassbar!«, rief der Kommissar, ja, das letzte Wort brüllte er regelrecht in den stillen Wald. Es war tatsächlich nicht zu fassen. Er wollte den Mann am liebsten am Kragen packen und schütteln und ohrfeigen und ... Aber da waren die Kinder. Die Kinder, die einen schönen Tag im Abenteuer-Bad hatten und nun auf einem verlassenen Waldweg in einem verschneiten Wald hockten, den Arm gebrochen, der Vater in Handschellen. Sie konnten nichts dafür, dass ihr Vater mit grenzenloser Dummheit gestraft war. Kinder konnten selten etwas für nicht richtig funktionierende Hirnwindungen der Erwachsenen, und doch waren sie es, die nur zu oft darunter leiden mussten.

Rhodén war auf hundertachtzig. Die ideale Betriebstemperatur für ein Gespräch mit Jan Asmussen, zu dem sie eigentlich gerade wollten, dachte er bei sich.

Die Routine half ihm wieder einmal, den Puls zu senken. Sie nahmen die Daten Mordals auf, klärten ihn über seine Rechte auf und versuchten ihm zu vermitteln, dass er ganz gewiss nicht mit diesem Auto nach Hause fahren dürfe. Er würde stattdessen mit Nilsson und Georgieva ein nettes Pläuschchen in einem karg eingerichteten Raum im Polizeipräsidium führen, während die Kinder, vor allem Lisa, im Krankenhaus durchgecheckt und notfalls operiert würden. Der Volvo würde abgeschleppt werden und so schnell nicht mehr von Mordal gefahren werden.

»Wie gut kannten Sie die Fridbergs?«, fragte Rhodén.

Mordal seufzte, eine Tätigkeit, die er in den vergangenen Minuten beinahe bis zum Exzess geübt hatte. »Nicht sonderlich gut. Wir sind ja nicht direkt Nachbarn. Da draußen liegen die Häuser mindestens zweihundert Meter voneinander entfernt.«

»Und dennoch haben die Fridbergs Ihnen ihr Auto zur Verfügung gestellt? Einfach so?«

»Die Kinder waren ab und zu bei ihnen. Elma und Victor genossen es, wenn es etwas lebhafter in ihrem sonst so ruhigen Haus zuging.«

»Trotzdem eine großzügige Geste, das Auto zu verleihen.«

»Sie waren nette Menschen«, sagte Mordal. »Es ist wirklich ein Jammer, was ihnen zugestoßen ist.«

»Wissen Sie, ob sie irgendwelche Feinde hatten? Gab es Streit?«

Mordal schüttelte den Kopf. »Nichts, wovon ich etwas mitbekommen hätte.«

Sie nahmen von Lisa eine Haarprobe, um sie mit dem von Berg gefundenen Haar abzugleichen, und eine Speichelprobe von Lars Mordal. Dann hörten sie die Sirene des Krankenwagens und sahen wenig später das zuckende blaue Licht, das die schwarzen Bäume zu bizarren, tanzenden Wesen verwandelte. Lisa wurde vom Notarzt untersucht und gemeinsam mit ihrem Bruder im Krankenwagen weggebracht, während Nilsson und Georgieva übernahmen und sich um Mordal kümmerten. Erschöpft ließen sich Wilhelmsson und Rhodén in die tiefen Sitze des Autos fallen. Eva legte den Rückwärtsgang ein und fuhr den verschneiten Waldweg zurück, bis sie an der Einmündung eines anderen Weges wenden konnte. Rhodén spürte, wie die Kopfschmerzen pochend zurückkehrten. Müde blickte er in den stockdunklen Wald zu seiner Rechten. Pechschwarz hing die Nacht zwischen den Bäumen. Kein Schnee, der etwas Helligkeit hineingetragen hätte, erreichte dort den Boden. Kein Licht in der Dunkelheit. Keine Spur. Sie tappten hilflos im Dunkeln umher, vielleicht im Kreis. Nicht einmal das wussten sie. Er wünschte sich eine Lucia, die ihnen die Erhellung bringen würde. Aber auf Heiligenfiguren konnte man als Ermittler nun wirklich nicht setzen. Stattdessen konnten sie sich auf die Begegnung mit einer ganz und gar nicht heiligen Person freuen: Jan Asmussen.

32

»Woher wissen diese zwei verfluchten Polizisten davon?«, fauchte Jan Asmussen. Atemwolken stiegen wie Dampf, den er ablassen musste, aus Mund und Nase. An der Hand zog er seine Frau Beata, die blind hinter ihm herstolperte. »Nicht so schnell, Jan! Du machst mir ganz Angst mit diesem Tempo.« Vor wenigen Minuten hatte sie der Polizistin Wilhelmsson von diesem Weg um den See Ullen herum erzählt. Dass Jan und sie ihn mehrmals täglich gingen. Es war immer derselbe Spaziergang. Sie wusste, dass Jan des Weges mittlerweile überdrüssig geworden war, doch sie rechnete es ihm hoch an, dass er sie dennoch Tag für Tag über den sandigen Boden führte. Jetzt knirschte Schnee unter ihren warmen Winterschuhen. Der Weg würde anders aussehen als sonst, wenn kein Schnee lag. Sie konnte ihn nicht mehr sehen, auch nicht den See. Wenn die Sonne schien, erkannte sie nur eine unscharfe glänzende Fläche. War es bewölkt oder wie jetzt dunkel, dann war die Oberfläche grau oder schwarz. Aber ihre Erinnerung erzählte ihr, was die Augen nicht mehr sahen. Sie wusste, wo eine Parkbank stand, auf der man sich niederlassen konnte. Sie kannte die Stellen, an denen man ohne Schwierigkeiten die Böschung hinunter ans Ufer gelangen konnte. Und wenn sie am anderen Ende des Sees waren und zurück zu ihrem Haus schauten, dann konnte sie es sehen, obwohl sie es nicht sah. Sie hatte die Bilder im Kopf. Von der grünen Wiese, die jenseits der Straße leicht bergauf ging und an deren Ende das Haus stand. Ihr Haus. Jeder Meter des Spazierwegs um den Ullen war ihr bekannt.

Aber jetzt kannte sie den Weg nicht mehr, da Jan sie so heftig hinter sich herriss, dass sie mehrmals gestolpert war und das Gefühl für den Weg verloren hatte. »Jan, bitte!«, rief sie erneut.

Ihr Mann blieb stehen und drehte sich zu ihr um. Mit den in dicke Handschuhe eingepackten Händen schob er die Wollmütze, die ihm tief in die Stirn gerutscht war, etwas zurück. Er keuchte. Nicht vor Anstrengung, sondern vor Zorn.

»Woher wussten sie davon? Hast du ihnen etwa alles erzählt?«, rief er. Er merkte, dass sich seine Hände zu Fäusten geballt hatten. Er starrte Beata an, wie ihre Pupillen hilflos hin und her zuckten. Mit einem Male verspürte er einen solchen Hass auf ihre Blindheit, auf die alberne rote Dauerwelle, darauf, wie sie »Jan, bitte!« sagte. Für einen Augenblick überlegte er, ob er sie in den See stoßen sollte. Das Wasser war kurz davor zu gefrieren. Es würde schnell gehen und es gäbe hier draußen keine Zeugen. Sollte es weiterhin schneien, wären sogar seine Fußspuren morgen Früh verschwunden. Wenn er es recht bedachte, hatte er noch nie einen Gedanken an Scheidung verschwendet, jedoch schon mehrere an Mord.

»Ich habe ihnen ganz sicher nichts erzählt«, sagte Beata. »Das würde ich nie machen. Es kann eigentlich nur Måns gewesen sein. Er weiß davon und die Polizei hat bereits mit ihm gesprochen.«

»Dieser Verräter!«, knurrte Asmussen.

Natürlich hatte er im Gespräch mit Wilhelmsson alles abgestritten und gesagt, dass er nichts davon wisse. Er war ja nicht blöd und servierte ihnen ein Motiv auf dem Silbertablett. Aber er konnte in den Augen der Inspektorin sehen, dass sie ihm nicht glaubte.

Völlig unerwartet waren sie aufgetaucht und vor der Tür gestanden. Ehe er sich recht versehen hatte, war der Kommissar mit Beata nach draußen gegangen, während die blonde Inspektorin, die durchaus nicht unattraktiv war, wie er im Lauf des Gesprächs mehrfach anerkennen musste, ihn im Esszimmer festhielt.

Wilhelmsson trommelte unruhig mit den Fingern auf dem Lenkrad und wartete, bis die Ampel auf Grün umschaltete. »Er hat mich in Gedanken ausgezogen. Ich hab's in seinen Augen gesehen«, sagte sie zu Rhodén, der weit zurückgelehnt im Beifahrersitz saß und seine Schläfen massierte. »Jan Asmussen ist ein ekelhafter Typ. Vor allem erzählt er von nichts, was ihn in Bedrängnis bringen könnte.«

»Ein Fuchs.«

»Ein dreckiger Hund.«

»Wenn du meinst.«

»Ein dreckiger, räudiger Hund.«

Rhodén grinste.

»Als ich ihn auf das Telefonat mit den Fridbergs angesprochen habe, das wenige Stunden vor deren Tod von ihrem Apparat aus geführt worden war, sagte er lapidar, er wollte eben mal wieder hören, wie es Victor gehe.« Wilhelmsson drückte das Gas durch, als es Grün wurde. »Glatt gelogen. Niemand ruft einen Bekannten um zehn Uhr abends an, um sich zu erkundigen, wie es dem anderen so geht, um dann zwei Minuten später wieder aufzulegen.«

»Von diesem Gespräch wusste Beata angeblich nichts. Sie hatte keine Ahnung. Zumindest behauptete sie das.« Rhodén massierte weiter an den Schläfen, jedoch ohne Erfolg. Die Kopfschmerzen waren nicht zu vertreiben.

»Ein Jagdgewehr hat Asmussen natürlich ebenfalls nicht. Und dass Beata jemals in ihrem Leben ein Verhältnis mit einem anderen Mann gehabt habe, hat Jan rigoros abgestritten«, setzte Wilhelmsson fort. »Aber ich glaube ihm kein Wort. Da loderte etwas in seinen Augen auf, als ich ihn darauf angesprochen habe. Eine Wut, eine Verletzung. Ich bin mir sicher, dass er davon weiß.«

»Beata war überrumpelt, als ich sie damit konfrontierte, dass wir wissen, dass sie eine Affäre mit Victor Fridberg hatte«, sagte Rhodén. »Doch sie bestätigte es, behauptete aber, dass das schon sehr lange zurückläge. 1985 oder 1986, genau wusste sie es nicht mehr. Jan habe sie davon aber nie etwas erzählt.«

»Glaubst du ihr?«, fragte Wilhelmsson.

Rhodén zuckte mit den Achseln. Er hatte keine Ahnung, nicht einmal ein Gefühl. Beata Asmussen wirkte vollkommen aufrichtig und völlig verlogen zugleich. Sie konnte die blasse, unscheinbare Unschuld oder die geräuschlose, im Hintergrund agierende Schuld sein. Ihre Blindheit schien sich auf ihn zu übertragen. Rhodén konnte Beata bisher noch nicht fassen. Wer war sie? Bemitleidenswerte Gattin eines Tyrannen oder eiskalte Komplizin?

Beata fasste ihren Mann am Oberarm und hielt ihn fest. »Vielleicht sollten wir der Polizei gegenüber ehrlich sein«, sagte sie. »Gerade eben haben sie uns überrumpelt. Da war es nicht möglich. Ich wollte nicht irgendwas sagen, solange ich nicht wusste, was du sagst und was nicht.«

»Das war gut so, Beata. Aber ich denke nicht daran, diesen beiden Polizisten die Karten auf den Tisch zu legen. Wozu? Dass sie ein Motiv haben und unsere Einrichtung bei einer Hausdurchsuchung komplett auseinandernehmen? Nein.« Er machte sich los und drehte sich zum See. Dicke Schneeflocken fielen zu Hunderten auf die schwarze Wasseroberfläche und lösten sich dort in

Nichts auf. »Die sollen endlich einmal ernsthaft nach Linda suchen und nicht ihre Zeit damit verschwenden, uns zu verhören und uns die Schuld für Elmas und Victors Tod in die Schuhe zu schieben.«

»Du hast nichts mit deren Tod zu schaffen, oder? Sag es mir bitte ehrlich, Jan!«

Jan drehte den Kopf zu seiner Frau. Seine Augen funkelten böse. Sollte er sie doch packen und in den See stoßen? Nur fünf Minuten, dann wäre alles vorbei.

»Beata ...«, setzte er an, als es hinter ihm knackte.

Er drehte sich um und blickte in ein bekanntes Gesicht.

»Was machst du denn hier?«, fragte er.

Beata hatte sich hinter ihn gestellt, als suche sie Schutz, und klammerte sich nun an Jans Arm. »Wer ist denn da?«

Hinter dem unerwarteten Besucher löste sich eine zweite Gestalt aus der Dunkelheit. »Hej Jan, hej Beata«, sagte sie. Es lag keine Freundlichkeit in ihrer Stimme.

Schneeflocken tanzten fröhlich durch die Nacht und ließen sich sanft auf den Mützen der vier Menschen, auf dem Weg und den Bäumen und Sträuchern ringsherum nieder. Weiß schimmerte es im fahlen Licht des Mondes, der kaum durch die Wolken dringen konnte. Eine friedliche, eine ruhige Nacht.

Der Lauf eines Jagdgewehrs hob sich schwarz vom weißen Hintergrund ab. Er richtete sich auf Jan Asmussen, der langsam die Arme hob, obwohl ihn niemand dazu aufgefordert hatte.

»Was ist denn nur los?«, fragte Beata. Ihre Stimme zitterte.

»Ich weiß es nicht«, sagte Jan.

»Ihr wisst es schon«, sagte der Gewehrträger. Dann gab er mit dem Gewehrlauf einen Wink in Richtung Wald. Jan Asmussen folgte, seine Frau Beata stolperte im Schlepptau hinterher.

33

»Dieser Asmussen geht mir nicht aus dem Kopf.« Wilhelmsson ließ ihr leeres Bierglas auf den Tisch krachen und gab dem Barkeeper ein Zeichen, dass sie ein weiteres wolle. »Selbst ins »The Roof« folgt er mir.«

Eva hatte Recht. In dieser schummrigen Bar mit den wackligen Tischen und noch baufälligeren Stühlen, in der Led Zeppelin, Metallica und die Beastie Boys aus den Boxen plärrten und das Bier für schwedische Verhältnisse zum Spottpreis über die Theke ging, hatten sie bisher immer alle Fälle hinter sich lassen können. Man öffnete die Türe, atmete die stickige und abgestandene Luft ein, nahm die schweigsamen Leute, die an der Bar und vereinzelt an den Tischen hockten, wahr und hatte vergessen. Den widerlichen Zeugen aus dem letzten Verhör, die Sackgassen, in denen sie feststeckten, den Streit mit Stina, den Druck, den Helland aufgebaut hatte – alles. Doch bei Jan Asmussen war es anders. Als hätten sie die Tür nicht ordentlich hinter sich geschlossen, als wäre er nach ihnen hereingekommen. Dort saß er nun am Nebentisch, die Glatze, die pulsierenden Adern an Stirn und Schläfe, das Boxergesicht, und grinste zu ihnen herüber.

»Er ist ein dreckiger Hund!«, sagte Eva in dem Moment, als der Wirt mit dem neuen Bier ankam und es vor sie auf den Tisch stellte. Er zog die Augenbrauen nach oben und schaute sie irritiert an. »Danke«, sagte Eva und lächelte ihr weißes Zahnpastawerbungs-Lächeln, woraufhin sich der Barkeeper wieder verzog.

»Es ist so offenkundig, dass er uns anlügt – oder uns zumindest etwas verschweigt«, fuhr sie fort. »Es macht mich wahnsinnig zu sehen, wie er mit uns spielt. Wahrscheinlich sitzt er gerade zwischen all seinen schweren Möbeln, die einen erdrücken wollen, und lacht sich ins Fäustchen, weil wir ihm nichts nachweisen können.«

»Wir werden morgen bei Måns Sahlin nachhaken und ihn fragen, ob Jan etwas von der Affäre seiner Frau mit Victor Fridberg hätte wissen müssen. Vielleicht kriegen wir ihn so. Ich habe jedenfalls das Gefühl, dass wir nur ein Zauberwort sprechen müssen, das irgendetwas in ihm auslöst, dann fällt die Fassade.«

»Im Fassadenbauen sind die Asmussens wahre Meister«, lachte Eva. »Jan, Beata, Karla. Alle haben ihre Abgründe, die wir aber hinter der makellos getünchten Außenseite nicht sehen können.« Sie nahm einen tiefen Schluck aus dem Glas, das bereits wieder zur Hälfte leer war, während Jacob noch das erste Bier vor sich stehen hatte, welches er kaum anrührte. Es schmeckte schal. Nun könnte man einwenden, schwedisches Bier schmecke immer schal, aber momentan würde auch ein tschechisches oder deutsches Bier so schmecken.

»Auch wenn Asmussen sich verdächtig verhält und er ein Motiv hätte, Victor etwas zuleide zu tun, so macht es nach wie vor keinen Sinn, dass er sein eigenes Enkelkind und ein weiteres, ihm unbekanntes Kind entführt«, sagte er, während Axl Rose sang: »Her hair reminds me of a warm safe place / where as a child I'd hide.«

»Hörst du«, fragte Eva und hielt beschwörend den Zeigefinger in die Höhe. »Vielleicht wird der Entführer durch die Kinder ja an etwas erinnert, etwas aus der Zeit, als er selbst Kind war.«

»Sweet child of mine«, plärrte Axl Rose weiter.

»Aber was sollte das sein?«, fragte Jacob.

»Es muss zwischen Olle Fridberg und Linda Asmussen eine Verbindung geben und die müssen wir finden.« Eva hatte sich nach vorne gelehnt und hielt das Glas mit einer Hand fest. In ihren Augen leuchtete neuer Tatendrang. »Beide gingen auf die gleiche Schule. Das könnte eine Verbindung sein. Doch ich bin mir sicher, dass es noch eine andere, eine schwerwiegendere gibt.«

»Where do we go?«, fragte Axl.

Jacob zog die Schultern langsam hoch und gab einen brummenden Laut von sich.

»Where do we go now?«, insistierte der Sänger von Guns n' Roses.

»Möglich. Das ist alles möglich«, seufzte Jacob. »Es ist zu vieles möglich, aber nichts sicher. Und es passt nichts zusammen.«

»Where do we go?«

Sie schwiegen, während The Clash Guns n' Roses ablösten und von London gerufen wurden. Am Nachbartisch wippten die Köpfe zweier Männer, die ihrer rebellischen Punkphase wohl bereits seit vielen Jahrzehnten hinterhertrauerten. Die Finger trommelten etwas ungelenk den Rhythmus mit. Sie redeten nicht miteinander, tranken Schnaps und wackelten mit den Köpfen.

Jacob hätte sich gerne zu ihnen gesetzt und mitgewippt und mitgetrunken und mitgeschwiegen. Stattdessen kam Eva auf ein anderes, aber genauso wenig erbauliches Thema zu sprechen:»Wie läuft's mit Stina?«

Jacob sog die Luft ein und hielt sie an, während er ernsthaft in Betracht zog, einfach aufzustehen und an den Nebentisch weiterzuwandern.

»Alles okay«, sagte er und blies die Luft stoßweise aus.

»Das kann alles bedeuten. Völlig beschissen, wunderbar oder eben okay«, grinste Eva.

Das könnte es bedeuten, und wenn er ehrlich war, traf es das ziemlich gut. Stina hatte im Sommer eine Affäre mit einem eingebildeten Kanulehrer gehabt, die sie zwar rasch wieder abgebrochen hatte. Aber das tat nichts zur Sache. Wenn man betrogen wird, ist es gleichgültig, ob nur kurz oder länger. Jacob spürte den Stachel noch immer. Er ertappte sich, wie er heimlich Stinas Handy nach Nachrichten von irgendwelchen Männern durchsuchte. Er missbrauchte seine Kinder als Spione, wenn er abends arbeiten musste. Und er fühlte, wie er ins Bodenlose unter sich schaute, wenn sie harmonisch als Familie zusammen waren und er ständig dabei dachte, wie es wäre, wenn er all das verlöre. Dann war der Schmerz über diese Aussicht größer als die Freude des Moments. Und dafür hasste er Stina. Aber noch viel mehr liebte er sie, die alles für ihn aufgegeben hatte, um hier in Arvika neu mit ihm anzufangen. Er liebte es, wie sie vertieft in ein Buch im Sofa saß und gedankenverloren umblätterte, wie sie Kalle und Siri über die Stirn strich, ehe sie abends die Lampe auf dem Nachttisch löschte, wie sie seine Hand nahm, wenn er morgens das Haus verließ, und flüsterte, dass er auf sich aufpassen solle.

Völlig beschissen, wunderbar, okay - Eva hatte seine Ehe absolut treffend beschrieben.

»Du bist wirklich gut.« Jacob nickte anerkennend, während Eva die Stirn runzelte und ihn zweifelnd anblickte.

Jacob dachte an Stina und daran, wie sie ihren Kindern kurz vor dem Einschlafen über die Stirn streichelte. Manchmal gab es noch einen Kuss hinterher. Dann sagten die Kinder ihrer Mama, dass sie sie lieb hätten, und die ganze Welt war in diesem Moment in Ordnung.

Er sah die schlafende Siri vor sich. Oder las sie heimlich unter der Bettdecke »Ronja Räubertochter«? Mit einem Male - Jacob wusste nicht, woher sie kam - kroch eine Angst in ihm herauf.

Ein kleines Fünkchen im Unterleib zunächst, doch es wurde größer, griff um sich, erfasste den Magen und die Lungen und das Herz. Sie suchten nach einer Verbindung zwischen Olle und Linda. Beide gingen auf dieselbe Schule. Auf die Schule, die auch Siri besuchte. Er wusste, dass noch vierhundert weitere Schüler auf der Schule waren, dass der Zusammenhang, den er gerade herstellte, haarsträubend und völlig irrational war. Doch die Angst ließ sich davon nicht vertreiben. Sie war da und wurde immer stärker. Der Atem ging flach, die Nackenmuskeln verhärteten sich.

»Ist alles in Ordnung?«, fragte Eva. »Du bist ganz blass.«

»Es ist alles gut.« Jacob bekam fast keine Luft. »Ich muss gehen. Ich muss zu Stina und den Kindern.« Hastig stand er auf. »Zahlst du? Danke.« Er eilte zur Garderobe, holte seinen Mantel, winkte Eva zum Abschied und war verschwunden. Zurück blieb Wilhelmsson, die sich vornahm, so schnell nicht wieder nach dem Zustand der Ehe von Stina und Jacob zu fragen. Offenbar war es nicht zum Besten mir ihr gestellt. »Die Rechnung geht auf mich«, murmelte sie. »Bitte. Gern geschehen. Immer ein Vergnügen, dich einzuladen.« Sie zückte die Kreditkarte, zahlte und ging. Zumindest verfolgte Asmussen sie nicht länger und ließ sie in Ruhe.

34

Woher war diese plötzliche Angst gekommen? Vom imaginären Asmussen am Nebentisch war sie herübergekommen und hatte langsam Besitz von ihm ergriffen, war von den Zehen heraufgekrochen, hatte sich auf seinen Magen, auf sein Herz und schließlich auf seinen Verstand gelegt. Kalt wie die Schneedecke, die hübsch und tödlich die Giebel, Laternen, Bäume und Straßen wie eine Zuckerschicht überzogen hatte.

Jacob fröstelte. Tief steckte er die Hände in die warmen Manteltaschen, er zog den Kopf ein und eilte los. In der Innenstadt waren kaum mehr Menschen unterwegs, obwohl es erst kurz nach zehn Uhr an einem Freitagabend war. Die wenigen Passanten hatten die Mantelkrägen nach oben geklappt und stiefelten mit gesenkten Köpfen an ihm vorbei. Am Marktplatz tauchten die Laternen die stattlichen Steinhäuser in warmes Licht, das selbst dem Schnee die Kälte nahm. Irgendwo am anderen Ende des Platzes stieg eine Party. Leute grölten, Musik wummerte aus einem Fenster. Man hätte die winterliche Abendstimmung genießen können, wenn man kurz innehielt, das Licht wahrnahm, die feiernden Menschen im Hintergrund hörte. Wenn man Zeit hätte. Aber er hatte keine Zeit. Er konnte nicht innehalten. Er musste nach Hause und sich vergewissern, dass es seinen Kindern gut ging. Die Sorge ließ ihn schneller gehen, über den Marktplatz hinweg, noch zwei Querstraßen, dann hatte er das Präsidium erreicht, wo er das Auto aus der Tiefgarage holte und nach Dottevik, nach Hause raste.

Er wusste, wie irrational seine Angst war. Wäre Siri verschwunden, hätte Stina schon längst besorgt angerufen. Es gab keinen Grund, sich Sorgen zu machen. Keinen Grund. Keinen Grund. Keinen Grund!

Aber es waren zwei Kinder aus Siris Schule verschwunden. Ein Junge sogar aus ihrer Lerngruppe. Und sie hatten keine Ahnung, weshalb es genau diese beiden Kinder erwischt hatte. Was würde er machen, wenn Siri plötzlich nicht mehr auftauchen würde? Könnte er so beherrscht sein wie Karla Asmussen? Würde er so stark sein wie die zerbrechlich wirkende Viola Fridberg?

Entweder er würde sich betrinken oder er würde Paul Helland täglich, ach was, stündlich auflauern und ihn nach dem neuesten Stand fragen. Oder beides. Wahrscheinlich.

Er biss sich in die Faust, öffnete das Fenster, damit kalte Winterluft ihn kühlen konnte. Dann bog er von der Hauptstraße nach Dottevik ab, übersah beinahe einen Radfahrer, hupte, weil dieser weder Licht noch reflektierende Kleidung anhatte, ließ sich vom Radler irgendeine Beleidigung hinterherschreien. Dann war er da. Stinas Begrüßung verhallte irgendwo im Nirgendwo. »Hej Jacob, wie war dein Arbeits ...?«

Jacob eilte die Treppen nach oben, nahm immer zwei Stufen auf einmal. Er riss die Tür zu Kalles Zimmer auf. Nur der Wuschelkopf ragte unter der Bettdecke herauf, er bewegte sich leicht, Jacob hörte ein leises Schmatzen, dann war wieder Ruhe. Vorsichtig schloss er die Zimmertür und ging zu Siris Zimmer. Auf der Treppe tauchte das fragende Gesicht von Stina auf. Jacob ignorierte es. Er öffnete die Tür. Die Nachttischlampe sowie die Stehlampe im Eck brannten. Die Bettdecke war zurückgeschlagen, das Bett leer.

Mit angezogenen Beinen und im Schlafanzug saß Siri im Sessel unter der Stehlampe, in ihren Händen das Buch »Ronja Räubertochter«. Sie schaute kurz auf, als ihr Vater hereinkam, dann vertiefte sie sich sofort wieder in ihr Buch. Jacob stürmte auf sie zu und drückte sie fest an sich. So lange, bis Siri ihn von sich wegstieß, ihn verärgert anschaute und dann sagte: »Mattis hat gerade Birk entführt und Ronja liefert sich den Borkaräubern aus. Da darfst du doch nicht stören, Papa!«

Tagebuch 8. April

Der böse Wolf kommt. Mit gelben Augen funkelt er mich an. Er fletscht die Zähne. Sein Körper ist ausgezehrt von einem langen Winter. Jetzt hat er Hunger. Und er hat nur ein Ziel: mich zu fressen.

Es ist die Strafe. Sie haben ja immer gesagt, dass der böse Wolf komme, wenn ich nicht brav sei. Wenn ich unser Geheimnis nicht für mich behalten könne. Wenn ich redete. Jedes Mal haben sie das gesagt. Sie meinten, dass sie mich warnen möchten, weil sie nur mein Bestes wollen. Weil sie es nicht mit ansehen könnten, wie der böse Wolf sich über mich hermachen würde, seine spitzen weißen Zähne in mein junges Fleisch, mein Blut über mein Kleidchen. So haben sie es gesagt.

Aber ich habe unser Geheimnis verraten und habe geredet, obwohl ich das nicht hätte tun dürfen. Der böse Wolf macht mir keine Angst, habe ich gedacht. Wenn er kommt und mich frisst, dann ist es schmerzhaft. Aber ein schneller Tod ist besser als ein langer quälender. Das weiß ich, seit Mumpert gestorben ist. Karlas Hund hatte Krebs, das habe ich dir ja berichtet, liebes Tagebuch. Und der Tod war lang und schmerzhaft und für alle eine Qual. Wie wäre es, wenn es ganz schnell gehen würde? War der Tod dann schlimm?

Nein, ich hatte keine Angst vor dem bösen Wolf. Deswegen habe ich geredet, aber Beata hat mir nur gesagt, dass ich still sein und solche Sachen nicht behaupten soll. Das war alles. Jetzt ist alles dunkel. Denn nichts hat sich geändert. Und der böse Wolf wird kommen. Ich höre schon, wie sich die Tür unten öffnet. Warum sind Mama und Papa heute weg? Ich habe sie angefleht, dass sie nicht weggehen sollen. Aber niemand hört auf mich.

Weißt du, wo du gerade liegst, liebes Tagebuch? Mit mir unter meiner Decke. Ich sehe fast nichts, wenn ich schreibe. Vielleicht sehen sie mich auch nicht. Denn ich weiß jetzt, wer der böse Wolf ist. Kein Tier. Sie sind es. Immer sie. Sie, sie, sie! Und sie kommen. Die Treppen nach oben. Ich hoffe, es geht schnell. Bleib bei mir, Tagebuch.

35

Damit hatte er nicht gerechnet. Punkt acht Uhr betrat Jacob Rhodén das Präsidium. Selbst an einem Werktag war dies für ihn eine unchristliche Zeit, an einem Samstag noch mehr. Aber er hatte keine Ruhe gefunden, war seit fünf Uhr wach gelegen, hatte sich im Bett gewälzt und war schließlich aus den Federn gekrochen, um sich an den Laptop zu setzen. Müde und ohne ein bestimmtes Ziel hatte er Gesprächsprotokolle durchgescrollt, Fotos begutachtet und gegrübelt. Irgendwo mussten sie etwas übersehen haben. Irgendwo musste es eine Verbindung zwischen all diesen Fällen geben.

Dann war er ins Präsidium aufgebrochen, weil er spürte, dass er jetzt präsent sein musste. Heute würde etwas geschehen, sie würden weiterkommen. Sie mussten weiterkommen. Stina war natürlich anderer Meinung, was er ihr, so ehrlich musste er zu sich sein, nicht verübeln konnte. Und auch Kalle und Siri würden nicht begeistert reagieren, wenn sie irgendwann aus den Betten krochen und feststellten, dass ihr Vater mal wieder nicht da war.

Er hatte gedacht, er könne in aller Ruhe einen Kaffee trinken, dabei über den leeren Flur wandern und dem beruhigenden Echo seiner Schritte folgen. Doch als er die Tür zur Kaffeeküche öffnete, blickte er in die Gesichter von Wilhelmsson, Börjesson, Skog und Nilsson, die angesichts seines frühen Auftauchens mindestens ebenso überrascht waren wie er.

»Guten Morgen«, grinste Skog ihn an. Er sah wieder etwas besser und fitter aus.

»Na, schon deine Morgenrunde gelaufen, ehe du hergekommen bist?«, feixte Wilhelmsson.

Rhodén brummte etwas Unverständliches, öffnete den Schrank, in dem sich die Tassen stapelten, nahm eine heraus und stellte sie unter den Ausguss der Kaffeemaschine. »Du hast wahrscheinlich schon wieder zehn Kilometer in den Beinen, was?«

»Vierzehn.« Wilhelmsson trat neben ihn und musterte ihn. »Ist irgendetwas? Du siehst, nimm's mir nicht übel, ziemlich beschissen aus.«

Jacob strich sich über die unrasierten Wangen. Die Haut fühlte sich trocken und rau an. Am Morgen hatte er im Spiegel kleine rote Äderchen entdeckt, die sich überall unterhalb der Haut zeigten.

»Der Fall lässt mir einfach keine Ruhe. Die Fälle. Ich lag die halbe Nacht wach.« Rhodén griff nach der Tasse und sog den wohltuenden Geruch des Kaffees ein.

»Dann geht's dir nicht anders als uns. Sara ist schon seit sechs Uhr hier – an ihrem freien Tag.«

Die Tür öffnete sich und Caroline Georgieva kam mit einem Notizzettel herein. »Das könnte vielleicht ein Ansatzpunkt sein«, sagte sie und hob den Zettel in die Höhe. »Eine Nachbarin von Viola Fridberg hat in dem Zeitfenster von Olles Verschwinden ein Wohnmobil an der Ecke von Tingsgatan und Hamngatan gesehen, das dann eilig weggefahren ist.«

»Ein Wohnmobil? Kein alter, weißer Volvo?«

»Leider nein.«

»Gib her«, sagte Rhodén und nahm Georgieva den Zettel aus der Hand. »Ich übernehme das.« Der Spaziergang dorthin würde ihm guttun. Außerdem war dort nicht so viel Trubel wie hier im Präsidium.

Die Sonne hatte sich bereits mühsam an den wolkenlosen Himmel geschoben. Es war klirrend kalt, doch es versprach, ein schöner Tag zu werden. Der frisch gefallene Schnee der vergangenen Nacht knirschte unter seinen Schuhen, während Atemwölkchen vor seinem Mund standen. Die Hände tief in den Taschen seines Mantels vergraben marschierte er die Tingsgatan mit ihren hässlichen zwei- und dreigeschossigen Wohnblocks entlang. Drei Frauen in mittlerem Alter und mit deutlichem Übergewicht schoben Kinderwagen vor sich und zogen Hunde hinter sich her. Als Jacob sich auf dem engen Gehsteig an ihnen vorbeizwängte, hörte er die eine zu den beiden anderen zischen:

»Das ist der Kommissar aus der Zeitung.«

Rhodén ging zügig weiter und tat so, als habe er nicht gehört, was sie gesagt hatten. Auf ein Gespräch mit diesen drei Wuchtbrummen hatte er noch weniger Lust als auf Novemberregen in Arvika.

»Zeit für Spaziergänge scheint er zu haben«, flüsterte eine der Frauen so laut, dass sie ihn hören musste. »Und die verschwundenen Kinder lässt er im Stich.«

Rhodén atmete schwer. Wut stieg in ihm auf. Er wollte herumfahren und die Hunde auf ihre Besitzerinnen hetzen. Aber er besann sich. Es würde ohnehin nichts bringen, sich mit diesen Menschen, die außer den Klatschblättern an den Kiosken nichts lasen, auseinanderzusetzen. Außerdem wirkten die Hunde viel zu träge, um sich von irgendjemandem aufhetzen zu lassen.

Rasch eilte er weiter. Später würde er die neueste Ausgabe der »Aftonposten« kaufen, um zu sehen, zu welchen reißerischen Schlagzeilen sie sich verleiten hatten lassen. Oder aber er nahm Rücksicht auf sein Herz und sein Haar, das sich an den Ansätzen ohnehin schon grau färbte, und ließ Klatschblatt Klatschblatt sein. Sollten sie sich doch das Maul zerreißen.

Er wünschte sich Wilhelmsson an seine Seite. Sie hätte ihrem Zorn mit derbsten Flüchen freien Lauf gelassen, hätte über die drei Damen, ihre Säuglinge und ihre Kanalratten wüst geschimpft, bis der Ärger verraucht gewesen wäre und die Situation sich ins Komische gewendet hätte.

Er bog rechts in die Hamngatan ein und steuerte den ersten der grauen Wohnblocks auf der linken Seite an. Das Haus, in dem auch Viola Fridberg und bis gestern ihr Sohn Olle lebten. Dreimal musste er klingeln, dann hörte er den Summer, drückte die Eingangstür auf und eilte die Treppen hinauf in den zweiten Stock. Eine Tür war geöffnet. In ihr stand eine gebückte alte Frau mit schlohweißen Locken und einem verschmitzten Lächeln zwischen unzähligen Falten.

»Frau Skoblad?«, fragte Rhodén.

»Die bin ich. Kommen Sie herein, Herr Kommissar!« Damit drehte sie sich um und zuckelte im Schneckentempo durch einen engen Flur ins Wohnzimmer.

»Sie sehen aus, als bräuchten Sie einen Kaffee.« Die alte Frau nestelte aus einer niedrigen Kommode ein gehäkeltes Plätzchen, das sie mühsam auf dem Couchtisch ausbreitete.

»Gerne«, sagte der Kommissar. Erneut fuhr er sich mit der Hand über die Wange, die nach wie vor stoppelig und rau war.

Sein Blick wurde von einem überdimensionalen Kreuz gefangen, das über dem Sofa hing. An der Wand neben der Tür entdeckte Jacob ein Madonnengemälde. Darunter war ein schwarzer Rosenkranz angebracht.

»Katholisch?«, fragte Rhodén und wunderte sich. Er hatte nicht einen einzigen Katholiken in seiner Bekanntschaft. Die meisten waren Atheisten oder mehr oder weniger überzeugte Mitglieder der lutherisch-schwedischen Kirche. In Schweden gab es mehr Muslime als Katholiken. Wahrscheinlich waren sogar die Zeugen Jehovas stärker vertreten. Und wenn jemand katholisch war, dann waren das Zuwanderer aus Polen, Spanien oder Afrika. Aber doch nicht eine alte schwedische Frau.

Frau Skoblad war Rhodéns Blick zum Madonnengemälde und dem darunter hängenden Kranz gefolgt. Ein schepperndes Lachen drang aus ihrer Kehle. »Das ist ein Komboskini, die orthodoxe Glaubensschnur, kein Rosenkranz. Wenngleich beide in etwa dieselbe Funktion haben. Nein, ich bin also nicht katholisch, sondern orthodox. Aus Armenien, wenn Sie es genau wissen wollen. Aber ich lebe fast mein ganzes Leben hier in Schweden. Der Glaube ist das Einzige, was mir aus meiner Heimat geblieben ist.«

Rhodén nickte und trat ans Fenster. Er wollte das Thema wechseln. Gespräche über Glauben missfielen ihm aus irgendwelchen Gründen. Er wusste selbst nicht genau, weshalb das so war. Vielleicht weil er nicht verstehen konnte, wie Menschen an irgendetwas, das nicht ansatzweise beweisbar, sondern im Gegensatz höchst skurril war, glauben konnten. Oder weil er diese Menschen um genau diese Fähigkeit beneidete.

Er schob die Gardinen zur Seite und blickte auf die Straße hinunter. Ein einzelnes Auto fuhr langsam vorbei, ansonsten regte sich nichts da draußen auf der winterlichen Straße. Die alte Frau war in die Küche gegangen und werkelte dort an der Kaffeemaschine.

»Von hier oben haben Sie also ein Wohnmobil gesehen?«, rief er über die Schulter in die Küche.

Zuerst hörte er nur das Geklapper von Tassen und Schranktüren, dann dazwischen ein »Ja«, ehe das Geschepper wieder einsetzte. Rhodén ging in die Küche und fragte, ob er helfen könne, was Frau Skoblad energisch zurückwies. Er solle sich lieber auf das Sofa setzen und dort warten, schließlich sei er ihr Gast. Also tat er, wie ihm befohlen. Er nahm auf der harten Sitzfläche Platz und roch den Geruch von altem Mensch, der sich in die Polster gefressen hatte. Er machte ihm Angst, jedes Mal, wenn er ihn wahrnahm. Würde er später auch einmal so riechen und die Ankündigung seines baldigen Todes vor sich hertragen?

Frau Skoblad kam mit einem Tablett herein und stellte Kaffee, Tassen, Milch und Zucker auf den Tisch. »Die Erinnerung an das Wohnmobil kam erst, als ich gestern Abend mit Viola gesprochen habe. Davor hatte ich mir keine Gedanken darüber gemacht. Da stand ein Wohnmobil. Na und?«

Sie schenkte ein, schob die Tasse mit zittrigen Händen zu Rhodén und setzte sich in den Sessel, der sich neben dem Sofa befand. »Dann erzählte mir Viola, was geschehen ist. Das ist grässlich, so grässlich, finden Sie nicht? Aber Gott wird der Gerechtigkeit schon zum Sieg verhelfen.«

Rhodén nickte und stimmte zu, dass es grässlich war, wenn ein kleines Kind verschwand, wenngleich er sich nicht sicher war, ob es Gott oder nicht doch eher die Polizei sein würde, die für Gerechtigkeit sorgen würde. Wenn dies überhaupt noch möglich war. Wenn Olle nicht mehr lebte, dann konnten sie den Täter zwar schnappen und hinter Schloss und Riegel bringen, für Gerechtigkeit wäre damit aber nicht gesorgt. Starben Unschuldige, dann hatte die Gerechtigkeit schon verloren.

»Sie sagte«, setzte Frau Skoblad fort, »dass die Polizei für jeden Hinweis dankbar sei und dass jede Information, jede Beobachtung wichtig sein könnte. Ist das so?«

Rhodén nickte und wartete, bis die alte Frau weitererzählte.

»Naja, und dann kam mir wieder, dass ich mich am Morgen über das Wohnmobil gewundert hatte. Mitten im Winter. Es stand dort unten mit laufendem Motor. Das weiß ich noch. Und das mehrere Minuten lang, obwohl es die Bestimmung gibt, dass innerhalb des Ortes der Motor nur maximal eine Minute im Leerlauf an sein darf. So ist es doch, nicht wahr?«

»So ist es.« Rhodén nickte ihr zu, damit sie fortfuhr.

»Ich bin dann wieder vom Fenster weg, um mir einen Kaffee zu machen. Vom Küchenfenster schaute ich erneut nach unten, um zu sehen, ob der Motor endlich aus war. Aber da fuhr das Wohnmobil ziemlich schnell weg, bog nach links in die Tingsgatan und war verschwunden.«

»Ist Ihnen sonst noch etwas aufgefallen?«

»Nein.« Die alte Frau schüttelte den Kopf. »Kurz darauf kam Viola auf die Straße. Sie wirkte gehetzt und hatte etwas in der Hand, etwas Farbiges. Sie schaute sich nach allen Seiten um und ging dann nach rechts in die Tingsgatan.«

Um Olle das Pausenbrot nachzutragen, dachte Rhodén. Aber der saß zu diesem Zeitpunkt bereits in einem Wohnmobil und fuhr damit in die entgegengesetzte Richtung davon. War es so?

»Wann haben Sie das Wohnmobil zum ersten Mal wahrgenommen? Und konnten Sie jemanden erkennen? Den Fahrer? Eine weitere Person?«

»Das musste so gegen halb acht gewesen sein. Das Wohnmobil parkte auf der anderen Straßenseite mit der Fahrerseite zum Gehsteig. Daher konnte ich nur den Beifahrersitz sehen. Da saß auf jeden Fall jemand. Aber fragen Sie mich nicht, wie die Person aussah. So genau habe ich nicht hingeschaut.«

»War es ein Mann oder eine Frau?«

»Das weiß ich nicht.«

»Aber es saß jemand da. Ganz sicher?«

»Ganz gewiss«, sagte Frau Skoblad und nickte energisch.

36

»Warum wird ein älteres Paar ermordet und am Tag darauf verschwindet ihr Enkelkind spurlos? Es muss irgendwo eine Verbindung geben, einen Link. Dass der Mord an Elma und Victor und das Verschwinden Olles nichts miteinander zu tun haben, kann ich mir beim besten Willen nicht vorstellen.« Jacob Rhodén tigerte in seinem Büro auf und ab, während seine Kollegin Eva Wilhelmsson mit überschlagenen Beinen auf dem Besucherstuhl saß und ihm beim Wandern zuschaute. »Das wäre zu viel des Zufalls. Und daran glaube ich nicht.«

»Die Fridbergs sind völlig unauffällig«, sagte Wilhelmsson. »Es gibt in ihren Lebensläufen keine Ungereimtheiten. Außer Måns Sahlin sagt niemand etwas Schlechtes über sie. Wir finden einfach keinen Anknüpfungspunkt.«

»Måns. Er hat ein Motiv.«

»Aber warum jetzt? Weshalb hat er sich nicht schon früher gerächt, als die Wunde frisch war?«

»Weil erst der Plan in ihm reifen musste. Weil er Zeit zur Vorbereitung brauchte.«

»Und wieso sollte er Olle Fridberg entführen?«

Rhodén schwieg. Wieder waren sie an diesem Punkt angekommen, an dem sie keinen Zentimeter weiterkamen, sondern sich immerzu nur im Kreis drehten. Wieder und wieder und wieder und wieder, bis es ihnen schwindlig werden und sie jeglichen Überblick verlieren würden.

»Bei Jan Asmussen ist es dasselbe«, sagte der Kommissar. »Er hat einen Grund, Victor Fridberg zu hassen, aber keinen, Elma zu töten und Olle zu entführen. Das macht keinerlei Sinn.«

Wilhelmsson und Rhodén seufzten gleichzeitig. Sie führten dasselbe Gespräch wie gestern Abend, wie gestern Nachmittag, und wenn sie nicht rasch weiterkommen würden, dann würde sich diese Konversation noch unzählige Male wiederholen.

Doch darauf hatte Jacob Rhodén keine Lust.

Vor seinem Schreibtisch blieb er stehen, er starrte die Bahnhofsuhr mit den großen Zeigern über der Tür an, dann ließ er seine Faust auf den Tisch krachen, dass dieser erzitterte. Es wurde still. Nur die Uhr tickte leise weiter.

»Woran arbeiten die anderen?«, fragte er tonlos.

»Skog und Börjesson überprüfen die Bücher des Schreinereibetriebs der drei Männer. Vielleicht finden sie irgendeine Ungereimtheit, die darauf hinweist, dass Victor Fridberg tatsächlich Gelder veruntreut hat.«

Rhodén seufzte erneut. Sie mussten jede Spur verfolgen, denn sie hatten nicht viele. Aber was sollten Skog und Börjesson schon herausfinden? Sahlin hasste Fridberg, weil er sich sicher war, dass der Betriebswirt den Ruin des Betriebs verschuldet hatte. Ihm war es egal, ob es tatsächlich so war oder nicht. Wenn er Fridberg getötet hatte, dann änderte sich nichts daran, ob der Hass begründet war oder nicht. Außerdem wäre ihnen im Fall des verschwundenen Olle damit kein bisschen geholfen.

Caroline Georgieva kam herein und berichtete, dass sie mit Måns Sahlin telefoniert hatte. Sie hatte interessante Neuigkeiten. Denn Sahlin hatte ausgesagt, dass Jan Asmussen sehr wohl von der Affäre zwischen Beata und Victor Bescheid wusste. Angeblich hatten die beiden vor etwa einem Monat miteinander telefoniert, wobei Beata erzählt hatte, dass sie ihrem Mann endlich die Affäre gebeichtet hätte. Auch wenn sie zwanzig Jahre her war, ließ die im Raum stehende Lüge Beata Asmussen nie Ruhe, bis sie sich endlich durchrang, reinen Tisch zu machen. Wie Jan reagiert hatte, davon konnte Sahlin nichts berichten. Beata habe aber wohl angedeutet, dass er außer sich vor Wut gewesen sei.

Wilhelmsson lehnte sich in ihrem Stuhl zurück und grinste. »Und damit konfrontieren wir ihn jetzt. Mal sehen, wie er reagiert.«

»Gut gemacht, Caroline«, sagte Rhodén. Er ging zum Garderobenhaken, nahm den Mantel und öffnete die Tür zu seinem Büro. »Komm, Eva, wir haben etwas zu tun!«

37

Es war niemand zu Hause. Wilhelmsson stand auf der zum See gewandten Terrasse und schaute durch die gläserne Tür ins Innere. Nichts regte sich im Wohnzimmer und in der Küche. Rhodén kam um die Hausecke gebogen und trat neben die Inspektorin.

»Der rote Volvo steht in der Garage«, sagte er. »Vor der Haustür sind zudem Fußstapfen im Schnee zu erkennen. Aber nur noch schwach, da sie beinahe wieder komplett zugeschneit worden sind. Sie müssen also schon vor einigen Stunden entstanden sein.«

Eva wandte sich von der Tür ab und blickte zum See hinunter. Die Wälder um das Gewässer herum waren schwarz und weiß, darüber strahlte ein blauer Himmel, der auch das Wasser in kräftiges Blau tauchte. Auch das konnte Värmland im November sein. Und so würde es in den kommenden Monaten weitergehen. Die norwegischen Berge hielten die regenreichen Wolken, die sich über dem Atlantik vollgesogen hatten, auf, was dazu führte, dass es auf der norwegischen Seite zu viel Niederschlag kam, während östlich des Gebirges kaum mehr Wolken ankamen. Es würde von nun an so kalt werden, dass der Schnee erst wieder im März zu schmelzen begann. Hin und wieder würde es schneien, und ansonsten würden die Tage zwar nur kurz, dafür aber intensiv von einer strahlenden Sonne erhellt werden.

»Die beiden gehen doch nicht ohne Auto außer Haus«, sagte Rhodén, während Atemwölkchen vor seinem Mund standen. »Beata Asmussen ist nicht mehr fähig, eigenständig irgendwohin zu gehen. Sie muss gefahren werden.«

»Ich rufe Karla an. Vielleicht hat sie ihre Eltern abgeholt«, sagte Wilhelmsson und entfernte sich mit ihrem Handy.

Jacob trat ans Geländer der Veranda und schob den Schnee, der darauf liegen geblieben war, zusammen. Die Handschuhe hatte er mal wieder zu Hause vergessen, dennoch formte er mit den Händen einen Schneeball und wog in hin und her. Die Kälte kroch in seine Finger, doch er fror nicht. Im Gegenteil spürte er, wie sie ihn erfrischte, die Gedanken schärfte. Er holte weit aus und schleuderte den Schneeball den leichten Abhang hinunter. Beinahe bis zur Straße, die sich wie eine schwarze Schlange durch die weiße Landschaft zog.

Samstag.

Das war eigentlich der Tag, an dem er solche Dinge mit seinen Kindern machen sollte: Schneebälle werfen, Schlitten fahren, im Schnee herumtollen, sich hineinwerfen und Engel formen. Bald würden die Seen gefrieren und alle würden ihre Tourenschlittschuhe herauskramen, auf deren langen Kufen man kilometerlange Ausflüge machen konnte. Mit den Kindern, mit der Familie sollte er so etwas machen. Stattdessen stand er mit seiner Kollegin vor dem Haus eines Verdächtigen und warf Schneebälle den Hang hinunter. Er schob weiteren Schnee zusammen und schleuderte dem ersten Schneeball einen zweiten hinterher.

»Karla weiß von nichts«, hörte er Wilhelmsson hinter sich. »Sie hatte gestern das letzte Mal mit ihnen Kontakt.«

»Wo sind sie dann?«

Wilhelmsson trat neben ihn ans Geländer. »Lust auf einen Spaziergang um den See?«

»Jetzt?« Rhodén schaute seine Kollegin entgeistert an. Das konnte sie nicht ernst meinen.

»Beata meinte gestern zu mir, dass sie täglich einmal um den See spazieren würden. Immer in die gleiche Richtung, damit sie nicht durcheinanderkomme, weil sie doch kaum mehr etwas sieht. Wenn wir also in die entgegengesetzte Richtung gehen, dann begegnen wir ihnen vielleicht.«

»Wenn sie überhaupt spazieren sind«, murrte Rhodén.

»Ein Versuch ist es wert«, sagte Wilhelmsson, nahm ihren Kollegen an der Hand und zog ihn bestimmt hinter sich her.

Der Spazierweg war noch nicht geräumt. Auf den Parkbänken, die in regelmäßigen Abständen am Wegrand standen, balancierten kleine Schneewände auf der schmalen Kante der Lehne. Von den tief hängenden Ästen fielen schwere Tropfen, die Löcher in die Schneedecke bohrten. Ein Eichhörnchen huschte verzweifelt zwischen Bäumen und Sträuchern umher und suchte vergebens nach seinen Vorräten. Krähen kreisten über dem Ufer und störten mit ihrem Krächzen die winterliche Ruhe. Schwarz hoben sie sich vor dem blauen Himmel ab.

Es waren kaum Fußspuren im knöcheltiefen Schnee zu entdecken. Nur wenige hatten sich so früh am Morgen herausgewagt, um den ersten schönen Wintertag zu genießen. Jacob sog die kalte Luft tief ein und spürte, wie die Lungen stachen, als sie so unvermittelt mit den eisigen Temperaturen konfrontiert wurden.

»Du strahlst?« Eva ging neben ihm und lächelte ihn an.

»Ja«, sagte Jacob. »Es ist schön hier. Es lässt einen beinahe den nassgrauen November vergessen, den wir vor wenigen Tagen hatten. Wenn die Winterszeit so wie jetzt ist, dann lässt es sich hier tatsächlich aushalten.«

Nur die Schuhe verrieten, dass er in Värmland nach wie vor nicht richtig heimisch geworden war. Die lacklederenen Halbschuhe boten kein bisschen Schutz vor der Kälte und ließen ihn an den Füßen erbärmlich frieren. In Stockholm hatte er bei seiner Arbeit nie durch Tiefschnee gehen müssen. Nun war er bereits seit drei Jahren in Arvika, doch in vielen Dingen tickte er nach wie vor wie ein Hauptstädter.

»Von den Asmussens keine Spur«, sagte Eva. Sie wirkte enttäuscht.

»Vielleicht ja doch«, sagte Rhodén, als sie einige Meter weitergegangen waren. »Sieh dir die Spuren an!«

Er zeigte an den Rand des Weges, dorthin, wo der Wald begann. Zwischen den Bäumen lag weniger Schnee, aber es war auch weniger Neuschnee gefallen, der die Spuren verwischte und verschwinden ließ. Deutlich waren die Abdrücke zweier Menschen zu sehen, die den Weg hier offensichtlich verlassen hatten, um in den Wald zu gehen. Sie folgten der Spur einige Schritte, als Wilhelmsson ihren Kollegen eilig zu sich winkte.

»Schau, da!« Sie flüsterte aufgeregt, als drohe von irgendwoher Gefahr. Sie zeigte hinter einen Baum, wo der Schnee platt gedrückt war. »Da muss jemand gestanden und an dieser Stelle auf- und abgegangen sein.«

»Jemand hat gewartet«, sagte Rhodén. »Wenn du dich dort hinstellst, wo der Schnee niedergetreten ist, dann hast du den Weg ideal im Blick, man sieht dich jedoch nicht vom Weg aus.«

»Hat ihnen jemand aufgelauert?«

Rhodén zuckte mit den Schultern und ging zurück zur Spur, die vom Weg in den Wald führte. »Das sind nicht nur zwei Personen gewesen. Hier gesellen sich zwei weitere dazu. Sieh nur, Eva! Diese zwei führen von genau diesem Baum hierher und dann gehen vier Spuren tiefer in den Wald.«

Er blickte zwischen den Nadelbäumen hindurch ins Gehölz. Dicht standen die Bäume und ließen nur wenige Sonnenstrahlen hindurch. Einige Meter weiter hinten wurde der Schnee immer spärlicher, ehe er schließlich ganz verschwand. Auch die Schneeflocken konnten hier nicht mehr durchdringen. Auf einmal fröstelte es ihn, nicht mehr nur an den Füßen, sondern am ganzen Körper. Der düstere Wald wirkte feindselig, er beobachtete die Polizisten, lauerte. Rhodén tastete nach seiner Pistole und fühlte die Sicherheit des Griffs. Langsam ging er weiter, winkte Wilhelmsson hinter sich her, ohne dabei zu sprechen. Jedes Wort wäre zu laut gewesen. Vorsichtig bückte er sich unter den Zweigen der Nadelbäume hindurch. Nirgends regte sich etwas, der Wald lag wie tot da. Er war tot. Nur das Krächzen der Krähen war über ihnen zu hören.

Er schob einen Zweig zur Seite und zuckte heftig zusammen, als vor ihm drei der schwarzen Vögel schreiend und zeternd aufflatterten und zwischen den Baumstämmen das Weite suchten. Und dann sah er sie.

»Eva!«, stammelte er atemlos. »Ruf Berg! Er soll augenblicklich herkommen. Und er soll Nilsson und Georgieva mitbringen.«

38

Mikael Berg, der Leiter der technischen Abteilung, fuhr sich nervös durch das struwwelige Haar. Er war aufgestanden, streckte nun den buckeligen Rücken durch, der davon auch nicht gerader wurde, und ließ die Lippen flattern. Der Anblick der beiden Toten setzte auch dem erfahrenen Spurensicherer sichtbar zu. Berg war blass.

»Da war eine Menge Zorn im Spiel«, raunte er zu Rhodén, der mindestens ebenso blass neben ihm stand.

Wilhelmsson kam vorsichtig näher. Sie wankte, doch ging sie wieder sicherer, nachdem sie sich mehrfach übergeben hatte, als sie Jan und Beata Asmussen gefunden hatten. Das eiskalte Seewasser, mit dem sie ihr Gesicht gewaschen hatte, sorgte dafür, dass etwas Farbe in ihre aschfahlen Züge zurückgekehrt war.

»Wer macht so etwas?«, sagte sie mit belegter Stimme.

Die beiden Männer schwiegen. Ja, wer machte so etwas? Berg hatte Recht: jemand, der eine ungeheure Wut in sich hatte.

»Der Mörder will uns etwas sagen.« Rhodén trat näher an die beiden Leichen heran und gab dem Polizeifotografen einen Hinweis, dass er auch die Schnittstelle, an der der Kopf abgetrennt worden war, ablichten sollte.

Berg und Wilhelmsson nickten. Hier war nicht nur ein Doppelmord geschehen. Wie die Toten angeordnet waren, darin lag eine Botschaft.

»Was ich sicher sagen kann«, Berg kniete sich wieder auf den hartgefrorenen Boden neben die Leichen, »ist, dass sie diese Qualen nicht bei lebendigem Leib erleiden mussten. Sie wurden zuerst erschossen. Das Herz hatte bereits aufgehört zu schlagen, als dem Mann der Penis und der Frau der Kopf abgetrennt worden war. Ansonsten wäre der Blutverlust deutlich höher.« Er deutete auf die Einschusslöcher, die Jan und Beata Asmussen im Brustbereich aufwiesen. »Die Schüsse wurden aus kurzer Distanz abgegeben. Die pathologische Untersuchung wird sicherlich ergeben, dass beide an den Schussverletzungen gestorben sind. Aber da möchte ich meinem ehrenwerten Kollegen aus Karlstad natürlich nicht vorweggreifen.«

»Dieselbe Schusswaffe wie bei Victor Fridberg?«, fragte Rhodén.

»Möglich. Die Eintrittslöcher können diesen Schluss zumindest zulassen. Aber das muss ich noch genauer untersuchen.«

»Können wir Jan seinen Schwanz endlich aus dem Mund nehmen?«, fragte Wilhelmsson. »Mir dreht sich jedes Mal aufs Neue der Magen um, wenn ich das sehe.«

»Dann überleg dir mal, wie es einem Mann bei diesem Anblick geht«, raunzte Berg. »Du wirst es noch ein wenig aushalten müssen, bis wir mit unseren Untersuchungen fertig sind.«

Wilhelmsson stöhnte und drehte sich weg. Sie konnte nicht länger hinsehen.

Jan und Beata Asmussen saßen nebeneinander an einen Baumstamm gelehnt. Ihre Hand war in die große Pranke ihres Mannes gelegt. Dies war der idyllische, der liebliche Teil des Bildes. Doch der wurde brutal zerstört durch Jans Schwanz, der ihm abgeschnitten und in den Mund gestopft worden war. Die blutigen Hodensäcke hingen zur Hälfte aus dem Mund. Im Schritt klaffte eine große Wunde. Jan wurde entmannt und zugleich wurde ihm mit seinem Geschlechtsteil das Maul gestopft. Oder er sollte an seinem eigenen Penis ersticken?

Beata Asmussen bekam von all dem nichts mit, denn selbst wenn sie nicht halbblind gewesen wäre, hätte sie ihren Gatten nicht sehen können. Der Mörder hatte ihren Kopf abgetrennt – mit einem scharfen Messer mit langer Klinge, wie Berg meinte – und verkehrt herum wieder auf den Rumpf aufgesetzt. Ihre leeren toten Augen starrten den Baumstamm an.

Was wollte der Mörder damit sagen? Oder die Mörder? Immerhin hatten sie mehrere Fußspuren im Schnee entdeckt.

»Weshalb enthauptet man sein Opfer?«, fragte Rhodén.

Wilhelmsson wiegte ihren Kopf langsam hin und her. Judith tötete Holofernes, indem sie ihm den Kopf abschlug. Der Apostel Paulus wurde unter Kaiser Nero einen Kopf kürzer gemacht. Das Haupt von Johannes dem Täufer wurde gar auf einem Silbertablett präsentiert. Die Bibel war voll von Enthauptungen. Wie die Geschichte überhaupt. Sie dachte an den französischen König und seine Gemahlin Marie Antoinette, die die Revolution in Frankreich nicht überlebten, an Maria Stuart, an Sophie Scholl, an die widerwärtigen Enthauptungsvideos islamistischer Terroristen.

»Der Kopf ist eine Trophäe«, sagte sie. »Aber hier geht es nicht um eine Trophäe. Sonst wäre der Kopf nicht mehr bei der Leiche. Dem Täter ging es um etwas anderes.«

»Der Kopf ist der Ort des Gehirns und der Sinne«, sagte Rhodén. »Wer seinen Kopf verliert, kann nicht mehr denken, nicht mehr sprechen, hören, riechen oder sehen.«

»Der Schädel wurde um hundertachtzig Grad gedreht und wieder auf den Hals gesetzt. Eine Position, in die man seinen Kopf nicht bringen kann, außer er wird abgetrennt.«

»Du meinst also, es geht gar nicht darum, dass Beata enthauptet wurde, sondern wie ihr Kopf positioniert wurde?«, fragte Rhodén.

»Vielleicht«, murmelte Wilhelmsson. »Vielleicht sollte sie wegschauen.«

»Oder sie hat weggeschaut, bei irgendetwas, bei dem sie nicht hätte wegschauen dürfen.«

»Bei etwas, das mit dem Penis von Jan Asmussen zu tun hat.«

»Eine Affäre? Eine Vergewaltigung?«, fragte Rhodén, ohne eine Antwort zu erwarten.

»Jedenfalls sollte Jan daran ersticken«, sagte Wilhelmsson.

»Ja. Es wird Zeit, dass wir ihn uns genauer anschauen.«

»Aber als Erstes müssen wir zu Karla Asmussen und ihr die Nachricht vom Tod ihrer Eltern überbringen. Zuerst verschwindet ihre Tochter, nun sind ihre Eltern tot.«

»Wie bei Viola Fridberg, nur dass bei ihr die Reihenfolge umgekehrt war.«

Sie verabschiedeten sich wortlos bei Mikael Berg und stapften durch den Wald zurück auf den Uferweg. An der Polizeiabsperrung hatten sich ein paar einsame Spaziergänger und ein Fotograf, der von der Lokalzeitung in Arvika stammte, versammelt. Rhodén und Wilhelmsson wählten die andere Richtung und gingen am See entlang zurück zu ihrem Wagen, der noch immer vor dem Haus der Asmussens parkte.

Zwei verschwundene Kinder. Vier ermordete Großeltern. Zwei alleinerziehende Mütter, die Kinder und Eltern verloren hatten. Dass es zwischen all diesen Fällen einen Zusammenhang gab, konnte niemand mehr bezweifeln. Dass die Presse aus ganz Schweden ihnen bald auf die Füße treten würde, allerdings auch nicht. Sie mussten sich beeilen, ehe Paul Helland völlig ausflippen würde. Und vor allem mussten sie sich beeilen, weil niemand, absolut niemand irgendwo ein totes Kind finden wollte. Doch dass der Täter bereit war zu töten, hatte er nun schon viermal unter Beweis gestellt. Sie mussten ihn stoppen. Dringend. Aber dazu bräuchten sie eine heiße Spur, eine Ahnung, eine Idee. Nichts von alldem hatten sie. Nichts.

39

»Ich will, dass ihr Tomas Begin augenblicklich aufs Präsidium vorladet und ihn nochmals ordentlich in die Zange nehmt! - Was? Das habt ihr schon? - Dann wart ihr nicht hart genug. Neben Sahlin ist er die einzige Verbindung zwischen allen Mord- und Entführungsfällen. Er soll also sofort kommen und dann wird Tacheles geredet.«

Rhodén drückte auf den roten Hörerknopf, warf das Mobiltelefon auf das Armaturenbrett und ließ sich mit einem Fluchen in den Beifahrersitz fallen. Elendige Kopfschmerzen! Sie stachen und pochten wie schon seit langem nicht mehr. Er rieb sich die Schläfen, hieb sich gegen die Stirn, sie wollten nicht verschwinden.

»Scheiße, scheiße, scheiße!«, brüllte er durchs Auto, schlug mit der Faust gegen die Scheibe und dann gegen das Handschuhfach.

Wilhelmsson blieb angesichts seines Wutausbruchs ungerührt. Sie zuckte nicht einmal zusammen, sondern fuhr nur über ihren blonden Pferdeschwanz und hielt den Blick geradeaus auf die verschneite Straße gerichtet. »Was hat Nilsson gesagt?«, fragte sie.

»Ach, er muss härter rangehen. Wahrscheinlich lässt er sich von Begin auf der Nase herumtanzen. Ich habe ihm gesagt, dass er ihn nochmals vorladen soll.«

»Das habe ich mitbekommen.« Wilhelmsson grinste.

»Ich will beim nächsten Verhör dabei sein. Der spielt uns irgendwas vor und Nilsson ist zu schwach, um ihm auf den Zahn zu fühlen.«

»Ich habe beim ersten Gespräch mit ihm auch fast nichts aus ihm herausbekommen können«, warf Wilhelmsson ein.

Doch Rhodén reagierte nicht mehr darauf. Stattdessen kramte er nach dem Handy und wählte Hellands Nummer.

»Paul, wir fahren gerade vom Tatort zurück und werden Karla Asmussen jetzt die Todesnachricht überbringen. Kannst du dich bei Staatsanwalt Alhem darum kümmern, dass wir einen Durchsuchungsbeschluss für Måns Sahlin bekommen? - Was? - Ja, ich weiß, dass wir wenig haben. - Nein, bisher haben wir nichts gegen Sahlin in der Hand. - Aber er hat ein Motiv! - Paul ... - Und wie sollen wir dann bitte schön weiterkommen? Wir müssen da alles auseinandernehmen. - Ja. - Ja, keine Schnellschlüsse. Ja. - Bis später.«

»Lass mich raten«, sagte Wilhelmsson. »Kein Durchsuchungsbeschluss, weil wir außer einem vagen Verdacht und einem schwammigen Motiv nichts gegen Sahlin in der Hand haben.«

»Exakt.« Die Kopfschmerzen ließen Jacobs Schädel fast platzen.

»Das hätte ich dir auch sagen können, bevor du Helland angerufen hast.«

»Aber wir müssen irgendwie weiterkommen, verdammt nochmal, Eva! Wenn wir nicht bald etwas vorweisen können, dann zerreißt uns die Presse!«

Er musste an die drei dicken Frauen mit Kind und Hund denken, an denen er heute Morgen vorbeigegangen war. Das war nur der Vorbote eines aufziehenden Gewitters, ein erstes Donnergrollen. Wenn sie nicht in kürzester Zeit etwas liefern konnten, dann würde das Unwetter mit aller Macht über ihnen hereinbrechen. In Arvika kannte man sich. Das war anders als in Stockholm. Ach, gesegnete Anonymität der Großstadt!

Wilhelmsson redete irgendetwas davon, dass man nichts überstürzen und nun nicht kopflos werden dürfe, nur weil man nichts in der Hand habe. Sie müssten konzentriert und ruhig weiterarbeiten. Dann würde sich der Nebel schon irgendwann lichten. Er hörte nicht genau hin, was sie sagte, vernahm ihre Stimme nur gedämpft.

Er kam sich vor wie ein Schwimmer in einem See, über dem dichter Nebel aufgezogen war. Er schwamm irgendwohin, wo er das Ufer vermutete. Aber nirgends zeigte sich Land. Egal, ob er langsam schwamm oder schnell, ob er sich nach rechts oder nach links wandte, überall nur Wasser und Nebel. Die Kräfte schwanden allmählich und die Nacht brach herein. Panik stieg im Schwimmer auf. Mit den Zehen tastete er nach Grund, doch alles, was er spürte, war das in der Tiefe kälter werdende Wasser. Er schwamm hektischer, schneller, die Bewegungen wurden eckiger und angestrengter. Aber es führte zu nichts, denn nirgends war Land, nur dazu, dass ihn die letzten Kräfte verließen und die Muskeln brannten wie Feuer.

»Steigst du auch aus?« Wilhelmsson öffnete die Beifahrertür, woraufhin Rhodén zusammenzuckte, einen Augenblick benötigte, um sich zu orientieren, und schließlich langsam nickte.

Einem Familienmitglied eine Todesnachricht zu überbringen, gehörte zum Surrealsten, was der Beruf als Kriminalkommissar aufzubieten hatte. Und es gab wahrlich viele surreale Momente. Klingeln, hineingehen, den fragenden Blick wahrnehmen, das Schweigen, das immer einen Augenblick zu lange ist, die Ahnung beim Gegenüber, dass eine schlimme Nachricht kommen würde, fragen, ob man sich irgendwo setzen könne, ringen nach Worten, die dann doch immer wieder die gleichen sind, die Unfähigkeit, irgendetwas in diesen Momenten richtig zu machen, dann ewig langes Warten auf eine Reaktion, jede Information braucht gefühlte Minuten, um beim anderen anzukommen, Sekunden werden zu Stunden, man kann seine eigene Stimme nicht mehr hören, diese leeren Worte, Phrasen, mein Beileid. Und schließlich die Reaktionen der Angehörigen. Sie konnten so unterschiedlich sein. Von völligen Zusammenbrüchen, über hemmungsloses Weinen bis hin zum apathischen Nichts.

Karla Asmussen reagierte, wie es anders von ihr nicht zu erwarten war. Ein leichter Ruck ging durch ihren aufrechten Körper. Nur ganz kurz, dann hatte sie sich wieder gefasst und den Oberkörper in eine senkrechte Position gebracht. Ihre Mundwinkel zuckten, die Lippen waren fest aufeinandergepresst, der Blick ging geradeaus und starrte die gegenüberliegende Wand an. In der rechten Hand hielt sie die Untertasse, die Finger der linken waren um den Henkel der Kaffeetasse gelegt. So saß sie da, erstarrt, wie eine Skulptur, nur die Mundwinkel verrieten, dass sie lebte, dass sie litt.

»Musste er leiden?«, fragte Karla.

Rhodén räusperte sich. »Nein, es ging schnell. Sie waren augenblicklich tot.« Was nach ihrem Tod mit ihnen geschehen war, davon musste er jetzt nichts erzählen. Niemandem wäre damit geholfen. »Sie wurden erschossen.«

»Dann hat er also noch mehr ...« Sie biss sich auf die Unterlippe und schwieg. Die Kaffeetasse in ihrer Hand zitterte. Sehnen traten an Händen und Armen hervor, die Halsschlagader pochte kräftig, der Brustkorb hob und senkte sich in schnellem Takt.

Rhodén und Wilhelmsson warteten, dass Karla Asmussen weitersprach, aber es kam nichts mehr. Die Fassade wurde neu errichtet, der Takt des Atems ging langsamer, die Arme entspannten, die Skulptur saß wieder an Ort und Stelle.

»Was wolltest du gerade sagen?«, fragte Wilhelmsson.

Karla schwieg und regte sich nicht.

»Karla, was hat er also noch mehr?« Rhodén beugte sich nach vorne und sah die Frau eindringlich an. Was wohl gerade in ihr vorging? Zuerst verschwand ihre Tochter spurlos und nun wurden die Eltern ermordet. Welche Stürme fegten momentan durch ihr Inneres? Ihre Fassade verriet nichts.

»Wie geht es Mama?«, fragte sie.

Rhodén blickte zu seiner Kollegin, doch auch Eva wirkte überrascht und irritiert über Karlas Frage. Hatten sie sich nicht klar ausgedrückt, dass sie sowohl ihren Vater als auch ihre Mutter verloren hatte?

»Frau Asmussen.« Ein Kugelschreiber wanderte zwischen Evas Händen hin und her, er wurde gedreht, geklickt. »Karla.« Klick. »Ich glaube, du hast uns nicht richtig verstanden.« Klick. »Nicht nur Jan ist tot.« Klickklick. Sie atmete hörbar ein. »Auch Beata ist nicht mehr am Leben.« Klick.

Klick.

Klick.

Karla Asmussen drehte den Kopf zu Wilhelmsson.

Klickklick.

Die Kaffeetasse fiel zu Boden. Brauner Kaffee ergoss sich über den weißen Teppichboden.

Rhodén schluckte schwer.

Wie eine Sprungfeder schnellte Karla nach oben. »Was?«, brachte sie flüsternd, schreiend hervor. »Mama?« Sie wankte zum Fenster, lehnte sich dagegen, alles an ihr zitterte.

Die beiden Ermittler standen auf. Wilhelmsson wollte auf Karla zugehen, doch diese wirbelte herum und rannte aus dem Wohnzimmer. Krachend fiel die Tür hinter ihr zu, dann war eine weitere Tür zu hören. Rhodén eilte ihr hinterher, Wilhelmsson folgte. Der Kommissar klopfte gegen die Badezimmertür, die von Karla verschlossen worden war.

»Karla, bitte öffnen Sie die Tür!«

Von innen waren undefinierbare Geräusche zu hören, dazwischen Schluchzen.

»Bitte Karla!«

Wilhelmsson drängte sich an Rhodén vorbei und klopfte ebenfalls an die Tür. »Karla, wir wissen, wie schwer es für dich sein muss. Beata war eine wunderbare Frau. Diese Nachricht zu bekommen, wenige Tage nach Lindas Verschwinden, muss schrecklich sein. Aber du brauchst dich nicht einschließen. Es ist keine Schande zu weinen.«

Der Schlüssel wurde im Schloss gedreht und die Tür geöffnet. Karla wischte sich mit dem Handrücken die letzte Träne weg, dann stand sie wieder aufrecht und mit versteinerter Miene vor ihnen. Nur der verwischte Kajal verriet, dass sie geweint hatte.

»Beata war keine wunderbare Frau. Hören Sie auf, von Dingen zu reden, von denen Sie keine Ahnung haben. Aber sie war meine Mutter und deswegen habe ich sie geliebt.«

»Und Jan, Ihren Vater?«, fragte Rhodén.

»Bitte gehen Sie jetzt! Lassen Sie mich allein!«, sagte Karla bestimmt. Sie ging zur Wohnungstür und öffnete sie.

»Haben Sie Jan geliebt wie Beata?«, versuchte es Rhodén erneut.

»Haben Sie nicht gehört?«, fauchte Karla Asmussen. »Sie sollen gehen und mich alleine lassen!«

»Sollen wir unseren Polizeipsychologen vorbeischicken?«, fragte Wilhelmsson. »Er wird dir helfen können.«

»Gehen Sie einfach!«

Wilhelmsson und Rhodén traten über die Schwelle, die Tür hinter ihnen fiel sofort ins Schloss. Die Ermittler verharrten auf dem Flur. Auf der anderen Seite der Tür schwoll ein Schluchzen an, das sie noch begleitete, als sie bereits eine Etage tiefer waren.

40

Im Licht der tiefstehenden Sonne glitzerte der See zwischen den hohen Bäumen, die auf dem Gelände des Freiluftmuseums Sågudden standen, hindurch. Sie fuhren auf dem Styckåsvägen stadtauswärts. Rhodén schaute nach rechts und konnte zwischen den Bäumen die alten Häuser des Museums sehen, in denen man erleben konnte, wie die Menschen früher in dieser Gegend gelebt hatten. Obwohl das Museum nur wenige Gehminuten von zu Hause entfernt war, hatten sie es noch nie geschafft, ihm einen Besuch abzustatten. Rhodén interessierte es auch nicht sonderlich, irgendwelche alten Teller und Spinnräder und Betten und Stühle anzuschauen. Zu wissen, dass die Menschen früher anders gelebt hatten und dass alles enger, niedriger und weniger komfortabel war, gab ihm weder eine große Erkenntnis noch ein gutes Gefühl, in der heutigen Zeit zu leben. Es gab ihm nichts. Gleichwohl lockte ihn das Café auf dem Gelände, das - glaubte er seinen Kollegen - die besten Kanelbullar weit und breit backte.

»Jan Asmussen ist der Schlüssel«, sagte Wilhelmsson. »Ich spüre es genau.«

»Weil du ihn nicht leiden kannst?«, fragte Rhodén.

»Nein, das ist es nicht. Aber er war schon vor seinem Tod eine seltsame Figur in diesem ganzen Puzzle. Er log uns an, verdeckte irgendetwas. Und jetzt die Bemerkung von Karla. ›Hat er also noch mehr ...?‹ Erinnerst du dich?«

Rhodén nickte. Natürlich erinnerte er sich. Da war ein kurzer Moment, ein kleiner Riss in Karlas Fassade. Er hatte sich nur für einen winzigen Augenblick geöffnet, zu kurz, um hineinzuschauen, aber lange genug, um zu merken, dass hier etwas verborgen war.

»Was hat Jan Asmussen noch mehr ...?« Wilhelmsson trommelte mit den Fingern auf dem Lenkrad. Am Kreisverkehr bog sie rechts auf die Straße 175, die sie nach Ingesund führen würde, wo Sahlin lebte.

»Kinder entführt?«, murmelte Rhodén.

»Vielleicht«, meinte Wilhelmsson, ehe sie beide verstummten und in ihre Gedanken versanken.

Sie bogen auf den Ingesundvägen, fuhren an den verschneiten Reihenhäusern vorbei, ehe sie in das etwas vornehmere Wohngebiet gelangten, in dem sich Einzelhäuser aneinanderreihten. Die Straßen waren menschenleer. Nur auf den Wiesen hinter den Häusern sahen sie ein paar Kinder, die sich mit Schneebällen bewarfen. Kurz bevor sie bei Måns Sahlin ankamen, rief Rhodén seine Kollegin Börjesson an und beauftragte sie, das Leben von Jan Asmussen genauestens zu beleuchten. Irgendwo musste es etwas geben, das sie weiterbrachte. Vielleicht würden sie es auch bei Sahlin entdecken, der sie erneut von der Fensterfront im ersten Stock beobachtete, als sie ausstiegen und zur Haustür gingen.

»Und? Haben Sie etwas gegen mich in der Hand?«, knurrte Sahlin, während er zwei Wassergläser auf den niedrigen Wohnzimmertisch stellte. Die beiden Ermittler hatten auf dem Sofa Platz genommen. »Sind Sie gekommen, um mich abzuführen, oder ging Ihr Plan, mir irgendetwas in die Schuhe zu schieben, doch nicht auf?«

Er setzte sich und lehnte sich mit einem zufriedenen Lächeln im Sessel zurück. Dabei streckte er seinen kugelrunden Bauch weit heraus und sah aus wie ein Ballon, der etwas zu fest aufgeblasen worden war. Der Dreitagesbart war seit ihrem letzten Besuch offensichtlich nicht mehr gestutzt worden. Auch glaubte Rhodén, dass Sahlin die gleichen Klamotten trug wie am Tag zuvor. Sicher war er sich aber nicht. An Kleidung konnte er sich selten erinnern. Hier hielt er es mit der klassischen Rollenverteilung und überließ dies seiner weiblichen Kollegin.

»Jan und Beata Asmussen sind tot«, sagte der Kommissar, während er Sahlin genau beobachtete.

Das Grinsen in dessen Gesicht verschwand, Falten zeigten sich auf der Stirn, als er die Augenbrauen nach unten zog. Måns verschränkte die Arme, legte den Kopf leicht seitlich und blickte Rhodén zweifelnd an.

»Das ist nicht wahr, oder?«, fragte er mit seinem brummigen Basston.

»Doch.«

Schweigen.

Sahlin schaute den Kommissar an, die Ermittler fixierten Sahlin. Was hatten sie erhofft? Dass er sagen würde, wie erleichtert er sei, dass die, die ihn im Stich gelassen hatten, tot waren?

Dass er in gespielte Trauer ausbrach? Jedenfalls war davon nichts zu sehen. Nur ein schief gelegter Kopf, Stirnrunzeln, Schweigen. Oder war gerade diese Nicht-Reaktion verräterisch? Viele Täter reagierten zunächst überhaupt nicht, wenn man sie mit dem Verbrechen, das sie begangen hatten, konfrontierte. Sie wollten nichts machen, was sie verraten würde, und vergaßen dabei, dass jeder Mensch auch dann etwas ausstrahlte, wenn er nicht kommunizieren wollte. War es bei Sahlin ähnlich? Überlegte er gerade, wie er sich verhalten sollte?

»Ich weiß, weshalb Sie hier sind«, sagte der Verdächtige schließlich.

»So?«

»Der gleiche Grund wie gestern.« Jetzt lachte Sahlin. »Sie brauchen einen Schuldigen. Nur ist der Druck, der inzwischen auf Ihnen lastet, noch etwas höher als vor einem Tag. Denn die Toten haben sich plötzlich verdoppelt. Ich habe sie alle gekannt. Der eine hat mich betrogen, der andere mich im Stich gelassen. Der Måns steht da mit einem Haufen Schulden und einem bankrotten Geschäft. Natürlich, da zieht er los und nimmt endlich Rache. Rache für all die Demütigungen, für den Betrug, für den Verrat an seiner verstorbenen Frau. Sie müssen alle weg. Die Frauen gleich mit. Wenn der Måns mal anfängt, dann bringt er es auch gründlich zu Ende. Also werden alle getötet. Und die Enkelkinder nimmt er ebenfalls mit, vergräbt sie im Garten, um sie bei sich zu haben als Ersatz für die Kinder, die er selbst nie haben konnte. Måns hat aufgeräumt. Zu verlieren hat er ohnehin nichts mehr. Ein gekränkter, verzweifelter alter Mann, zu allem fähig, schonungslos, gnadenlos. Der Rächer.«

»War es so?«

»Nein.« Sahlin lehnte sich nach vorn und taxierte den Kommissar, der ihm gegenüber saß. »Ich töte niemanden, selbst wenn ich ihn hasse. Mir wurde meine Frau genommen. Ich weiß, wie es sich anfühlt, wenn der Mensch, der einem alles bedeutet, plötzlich nicht mehr da ist. Nie würde ich einem anderen denjenigen wegnehmen, den er liebt.«

»Wo waren Sie gestern Nacht?«, fragte Wilhelmsson.

Wieder lachte Sahlin und schüttelte den Kopf. »Sie geben nicht auf, was? Ich war zu Hause und habe geschlafen. Und nein, es gibt keine Zeugen. Ich lebe alleine hier.«

»Haben Sie eine Waffe?«

Sahlin biss sich auf die Unterlippe und zögerte einen Moment. Dann nickte er leicht. »Ja«, sagte er.

»Können Sie sie uns bitte zeigen?«

Der Mann stand schwerfällig auf und gab den beiden Ermittlern ein Zeichen, ihnen zu folgen. Langsam ging er die Treppen hinab in den düsteren Flur, an dessen Ende die Haustür lag. Er öffnete die Tür zur Linken und verschwand in dem Raum, in den Rhodén tags zuvor einen kurzen Blick werfen konnte, ehe Sahlin rasch die Tür zugezogen hatte. Auch jetzt schloss er die Tür hinter sich und ließ Wilhelmsson und Rhodén im Gang warten. Wenige Augenblicke später kam er mit einem Jagdgewehr in der Hand zurück.

»Das ist das gute Stück«, sagte er. Und mit einem Lächeln fügte er hinzu: »Sie werden aber keinen Erfolg haben. Ihre Techniker werden schnell herausfinden, dass damit seit Jahren kein Schuss mehr abgegeben worden ist.«

»Wir würden es für genau diesen Zweck mitnehmen. Ist das in Ordnung?«, fragte Rhodén.

»Nur zu.« Sahlin drückte dem Kommissar das Gewehr in die Hand, nachdem sich Rhodén einen Gummihandschuh übergezogen hatte. Schließlich wollte er keine Fingerabdrücke auf der Waffe hinterlassen.

»Was verbergen Sie eigentlich in diesem Raum?«, fragte Rhodén und zeigte auf die Tür hinter Sahlin.

»Da drin?«

»Ja, da drin.«

»Nichts. Da ist nur Gerümpel.«

»Aha. Und weshalb achten Sie dann so penibel darauf, dass wir nicht hineinschauen können?«

»Na, sag ich doch. Da ist Gerümpel drin. Völliges Chaos. Das muss mein Besuch ja nicht unbedingt zu Gesicht bekommen.« Sahlin verschränkte die Arme vor der Brust und stellte sich wie ein Wächter vor die Tür. Rhodén kniff misstrauisch die Augen zusammen, aber Sahlin reagierte nicht auf ihn. Stur stand er da und regte sich nicht. Es klingelte. Sahlin bewegte sich nicht von der Stelle. Es klingelte erneut.

»Sie dürfen gerne öffnen!«, brummte Sahlin zu Rhodén.

Der Kommissar ging langsam zur Tür und zog sie auf. Eine ältere Frau mit strahlend weißem Haar wartete leicht gebeugt davor. Neben ihr stand ein Korb voller Lebensmittel. Irritiert schaute sie Rhodén an.

»Wer sind Sie?«, fragte sie.

Rhodén zückte seinen Dienstausweis und stellte sich vor. Sahlin tauchte hinter ihm auf. »Komm ruhig rein, Karin«, sagte er und schob Rhodén dabei zur Seite. »Die beiden sind von der Polizei. Sie wollen mir etwas in die Schuhe schieben, aber es gelingt ihnen nicht.«

»Ich komme mit den Einkäufen«, sagte die Frau, noch immer sichtlich irritiert.

»Danke, das ist sehr lieb von dir.«

Måns Sahlin konnte ein sehr freundlicher Mensch sein, dachte Rhodén, als er den alten Mann beobachtete, wie er mit der Besucherin sprach.

»Was soll dir denn in die Schuhe geschoben werden?«

»Nun sind auch noch Jan und Beata tot«, sagte Sahlin.

Die Frau hielt sich erschrocken die Hand vor den Mund. Mit aufgerissenen Augen schaute sie von Sahlin zu Rhodén und weiter zu Wilhelmsson. »Was? Das ist ... das ist ja schrecklich.«

»Sie kennen Jan und Beata Asmussen?«, fragte Rhodén.

Die Frau nickte, während die Hand langsam über das Kinn auf die Brust sackte.

»Darf ich fragen, wer Sie sind?«

»Karin Moström«, sagte die Frau mit schwacher Stimme. Sie blickte starr geradeaus. »Ich helfe Måns etwas mit dem Haushalt.«

»Moström?« Rhodén horchte auf. »Bengts Frau?«

Mit kritischem Blick prüfte sie den Kommissar, ehe sie nickte.

»Meine Tochter ist regelrecht ein Fan Ihres Mannes«, sagte er. »Er liest in ihrer Schule vor und sie verpasst nicht eine seiner Vorlesestunden.«

Karin Moström lächelte milde, ehe ein Ruck durch die Frau ging, die trotz ihrer gebeugten Haltung rüstig wirkte. »Wie auch immer. Aber Sie glauben doch nicht ernsthaft, dass Måns jemandem etwas zu Leide tun, geschweige denn jemanden umbringen würde.«

»In unserem Beruf haben wir uns angewöhnt, möglichst wenig zu glauben. Wir prüfen und ermitteln.«

»Aber doch nicht bei Måns«, sagte die Frau. »Für ihn lege ich meine Hand ins Feuer.«

»Sie waren gestern schon hier«, mischte sich Sahlin ein. »Da glaubten sie, ich hätte was mit dem Tod von Elma und Victor zu tun. Und jetzt schlagen sie Jan und Beata einfach noch obendrauf.« Sein trockenes Lachen ging in Husten über.

»Sie kennen alle vier?«, fragte Wilhelmsson.

»Durchaus«, antwortete die Frau. »Arvika ist überschaubar.«

»Lassen Sie uns jetzt bitte allein«, sagte Sahlin zu den Polizisten. »Auch wenn Sie es nicht glauben, stecke ich den Tod alter Bekannter nicht so leicht weg.«

Er drängte die beiden Ermittler zur Tür, wo sich Wilhelmsson und Rhodén notgedrungen verabschiedeten. Sie überquerten die Straße und gingen über die matschige Schneefläche hinunter zum See, während sie sich über Sahlin unterhielten. Als sie sich wieder umdrehten, um zurück zum Wagen zu gehen, sahen sie, dass sie von Måns und seiner helfenden Nachbarin beobachtet wurden. Wie von einer Burgmauer blickten sie herab auf die Ermittler, die Eindringlinge, Angreifer waren, die es abzuwehren galt. Rhodén hob zum Abschied grüßend die Hand, doch die Verteidiger der Burg reagierten nicht. Reglos und mit ernsten Mienen schauten sie den davonfahrenden Polizisten hinterher.

41

Sie nannten den Verhörraum auch das »Grauen«. Denn außer den schwarzen Stühlen, die zu viert um den uprätentiösen Tisch herumstanden, war alles grau in diesem Raum. Die nackten Betonwände harmonierten mit der grauen Tür. Der Boden unterschied sich einzig darin, dass im Linoleum ein Muster eingelassen war. Selbst das Aufnahmegerät war grau. Tomas Begin auch. Kerzengerade saß er auf dem Plastikstuhl und wippte unaufhörlich leicht vor und zurück. Auf einen Anwalt hatte er verzichtet, schließlich habe er sich nichts vorzuwerfen, wie er sagte, als sie ihn in den Raum geführt hatten. Rhodén saß neben Caroline Georgieva auf der anderen Seite des Tisches, während Nilsson, Wilhelmsson und Paul Helland im Nebenraum standen und das Gespräch durch die verspiegelte Scheibe verfolgten.

Begin nestelte an seiner drahtigen Brille herum und versuchte, sie geradezurücken, was von vornherein zum Scheitern verurteilt war. Über den blassen Wangen saßen müde Augen in tiefen Höhlen. Dicke Ringe hatten sich unter den Lidern gebildet. Die vergangenen Tage hatten ihre Spuren hinterlassen. Nur die aufrechte Haltung und das bis oben zugeknöpfte Hemd mit den seltsamen Mustern waren dieselben geblieben.

»Wie geht es Olle und Linda?«, fragte Rhodén.

»Ich wünsche und hoffe, dass es ihnen gut geht«, antwortete Tomas Begin, ohne eine Miene zu verziehen.

»Haben Sie sie an einen sicheren Ort gebracht, wo es ihnen an nichts mangelt?«

Begin zog den rechten Mundwinkel nach oben. War das ein Grinsen? Die Grimasse blieb für einen Augenblick stehen, ehe er antwortete. »Ich habe die Kinder nirgends hingebracht. Ihre Taktik geht nicht auf, Herr Rhodén. Da muss ich Sie leider enttäuschen.«

Wieder sprach Begin in einem Ton, der sachlicher nicht hätte sein können. Sie befanden sich in keinem Verhörzimmer in keinem Polizeipräsidium, sondern in einem Kundengespräch. Er war nicht der Verdächtige, sondern der Verkäufer, der den Kunden seine Wahrheit verkaufen musste. Das war Begins Aufgabe.

Gleich würde er eine Prospektmappe zücken und auf Hochglanz-bildern zeigen, dass er unschuldig war.

Rhodén seufzte. Überall stießen sie auf Granit. Sahlin hatte zwar kein Alibi, aber seine Waffe war tatsächlich bereits seit langem nicht mehr benutzt worden. Das hatte Berg innerhalb weniger Minuten sagen können. Doch Tomas Begin würden sie grillen.

»Wo waren Sie gestern Morgen?«

»Das wissen Sie doch.«

»Ich möchte es aber aus Ihrem Mund hören.«

»Na gut.« Begin schluckte, wobei sich der enorme Kehlkopf nach oben bewegte und von dort wieder nach unten herabschoss. »Ich war in Kristinehamn in meinem Hotel.«

»Sehen Sie, das glaube ich Ihnen nicht.« Rhodén lehnte sich mit verschränkten Armen zurück, schürzte die Lippen und beobachtete sein Gegenüber.

Dieser rutschte unruhig auf dem Stuhl herum, bewahrte aber seine aufrechte Haltung. »Aha, und weshalb nicht?« Die Stimme war unsicher geworden. Damit hatte Begin nicht gerechnet, seine Selbstsicherheit bröckelte ein wenig, was ein gutes Zeichen war.

»Weil der Portier des Hotels uns mitgeteilt hat, dass Sie ges-tern bereits vor sieben Uhr das Hotel verlassen hätten. Wo sind Sie denn so früh hin?«

Der hagere Mann auf der anderen Seite des Tisches blickte zu Boden, während er die Handflächen unter die Oberschenkel schob. Dann hob er den Kopf und schaute Rhodén entschlossen an. »Ich bin an den Vänern gefahren. Es gibt in der Nähe des Hotels einen schönen Strand. Dort bin ich hin, um ein wenig zu spazieren und meine Gedanken zu ordnen. Wissen Sie, die letzten Tage waren etwas zu viel für mich.«

»Caroline, holst du bitte das Tablet, das in meinem Büro liegt? Ich möchte, dass uns Herr Begin auf einer Karte zeigt, wo er hingefahren ist und wo sich dieser schöne Strand befindet. Ich will zu gerne auch einmal dorthin.«

Georgieva nickte und verließ den Raum. Rhodén wandte sich an Begin: »Oder wollen Sie nicht einfach zugeben, dass Sie nach Arvika gefahren sind?«

»Und was hätte ich dort tun sollen?« Tomas' Stimme schnappte nach oben. Er verlor mehr und mehr die Kontrolle, wie Rhodén zufrieden feststellte.

»Tomas, Sie sind nach Arvika gefahren und haben dort Olle Fridberg entführt.«

»Das habe ich ganz gewiss nicht!«, fauchte Begin. »Hören Sie auf mit diesem Quatsch!«

»Warum?« Der Kommissar hatte noch immer die Arme vor der Brust verschränkt und saß zurückgelehnt auf seinem Stuhl. »Wollten Sie sich die Kinder zurückholen, die Ihnen verwehrt geblieben waren? Karla Asmussen hat dafür gesorgt, dass Sie Linda nicht mehr sehen durften. Viola Fridberg hat Sie nach drei Wochen vor die Tür gesetzt, obwohl Sie sich doch so gut mit dem kleinen Olle verstanden hatten.«

»Sie hat mich nicht vor die Tür gesetzt. Wir haben uns einvernehmlich voneinander getrennt.«

»Ach, reden Sie sich doch nichts ein! Sie wurden verlassen, ein ums andere Mal, weil niemand es mit Ihrem Kontrollwahn aushält.«

»Das ist nicht wahr!«, schrie Begin und sprang auf. Er fuchtelte mit den Armen hilflos in der Luft herum, blickte zu Rhodén und dann an sich selbst herab. Vermutlich erkannte er, wie albern er aussah, denn er streifte sich hektisch das Hemd glatt und setzte sich wieder. Aufrecht. Kerzengerade. Die Brille schief.

»Entschuldigung«, murmelte er.

»Es ist alles gut, Tomas. Sagen Sie uns nur, wo die Kinder sind.«

»Ich weiß es nicht, verflucht nochmal«, sagte Begin. Er klang plötzlich unendlich müde. »Ich weiß es doch nicht.«

Caroline kam mit dem Tablet herein. Sie hatte in Google Maps den Kartenausschnitt des nördlichen Vänernsees geöffnet, den sie nun dem erschöpften Mann vorlegte. Aber der winkte lediglich matt ab. »Ich kann Ihnen keinen Strand zeigen. Ich war nie an einem.« Seine Hände zitterten, die Lippen bebten leicht.

»Wo sind Sie hin?«, fragte Rhodén so ruhig und verständnisvoll wie nur möglich.

»Ja, ich bin nach Arvika aufgebrochen. Ich wollte helfen, irgendwie in der Nähe sein. Es ist unmöglich, als Vater in einem winzigen Hotelzimmer zu hocken, während die eigene Tochter verschwunden ist. Ich musste irgendetwas tun, aber ich wusste selbst nicht was. Also bin ich los. Über irgendwelche Landstraßen durch irgendwelche Felder. Irgendwo habe ich gefrühstückt. Aber ich kann Ihnen nicht sagen, wo das war. Ich habe auch keine Quittung. Sie müssen mir das einfach glauben. Erst gegen Mittag war ich in Arvika. Ich tingelte etwas durch die Stadt, planlos, was ich tun sollte. Und irgendwann klingelte das Handy. Ihr Kollege war dran und bat mich, aufs Präsidium zu kommen, was ich ja auch gemacht habe.«

»Und warum rücken Sie damit erst heraus, wenn wir Ihre Lügen überprüfen?« Rhodén lehnte sich nach vorne und stützte sich mit den Unterarmen auf dem Tisch ab.

»Es ... Sie zwingen einen doch dazu zu lügen.«

»Tatsächlich?«

»Hätte ich die Wahrheit erzählt, dann wäre das doch nur Wasser auf Ihren Mühlen gewesen.«

»Wenn Sie sich nichts zuschulden haben kommen lassen, dann steht der Wahrheit nichts im Wege. Ihre Lügen und Ihre Stück-für-Stück-Wahrheit, das sind die Wassermassen auf den Mühlrädern.«

»Es tut mir leid.« Tomas Begin war kaum mehr zu hören. So leise sprach er.

»Das kommt etwas spät.« Rhodén musste streng sein, denn er spürte, wie erneut eine Woge des Mitleids über ihm zusammenschlagen wollte. Dieser einsame, hagere Mann löste etwas bei ihm aus, was ihm ganz und gar nicht geheuer war. Begin tat ihm leid, entsetzlich leid, weil er wusste, dass dieser Mensch sich zeitlebens selbst im Weg stehen und nie etwas wie eine funktionierende Familie aufbauen können würde. Er war ein armer Teufel. Aber gerade diese konnten gefährlich werden.

»Was haben Sie nach dem Gespräch mit meinen Kollegen gestern Abend gemacht?«, fragte der Kommissar.

Begin schaute ihn irritiert an. »Ich bin natürlich zurück ins Hotel in Kristinehamn.«

»Wann sind Sie dort angekommen?«

»Das muss so gegen sieben oder halb acht gewesen sein.«

»Sieh an, Sie können es ja doch mit der Wahrheit. Diese Uhrzeit hat uns auch der Portier bestätigt. Er war sich allerdings nicht sicher, ob sie später noch einmal das Haus verlassen haben.«

»Wieso sollte ich das machen?«

»Haben Sie?«

»Nein!«

»Haben Sie ein Gewehr?«

»Nein! Was sollen denn diese Fragen? Ich kann überhaupt nicht mit Waffen umgehen. Ich würde nicht einmal eine in die Hand nehmen.«

»Jan und Beata Asmussen wurden gestern Spätabend erschossen, Herr Begin.«

Rhodén musterte den Verdächtigen aufmerksam. Wie würde er auf diese Neuigkeit reagieren? Wenn sie für Begin überhaupt eine Neuigkeit war. Er sah, wie Tomas ihn zunächst anstarrte, die kleinen Augen hinter den verschmierten Brillengläsern wurden ganz groß, dann ließ er sich im Stuhl zurückfallen, nur um gleich darauf wieder nach vorne zu schnellen, sich auf den Ellbogen abzustützen und aufgeregt von Georgieva zu Rhodén und zurück zu schauen.

»Das ist nicht wahr, oder?« Begins Stimme war beinahe tonlos.

»Doch, das ist es.« Rhodén rührte keine Miene.

Begin fuhr mit dem Handrücken über die Lippen, kratzte sich am Hinterkopf, schaute nach links oben, dorthin, wo die Überwachungskamera ihn beobachtete, rieb die verschwitzte Handfläche am Oberschenkel ab, biss die Lippen zusammen, öffnete den Mund, schloss ihn wieder. Das alles geschah innerhalb weniger Sekunden, bis plötzlich wieder Ruhe in Begins Körper kehrte und er den Kommissar wie eine Maus vor der Schlange anstarrte.

»Wie geht es Karla?«, fragte er.

»Sie kommt zurecht.«

»Hmm, okay.« Wieder kratzte sich Tomas Begin am Hinterkopf. »Das ist ...« Unruhig blickte er zur Kamera, zu Georgieva, zu Rhodén, zur Tür. »Das ist ... Schrecklich ist das.«

»Das ist es.«

»Und Sie glauben ...« Begin konnte seinen Kopf nicht mehr ruhig halten. Nervös zuckte er auf und ab, hin und her. Was ging jetzt nur in ihm vor? »Sie glauben, dass ich das war?«

»Wir glauben gar nichts.«

»Gut. Weil ... weil ... ich war das nicht. Ich habe damit nichts zu tun.« Begin flüsterte jetzt, heiser, kaum hörbar.

»Ihr Verhältnis zu Jan Asmussen war nicht das Beste, nicht wahr?«

»Aber deswegen bringe ich doch keine Menschen um! Herr Rhodén, ich bin kein Mörder!« Tomas Begin hatte seine aufrechte Position wiedergefunden, aber der Unterkiefer zitterte noch immer.

»Wo waren Sie gestern Abend zwischen achtzehn und einundzwanzig Uhr?«, fragte Rhodén. Auf diese Zeit hatte Berg den Tod der Asmussens eingrenzen können.

»Das habe ich Ihnen doch gesagt.« Begin war am Ende. Er sah aus und sprach wie ein Ungeübter nach einem Iron Man. Müde, unendlich müde war er und am Ende seiner Kräfte. »Ich bin zurück ins Hotel gefahren und dort bis heute Morgen geblieben.« Und unter Aufbietung der letzten Reserven fügte er flehentlich hinzu: »Das müssen Sie mir glauben.«

Es klopfte, die Tür wurde geöffnet und Eva Wilhelmsson streckte ihren blonden Schopf herein. Sie winkte Jacob zu, dass er nach draußen kommen solle. Rhodén schaltete das Aufnahmegerät aus, nickte Begin kurz zu und verließ den Raum.

»Berg war gerade hier«, sagte Wilhelmsson. »Victor Fridberg und die Asmussens wurden mit demselben Gewehr erschossen. Das bedeutet also, dass alle Opfer den gleichen Mörder hatten oder dass es mehrere Mörder gibt, die unter einer Decke stecken. Bei beiden Varianten fällt Begin als Täter aus.«

»Er kann auch die Fridbergs ermordet haben.«

Wilhelmsson verschränkte die Arme vor der Brust und legte ihren Kopf schief. »Aber warum sollte er das machen?« Sie sprach, als würde sie mit einem kleinen Jungen reden, der etwas Dummes gesagt hatte, was Rhodén wütend machte. Zugleich wusste er, dass seine Kollegin recht hatte. Mal wieder. Er seufzte.

»Außerdem hat Berg einen Schnellabgleich des Reifenmusters von Begins Saab und den Spuren auf dem Waldweg bei den Fridbergs gemacht. Negativ.« Wilhelmsson schaute ihren Chef mitleidig an. »Tut mir leid, Jacob, aber ich denke, dass wir bei Begin nicht weiterkommen.«

»Aber die Kinder. Er hat ein Motiv, die Kinder zu entführen«, sagte Rhodén und er hörte selbst, dass er wie ein trotziges Kind klang, das den vernünftigen Worten der Eltern nichts mehr entgegenzusetzen hatte.

Wilhelmsson legte ihre Hand auf Jacobs Unterarm. Die Berührung tat gut und ließ Jacob ruhiger werden. Er atmete tief ein und wieder aus. »Wir müssen den Mistkerl finden, der die zwei Kinder entführt hat. Und wir müssen Linda und Olle lebend wiederfinden. Hörst du, Eva, wir müssen.«

»Und wir werden. Da kannst du verdammt nochmal drauf wetten.«

42

Es stach hinter den Schläfen. Wie hunderte, tausende haarfeine Nadeln, die gnadenlos und unaufhörlich auf ihn einstießen. Rhodén hatte bereits die dritte Kopfschmerztablette an diesem Tag eingeworfen, doch die Wirkung tendierte gegen Null. Er schloss die Augen und massierte sich die Schläfen. Rote Flecken tanzten hinter den geschlossenen Lidern und bildeten dabei bizarre Muster.

Die Besprechung war mühsam, aber dennoch konstruktiv verlaufen. Niemand hatte Lust darauf, am Samstagnachmittag nochmals alles durchzukauen und schonungslos der Erkenntnis entgegenzublicken, dass sie beileibe noch nicht viel erreicht hatten. Er selbst hatte am wenigsten Lust. Er sehnte sich nach Hause zu seinen Kindern, nach einem gemeinsamen Essen, nach einem gemütlichen Abend mit Whiskey und irgendeinem Film zusammen mit Stina. Dieser Fall, die vielen Toten, aber noch viel mehr die beiden entführten Kinder zermürbten ihn. Jedes klingelnde Telefon konnte die Nachricht vom Fund zweier toter Kinder bereithalten. Wie könnte er dies den Müttern, die ja bereits ihre Eltern verloren hatten, beibringen? War es überhaupt möglich?

Nein, er hatte keine Lust an dieser Besprechung, aber er wusste, dass sie sein musste. Alle wussten es. Und alle hatten es geschafft, sie so zügig, sachlich und produktiv wie nur möglich zu gestalten. Berg hatte nochmals erläutert, dass die Morde mit derselben Schusswaffe, einem Jagdgewehr, ausgeführt worden waren. Außerdem hatte er bestätigt, dass es sich bei den Reifenspuren, die sie auf dem Waldweg bei den Fridbergs gefunden hatten, durchaus um die eines Wohnmobils handeln könnte.

Dann hatte sich Sara Börjesson zu Wort gemeldet. Sie hatte etwas über Jan Asmussen herausgefunden, das sich vielleicht noch als wichtiges Puzzleteil herausstellen könnte. Den ganzen Tag über hatte sie sich durch Jans Leben gewühlt und war dabei auf eine Anzeige aus dem Jahr 1987 gestoßen, welche allerdings zurückgezogen worden war. Eine Frau namens Helga Olsson hatte ihn beschuldigt, von ihm sexuell belästigt worden zu sein. Ein Tag nach der Anzeige folgte jedoch bereits schon wieder der

Rückzug. Börjesson hatte versucht, Helga Olsson zu erreichen, war aber nicht erfolgreich gewesen. Die Telefonnummer hatte sie in der Akte notiert, sodass jeder aus dem Team zu der Frau, die mittlerweile Mitte vierzig sein musste, Kontakt aufnehmen könnte. War es das, was Karla gemeint hatte, als sie sagte: ›Hat er also noch mehr ...‹? Noch mehr Frauen sexuell belästigt, vielleicht sogar vergewaltigt? Wenn es so war, dann gab es da draußen Opfer, die ein Interesse am Tod von Jan Asmussen haben könnten. Aber warum musste dann auch seine Frau sterben? Weshalb werden zwei Kinder entführt? Und warum sollte Karla davon Kenntnis haben, dass ihr Vater Frauen sexuell belästigte? Weil sie sie kannte? Oder noch immer kennt?

Ein stechender Blitz raste durch Rhodéns Kopf. Vor Schmerz zuckte er zusammen, woraufhin ihn Wilhelmsson besorgt anschaute. Er tat so, als nehme er ihren Blick nicht wahr, und blätterte ziellos in den Papieren, die vor ihm ausgebreitet auf dem Tisch lagen.

Die Fragen waren dieselben geblieben und warteten noch immer spöttisch lächelnd darauf, beantwortet zu werden. Dennoch waren sie wieder ein, zwei kleine Schritte vorangekommen. Es war eine mühsame, aber passable Besprechung.

Und dann ergriff Helland das Wort.

Zwei weitere Tote. Was soll er der Presse sagen. Irgendwas muss er den Pressefritzen doch sagen. Alte tote Leute würden sie ja noch hinnehmen, aber bei entführten Kindern kennen Journalisten kein Pardon. Da wollen sie Ergebnisse sehen. Warum können wir keine Ergebnisse liefern? Seit Tagen tappen wir im Dunkeln. Gespött. Hohn. Magerkost. Sie könnten sich ja hinter ihren Schreibtischen verstecken, aber er, er müsse sich den unangenehmen Fragen stellen. Sein Bild sei am nächsten Tag in der Zeitung. Er fordere jetzt unmissverständlich Ergebnisse, eine heiße Spur, Konkretes, irgendwas. Während sich der Polizeichef in Rage redete, stellte Jacob fest, dass er Hellands Worte formulieren konnte, ehe dieser sie aussprach. Und er ertappte sich, dass er ermüdet immer weiter die Lehne hinunterrutschte, während Nilsson mit verschränkten Armen und geschlossenen Augen, Börjesson und Georgieva mit stoischen Blicken und Fredrik Skog mit einem elenden Gesichtsausdruck die Wutrede des Chefs über sich ergehen ließen. Nur Eva Wilhelmsson saß aufrecht, aufrechter, kerzengerade, die auf den Tisch gelegten Hände ballten sich

irgendwann zu Fäusten, die Lippen waren so fest aufeinandergepresst, dass jegliches Blut aus ihnen gewichen war. Da braute
sich etwas zusammen. Wenn der glatzköpfige Vulkan ausbrach,
dann ging es darum, in Deckung zu gehen, den Gesteinsbrocken
aus Beschimpfungen und Vorwürfen gekonnt auszuweichen und
am besten nicht die Aufmerksamkeit auf sich zu ziehen. Jacob
kannte allerdings auch seine Kollegin gut genug, um zu wissen,
dass sie, hatte sie die Wut einmal gepackt, kaum mehr zu erreichen war. Dennoch legte er seine Hand auf ihren Unterarm und
drückte ihn leicht, aber bestimmt. Vergebens. Es half nichts, was
er ohnehin schon gewusst hatte.

»Wenn zwei kleine Kinder verschwunden sind, dann will ich,
dass ihr alles unternehmt, was nur irgendwie möglich ist, dass ihr
jeden Stein umdreht, dass ihr jeder Spur nachgeht, mag sie noch
so klein sein.« Paul Helland war inzwischen aufgestanden und
stützte sich mit den Fäusten auf dem Tisch ab. Sein Kopf war wie
immer bei einem Ausbruch lavarot. »Da muss jeder das Men-
schenmögliche, nein, auch das Menschenunmögliche machen,
damit wir Erfolg haben. Da reicht es nicht mehr, nach Schema F
vorzugehen.« Hellands Kopf schwoll an, Wilhelmssons Schlagader
am Hals pochte. »Ihr müsst an eure Grenzen gehen.« Helland flog
Speichel aus dem Mund, Wilhelmssons Lippen zitterten. »Kurzum: Ich will, dass ihr euch den Arsch so weit aufreißt, wie ihr es
noch nie in eurem Leben gemacht habt!«

»Jetzt reicht es aber wieder.« Wilhelmsson sprach nicht laut,
doch jeder konnte hören, wie ihre Stimme grollte. Helland starrte
sie an – wie ein wildgewordener Stier, gleich würde es aus seinen
Nasenlöchern rauchen. »Jeder hier tut, was er kann«, schob Wilhelmsson mutig hinterher.

»Dann ist das eben nicht gut genug.«

»Das wird sich am Ende zeigen, ob wir gut genug sind oder
nicht. Uns ein ums andere Mal niederzubrüllen, obwohl wir genauso gern wie du mehr und bessere Ergebnisse hätten, hilft
jedenfalls niemandem weiter.« Wilhelmsson hatte den Rücken
durchgedrückt und das Kinn leicht erhoben. Was sie tat, war
Aufstand, Rebellion, und sie wusste das genau. Nilsson hatte die
Luft eingesogen und drohte nun, daran zu ersticken. Börjessons
und Georgievas Blicke hatten sich von stoisch zu erschrocken
gewandelt und Skogs Miene sah noch elendiger aus als zuvor.

Paul Helland atmete schwer ein, wobei er Wilhelmsson unver-
ändert anstarrte. »Ich mache mir eben Sorgen. Um das Ansehen

der Polizei und um das Leben zweier Kinder. Aber solche Sorgen scheinst du dir nicht zu machen. Du hast ja auch keine Kinder.«

Nilsson sog noch mehr Luft ein, woraufhin seine Augen aus den Höhlen treten wollten, Rhodén musste die Stirn abstützen, sonst wäre ihm der Kopf auf die Tischplatte gekracht. Am liebsten hätte er Helland irgendwie zum Schweigen gebracht. Aber jetzt war es zu spät.

»Was soll das denn bitte heißen?« Wilhelmsson stand auf und funkelte Helland böse an.

»Hättest du Kinder, dann könntest du dir die Qualen der Mütter vorstellen.«

»Und weil ich keine Kinder habe, kann ich mir das nicht vorstellen und mache mir keine Sorgen, oder was?«

»Ist es nicht so?«

»Was bist du nur für ein Arschloch!« Wilhelmsson warf ihrem Vorgesetzten einen verachtenden Blick zu, dann drehte sie sich um und verließ mit krachender Tür den Sitzungsraum.

»Was fällt dir eigentlich ein?«, rief Helland ihr hinterher. »Wie sprichst du ...«

Rhodén sprang auf, seine Hand knallte auf den Tisch, während er mit der anderen seinem Chef zu verstehen gab, einfach mal den Mund zu halten. »Es ist gut jetzt!«, rief er. »Du bist definitiv zu weit gegangen, Paul!«

Er eilte zur Tür, riss sie auf und wollte Eva hinterher. Gerade drei Meter war er auf dem Flur gekommen, als er gegen eine Frau prallte. Es war nicht Eva. Es war Viola Fridberg, die mit verquollenen Augen vor ihm stand.

Jacob konnte sich innerlich so laut aufstöhnen hören, dass er Angst hatte, etwas davon würde nach außen dringen.

Er wollte nur noch nach Hause.

Einfach

nur

nach Hause.

»Frau Fridberg, was ist passiert?«, hörte er sich bewusst geduldig fragen, während er hinter sich die wuchtige Stimme Paul Hellands vernahm, die ihn augenblicklich in sein Büro beorderte.

Nur

noch

nach Hause.

Helland wurde ignoriert und Viola Fridberg in Rhodéns Büro geführt. Dort setzte er die schmächtige Frau auf den Besucherstuhl und sich selbst auf den Lederstuhl hinter dem Schreibtisch. Er verschanzte sich in seiner Burg.

»Erzählen Sie, was los ist!«, sagte er, wobei er sich wunderte, wie es ihm gelang, so ruhig zu klingen.

»Ich halte das nicht mehr aus, Herr Kommissar«, brachte Frau Fridberg hervor und begann zu schluchzen.

»Jacob.«

Ein unsicheres Lächeln huschte über das fahle Gesicht der unscheinbaren Frau. Nur für einen winzigen Moment, dann war es wieder verschwunden. »Viola«, sagte Frau Fridberg.

Rhodén beugte sich nach vorne, um trotz des Schreibtischs, der zwischen ihnen stand, eine gewisse Nähe zu der Frau, die auf dem klapprigen Besucherstuhl hockte, aufzubauen. »Ich weiß, dass es eine sehr schwere Zeit für dich ist, Viola. Jedem würde es wahrscheinlich so ergehen, zu glauben, das alles nicht mehr aushalten zu können. Du musst dich dafür nicht schämen.«

»Das mache ich nicht. Ich halte es einfach nicht mehr aus. Ich schlafe nicht, ich kann nichts essen, am liebsten würde ich einfach umfallen und nicht mehr sein. Aber jedes Mal, wenn ich das Gefühl habe, zusammenzuklappen, halte ich mich krampfhaft irgendwo fest, weil ich weiß, dass ich jetzt stark sein muss. Wie lange noch, Jacob? Wie lange noch muss ich stark sein?«

Mit einem flehenden Blick schaute sie den Kommissar an. Ein Betteln, das Leiden endlich zu beenden. Als wäre er, Rhodén, dafür verantwortlich, dass es ihr so erging, als könne er den Schalter umlegen, wenn er nur wollte.

Schau mich nicht so an! Schau mich bitte nicht so an!, wollte er schreien. Aber er sagte nichts, drehte den Kopf weg und schaute zum Fenster. Die Lichter der Stadt strahlten herein. Der Himmel war dunkel, schwarz, gab keine Antworten, schwieg.

»Ich weiß es nicht, Viola. Ich weiß es leider nicht.« Er konnte Frau Fridberg nicht anschauen, konnte ihren Blick nicht ertragen. »Wir machen alles, was in unserer Macht steht, um Olle und Linda ...«

»Er ist tot, nicht wahr?«, unterbrach ihn Viola.

Rhodén drehte den Kopf wieder zu ihr. Dieser Blick! Sag mir, dass er nicht tot ist, rief er. Versprich es mir!

»Nein, Viola, das ist er nicht.«

»Nicht? Weißt du, wo er ist?«

»Nein, das weiß ich nicht.«

»Wie kannst du dann wissen, dass er nicht tot ist?«

Rhodén atmete ein und hielt die Luft an. Wo verdammt war Eva? Er brauchte sie in solchen Situationen. Dämlicher Helland! Dämlicher, dummer, trotteliger Helland!

»Ich weiß es nicht, Viola.« Rhodén stieß den Atem hörbar aus. »Ich hoffe, dass er noch lebt. Und ich bin fest davon überzeugt. Aber ich weiß es nicht. Wir dürfen die Hoffnung nicht aufgeben, die Überzeugung. Hörst du, Viola? Gib niemals die Hoffnung auf, dass Olle noch lebt! Wenn du aufhörst zu hoffen, dann hat derjenige, der Olle entführt hat, gewonnen.«

Viola schaute ihn mit großen Augen an, als habe er eine unergründliche Weisheit von sich gegeben. Jacob wollte nicht in ihre Augen starren, doch er konnte seinen Blick nicht abwenden. Sie waren so groß. Sie waren unendlich leer und lechzten zugleich nach einem sicheren Halt, nach einem Wort, das Hoffnung geben konnte, nach Glauben an eine gute Zukunft. Sie schauten sich lange so an, vielleicht waren es nur Sekunden. Irgendwann nickte Viola Fridberg langsam.

Plötzlich drehte sie den Kopf weg und richtete ihren Blick zum Fenster und der Moment des gegenseitigen Verständnisses war verschwunden. »Ich kann nicht um meine Eltern trauern, weil sich all meine Gedanken um Olle drehen. Ist das nicht schlimm?« Ihr Ton hatte sich geändert, er wurde kühl. Rhodén glaubte, wieder einen unterschwelligen Vorwurf zu hören.

»Ja, das ist schlimm.« Mehr konnte er nicht sagen. Mehr gab es nicht zu sagen. Wieder einmal musste er feststellen, dass er in solchen Situationen ein Versager war. Im Lauf der Jahre wurde er als Polizist immer besser, er stieg in den Dienstgraden auf und wurde Kommissar. Auch als Kommissar wurde er immer besser. Seine Erfolgsquote gehörte in Stockholm zu den besten. In Arvika hatte er unangefochten die höchste Aufklärungsrate unter allen Kommissaren, was zugegebenermaßen aber daran lag, dass er der einzige mit diesem Dienstgrad war. Jedenfalls war er von Anfang ein guter Ermittler gewesen, der sich entwickelt und verbessert hatte und immer professioneller wurde. Nur bei der Führung von Gesprächen wie diesen mit Viola Fridberg war er ein Stümper geblieben. Während er nie die passenden Worte fand, traf Eva stets den richtigen Ton. Wo war sie nur? Er könnte Helland eigenhändig erwürgen.

»War unsere Polizeipsychologin bereits bei dir, Viola?«, fragte er, um das Gespräch auf eine sachlichere Ebene zu führen.

»Ja, sie ist nett. Aber sie kann mir auch nicht weiterhelfen.«

»Hast du Freunde, die bei dir sind und sich um dich kümmern?«

Viola nickte. Schweigen trat ein. Frau Fridberg nestelte an den Trageriemen ihrer Handtasche herum, die sie im Schoß liegen hatte, während Jacob seinen Fingern unter Strafe verbot, nervös auf dem Schreibtisch herumzutrommeln. Die Uhr über der Tür tickte im Sekundentakt. Jacob zählte mit, doch jede einzelne Sekunde zog sich wie zu alter Kaugummi.

Die Stille wurde von Viola Fridberg unterbrochen, als sie unvermittelt aufstand und Rhodén streng anblickte. »Sie können mir auch nicht helfen, oder?«

»Ich werde alles dafür tun, Olle und den Mörder ihrer Eltern zu finden.«

»Ich muss also weiterhin stark sein?«

»Das bist du, Viola. Ich weiß, dass du stark bist.«

Wieder huschte für einen kurzen Augenblick ein Lächeln über das dünne Gesicht der Frau. War es ein spöttisches? Oder ein ehrliches? Es verschwand zu schnell, als dass Jacob es hätte einordnen können.

»Nicht mehr lang«, sagte sie. »Nicht mehr lang.« Sie drehte sich um und verließ den Raum, ohne ein weiteres Wort zu sagen.

Erschöpft ließ sich Jacob in seinen Stuhl zurückfallen. Erst jetzt spürte er die Kopfschmerzen wieder, die nun, als er die Augen schloss, mit unvermittelter Härte auf ihn einstachen.

Fünf Minuten hier mit geschlossenen Augen sitzen und nichts tun. Dann nach Hause. Er brauchte Ruhe. Dringend.

Er hätte sofort gehen sollen, denn drei Minuten später kam Mikael Berg herein und erinnerte ihn daran, dass sie heute Morgen ausgemacht hatten, am Nachmittag nochmals gemeinsam zum Tatort hinauszufahren.

Rhodén seufzte und erhob sich schwerfällig. Er überredete Berg, zuerst nach Wilhelmsson zu suchen, damit sie mit ihr zum Ort des Doppelmordes gehen könnten. Doch die Inspektorin war nirgends zu finden. Ans Telefon ging sie nicht, im »The Roof« war sie ebenso wenig wie zu Hause. Rhodén fluchte und verwünschte Helland, musste Berg dann aber Recht geben, der meinte, dass Flüche weder Helland änderten, Wilhelmsson zurückbrachten noch den Tathergang rekonstruierten.

43

In der Dunkelheit wirkte der Weg zum Tatort kein bisschen idyllisch mehr. Keine Sonne glitzerte mehr auf dem blauen See, dessen Oberfläche an einzelnen Stellen bereits gefroren war. Kein schmelzender Schnee tropfte mehr von den Bäumen. Diese waren jetzt schwarz und reckten ihre Äste wie nackte Arme in den nachtschwarzen Himmel, an dem einige Wolken aufgezogen waren. Die Kegel der beiden Taschenlampen beleuchteten den niedergetrampelten Schnee auf dem Fußweg, der dreckig und kalt aussah. Sie duckten sich unter dem Absperrband hindurch, das im aufkommenden Wind schnalzte.

Hatte vor etwas weniger als vierundzwanzig Stunden eine ähnliche Stimmung am See geherrscht? Zwei einsame Wanderer waren da unterwegs gewesen. Was hatte sie in der Dunkelheit, bei Schneefall und eisigen Temperaturen hinausgetrieben? Rhodén dachte an den Besuch, den er gemeinsam mit Wilhelmsson den Asmussens abgestattet hatte. War er die Ursache für den spätabendlichen Spaziergang gewesen? Hatten sie mit einer Frage ins Schwarze getroffen und die Asmussens aus ihrer selbstzufriedenen Ruhe gerissen? Der Kommissar verwarf den Gedanken, denn die Mörder, die Jan und Beata Asmussen hier aufgelauert hatten, mussten wissen, dass sie um diese Uhrzeit vorbeikommen würden. Dass das Rentnerpaar nur ein zufälliges Opfer eines Verrückten geworden war, daran wollte er beim besten Willen nicht glauben. Er erinnerte sich an das, was Beata seiner Kollegin erzählt hatte, dass sie diesen Weg mehrfach täglich gingen, dass sie ihrem Mann dankbar sei, den immer gleichen Weg wieder und wieder abzugehen. Sie brauchte aufgrund ihrer Blindheit die Routine.

Der Täter kannte die Asmussens, so viel war sicher. Oder er hatte sie über längere Zeit beobachtet und ihre Gewohnheiten studiert. Das würde bedeuten, dass die Tat von langer Hand geplant war. Zufall war jedenfalls keiner im Spiel, wie Rhodén zufrieden feststellte. Zufall erschwerte Ermittlungen stets ungemein, da sie nicht auf Muster, auf logische Erklärungen, auf konsequente Entwicklungen aufbauen konnten.

»Wer stand hier?«, fragte er mehr zu sich selbst als zu Mikael Berg, als sie die Stelle erreichten, an dem die Asmussens in den Wald abgebogen waren.

Er vermisste Wilhelmsson. Mit ihr konnte er Situationen durchspielen, mögliche Dialoge zwischen Täter und Opfer führen, Fragen diskutieren, die auf den ersten Blick abwegig und albern klangen. Das konnte er in gewisser Weise auch mit Berg, dem kauzigen Chef der Spurensicherung, der in seiner typisch gebückten Haltung neben ihm stand, sich im zerzausten Haar kratzte und nachdachte. Aber bei Berg gab es Grenzen, wie auch bei Nilsson, Skog, Georgieva oder Börjesson.

Er brauchte Wilhelmsson.

Wo war sie nur? Und weshalb hatte Hellands Kommentar, der zugegebenermaßen jegliche Sensibilität vermissen ließ, sie so verletzt? Sie konnte ordentlich austeilen, normalerweise aber auch gut einstecken. Wenn sie in einer Situation, in der sie frustriert oder traurig war, weder zu Hause noch im »The Roof« anzutreffen war, dann war es ernst und Zeit, sich Sorgen zu machen. So gut kannte er Eva mittlerweile. Seit drei Jahren ermittelten sie nun bereits gemeinsam. Sie war immer an seiner Seite gewesen. Von Anfang an, als Helland sie ihm als seine Partnerin vorstellte, die sich um ihn, den Neuling, kümmern und ihn ein wenig an die Hand nehmen sollte. Seitdem konnte er sich nicht mehr vorstellen, ohne sie zu ermitteln, und er wusste auch nicht, wie er es in den Jahren zuvor in Stockholm ohne sie geschafft hatte.

Wo war sie nur? Paul Helland konnte sich jedenfalls auf eine geballte Wutrede einstellen.

»Ich bin mir sicher, dass sich Täter und Opfer kannten«, riss Mikael Berg den Kommissar aus seinen Gedanken.

»Das denke ich auch. Aber wieso bist du dir so sicher?«

Berg zeigte auf die Schneedecke, die mittlerweile von vielen Polizistenstiefeln niedergetrampelt worden war. Heute Morgen waren an dieser Stelle die Spuren von zwei Personen, Jan und Beata Asmussen, zu sehen gewesen. »Wir wissen inzwischen sicher, dass es sich um zwei Täter beziehungsweise um zwei Leute handeln muss, die dort hinter dem Baum gewartet haben. Als die Asmussens auf dem Fußweg vorbeikamen, traten sie hervor, aber nicht weiter als hierhin, denn hier enden ihre Spuren.« Er zeigte auf einen Punkt nur knapp einen halben Meter vor dem Baum. »Zwischen dieser Stelle und dem Fußweg liegen etwa drei Meter.

Wie man an den Spuren feststellen konnte, gab es aber kein Handgemenge, nichts. Täter und Opfer konnten sich, zumindest an dieser Stelle, nicht berührt haben. Erst weiter hinten im Wald decken sich die Spuren.«

»Das bedeutet also, dass die Täter gute Argumente haben mussten, weshalb die Asmussens mit ihnen in den Wald kommen sollten – und das mitten in der Nacht.« Rhodén nickte. Das bestätigte seine Theorie, dass sich diejenigen, die gestern Abend hier aufeinandergetroffen waren, gekannt hatten.

»Ein gutes Argument könnte eine Waffe, ein Gewehr, sein«, führte Berg fort. »Oder aber Worte.«

»Doch aufgrund von Worten folge ich nur jemandem, den ich kenne, in einen nächtlichen und finsteren Wald.«

»Exakt«, sagte Berg.

»Was konnten das für Worte sein?«, murmelte Rhodén mehr für sich. »Vielleicht, dass sie sie zu Linda, ihrer Enkeltochter, führen?«

Sie gingen tiefer in den Wald. Spitze Äste streiften über Rhodéns Wange. Die Kälte kroch durch die noch immer zu dünnen Schuhe. Kein Laut im Wald. Im Lichtkegel vor ihm ging die buckelige Gestalt des Technikers. Ein schwarzer Schatten, der sich von dem schmutzig-weißen Schnee abhob. Filmfetzen spukten durch Jacobs Hirn. Ein Horrorfilm. Und er mittendrin.

Eine Mutter stand mit dem Kinderwagen unter einer Laterne, die nur schwaches Licht spendete. Man sah lediglich die schwarzen Konturen und hörte fernes Geplärre im Wind. Das Knirschen im Schnee verriet den Mann, der auf dem Fußweg an Eva Wilhelmsson vorbeiging und auf die Frau unter der Laterne zusteuerte. Die Kapuze hatte er tief ins Gesicht gezogen, die Hände steckten in den Taschen der schwarzen Jacke. Langsam kam er der Frau näher. Das Kind hatte aufgehört zu weinen. Nur der Wind heulte leise. Filmfetzen spukten durch Evas Hirn. Ein Horrorfilm. Und sie stand am Rand und guckte zu.

Gebannt verfolgte sie die Szene. Dann, als der Spaziergänger an der Frau mit Kinderwagen vorbeigegangen und das Kind das Plärren wieder aufgenommen hatte, lehnte sie sich auf der Parkbank zurück und blickte nach vorne auf den Teich, der sich über die gesamte Breite des Stadtparks erstreckte. Sollte es weiterhin so kalt bleiben, könnten in zwei Wochen die Kinder ihre ersten Schlittschuhschritte auf der Eisdecke wagen. Eva atmete heftig aus und folgte der Atemwolke, die vor ihrem Mund aufstieg. Die Kälte der Holzbank kroch durch ihre Hose, doch sie fror nicht. Einer echten Värmländerin wurde ohnehin nicht schnell kalt. Und einer echt wütenden Värmländerin erst recht nicht.

Warum war sie so wütend? Sie wusste es selbst nicht genau, aber sie wusste, dass der Polizeichef sie kreuzweise konnte mit seinen dummen Sprüchen. Als ob es einen Unterschied machte, dass sie keine Kinder hatte und in einem Fall ermittelte, in dem es um verschwundene Kinder ging. Warum um Himmels willen sollte sie es kalt lassen? Helland konnte das nicht ernst gemeint haben. Doch, er hatte es ernst gemeint. Und das war das Schlimmste.

Wenn ein Mann keine Kinder hatte, dann hatte er eben keine. Punkt. Bei einer Frau war es aber anders. Eine Frau ohne Kinder schien keine vollwertige zu sein, zumindest keine, die Empathie gegenüber anderen Müttern aufbringen konnte. Laut Helland-Idiotie-Geschwätz. So war das also im Wunderland der Emanzipation. Frau, krieg Kinder, wenn du von allen als vollwertige, ganze, ernstzunehmende, wahre Frau anerkannt werden willst!

Die Mutter mit dem Kinderwagen näherte sich auf dem Fußweg. Das Kind verstärkte seine Schreifrequenz, wogegen die Frau mit immer heftigeren Schaukelversuchen anzukommen versuchte. Das Kind gewann, die Mutter brabbelte irgendetwas vor sich her, erhöhte das Tempo und eilte an der Bank, auf der Wilhelmsson saß, vorbei.

Wütender als Helland machte sie sich selbst. Denn sie ertappte sich immer häufiger dabei, sich selbst nicht als vollwertige Frau anzuerkennen, solange sie noch keinen Nachwuchs großzog. War sie mit Freunden unterwegs, von denen nach und nach alle eine Familie oder ähnliche Gebilde gründeten, rechtfertigte sie sich, dass sie lieber Single und kinderlos blieb, ohne dass irgendjemand ihr einen Vorwurf machte. Weshalb rechtfertigte sie sich dann? Machte sie das vor sich selbst? Alternative Lebensentwürfe hatte es eben doch schwerer als gedacht, gegen jahrhundertealte von Staat und Kirche gehegte und gepflegte Konzepte anzukommen. Wer nicht heiratete und keine Kinder bekam, war anders. Und anders zu sein war im Land der H&M-Konformität schwer.

Oder war es wegen ihrer Mutter? Eva lächelte traurig. Hier auf dieser Bank war sie mit ihr immer gesessen, wenn sie sie in Arvika besucht hatte. Sie hatte den Stadtpark und den dahinter liegenden See geliebt. Hier hatte sie gesessen und bis zum

226

Schluss behauptet, sie habe schon schlimmere Dinge als Krebs überlebt. Bis der Krebs sie vor etwas mehr als einem Jahr besiegt hatte.

Bei einem ihrer letzten Besuche hatte sie ihrer Tochter erzählt, dass sie von Evas Vater auf das Heftigste bedrängt worden war, das Kind irgendwie wegzumachen, als sie von ihm schwanger geworden war. Er war damals achtundzwanzig gewesen und sie fünfunddreißig, also nur wenige Jahre jünger als Eva heute. Schon seit längerem hatten sie eine lose und mehr oder weniger geheime Beziehung. Er, der Bauernsohn, der nur die Volksschule besucht hatte und nun auf dem Hof mit anpacken musste. Sie, die Volksschullehrerin und Tochter eines Kaufmanns. Das passte nicht; und was sollte der angehende Bauer, der von früh bis spät schuftete, mit einem kleinen Kind, zudem noch einem Mädchen? Das Kind musste weg. Aber Evas Mutter ließ es nicht zu. Sie stritten, trennten sich, versöhnten sich wieder. Nach kurzer und wenig reiflicher Überlegung heirateten beide, sie gebar ein munteres und gesundes Mädchen und der Vater begann, sein Töchterlein mehr und mehr zu lieben. Gemessen an den Erwartungen, die Evas Mutter in ihn setzte, wurde er sogar ein ganz passabler Vater.

Evas Mutter musste um ihr Kind kämpfen, aber sie wollte es unbedingt und setzte sich damit durch. War es da nicht Verrat an ihrer Mutter, wenn sie selbst sagte, sie wolle keine Kinder?

Eva schob den Schnee, der neben ihr auf der Sitzfläche lag, zusammen und formte einen Schneeball. Lustlos warf sie ihn in den Teich, wie auch Jacob von der Veranda der Asmussens aus Schneebälle geworfen hatte. Jacob und seine Idealfamilie – zwei Kinder, davon ein Mädchen und ein Junge. Eva musste lachen und wusste selbst nicht weshalb. Sie musste sich bei ihm melden, schließlich hatte sie bereits unzählige Anrufe in Abwesenheit von ihm auf dem Handy.

Als sie aufstand und zurück ins Präsidium ging, nahm sie sich vor, ihren Vater oben in Charlottenberg mal wieder zu besuchen. Nur weil sie ihm die Geschichte, die ihre Mutter kurz vor ihrem Tod erzählt hatte, nicht verzeihen konnte, war das noch lange kein Grund, ihn nur zwei- oder dreimal pro Jahr zu besuchen und ansonsten auf seinem Hof versauern zu lassen.

»Der Alte wurde in die Brust geschossen, die Frau ins Gesicht.« Berg stellte Rhodén dort ab, wo die Asmussens im Moment des Schusses gestanden waren. Dann ging er ungefähr drei Meter weiter, wandte sich zum Kommissar und mimte einen Schützen, der ein Gewehr im Anschlag bereithält. »Hier stand der Täter. Auch wenn es zwei Beteiligte waren, gab es dennoch nur einen Mörder, denn die beiden Asmussens wurden mit der gleichen Waffe getötet.«

»Wer wurde zuerst erschossen?«, fragte Rhodén, ehe er rasch hinterherschob: »Nein, lass mich einen Tipp abgeben: Jan musste als Erster sterben.«

»Mit Sicherheit kann ich es nicht sagen, aber du könntest Recht haben. Der Schuss auf Jan Asmussen war gezielt, ein perfekter Schuss, der den Mann innerhalb weniger Sekunden sterben ließ. Bei Beata war der Schuss durchaus platziert, jedoch nicht mehr so perfekt. Es musste schnell gehen.«

Berg zielte auf Rhodén, sagte »Peng«, schob das Gewehr ein wenig nach rechts, schoss noch einmal pantomimisch. Dann steckte er sich eine Zigarette an, zog fest daran und ließ sich Zeit damit, den Rauch wieder auszublasen. Wahrscheinlich hatte sich Berg als Kind immer als Cowboy verkleidet. Rhodén musste angesichts des grotesken Bildes, das sich vor seinem inneren Auge auftat, grinsen. Berg sagte, dass es da nichts zu grinsen gebe, sondern dass dies die scharfen und detaillierten Ergebnisse seiner samstäglichen Arbeit seien, wobei er »samstäglich« besonders betonte.

»Nein, darum ging es nicht«, sagte Rhodén und winkte ab. »Ich kann deiner Theorie gut folgen. Zudem sagt mir etwas, dass sich die Aggressionen der Täter vor allem gegen Jan gerichtet haben. Er musste zuerst sterben. Außerdem war Beata fast blind. Was sollte sie schon unternehmen, als ihr Mann tot zu Boden fiel.«

Berg kam wieder auf den Kommissar zu und stellte sich nun an die Position, an der sie heute Vormittag Beata Asmussen gefunden hatten. Die Getöteten waren nicht mehr von der Stelle bewegt worden, sondern an dem Ort, an dem sie lagen, aufgerichtet und »weiterbearbeitet« worden. Rhodén suchte nach einem anderen Wort, doch er fand keines als »weiterbearbeiten«. Denn das war es, was mit den Leichen gemacht worden war. Schwanz ab und in den Mund gestopft. Kopf ab und verkehrt herum wieder aufgesetzt.

»Ich gebe dir in allem Recht«, sagte Berg. »Nicht aber, dass die Aggressionen nur gegen Jan gingen. Immerhin wurde Beata der

Kopf abgetrennt. Nysell, der Gerichtsmediziner, wird dir hier sicher noch nähere Informationen zukommen lassen, aber ich habe mir die Schnittwunde auch schon etwas genauer angeschaut. Sehr glatt, das Messer gut geführt, bei den Knochen musste etwas gesäbelt werden. Insgesamt wurde die Arbeit jedoch fachgerecht durchgeführt.«

»Fachgerecht ...« Rhodén runzelte die Stirn. Dieses Wort war noch unangebrachter als »weiterbearbeitet«.

»Ich meine es so, wie ich es sage.« Berg, der einen Kopf kleiner war als der Kommissar, stand dicht vor Rhodén und blickte ihn von unten herauf an. Im Glanz der Taschenlampen sah seine Hautfarbe noch grauer und toter aus als sonst. »Da hatte einer Ahnung von dem, was er tat. Der hat so etwas schon einmal gemacht.«

Rhodén spürte, wie sein Mund trocken wurde. »Wie meinst du das - schon einmal?«

»Ein Jäger, ein Metzger, jemand, der bereits öfter Fleisch zerlegt hat.«

»Metzger gibt es nicht viele, die sind leicht zu überprüfen«, sagte Rhodén. »Aber ist nicht schätzungsweise jeder zweite Värmländer Jäger?«

»So viele werden es nicht sein, die einen Jagdschein besitzen, wenige sind es jedoch nicht.« Berg grinste. »Aber das ist nicht meine Arbeit. Ihr wollt doch auch noch etwas zu tun haben.«

Rhodén seufzte, als die wenig begeisterten Mienen von Börjesson und Skog vor seinem inneren Auge auftauchten, die bald über endlosen Listen hängen würden. Zuerst hatten sie unzählige Wohnungen abklappern müssen, dann Autobesitzer, jetzt ging es mit dem Aufregendsten, was die Polizeiarbeit zu bieten hatte, weiter: Listen überprüfen und abgleichen. In diesem Moment war er nicht unglücklich über die Tatsache, dass es innerhalb der Polizei zuweilen streng hierarchisch zuging und er auf einer Sprosse der Leiter stand, die sich oberhalb des Sumpfes aus Ordnern, Listen, Routineüberprüfungen und Streifendienst befand.

Wenig später gingen der Kommissar und der Techniker unter den Bäumen mit den tiefhängenden Ästen zurück. Rhodén spürte Erleichterung, als sie wieder auf dem Weg waren. Er hatte im Wald keine Angst verspürt, wohl war ihm aber auch nicht gewesen. Berg hingegen schien von der Umgebung, in der er arbeitete, völlig unbeeindruckt zu sein. Egal ob in seinem Labor, in einem niedergebrannten Haus oder in einem finsteren Wald – Berg war da und verrichtete seine Arbeit, sachlich und gut.

»Wie geht es deiner Frau?«, fragte Jacob auf dem Rückweg.

»Ganz in Ordnung. Wieso fragst du?«

»Sie hat dich in den vergangenen Tagen auch kaum gesehen, oder?«

Berg schaute den Kommissar vielsagend an und kniff dabei die Augen zusammen. »Doch, gestern beim Frühstück hat sie mich gesehen und nachts darf sie für immerhin vier bis fünf Stunden mein Schnarchen hören.«

Rhodén lachte. »Ich meine es ernst. Sie muss dich so oft entbehren und dennoch seid ihr seit Ewigkeiten glücklich verheiratet. Ich bewundere das.«

»Glücklich?«

»So wirkt es.«

»In stressigen Phasen sehen wir uns kaum. Das hilft. Ein Hoch auf die Polizeiarbeit!«

Mikael Berg und sein Sarkasmus, fluchte Rhodén still für sich. Nie wusste man, woran man war. Jetzt aber glaubte er, dass Berg es ernst gemeint hatte.

Sie schwiegen - während des Weges zurück zum Auto und während Berg ihn nach Hause fuhr. Sie verabschiedeten sich mit wenigen Worten und dann war Rhodén

endlich

zu Hause.

44

Es war bereits nach Mitternacht, als Jacob seiner Frau zum wiederholten Male Wein nachschenkte. Sie stießen an, wobei Stina ihn mit einem milden Lächeln bedachte. Gemeinsam tranken sie, spürten die wohlige Wärme des Weines, wie er die Zunge und die Gaumen angenehm pelzig überzog, dann stellte Stina ihr Glas auf den Wohnzimmertisch, legte ihren Kopf auf die Schulter ihres Mannes und die Hand auf seinen Oberschenkel.

»Schön, dass du heute so früh nach Hause gekommen bist«, sagte sie und er wusste, wie wichtig es ihr war.

Es war das Streitthema Nummer eins: seine Arbeit. Nein, weniger die Arbeit an sich als vielmehr die Zeiten, zu denen er arbeiten musste, und die Dringlichkeit, die jeder Anruf hatte, der aus dem Präsidium oder von einem Kollegen kam. Arbeit am Wochenende, wenn ein Ausflug mit der Familie geplant war – selbstverständlich. Ein Notruf am späten Abend, der die mühsam in den Schlaf gebrachten Kinder wieder weckte, und sie, Stina, sich darum kümmern durfte, dass sie irgendwie wieder einschliefen – Ehrensache. Zum Einsatz, obwohl sie gerade im Kino saßen – konnte nicht vermieden werden. Und dann: Akten lesen abends im Bett, mitten in der Nacht aufstehen, um etwas in einem Protokoll nachzulesen oder einfach auf der Terrasse sitzen und in die Dunkelheit starren, Absage hier, Absage da, Entschuldigung, es dauert mal wieder länger, nur noch ein kurzes Telefonat, rasch noch ein Abstecher zur Gerichtsmedizin in Karlstad, nur siebzig Kilometer, ich muss nochmal los, Wilhelmsson meldet sich nur, wenn es wichtig ist ...

Überhaupt Wilhelmsson. Auch wenn Stina noch nie etwas gesagt hatte, anhand dessen er ihren Unmut über seine Kollegin hätte festmachen können, war es doch unschwer zu erkennen, dass seine Frau sie mied, wo es nur ging, und es ihr zumindest missfiel, wenn er bis tief in die Nacht mit ihr arbeiten musste. Er sah es in ihren Augen, die sich jedes Mal, wenn Evas Name fiel, leicht verengten. Er hörte es, wie sie ihren Namen aussprach. Niemand außer ihm würde die Missbilligung hören, aber er wusste, dass er sich nichts einbildete. Das bildete er sich zumindest ein.

Während Alma, Bergs Frau, sich irgendwie damit abgefunden hatte, dass ihr Mann phasenweise völlig unpässlich war, würde sich Stina immer dagegen auflehnen und es nie akzeptieren. Jacob wusste zu genau, dass er sich Folgendes einreden könnte beziehungsweise sollte:

Nun, Jacob, du kannst dich glücklich schätzen, eine Frau wie Stina an deiner Seite zu haben, die nicht einfach hinnimmt, dass ihr wie so viele andere Ehepaare nach den ersten glücklichbeschwingten Jahren nach der Hochzeit in den Dämmerzustand respektvoller Gleichgültigkeit verfällt und Hand in Hand in die Einsamkeit geht. Rechne es deiner Frau hoch an, dass sie dich als Mann will, der in und mit der Familie leibt und lebt und liebt, und nicht nur als Sack auf zwei Beinen, der das Konto füllt, das Auto fährt und bei Feiern ganz nett an ihrer Seite aussieht. In dem Moment, in dem sie sagen würde, man könne halt nichts machen, das bringe die Arbeit als Kommissar nun mal mit sich, in dem Moment hättest du, Jacob, verloren. Du könntest zwar in ungestörter Betriebsamkeit dem Herzinfarkt entgegenarbeiten, deine Familie könntest du aber vergessen. Willst du das wirklich? Ist dir die Arbeit so wichtig? Siehst du. Sei also dankbar und schätze dich glücklich!

Ja, das könnte er sich einreden. Er sollte und müsste es. Wenn es da nur nicht ein Aber gäbe. Ein verdammt großes Aber. Ein Aber, das Tom Spang hieß.

Dass Stina sich nicht einfach in ihr Schicksal als alleingelassene Polizistenfrau ergeben wollte, brachte neben zahllosen Streitigkeiten die unerquickliche Tatsache mit sich, dass sie bereit war, sich das fehlende Glück auf anderen Wegen zu ersetzen. Die Affäre, die Stina im vergangenen Sommer mit Tom Spang hatte, konnte er ihr einfach nicht verzeihen. Es war keine lange und sie hatte sie ihm auch ehrlich gestanden, immerhin. Aber das änderte nichts an dem Faktum, dass sie ihn hintergangen und betrogen hatte. Zu Stinas Verteidigung könnte man zwei Dinge anführen: Erstens fühlte sie sich extrem einsam in den unendlichen Weiten Värmlands, in denen sie ohne Arbeit nur seinetwegen hockte. Zweitens beendete sie die Affäre rasch wieder, um ihnen – Stina und Jacob – eine zweite Chance zu geben. Aber wie das so ist mit dem Konjunktiv, er könnte damit Stina verteidigen, doch er konnte es nicht.

Jacob spürte den Kopf seiner Frau an seiner Schulter und fühlte ihre Hand auf seinem Schenkel, wie sie in regelmäßigen, sanften Bewegungen auf und nieder streichelte. Sie beide bemühten sich, ihre zweite Chance zu nutzen, das durfte man wirklich keinem absprechen. Sie unternahmen wieder mehr gemeinsame Ausflüge, sie gingen öfters zu zweit abends essen, während ein Babysitter auf die Kinder aufpasste, und beim Sex bekamen das Vor- und das Nachspiel wieder das Gewicht, das ihnen zustand. Jacob achtete akribisch darauf, pünktlich Feierabend zu machen und an den Wochenenden nicht zu arbeiten, was allerdings nur so lange gut ging, wie es kaum etwas für ihn zu tun gab. Bis also vor einer Woche die erste Vermisstenanzeige hereingeflattert war und Helland ihn mit dem Auftrag, der Mutter des verschwundenen Kindes einen Besuch abzustatten, vom Minesweeper-Spielen abgehalten hatte. Seitdem waren die alten Verhaltensmuster wieder durchgebrochen. Er kam viel zu spät von der Arbeit nach Hause, sie mussten Termine absagen oder er vergaß sie einfach, und zum Vorspiel kamen sie erst gar nicht, weil ihn zwei verschwundene Kinder und vier ermordete Rentner ins Bett begleiteten.

Stina beobachtete es sehr genau, das spürte er deutlich. Demonstrativ sah sie auf die Uhr, wenn er nach Hause kam, ihre Blicke verengten sich auf diese gefahrvolle Weise, wenn Wilhelmsson anrief, doch noch sagte sie nichts. Manchmal ein Murren oder ein bissiger Kommentar, mehr aber nicht. Lange jedoch würde sie es nicht hinnehmen. Dann würden wieder die Streitereien kommen, die Vorwürfe und Vorhaltungen, Leichen seien wichtiger als die Kinder und die Arbeit von größerer Bedeutung als Stina.

Umso wichtiger war es, dass er heute früher als erwartet nach Hause gekommen war. Dass dies auch daran lag, dass er es im Präsidium nicht mehr ausgehalten hatte, dass er vor Helland und dessen Druck geflohen war, dass er dringend ein paar Stunden brauchte, an denen er nicht an die zwei verschwundenen Kinder dachte, dass die Kopfschmerzen seinen Schläfen heftiger zusetzten als jemals zuvor, das sagte er nicht. Er brauchte die warme Hand seiner Frau auf seinem Schenkel und seine Kinder um sich, das sagte er. Und das war gewiss nicht gelogen.

Glücklicherweise hatte Eva angerufen, kurz nachdem er nach Hause gekommen war. Sie war nur für einen Moment in den Stadtpark geflohen und hatte dort in der Kälte darauf gewartet, dass die Wut auf Helland verraucht war. Das war zwar nicht der Fall gewesen, immerhin hatte sie sich aber so weit beruhigt, dass sie ihm gekonnt aus dem Weg gehen, nun ihre Tasche im Präsidium holen und für heute Feierabend machen würde. Sollte der Polizeichef sich doch selbst durch die Akten fressen! Sie würde sich mit einer billigen Komödie und einer Flasche Wein aufs Sofa legen, Helland in regelmäßigen Abständen zum Teufel wünschen und dabei sich selbst bedauern, dass sie nicht dem Frauenideal glatzköpfiger Mittfünfziger entsprach. Jacob lachte, als er sie so am Telefon hörte. Eva war auf dem besten Weg, wieder die Alte zu werden. Das ermöglichte ihm, zufrieden aufzulegen, sich den ganzen Abend nur seiner Familie zu widmen und kein schlechtes Gewissen haben zu müssen, dass er die Arbeit, die sich zugegebenermaßen stapelte, für einen Abend ruhen lassen würde. Nur für einen kurzen Moment überlegte er, ob er nach Eva schauen müsste, weil Hellands Kommentar ihr möglicherweise heftiger zusetzte als gedacht. Aber dann sah er in Stinas Augen, die gerade eben leicht zuckten und sich in beachtlicher Parallelität mit ihrem Mund verengten, dass es heute besser wäre, zu Hause zu bleiben.

Und Kalle und Siri hatten es ihm gedankt.

Beim Abendessen hatte sich Siri nicht wie so häufig früher verabschiedet, um sich mit einem Buch in ihr Zimmer zu verziehen. Nein, sie blieb, denn sie hatte große Neuigkeiten, von denen ihr Papa bis jetzt noch nichts wusste und die ihn in ehrliches Erstaunen versetzten. Kalle war ohnehin nicht zu bremsen. Mit verwuschelter dunkelblonder Mähne hockte er am Esstisch, schaufelte mit Crème fraîche und frischen Kräutern überbackenen Lachs in sich hinein und ignorierte alle Mahnungen, nicht mit vollem Mund zu sprechen, mit einer Wonne, die es Vater und Mutter unmöglich machte, ernsthaft böse zu werden. Ihm gelang es, in einem Atemzug von Lionel Messi, Lattentreffern, dem Trikot, das noch gewaschen werden musste, dem harten Schuss seines besten Freundes Erik, Pausenbroten und juckenden Schienbeinschonern zu sprechen. Ohne die Zusammenhänge zwischen all diesen Dingen exakt zu verstehen, verstand Jacob, dass sich sein Sohn wie Bolle darauf freute, morgen bei seinem ersten Hallenturnier auf dem Platz zu stehen. Seit etwa einem halben Jahr spielte er im Verein Fußball und morgen war nun endlich der große Tag gekommen. Selbstverständlich, dass Papa auf den Rängen seinen Sohn anfeuern musste.

Jacob lächelte, während er Stinas warme Wange ganz nah an seiner eigenen spürte. Die Weinflasche war geleert, in den Gläsern noch ein letzter Schluck. Es war Zeit ins Bett zu gehen, wo sich die Kinder bereits seit ein paar Stunden befanden. Als er sie zu Bett gebracht hatte, hatte er eine Beklemmung gespürt, die ihm die Luft zum Atmen nehmen wollte. Lange stand er im Türrahmen, er stand und stand dort und konnte die Tür nicht schließen, bis Siri ihm irritiert zuraunte, dass sie nicht sonderlich gut einschlafen könne, wenn sein langer Schatten ins Zimmer geworfen und sie von ihm angestarrt würde.

Wie schwer es ihm gefallen war, die Türen zu schließen. Eine Angst hatte ihn urplötzlich erfasst, eine beklemmende Gewissheit, dass es das letzte Mal sein könnte, dass er seine Kinder sehe, wenn die Tür einmal zugezogen war. Olle und Linda waren seit Tagen spurlos verschwunden. Genauso gut hätte es Kalle und Siri treffen können. Oder es konnte sie noch treffen. Ein Bild tauchte vor seinem inneren Auge auf, wie er an Siris leerem Bett saß, die Decke zurückgeschlagen, aber keine Tochter darunter, wie er aus »Ronja Räubertochter« vorlas, aber keine Siri zuhörte. Machten das Karla Asmussen und Viola Fridberg gerade? Saßen sie an den Betten ihrer Kinder und lasen ihnen Gute-Nacht-Geschichten vor, obwohl kein Kindergesicht unter der Decke hervorlugte? Lasen sie noch ein weiteres Kapitel, obwohl kein Kind da war, das danach bettelte?

Stärker als gewollt riss er die Türen zu den Kinderzimmern zu. Sei professionell, Rhodén!, redete er sich ein. Sei verdammt nochmal professionell! Deine Kinder liegen friedlich in ihren Betten und das werden sie auch morgen und übermorgen und alle weiteren Abende auch. Mit der Faust schlug er in die flache andere Hand. Er war ein Narr gewesen zu glauben, dass er einfach nach Hause fahren und den Fall für ein paar Stunden vergessen könnte. Wie sollte das auch gehen? Konnte er sich ernsthaft vorstellen, mit der Familie zu essen, mit den Kindern zu raufen, mit der Ehefrau zu schmusen, ohne dabei an verschwundene Kinder, enthauptete Ehefrauen und verbrannte Ehepaare zu denken? So abgebrüht bist du nicht, Jacob! In Stockholm hatte er einige solche Kollegen gehabt. Sie konnten sich mit den unfassbarsten Verbrechen auseinandersetzen, irgendwann Feierabend machen und erst am nächsten Morgen, wenn sie wieder bei der Arbeit waren, an den Fall denken. Er bewunderte sie, einerseits. Andererseits machten sie ihm Angst. Denn diese Kollegen glaubten an nichts mehr, sie hatten weder Illusionen noch Träume und das Gute in der Welt existierte für sie nur noch in naiven Kinderköpfen.

»Ich freue mich so für Siri«, sagte Stina und Jacob konnte ihren alkoholgeschwängerten Atem auf seiner Haut spüren. »Sie war ganz aufgeregt, es endlich ihrem Papa zu erzählen.«

»Tatsächlich?«

»Es war ihr sehr wichtig, dass sie persönlich es dir erzählte und du es nicht aus meinem Mund erfährst.«

Jacob war gerührt, auch wenn er Siri in der Phase, in der sie sich gerade befand, nicht verstand. An einem Tag ließ sie ihn links liegen und blaffte ihn in einem Fort an, als sei er ein Querschläger, der störend durch ihr Leben schwirrte. Dann wieder kuschelte sie sich so fest an ihn, dass er sich sicher sein konnte, wichtiger als jedes Plüschtier in ihrem Bett zu sein. An einem Tag sprach sie kein Wort mit ihm, an einem anderen erzählte sie ununterbrochen von Tom Sawyer und seinen Abenteuern, als sei sie selbst dabei gewesen. Jedoch überwogen bei alldem die Phasen, in denen sie nicht mit ihm sprach, sich in ihr Zimmer zurückzog und ihm das Gefühl gab, hunderte Generationen lägen zwischen ihnen. Und er wusste, dass es ihr in der Schule nicht gut ging, dass sie fast immer alleine war und keinen Anschluss fand. Es wollte ihm das Herz zerreißen.

Siri war ein wundervolles Mädchen, intelligent und gefühlvoll, hilfsbereit und alles andere als egoistisch. Es war vollkommen unverständlich, dass sie hier keine Freunde fand. Am liebsten hätte er die Mädchen und Jungs ihrer Klasse ordentlich gepackt und geschüttelt, bis ihnen die Augen aufgingen. Aber selbst Rhodén war einsichtig genug, dass es für ein junges Mädchen wohl nichts Peinlicheres auf der Welt geben konnte, als wenn der Vater sich auf die Suche nach Freundinnen für das Kind machte. Aber sollte er etwa zusehen, wie Siri sich in ihrer Einsamkeit einrichtete und immer schweigsamer wurde?

Und dann das.

Er hatte es zunächst nicht glauben können, was Siri sofort erkannt hatte. Aber das war auch nicht zu glauben. Ihre Klasse hatte Siri zur Lucia-Kandidatin auserkoren? Unmöglich. Jacob erinnerte sich an seine eigene Schulzeit, während der er hin und wieder als alberner Sternträger am Ende des Lucia-Zuges singend in die Aula eingezogen war. Nur die hübschesten und angesagtesten Mädchen wurden als Lucia gewählt. Am besten hatten sie langes blondes Haar, ein hübsches Gesicht und konnten zudem wunderschön singen. Die hässlichen und unscheinbaren Mädchen durften auf den harten Stühlen in der Aula sitzen und beim Anblick der strahlenden Lucia und ihrem Chor aus ebenso glänzenden Jungfern träumen und mit ihrem Schicksal hadern, dass sie dazu geboren waren, unten Platz zu nehmen und harte Sitzschalen aus Holz unter sich zu spüren. Wer Lucia war, war der Star. Meist benahmen sich die Auserwählten auch genauso, weshalb Jacob stets einen großen Bogen um sie herum gemacht hatte. Im Vorfeld kam es in den Schulen immer wieder zu heftigen Auseinandersetzungen zwischen den Schülerinnen, die sich als geeignete Kandidatin betrachteten. Das ging bisweilen so weit, dass der Konkurrentin die Haare abgeschnitten, Lügen über sie in Umlauf gebracht wurden oder Eltern den Klassenkameraden Geld für ihre Stimme bei der Wahl zusteckten. Daher schlugen mittlerweile viele Schulen alternative Wege ein. Entweder gab es ein ganzes Heer an Lucias, sodass mehr Schülerinnen auf der Bühne als unten im Publikum saßen, oder es wurde gelost, was jedoch zur Folge hatte, dass die Gesangsdarbietungen auf der Bühne mitunter schwankend waren. Doch das war den meisten Rektoren deutlich lieber als sich zankende Mädchen, Mobbing und Väter in der Telefonleitung, die mit säuselnder Stimme erklärten, dass sie, sollte ihre Tochter als Lucia auftreten, durchaus gewillt seien, der Schule neue Mikrofone, Scheinwerfer oder das gesamte Lucia-Buffet zu finanzieren. Siris Schule hingegen war altmodisch. Es gab nur eine Lucia, und die wurde gewählt. Gnadenlos. Lucia war immerhin ein feierliches Hochfest, keine Spaßveranstaltung.

Und nun also hatte Siris Klasse sie als ihre Lucia-Kandidatin bestimmt. Jacob unterdrückte die stolzgeschwellte Brust des Vaters und fragte sich stattdessen lieber, wie dies möglich sein konnte. Allerdings fand er keine Antwort. Entweder gab es keine weiteren Kandidatinnen - dem war Siri zufolge aber nicht so - oder sie war beliebter, als sie selbst gedacht hatte.

Jacob freute sich für seine Tochter. Er freute sich aus tiefstem Herzen heraus und hatte Angst, dass er es mit seiner ersten Reaktion doch wieder verbockt hatte.

Denn als er Siri ins Bett brachte und ihr vorlesen wollte, saß sie aufrecht auf der Matratze, schaute ihren Vater kritisch in die Augen und sagte: »Stimmt's, Papa, du hast geglaubt, es sei nur ein Scherz, den ich mache, als ich davon erzählte, dass ich Lucia-

Kandidatin meiner Klasse bin. Du denkst noch immer, dass eine Außenseiterin wie ich nie und nimmer gewählt werden kann.«

Da saß er auf der Bettkante und suchte verzweifelt nach den richtigen Worten. Wie hilflos er sich vorkam und wie hilflos er aussehen musste. Von den eigenen Kindern mit unangenehmen Wahrheiten konfrontiert zu werden, gehörte eindeutig zu den unbequemsten Aspekten des Elterndaseins. Dummerweise machten das Kinder sehr gerne und sie hatten ein verdammt gutes Gespür, Dinge absolut treffend auf den Punkt zu bringen. Wäre er ehrlich gewesen, hätte er ihr unumwunden Recht geben müssen. Sie war tatsächlich eine Außenseiterin und - das wusste er aus eigener Schulerfahrung nur zu gut - Außenseiterinnen wurden nicht Lucia-Kandidatinnen. Das war ein Gesetz. Natürlich hatte er im ersten Moment geglaubt, Siris Erzählung sei ein Scherz gewesen.

Mit sich selbst hadernd und nach Worten suchend, saß er da und wünschte sich an seinen Schreibtisch im Präsidium, als Siri ihn rettete. Es sei schon in Ordnung, wenn er so dächte, schließlich habe sie es zunächst ja auch nicht glauben können. Er strich ihr durchs Haar und drückte sie fest an sich. Er freue sich, sagte er, wahnsinnig freue er sich für sie. Dann fragte er sie, wie es nun weitergehe, und wieder überraschte ihn seine Tochter, als sie meinte, dass nun aus dem Kreis der Klassensiegerinnen die Schulsiegerin gewählt würde, dass er sich aber keine Sorgen machen solle, sie mache sich nichts vor und wisse sehr wohl, dass sie da keine Chance mehr habe. Als Klassensiegerin werde sie aber auf jeden Fall als Jungfer hinter der Lucia herziehen, ebenfalls in einem weißen Kleid und mit einer Kerze in der Hand, und im Chor die Lucia-Lieder singen. Dabei strahlte sie übers ganze Gesicht, dann rutschte sie unter die Decke, zog diese hoch bis ans Kinn und sah zum ersten Mal seit langem wieder glücklich aus.

»Bist du Polizist geworden, weil du in der Schule auch ein Außenseiter warst?«, fragte sie in die aufkommende Stille, und wieder überrumpelte sie ihren Vater mit ihrer unbekümmerten Direktheit.

»Was?«, war die einzige, wenngleich wenig eloquente Reaktion, die Jacob zustande brachte.

»Du hast mal gesagt, als Kommissar hat man keine Freunde.«

Ja, das hatte er tatsächlich gesagt. Schließlich war es auch so. Kriminalkommissare hatten Kollegen, die, wenn es gut ging, möglicherweise zu Freunden werden konnten. Aber sonst? Zu früheren Schulkameraden hatte er keinen Kontakt mehr. Und wo sollte er schon neue Freunde kennen lernen? Kommissare waren Einzelgänger. Was hatten sie denn zu erzählen? Auf irgendwelchen Partys standen sie irgendwo an der Ecke und knabberten Erdnüsse. Jeder Smalltalk nahm ein abruptes Ende, sobald man auf den Beruf des jeweils anderen zu sprechen kam. Was sollte man auch schon von der Arbeit berichten? Dass man sich tagelang durch irgendwelche Akten gefressen hatte oder den lieben langen Tag im Auto verbracht hat, weil man jemanden observierte? Spannend. Dann doch lieber über Mord, Totschlag, zerrüttete Familien, Bandenkriege, über das Aussehen erkalteter toter Körper oder das unerträgliche Leid der Angehörigen plaudern? Nein, man erzählte nicht von seiner Arbeit. Viel mehr als seine Arbeit hatte man jedoch nicht, also schwieg man, und wer schwieg, war potenziell uninteressant. Daraus ergab sich nur eine Konsequenz: Man hatte ein paar Kollegen, ansonsten aber keine Freunde.

»Du hast recht, meine Kleine«, sagte Jacob. »Als Kommissar hat man wirklich kaum Freunde. Das bringt der Beruf mit sich.«

»Warum bist du dann Polizist geworden?«

»Eine gute Frage.« Jacob lächelte und strich ihr über den Kopf. »Gewiss aber nicht, weil ich schon immer ein Einzelgänger war.«

»Warst du beliebt in der Schule?«

»Ich weiß nicht«, sagte Jacob. »Ich war weder sonderlich unbeliebt noch der Superstar. Ich hatte ein paar gute Freunde, und das war so okay für mich.«

»Ich will gar nicht viele Freunde«, sagte Siri. »Am liebsten hätte ich nur einen einzigen, richtig guten Freund. So wie Ronja, die Birk hat. Mit dem kann sie alles machen. Oder Tom, der Huck hat. So einen Freund brauche ich.«

Aber sie hatte ihn nicht. Siri sagte es nicht, doch Jacob konnte diesen letzten, nicht gesagten Satz in ihren Augen lesen, die mit einem Male ganz traurig aussahen.

»Soll ich dir aus »Ronja Räubertochter« vorlesen?«, fragte er rasch, doch Siri schüttelte den Kopf.

»Ich lese lieber selbst. Am Montag kann dann wieder Bengt vorlesen. Niemand liest besser vor als er«, sagte sie.

Jacob ließ sich den Stich nicht ansehen. Er mochte diesen Bengt Moström wahrlich, aber insgeheim wollte er der beste Vorleser sein, von dem sich seine Tochter am liebsten in die Welt der Bücher entführen lassen wollte. Er gab Siri einen Kuss auf die Stirn, wünschte ihr eine gute Nacht und ging zur Tür, wo er lange stehen blieb und seinen Schatten ins Zimmer warf, nicht im Stande, die Tür zuzuziehen.

»Ich freue mich auch für Siri«, sagte Jacob zu seiner Frau. »Aber es fällt mir noch immer schwer zu glauben, dass sie gewählt worden ist.«

»Kinder stecken eben immer wieder voller Überraschungen«, flüsterte Stina in sein Ohr. Sie nahm die Hand von seinem Oberschenkel und streichelte ihm über die Brust. »Lass uns ins Bett gehen, Jacob.«

Sie löschten die Lichter und gingen nach oben ins Schlafzimmer. Während des Vorspiels spukte Jan Asmussen durch seinen Kopf, als sie miteinander schliefen, ertappte er sich beschämt dabei, dass er an Eva dachte und überlegte, wie es ihr gerade wohl ging, das Nachspiel setzte sich aus einem Whiskey im Sessel im Wohnzimmer und dem unstillbaren Verlangen nach einer Zigarette zusammen, während Stina oben im Schlafzimmer bereits schlummerte. Es pochte hinter den Schläfen, die Kopfschmerzen kehrten zurück, nachdem sie ihn während des gesamten Abends in Ruhe gelassen hatten. Er hatte sich bemüht, wahrlich. Aber jetzt stürzten die Fragen wieder über ihn her. Wer hatte eine solche Wut auf Jan Asmussen? Wer war im Stande, einer blinden Frau den Kopf abzuschneiden? Wer nahm zwei alleinerziehenden Müttern die Kinder weg? Wer machte das alles? Wer? Und während er im tiefen und weichen Sessel saß und an seinem Glas nippte, bis die Uhr drei, halb vier, vier anzeigte, wurde die Ahnung zur Gewissheit, dass ein unbeschwertes Familienleben während eines Falles wie diesem immer eine Illusion bliebe.

Tagebuch 30. Mai

Du hast gestern alles gelesen, liebes Tagebuch. Du weißt alles. Alles über sie. Es war gut, es dir zu erzählen. Du hörst einfach zu. Heute musste ich die Blätter wieder rausreißen, zerknüllen und im Garten verbrennen. So ist es am besten. Du weißt alles, aber es steht nicht mehr da.

Mama hat vorhin mit mir geredet. Sie macht sich Sorgen, weil ich seit Tagen mit fast niemandem mehr spreche. Ganz große Falten hat sie im Gesicht und sie schaut so traurig dabei. Am liebsten hätte ich geheult und alles erzählt. Aber ich kann nicht. Verstehst du das? Du schon, oder? Du bist die Einzige, die mich versteht.

Heute war ich mit dem Ruderboot draußen auf dem See. Es war wunderbar warm, fast wie im Sommer. Ich ruderte hinaus und dann lag ich lange auf der Holzbank im Boot, bis ich ganz rot wurde. Ich bin ins Wasser gesprungen, das noch eiskalt ist. Beim Tauchen habe ich überlegt, wie es wohl ist, wenn ich einfach nicht mehr auftauche, wenn ich immer tiefer und tiefer tauche, bis irgendwann die Luft weg ist. Ich tauchte nach unten, zwei, drei, vier Meter, ich weiß es nicht, aber dann habe ich eine solche Angst bekommen, dass ich schnell wieder an die Oberfläche musste. In Windeseile ruderte ich zurück. Keine Ahnung, was das für eine Angst war. Ich wusste nur, dass ich weg musste vom See. Seitdem sitze ich hier im Zimmer. Zum Abendessen bin ich nicht aufgetaucht. Zum Glück haben Mama und Papa mich in Ruhe gelassen. Naja, bis auf vorhin eben, als Mama nach hereinkam und mich so traurig anschaute. Ich will sie ganz fest an mich drücken und ihr alles erzählen. Ich würde so gern. Aber das geht nicht, das haben sie mir klar gesagt. Einmal habe ich versucht zu reden. Die Nacht danach war die schlimmste.

Ich schweige. Ich werde immer schweigen.

Zum Glück habe ich dich.

45

Er hatte sich was vorgemacht. Beinahe schon provokant zogen Stina, Kalle und Siri das gemeinsame Sonntagsfrühstück in die Länge. Natürlich, jetzt musste es auch noch Pfannkuchen geben. Da kam der zweite Appetit und es konnte eine weitere halbe Stunde gefrühstückt werden. Jacob schaute im Minutentakt auf die Uhr. Bereits in einer Stunde begann Kalles Fußballturnier. Er konnte es sich also abschminken, zuvor nochmals ins Präsidium zu schauen, sich über die neuesten Entwicklungen in Kenntnis setzen zu lassen und zumindest in aller Kürze mit Wilhelmsson die nächsten Schritte durchzusprechen. Wahrscheinlich gab es keine neuen Entwicklungen, sicher, aber die Unwissenheit, ob nicht doch ein entscheidender Hinweis eingegangen war oder Sara Börjesson in den Listen, die sie überprüfte, etwas Interessantes gefunden hatte, machte ihn wahnsinnig. Den Kaffee hatte er nach zehn Minuten ausgetrunken, da waren Brötchen und Ei schon längst verschlungen. Und seitdem saß er da und guckte den anderen beim Essen zu.

Sonntägliche Familienfrühstücke waren etwas für entspannte Angestellte, die am Montagmorgen in ihr Büro gingen und nicht einen Gedanken an die Arbeit verschwendeten, ehe sie nicht über die Türschwelle zu ihrem Arbeitsraum getreten und in aller Seelenruhe den Computer hochgefahren hatten. Aber nichts für einen leitenden Kommissar, der am Abend zuvor ohnehin nichts geleistet hatte. Auf dem Handy gab es trotz fünfmaligem Nachschauen keine neuen Nachrichten. Das Telefon blieb verdächtig still. Niemand wollte etwas von ihm. Vielleicht war es genau das, was ihn so unruhig werden ließ.

Während er angestrengt darüber nachdachte, was Linda Asmussen und Olle Fridberg neben der Schule noch verband und wo sie ansetzen konnten, nickte er in regelmäßigen Abständen, jedes Mal, wenn Kalle ihn im Lauf seines nie enden wollenden Redeflusses erwartungsvoll anschaute. Er babbelte irgendetwas von Fußball und Turnieren, während seine Augen leuchteten, und vergaß schon wieder das Kauen während des Redens.

»Echt, Papa? Aber warum denn das?«, rief Kalle und starrte seinen Vater verwundert an.

»Was?« Jacob schüttelte die Gedanken an Linda und Olle von sich. Von was hatte Kalle gerade gesprochen? Er hatte keinen blassen Schimmer.

»Du hast mir gar nicht zugehört, stimmt's?« Kalle zog den rechten Mundwinkel beleidigt nach unten und die Augenbrauen in der Mitte zusammen. Aus zusammengekniffenen Augen schaute er mürrisch seinen Vater an.

»Doch, doch«, beeilte sich Jacob zu sagen. »Ich habe nur deine Frage nicht verstanden.«

Er sah Stinas vorwurfsvollen Blick. Sie wusste haargenau, wo er gerade in Gedanken gewesen war. Da war ihm Siri lieber, die abwesend und mit leicht angeekelter Miene in ihrem zu weich gekochten Ei herumstocherte.

»Ich habe dich gefragt, ob du Fußball blöd findest, weil du ihn nie im Fernsehen schaust. Und du hast genickt«, sagte Kalle.

Jacob lächelte und streichelte über Kalles Wuschelhaar. »Im Sommer kicke ich doch immer mit dir. Fußball ist super.«

»Meinst du das ernst oder sagst du das nur so?«

»Das meine ich ernst«, sagte Jacob und meinte es zumindest überwiegend ernst. Er freute sich, dass Kalle so begeistert kickte, aber zu seiner Lieblingssportart würde Fußball nie aufsteigen. Er selbst hatte jahrelang Bandy gespielt, was mit Fußball ja durchaus einige Gemeinsamkeiten hatte. Das Spielfeld war ähnlich groß, es gab Abseits und Eckbälle und in jeder Mannschaft zehn Feldspieler plus einen Torwart. Da es aber eine nordische Sportart war, wurde Bandy selbstverständlich auf Schlittschuhen und mit Schlägern, im Gegensatz zum Eishockey jedoch nicht mit einem Puck, sondern mit einem kleinen roten Ball gespielt.

»Freust du dich aufs Turnier?«, fragte Kalle. Es war klar, dass es auf diese Frage nur eine Antwort geben konnte.

»Natürlich«, sagte Jacob und sah sich schon inmitten pöbelnder und besserwisserischer Väter auf der Tribüne stehen.

46

»Ja, Schiri, bist du denn blind? Das war ein Foul. Das sieht sogar jeder Depp, der vom Fußball keine Ahnung hat!«

»Jetzt bewegt euch doch endlich mal! So wird das nix!«

»Warum der Trainer dieses Kind aufgestellt hat, verstehe wer will, ich aber nicht. Das hat doch nichts auf einem Fußballfeld verloren mit seinen zwei linken Beinen!«

»Spiel doch endlich ab! Mein Kleiner steht doch frei. Unglaublich, der hätte den versenkt, wenn er nur den Ball bekommen hätte.«

Rhodén überlegte, ob er sich mit dem Hinweis, dass es sich um Fünf- und Sechsjährige handelte, die da spielten, und der Schiedsrichter, der dankenswerterweise den Sonntag opferte, um für die kleinen Kids zu pfeifen, vielleicht sechzehn war, in den illustren Kreis der Familienväter eingliedern sollte, blieb dann aber doch lieber für sich.

Kalle hatte mit seiner Mannschaft gerade eben das erste Spiel hinter sich gebracht und er hatte sich nicht schlecht geschlagen. Ja, und auch Jacob hatte die Luft eingesogen, die Hand schon zum Jubeln emporgereckt, um dann heftig auszuatmen und kopfschüttelnd abzuwinken, als Kalle einen Hundertprozentigen frei vor dem Tor stehend daneben schoss. Nach acht Minuten war das Spiel vorbei, Kalle winkte mit hochroten Wangen, aber glücklich und zufrieden zu seinem Vater, ehe er mit den Spielkameraden in der Kabine verschwand. Nun würden irgendwann die Spiele zwei und drei folgen, ehe es nach einer Pause mit dem Halbfinale und schließlich dem Finale weiterging. Würde Kalles Mannschaft die nächsten beiden Spiele verlieren, wäre schon vor dem Halbfinale Schluss. Jacob wusste, dass er sich das nicht wünschen durfte, und wünschte es sich doch. Und je länger er sich das Gerede der Eltern, die um ihn herum auf der Tribüne saßen und standen, anhören musste, desto sehnlicher wurde der Wunsch. Es half auch nichts, dass die Verantwortlichen des Turniers über die Lautsprecheranlage darum baten, ausfallende und beleidigende Kommentare unterbleiben zu lassen, da man sich ansonsten gezwungen sähe, die Zwischenrufer aus der Halle zu bitten. Zwar verstummten nun unter einigem Murren die Schiedsrichterbeleidigungen und andere Kommentare, aus denen hervorging, dass die Väter den Ball deutlich besser angenommen und verwertet und als Trainer ohnehin eine viel bessere Figur gemacht hätten. In Ermangelung eines geeigneten Gesprächsthemas kehrte zunächst Ruhe ein. Da man ein Fußballturnier des eigenen Nachwuchses offensichtlich jedoch nicht stumm betrachten konnte, wurde bald nach einem neuen Thema gesucht, zu dem jeder etwas beisteuern konnte.

Klar, wie konnte es auch anders sein, neben der aktuellen Flüchtlingspolitik, die erstaunlicherweise sehr kurz und mit wenig Engagement diskutiert wurde, gab es nur ein Thema, das in Arvika momentan von Interesse war. Rhodén versuchte, nicht hinzuhören, aber wie es nun mal ist: Es ist unmöglich, bewusst wegzuhören, da dies nur dazu führt, dass man bewusst hinhört. Er klammerte sich mit beiden Händen ans Geländer und starrte stur geradeaus aufs Spielfeld, wo sich gerade zwei Mannschaften aus dem Umland von Arvika einer müden Nullnummer hingaben. Währenddessen ließen sich die Sätze der Männer weder ausblenden noch ignorieren. Keine Chance.

Der Polizei sei doch schon lange nicht mehr zu helfen, meinte einer, woraufhin ein anderer beipflichtete und sagte, man fühle sich abends ja nicht mehr sicher. Er zumindest lasse seine Kinder nicht mehr mit dem Fahrrad zu Freunden fahren. Man könne ja nie wissen. Dann wurde diskutiert, wie blind man nur sein könne, wenn zwei Kinder entführt und vier Erwachsene ermordet werden und der Täter sich offensichtlich munter, frei und unbedarft weiterhin in der Öffentlichkeit bewegen könne. Theorien wurden aufgestellt, wo die Gründe hierfür lagen, wobei die Meinungen auseinander gingen. Da gab es die Staatskritiker, die forderten, die Polizei müsse endlich mehr Geld erhalten, man könne ja schließlich nicht alles für die Migranten ausgeben. Auf der anderen Seite standen diejenigen, die die Schuld entweder in der immer schlechter werdenden Polizistenausbildung oder alternativ in der grundsätzlichen Bequemlichkeit der Polizisten im Allgemeinen und derjenigen in Arvika im Besonderen fanden. Einig wiederum war man sich darin, dass es so nicht weitergehen könne, Bürgermilizen nach amerikanischem Vorbild zumindest bedenkenswert seien und die Polizei endlich mal den Arsch hochkriegen solle.

Rhodén stand daneben, trommelte mit den Fingern auf dem Geländer und sehnte den Abpfiff der Nullnummer herbei. Nicht wegen der Männer und ihrem Gerede – das nährte zwar eine Wut tief in ihm, dennoch hatte er das Gefühl, darüberstehen zu können –, sondern wegen all der ungeklärten Fragen hielt er es kaum mehr aus, hier am Geländer zu stehen und Fußball zu schauen, während seine Kollegen arbeiteten und Helland sich wahrscheinlich gerade nach dem Verbleib des Kommissars erkundigte. Er musste die Frau kontaktieren, die vor Jahren eine Anzeige gegen Jan Asmussen gestellt hatte. Vielleicht hatte das Wilhelmsson bereits geschafft, aber dann musste er dringend mit ihr reden. Das Display des Handys blieb leer. Keine Nachrichten. Herrgott. Das konnte doch nicht sein. Er wollte mit Nysell telefonieren, der sicher schon neue rechtsmedizinische Ergebnisse hatte. Sie mussten Karla Asmussen befragen und herausbekommen, was sie mit ihrem mysteriösen Halbsatz gemeint hatte. Was hat Jan Asmussen noch? Was wollte sie sagen und warum konnte sie den Satz nicht beenden? Vielleicht wusste Tomas Begin etwas. Sie würden ihn erneut darum bitten müssen, auf dem Präsidium zu erscheinen. Ach, es gab so viel zu tun. Und er stand hier, unflätige Väter neben sich, und schaute Fußball, der möglicherweise süß und goldig, keinesfalls jedoch attraktiv war. In diesem Moment entdeckte er Kalle auf der anderen Seite des Spielfelds, der aufgeregt und strahlend zu ihm herüberwinkte.

Jacob, du bist der miserabelste Vater aller Zeiten, schimpfte Rhodén mit sich selbst.

Zusammen mit seiner Mannschaft lief Kalle auf den Platz. Gleich würde das zweite Spiel beginnen. Die weiße Sporthose war Kalle deutlich zu weit und zu lang, auch die Ärmel des Trikots reichten bis zu den Ellenbogen. Er stützte sich mit den Händen auf den Oberschenkeln ab und erwartete, ganz Profi, den Anpfiff, während die Haare wild in alle Richtungen abstanden. Eine Woge unbändiger Vaterliebe erfasste Jacob beim Anblick seines Sohnes, die, sobald sie über ihn hinweggeschwappt war, von einer Monsterwelle schlechten Gewissens gefolgt wurde. Für Kalle war dieser Nachmittag der wichtigste überhaupt, also war es seine verdammte Pflicht als Vater, dem Dasein als Zuschauer ungeordneter Spielabläufe in einer stickigen Halle eine gewisse Bedeutung beizumessen.

Dann klingelte das Mobiltelefon. Rhodén kramte es hervor und sah, dass es Berg von der Spurensicherung war. Mit einem schlechten Gewissen angesichts der Freude über den Anruf nahm er das Gespräch an.

Taucher hatten im See nahe dem Tatort ein Messer gefunden. Es sei durchaus wahrscheinlich, dass es sich um die Tatwaffe handelte, wie Berg meinte. Er sei bereits im Labor und untersuche das Messer. Ob Rhodén kommen wolle?

47

Er war froh, Wilhelmsson wiederzusehen. Sie stand Mikael Berg gegenüber und diskutierte mit dem armen Techniker unter Verwendung unzähliger nicht jugendfreier Wörter, welchen Männern man aus welchen Gründen den Schwanz abschneiden und ihnen damit ihr Maul stopfen würde, als Rhodén Bergs Labor betrat. Wenn Wilhelmsson auf diese Art und Weise fluchte, dann ging es ihr schon wieder deutlich besser.

Als Rhodén jedoch berichtete, wo er gerade herkam und weshalb er erst so spät im Präsidium auftauchte, reagierten Berg und Wilhelmsson anders als erwartet. Der Kriminaltechniker meinte nur, sonntags müsse man sich wohl nicht fürs Arbeiten entschuldigen. Wilhelmsson hingegen packte ihre Jacke und ihre Tasche, baute sich vor Rhodén auf und sagte, während sich ihre Augenbrauen gefährlich zusammenzogen: »Du bist ein solcher Idiot!« Dann rauschte sie aus dem Zimmer, Rhodén wusste mal wieder nicht, wie ihm geschah, und auch Berg zuckte nur mit den Schultern, als sei damit alles gesagt. Als der Kommissar seiner Kollegin hinterherlief, um sie zu fragen, was nun schon wieder los sei, war sie bereits irgendwo verschwunden. Er versuchte es auf ihrem Handy, doch sie ging nicht ran.

Hinterlassen Sie gerne eine Nachricht für ...

Verdammt! Was war denn nur mit Wilhelmsson los? Seit drei Jahren arbeiteten sie zusammen und er hatte immer geglaubt, sie zu kennen, bis sie gestern wutentbrannt den Besprechungsraum verlassen hatte und heute zwar nicht wut-, aber dennoch irgendwie entbrannt erneut das Weite suchte.

Eva, ich brauche dich!, rief Rhodén stumm in den gekachelten Gang im Kellergeschoss des Präsidiums. Ich brauch dich hier. Und jetzt. Und professionell. Ich brauche dich als meine Partnerin!

Nachdem sie auch nach drei weiteren Anrufversuchen und minutenlangem Hin- und Hergetigere auf dem Gang nicht mehr auftauchte, riss er sich zusammen, ging zurück in Bergs Labor und gab ihm mit einem Nicken das Zeichen, dass er mit den neuesten Erkenntnissen beginnen konnte, er sich jedoch mit allen anderen Kommentaren zurückhalten sollte. Er rechnete es Berg hoch an, dass dieser in den nächsten Minuten nur vom gefundenen Messer und sonst von nichts sprach.

Die Klinge des Messers aus Edelstahl maß beinahe dreißig Zentimeter und war etwa fünf Zentimeter breit. Ein Fleischmesser, wie es in jedem zweiten Haushalt zu finden war. Obwohl es einige Stunden im Wasser gelegen war, konnte man die roten Verfärbungen an der Klinge erkennen. Berg sagte, der Täter habe wohl zunächst versucht, das Blut mit einem Tuch oder Ähnlichem abzuwischen. Zumindest legten die angetrockneten Reste diesen Schluss nahe. Wahrscheinlich sei es aber nicht gelungen, das Messer zu säubern, weshalb es in den See geworfen wurde.

Auch wenn erst eine genauere Untersuchung der Blutreste zweifelsfrei ergeben würde, ob es die Tatwaffe sei, konnten sie doch bereits jetzt davon ausgehen. Das Messer zeigte keinerlei Rost oder andere Zeichen, die darauf deuten würden, dass es schon längere Zeit im Wasser gelegen war.

Rhodén kratzte sich an der Stirn. Sie hatten die Tatwaffe. Das war wichtig und es war gut. Helland hatte etwas, was er der Presse präsentieren konnte. Und sie hatten weitere Ansätze, denen sie nachgehen konnten. Es fanden sich Fingerabdrücke auf dem Griff, in irgendeinem Haushalt irgendwo in Arvika fehlte vielleicht dieses Messer im Messerblock, oder ein Haushaltswarengeschäft hatte in den vergangenen Tagen ein solches Messer verkauft und der Käufer hatte mit seiner Kreditkarte bezahlt. Es gab Arbeit, sie hatten Spuren. So weit, so gut. Aber Rhodén wusste zu genau, dass das Messer höchstwahrscheinlich nicht in der letzten Zeit in Arvika gekauft worden war. Die Tat war geplant, sie geschah nicht im Affekt. Also war der Täter sicherlich nicht so blöd, eindeutige Spuren zu hinterlassen. Und Fingerabdrücke konnten sie nur abgleichen, nach fehlenden Messern in irgendwelchen Küchen konnten sie nur suchen, wenn sie Verdächtige hatten. Von Begin hatten sie die Fingerabdrücke, aber Rhodén war sich sicher, dass sie hier keinen Treffer landen würden. Blieb Sahlin. Mehr Verdächtige hatten sie nicht.

In diesem Moment rief Sara Börjesson an. Sie hatte sich durch die Liste der Fahrzeughalter gequält. Und siehe da: Auf einen Jonas Lagergren aus Rackstad waren ein Volvo 740 und ein Wohnmobil angemeldet.

Rhodén nickte zufrieden, als er auflegte. Vielleicht hatten sie ja doch mehr Verdächtige.

48

»Herr Rhodén, es ist Sonntag und Sie stören!«

»Es tut mir leid, dass ich Sie störe, Herr Nysell«, sagte Rhodén und war dankbar, dass Telefone sich verdrehende Augen nicht übertrugen. »Ich wollte mich nur erkundigen, ob Sie schon etwas zu Jan und Beata Asmussen sagen können, die seit gestern auf Ihren Tischen liegen.«

»Sie liegen im Kühlraum und dort werden sie auch bis morgen noch verbleiben. Es ist Sonntag, wenn ich Sie nochmals daran erinnern darf.« Der Gerichtsmediziner näselte, was er immer tat, wenn er jemanden abwimmeln oder als besonders wichtig gelten wollte. Also eigentlich fast immer.

»Mir ist sehr wohl bewusst, dass heute Sonntag ist«, sagte Rhodén. »Dennoch hatte ich die Hoffnung, dass Sie die Leichen bereits eingehender untersucht haben.«

Nysell seufzte überdeutlich in den Hörer. »Ich wusste von Anfang an, dass es ein Fehler war. Ich wusste es, aber ich habe es eben gut mit Ihnen gemeint. Welch ein grotesker Fehler von mir!«

»Was meinen Sie?« Rhodén lehnte sich erschöpft in seinem Schreibtischstuhl zurück. Der Sonntag begann ja wahrlich prächtig.

»Die Erwartungshaltung, die meine vorbildliche Arbeit bei Ihnen geweckt hat.«

»Was?« Er hätte beim Fußballturnier bleiben sollen, wo er seinen Sohn bewundern und irgendwelchen Vätern zuhören konnte. Da war die Welt zwar eintönig und langweilig, aber dafür einfach.

»Merken Sie denn nicht, welche Erwartungshaltung Sie haben? Die Polizei in Arvika hat einen Toten, der untersucht werden muss. Wir rufen nach Doktor Stefan Nysell, der seine Arbeit natürlich liegen lassen muss, gleichgültig, wie wichtig sie ist. Und glauben Sie mir, ich habe hier viele Kunden, die zweifelsohne dringender aufgeschnitten und untersucht werden müssen als Ihre Leichen. Und für Herrn Kommissar Jacob Rhodén ist es zu einer Selbstverständlichkeit geworden, dass der gute Nysell die

Leichen augenblicklich untersucht, egal, wie viel er zu tun hat, egal, ob es mitten in der Nacht oder am Sonntag oder in seinem Urlaub ist. Stefan Nysell hat zu liefern, weil er das in der Vergangenheit schließlich häufig gemacht hat. Das meine ich: Ich habe zu gut und zu schnell gearbeitet. Und auch wenn ich stets zu unterstreichen versuchte, dass dies keine Selbstverständlichkeit sei, haben Sie da wohl nicht mehr zugehört, und eine Ausnahme wurde für Sie zum Normalfall. Ich habe Ihnen gleich zu Beginn des Telefonats klar gemacht, dass Sie stören, aber das haben Sie ja geflissentlich ignoriert.«

»Äh ... Herr Nysell, Stefan, ich wollte mich lediglich erkundigen. Mit keinem Wort habe ich gesagt, dass ich heute bereits Ergebnisse erwarte.«

»Allein Ihr Anruf zeugt von Ihrer Erwartungshaltung. Merken Sie das nicht? Nein, so etwas merken Sie nicht.« Rhodén hörte das Klappern von Töpfen im Hintergrund. »Und nun haben Sie bereits wieder mehrere Minuten meiner wertvollen Lebenszeit verschwendet, obwohl meine Botschaft eine eindeutige war: Sie stören. Es ist Sonntag.«

Rhodén wollte einwenden, dass es nicht er war, der Nysells Lebenszeit vergeudete, sondern der Arzt mit seinen Monologen die Hauptlast daran trug, doch er konnte sich noch rechtzeitig auf die Zunge beißen. Nysell gegenüber musste man seine Worte gut überlegen, wollte man ihn nicht vergrätzen. Und ein wenig wohlgesinnter Nysell konnte einem die Ermittlungsarbeit deutlich erschweren.

»Wobei störe ich Sie denn?«, fragte der Kommissar stattdessen. »Beim Kochen?«

»Es geht Sie zwar nichts an, wie ich meine Freizeit zu verbringen pflege. Aber ja. Ich koche. Und dabei meine ich tatsächlich kochen, nicht nur Essen zubereiten, was Sie wahrscheinlich unter Kochen verstehen. Sie sollten das ebenfalls häufiger machen, Rhodén. Kochen beruhigt und schärft die Sinne. Beides hilft Ihnen bei Ihrer Arbeit vielleicht mehr, als gehetzt und gestresst am Sonntag hinter dem Schreibtisch zu sitzen und unbescholtene Mitbürger mit Ihren Anrufen zu belästigen.«

»Ja, werde ich versuchen. Danke für den Tipp«, sagte Rhodén matt, während er sich erschöpft die Stirn massierte. »Ich wünsche Ihnen noch einen schönen Tag, Herr Nysell.«

»Wie? Sie stören mich, halten mich von Wichtigem ab, nur um wieder aufzulegen, als wären wir zwei Waschweiber, die nur

Banalitäten auszutauschen hätten?« Rhodén, Sie enttäuschen mich!«

Rhodén schloss die Augen, atmete tief ein und aus. Immer ruhig bleiben, einfach immer ruhig bleiben. »Also haben Sie doch etwas für mich?«

»Natürlich habe ich mir die beiden gestern kurz angeschaut. Zwei durchaus interessante Objekte, die Sie mir da überbracht haben. Viel kann ich noch nicht sagen, da die Untersuchung der Organe und aller Innereien ebenso wie die Analyse der verschiedenen Werte noch zu erfolgen hat. Selbst wenn Sie es mir nicht glauben, ich hatte gestern auch anderes zu tun und heute gönne ich mir eine kleine Auszeit von der Arbeit. Was Sie im Übrigen auch einmal machen sollten, nicht dass ...«

»Was haben Sie, Herr Nysell?« Lange hielt der Geduldsfaden nicht mehr. Lange nicht. Durchatmen!

»Wie Sie wollen, dann mache ich es eben kurz. Aber dann beschweren Sie sich später nicht, wenn Sie nicht alle Informationen in allen Details erhalten haben!«

»Schießen Sie los!« Rhodén wünschte sich einen Boxsack in seinem Büro. Der wäre im Dauereinsatz.

»Sowohl Penis des Mannes als auch Kopf der Frau wurden mit einem scharfen Messer abgetrennt, das jedoch nicht lang und stark genug war, um den Hals mit einem Schnitt zu durchtrennen. Es müsste sich folglich um ein handelsübliches Fleischmesser handeln, vielleicht auch ein Jagdmesser.«

Berg hatte ihm bereits exakt dasselbe gesagt. Rhodén atmete hörbar aus. »Was noch?«, fragte er.

»Bei beiden ist die Todesursache eindeutig Erschießen. Die Körperteile wurden erst nach Eintritt des Todes abgetrennt, was man sehr deutlich an den Blutspuren am Tatort sowie der Blutgerinnung feststellen kann.«

Auch nichts Neues. »Sonst noch etwas?«

»Rhodén, wie oft soll ich es noch sagen! Genaue Ergebnisse erhalten Sie nach einer genauen Untersuchung. Sie sollten sich stattdessen einmal dankbar erweisen, dass ich die Leichen zumindest grob angeschaut habe, um Ihnen diese ersten Ergebnisse zu liefern, denn auch damit können Sie anfangen zu arbeiten.«

Er hätte sich einfach bedanken und auflegen sollen. Es wäre so einfach gewesen. Danke. Auf Wiedersehen. Sie sind ein toller Hecht. Der Tag wäre weitergegangen und morgen oder spätestens übermorgen wären die detaillierten Untersuchungsergebnisse von Nysell eingegangen.

Rhodén wusste nicht, woher die Worte gekommen waren, doch er wusste bereits in dem Moment, in dem sie ihm einfach so aus dem Mund geflossen waren, wie dumm und dämlich sie waren. Ohrfeigen könnte er sich.

»Sie haben also das herausgefunden, was Berg ohnehin schon wusste.« Das hatte er gesagt. Das hatte er tatsächlich Nysell gegenüber gesagt. Wilhelmsson hatte recht. Er war ein solcher Idiot.

»Berg? Mikael Berg, der Spurenleser und Möchtegern-Mediziner? Herr Rhodén, Sie versteigen sich und sind unverschämt. Schönen Tag noch!« Damit legte Stefan Nysell auf und ließ Rhodén mit dem Hörer in der Hand sprachlos zurück.

»Idiot!«, raunzte Rhodén in die Stille seines Büros, wobei er selbst nicht wusste, ob er Nysell oder sich selbst meinte. Wahrscheinlich beide.

Bereits mehrfach hatte er versucht, Nysell zu erklären, dass in einer ländlichen Gegend, die Arvika nun mal unbestreitbar war, die Kriminaltechniker mit ihren Untersuchungen hin und wieder in das Arbeitsfeld der Rechtsmedizin eingreifen müssten, da es eben lange dauerte, bis ein Gerichtsmediziner vor Ort war. Berg machte gute Arbeit, jedoch kannte er seine Grenzen sehr wohl. Pathologische Befunde überließ er den Fachleuten. Doch es machte keinen Sinn, dies Nysell zu erklären. Er sah in Berg nur einen sturen, bockigen Techniker, der meinte, er könne in schamloser Überschreitung seiner Befugnisse in die elitäre Riege der Besitzer eines medizinischen Examens aufsteigen. Bereits bei Rhodéns Eintreffen in Arvika vor etwas mehr als drei Jahren konnte er die bizarre Fehde zwischen den beiden beobachten.

Meist konnte er darüber schmunzeln. Jetzt aber wusste er, dass Jan und Beata Asmussen in der Prioritätenliste der Karlstader Rechtsmedizin weit nach unten gesunken waren.

49

»Helga Olsson«, las Jacob bereits zum zehnten oder zwanzigsten Mal auf dem Klebezettel, den er sich ans Telefon geheftet hatte. Darunter standen die neun Ziffern der Telefonnummer. Diese Nummer konnte sie weiterbringen. Sie würde sie weiterbringen, ganz sicher. Deswegen hatte er auch Christoffer Nilsson und Caroline Georgieva zu dem Halter des Volvos und des Wohnmobils oben in Rackstad geschickt, weil er persönlich Helga Olsson erreichen wollte. Die Frau, die vor beinahe dreißig Jahren Jan Asmussen wegen sexueller Belästigung angezeigt und am Tag darauf die Anzeige wieder zurückgezogen hatte. Dreißig Jahre. Eine verdammt lange Zeit. Da war er in Södermalm noch zur Schule gegangen, hatte Pickel gehabt und vor der alles entscheidenden Frage gestanden, was denn nun wichtiger war: Bandy oder Mädchen.

Würde Frau Olsson sich noch erinnern? Natürlich würde sie das. Bestimmte Dinge im Leben vergisst man nicht. Wichtiger war die Frage, ob sie reden wollte. Und momentan, ob sie zu erreichen war und die Nummer, die Börjesson wo auch immer herausgekramt hatte, überhaupt stimmte. Sechs Mal hatte er es bereits versucht und musste ständig mit einem automatischen Anrufbeantworter vorlieb nehmen, der nicht den Namen, sondern nur die angerufene Nummer sagte. Welcher Depp hatte diesen Mist erfunden? Er war doch kein Idiot, dem irgendeine Automatenstimme sagen musste, welche Nummer er gerade gewählt hatte! Mit zunehmender Technisierung kam nicht nur neue Intelligenz in die Welt, sondern auch eine nie dagewesene Stupidität.

Hektisch stand er auf, eilte zum Waschbecken und füllte ein Glas Wasser, das er in einem Zug leer trank, ehe er rasch zum Schreibtisch zurückging, wo er sich setzte, eine Schublade aufzog, um sie gleich darauf wieder zu schließen. Er trommelte mit den Fingern auf der Schreibtischunterlage, nahm den Hörer ab, wählte die Nummer erneut, doch welch Wunder, es ging nur der Anrufbeantworter ran, was logisch war, da er erst vor einer halben Minute den letzten Versuch unternommen hatte. Er stand auf, ging zum Fenster, stellte fest, dass Wolken vom See her aufzogen und allmählich den blauen Himmel befleckten.

Er gab sich eine Ohrfeige. Links. Dann eine zweite, rechts. Zum Glück sah ihn niemand. Er zwang sich, sich wieder zu setzen, weil er sich ansonsten noch unzählige weitere Male geohrfeigt hätte.

»Eva«, sprach er zu sich selbst. »Hattest mal wieder Recht: Ich bin ein solcher Idiot.«

Aus Gründen, die er bisher noch nicht begriffen hatte, hatte er Wilhelmsson vertrieben.

Aus innerer Unruhe heraus hatte er das Fußballturnier seines kleinen Sohnes verlassen. Verdammter Rabenvater!

Und wozu? Bisher hatte er rein gar nichts erreicht. Nicht mal nach Rackstad war er unterwegs, dabei könnten sie dort vielleicht endlich einmal einen Treffer erzielen. Weil er meinte, es sei wichtiger, eine Frau anzurufen, die vor fast dreißig Jahren von einem mittlerweile Toten möglicherweise begrapscht worden war und von der sie nur eventuell die richtige Telefonnummer hatten.

Dass Polizeiarbeit zermürbend sein konnte, das wusste er aus vielen früheren Fällen nur zu gut. Wenn es aber um das Leben von zwei Kindern ging, dann war sie nicht länger zermürbend, dann wurden Phasen des Stillstands zur Marter.

Rhodén überlegte, dass Helga Olsson vielleicht deswegen nicht ans Telefon ging, da sie gar nicht in Sundsvall, wo sie gemeldet war, sondern in Arvika war, weil sie sich an Jan Asmussen rächen wollte, als das Telefon klingelte und eine Frau, die sich als Helga Olsson vorstellte, mit freundlicher Stimme sagte, dass sie gesehen habe, dass sie mehrfach von dieser Nummer aus angerufen worden sei, weshalb sie nun zurückrufe. Sie komme gerade aus dem Gottesdienst zurück.

Nachdem Rhodén sich vorgestellt und sein Anliegen vorsichtig geäußert hatte, trat eine lange Stille am anderen Ende der Leitung ein. Er vernahm das regelmäßige Atmen ganz dicht am Hörer, im Hintergrund war Straßenlärm.

»Wer sind Sie nochmal?«, fragte Helga Olsson schließlich.

»Kommissar Rhodén ist mein Name«, sagte der Polizist. »Ich bin von der Polizei in Arvika.«

»Woher weiß ich, dass das stimmt? Sie könnten irgendwer sein. Ein Journalist.«

Rhodén meinte, dass sie gerne die allgemeine Nummer der Polizei Arvika wählen und sich mit ihm verbinden lassen könne, wenn das sie beruhigte, woraufhin Frau Olsson nach einem weiteren langen Zögern sagte, dass es in Ordnung sei und sie ihm schon glaube.

»Warum wollen Sie nach so langer Zeit etwas über meine Anzeige wissen?«

»Jan Asmussen ist tot«, sagte Rhodén. »Er wurde ermordet.«

Die Frau am anderen Hörer sog hörbar die Luft ein. »Das ist schlimm«, sagte sie. »Aber was hat das mit meiner Anzeige zu tun?«

»Wir müssen uns ein Bild von Jan Asmussen machen, um zu wissen, wer er war und wer möglicherweise ein Interesse an seinem Tod haben könnte.«

»Ich jedenfalls nicht«, lachte die Frau. Es war kein fröhliches Lachen. »Seitdem wir aus Arvika weggezogen sind, habe ich nicht mehr an ihn gedacht. Bis jetzt.«

»Wann sind Sie umgezogen?«

»Das musste 1988 gewesen sein«, grübelte Helga Olsson. »Meinen achtzehnten Geburtstag habe ich jedenfalls bereits in Sundsvall gefeiert. Seitdem lebe ich hier und bin nicht mehr umgezogen.«

»Die Anzeige haben Sie 1987 erstattet, also nur ein Jahr vor dem Umzug. Gibt es da einen Zusammenhang?«

»Sie meinen, dass wir weggezogen sind, damit ich dieses Schwein nicht mehr sehen muss?« Wieder lachte Frau Olsson auf diese seltsame Weise. »Nein, das war es nicht. Mein Vater hat eine neue Arbeitsstelle angenommen. Das ist schon alles.«

»Bitte erzählen Sie mir, weshalb Sie Jan Asmussen angezeigt haben.«

Wieder wurde es still am anderen Ende der Leitung. Jacob hörte das Klappern von Geschirr, das aus einem Wasserhahn strömende Wasser, dann Schluckgeräusche. »Ist das wirklich wichtig? Es ist so lange her und sollte besser ruhen.«

»Ich weiß, dass es unangenehm ist, an Dinge zu denken, die man bereits seit langem vergessen hat.« Rhodén wusste, dass die Opfer solche Taten nie tatsächlich vergaßen, sondern sie irgendwo in den Tiefen ihres Gedächtnisses vergruben und mit allen möglichen anderen Informationen überdeckten, doch sie blieben da und waren nicht so einfach zu löschen. »Ich möchte Sie dennoch bitten. Für uns ist es von großer Bedeutung, ein möglichst umfassendes Bild von Jan Asmussen zu gewinnen.«

»Also gut«, sagte die Frau trocken und dermaßen leise, dass Rhodén gezwungen war, den Hörer fest ans Ohr zu pressen, während er sich Notizen machte. »Ich war siebzehn und ging noch zur Schule. Die Asmussens wohnten ganz bei uns in der Nähe, aber ich kannte sie nicht.«

»Wohnten Sie also auch am See Ullen?«, unterbrach Rhodén.

»Wie? Nein, in Ingesund. Das ist im Süden Arvikas, eigentlich ein kleines Dorf, aber es gehört zur Stadt.«

»Ja, ich weiß, wo Ingesund liegt«, sagte Rhodén. Schließlich war er in diesem Fall bereits zweimal dort gewesen, weil Sahlin ebenfalls in Ingesund wohnte.

»Eines Tages, das war im Herbst, es war miserables Wetter und ich hatte den Bus verpasst, ging ich den weiten Weg zu Fuß nach Hause. Da hielt neben mir ein Auto und der Mann am Steuer sagte, dass er mich kenne, ich wohne doch auch in Ingesund, er könne mich mitnehmen.«

Es wurde still im Telefon.

»Und dann?«, drängte Rhodén Frau Olsson dazu, weiterzureden, als er fürchtete, das Gespräch könnte einfach so verstummen.

»Er fuhr nicht nach Ingesund, sondern auf irgendeinen Waldweg. Es wurde dunkel und er aufdringlich. Er lehnte sich zu mir herüber, legte seine Hände auf meine Beine und meine Brust und flüsterte irgendwelche perversen Sachen. Es war ekelhaft. Ich sagte, dass ich das nicht wollte, aber er machte einfach weiter. Irgendwann gelang es mir, den Gurt zu lösen und aus dem Auto zu fliehen. Er versuchte, mich festzuhalten, doch ich war schneller. Dann rannte ich in die Dunkelheit des Waldes und irrte stundenlang darin umher, bis ich endlich zurück nach Hause fand.«

Rhodén hörte, dass die Frau weinte. Er musste sachlich weiterfragen. Routine, es war nur Routine, das musste er Helga Olsson vermitteln. »Haben Sie sofort Anzeige gegen ihn erstattet?«

»Ich kannte ihn ja nicht!« Wieder dieses absonderliche Lachen, das Jacob allmählich unheimlich vorkam. »Am liebsten hätte ich mich in mein Zimmer eingeschlossen und niemandem davon erzählt, aber meine Eltern hatten sich natürlich schon große Sorgen gemacht, in der Schule angerufen, bei Freunden nachgefragt, und als ich jetzt völlig durchnässt und verängstigt heimkam, konnte ich nicht einfach so tun, als sei nichts gewesen. Ich wollte nicht zur Polizei, doch mein Vater drängte mich, Anzeige zu erstatten – zumindest gegen unbekannt.«

»Und wie kamen Sie dann darauf, dass es sich bei dem Mann um Jan Asmussen handelte?«

»Das war wenige Tage später. Ich ging mit dem Hund spazieren, als ich das Auto in einer Hofeinfahrt wiedererkannte. Den Namen konnte ich dann am Briefkasten ablesen. Am Tag darauf sind meine Eltern mit mir auf die Polizei und haben die Anzeige geändert. Nun richtete sie sich gegen Jan Asmussen.«

»Das war am ...« Rhodén überflog die Akte, die Börjesson für ihn herausgesucht hatte und die nun auf seinem Schreibtisch lag. »Am 16. November 1987«, sagte Olsson. Es war achtundzwanzig Jahre her, aber sie erinnerte sich sofort an das Datum der Anzeige. Da war nichts vergessen, dachte Rhodén, gar nichts. Er machte sich eine gedankliche Notiz. Sie sollten Helga Olssons Alibi überprüfen.

»Und am 17., also nur einen Tag später, zogen Sie die Anzeige wieder zurück. Warum?«

»Ich habe Ihnen schon so viel erzählt. Reicht das nicht?« Die Stimme klang müde, erschöpft. Gerne hätte er sie in Ruhe gelassen, aber das ging nicht. Nicht jetzt, wo ein Mehrfachmörder und Entführer irgendwo da draußen frei herumlief.

»Es ist wirklich sehr wichtig, Frau Olsson.«

Sie seufzte. »Ich wollte das alles nicht mehr. Es belastete mich zu sehr. Außerdem hatte er ja nichts gemacht. Zumindest noch nicht.« Plötzlich wirkte sie hektisch, als wolle sie das Gespräch so schnell wie nur möglich zu Ende bringen.

»Nichts gemacht?«, rief Rhodén. »Das war versuchte Entführung und Vergewaltigung. Ich bitte Sie, Frau Olsson, das konnte doch nicht der Grund sein.«

»Es war aber so.«

»Frau Olsson!«

Stille.

Lange Stille, nur leises Atmen.

Jacob befürchtete, dass sie auflegen würde, ganz leise und sachte, sodass er erst davon erfahren würde, wenn es in der Leitung tutete. Dann würde er sie wieder unzählige Male anrufen, doch sie würde nicht mehr abnehmen.

»Er klopfte noch am selben Abend an mein Fenster«, flüsterte sie schließlich ins Telefon. Ein Hauchen, jede Silbe schwebte in Rhodéns Hörer, wo er sie einzeln aufsammeln musste. »Ich hatte

Todesangst, aber er sagte durch das gekippte Fenster, dass er nur mit mir reden wolle. Und ... und was er dann sagte ... das ... das war der Grund, weshalb ich die Anzeige zurückzog.«

»Was sagte er, Frau Olsson?«

»Ich muss das nicht aussprechen, oder? Muss ich?«

»Nein, das müssen Sie nicht.« Rhodén konnte sich ohnehin denken, was für Worte es waren, die die junge Frau dermaßen einschüchterten.

»Danke.«

»Nur eine Frage habe ich noch: Gab es zu dieser Zeit ähnliche Fälle, andere junge Frauen, die von Jan Asmussen belästigt worden sind?«

»Das weiß ich nicht. Mir ist nichts bekannt, zutrauen würde ich diesem Menschen aber alles.«

50

Christoffer Nilsson gab laute schmatzende Geräusche von
sich, als er auf seinem Kaugummi herumkaute. Caroline Georgieva kannte das von ihrem Kollegen, doch sie hatte sich noch nie
daran gewöhnen können, weshalb sie aus dem Fenster starrte
und versuchte, sich mit den Birken und graubraunen Äckern
abzulenken, die entlang der Straße traurig und matt in der No-
vemberlandschaft hockten. Wolken zogen auf und verdrängten
das Blau vom Himmel. Nilsson schoss mit deutlich überhöhter
Geschwindigkeit über die kleine Landstraße, die sich
schnurstracks von Arvika nach Norden zog.

Sie schwiegen, während einzelne Gehöfte an ihnen vorbeizo-
gen und hin und wieder ein Fahrzeug ihnen entgegenkam. Das
ganze Leben kam zum Erliegen, wenn der Herbst seine nasskalte
Decke über die Landschaft legte, grübelte Georgieva. Im Frühjahr
und Sommer war die Gegend außerhalb Arvikas zwar genauso
menschenleer und einsam, doch sie blühte und atmete und zeigte
sich in aller Pracht. Blaue Seen glitzerten da unter einem unendlichen blauen Himmel zwischen den grünen Wäldern hindurch,
der Wald, die Seen, die Wiesen, alles lockte und wollte eingesogen
werden. Jetzt schien es so, als wolle alles nur in Ruhe gelassen
werden. Die Seen waren uneinladend und grau, die Wälder neblig
und düster, die Wiesen nass und braun. Manchmal hatte sie den
Eindruck, dass auch die Menschen in Värmland in dieser Jahreszeit nichts lieber wollten, als in Ruhe gelassen zu werden. Während im Sommer jede Sekunde genutzt wurde, um draußen zu
sein, das Leben zu genießen, Feste zu feiern, schlossen sich die
Menschen in ihre Häuser ein, sobald das Novembergrau übers
Land rollte. Sie stellten zwar Kerzen in ihre Fenster, doch die
Gemüter verschlossen sie.

Sie dachte an ihre Eltern, die Ende der Siebzigerjahre aus
Bulgarien nach Schweden eingewandert waren, sich in der Nähe
von Örebro niedergelassen hatten und seitdem Jahr für Jahr,
wenn der Sommer sich verabschiedete, in ein Klagen und Jammern einstimmten, dass alles so frostig sei in diesem Land, wohingegen Bulgarien das wärmste und herzlichste Land der Welt

sei. Das Gejammer schwoll stets an, fand im Januar seinen Höhepunkt, um irgendwann im April abzuklingen. Dann saßen sie mehr oder weniger an jedem Tag draußen auf ihrer Veranda, plauderten und lachten und feierten mit ihren Nachbarn und rühmten Schweden das schönste und freundlichste und wärmste Land der Welt. Und wenn sie dann an Mittsommer Schnaps trinkend und alberne Lieder singend um die Mittsommerstange tanzten, dann kam man nicht umhin, festzustellen, dass sie schwedischer geworden waren, als sie sich selbst das jemals eingestehen würden. Nur ein nennenswerter Unterschied – abgesehen vom dunklen Teint und den rabenschwarzen Haaren – blieb: Während Carolines Eltern ab Ende Oktober jammerten, verstummten die meisten Schweden eher und flüchteten dann, wenn der Winter am schlimmsten war, in Scharen in den Thailand-Urlaub.

Nilsson riss seine Kollegin aus ihren Gedanken, als er plötzlich scharf abbremste und in einen unscheinbaren Feldweg abbog. An dessen Ende konnten sie ein heruntergekommenes Bauernhaus, eine große Scheune und zwei kleinere Schuppen erkennen. Alle Gebäude waren im typischen Falunrot gestrichen, wobei jedes einzelne dringend einen neuen Anstrich verdient hätte. Auf der linken Wegseite umzäunten Stacheldraht und Metallpfosten, deren weißer Lack sich größtenteils verabschiedet hatte, eine matschige Wiese ohne Tiere. Jenseits des Gehöfts fiel das Gelände zum See Racken ab, der bleiern und abweisend dalag. Es könnte idyllisch hier sein, dachte Georgieva. Könnte. Wenn vieles anders wäre.

Nilsson ließ den Polizeiwagen über den geschotterten Hof ausrollen und parkte vor dem Bauernhaus, das mit rissigen und spröden Holzfenstern auf sie herabblickte. Carolines Kollege blickte in den Rückspiegel, strich sich das ohnehin schon mit Unmengen Gel festgekleisterte Haar glatt und fuhr mit Daumen und Zeigefinger an den Enden seines dünnen Oberlippenbarts entlang, wie er es stets tat, ehe er ausstieg. Die Zeiten, in denen sie das mit einem bissigen Kommentar versah, waren schon lange vorbei, wobei sie erst seit zwei Jahren in einem Team zusammenarbeiteten. Sie hatte sich daran gewöhnt, wie sie so viele seltsame Marotten ihres Kollegen inzwischen wortlos und nur noch selten mit einem inneren Seufzer hinnahm.

Die Kieselsteine knirschten unter ihren Füßen, als sie sich langsam dem Haus näherten. Keine anderen Geräusche waren zu hören, keine Katze huschte irgendwo über den Hof, nirgends plärrte ein Radio. Alles war verlassen, tot. Das Haus wirkte unfreundlich, ja, beinahe schon feindlich. Als Georgieva den Klingelknopf drückte, echote das Läuten jenseits der Haustür durch die Gänge, doch es geschah nichts. Auch beim zweiten und beim dritten Mal keine Reaktion, kein Leben.

Nilsson tippte seine Kollegin an die Schulter und zeigte auf einen weißen Volvo 740, der vor der Scheune stand. Keiner von ihnen sagte etwas, als würde sie ein Laut verraten. Langsam schlichen sie über den Hof, dorthin, wo das Auto abgestellt war. Bei jedem Schritt brüllte der Schotter unter ihnen. Mehrmals ertappte sich Caroline dabei, wie sie sich umschaute, als ob ihnen jemand auflauern könnte.

Sei nicht lächerlich, schalt sie sich, doch das mulmige Gefühl, das sich in ihrer Magengegend ausgebreitet hatte, ließ sich davon nicht vertreiben. Sie betasteten die Motorhaube des Volvos, die kalt war. Wurde in diesem Auto Linda Asmussen entführt? War das der Volvo, den der alte Mann, der gegenüber des Parkplatzes wohnte, beobachtet hatte? Georgieva spähte auf die Rückbank und den Beifahrersitz, als könne sie dort noch ein Zeichen des entführten Mädchens finden.

»Schau, da in der Scheune!«, flüsterte Nilsson. Georgieva nahm zufrieden zur Kenntnis, dass diese eigenartige bedrohliche Stimmung offensichtlich auch ihren Kollegen erfasst hatte. Weshalb flüsterte er sonst.

Sie schaute zum offenen Scheunentor, hinter dem sie im schummrigen Licht, das in das baufällige Gebäude sickerte, die Umrisse eines Wohnmobils erkennen konnte. Das Fahrzeug sah noch älter aus als die Scheune und machte den Eindruck, als breche es jeden Moment in sich zusammen. Ursprünglich war es wohl einmal weiß gewesen, doch mittlerweile hatte es Grau-Schwarz vom Dreck, Braun vom Rost und einen grünlichen Schimmer vom Moos, das an mehreren Stellen wucherte, angenommen. Fahrtüchtig sah anders aus.

Die beiden Polizisten traten an die hintere Tür des Wohnmobils, Nilsson öffnete sie vorsichtig einen Spalt, woraufhin Georgieva mit ihrer Taschenlampe ins Innere leuchtete. Staub stob auf und tanzte im Lichtkegel der Lampe. Dosen, Flaschen, Tüten und jede Menge anderer Müll lagen auf dem Boden verstreut. Geputzt hatte hier seit langem niemand mehr. Nilsson öffnete die Tür ganz, sodass Georgieva hineinsteigen konnte. In der Spüle klebte eine dicke Staubschicht. Sie war schon lange nicht mehr benutzt worden. Doch auf der Sitzbank, die sich im hinteren Teil des Wohnmobils um einen Tisch gruppierte, lagen ein Schlafsack und ein Kissen. Und der Tisch sah zwar eklig und dreckig und unaufgeräumt aus, eine ähnliche Staubschicht wie in der Spüle war jedoch nicht zu entdecken. Dafür klebten hier überall die feinen Aschepartikel, die keinen Platz mehr im übervollen Aschenbecher gefunden hatten. Wurde das Wohnmobil also doch noch genutzt? Wenn ja, dann von einem Menschen, der definitiv kein Gespür für Sauberkeit und Hygiene hatte. Doch wo nicht geputzt wurde, da fanden sich auch Spuren. Sollte Olle in diesem Wohnmobil entführt worden sein, dann müssten Berg und sein Team sicherlich ein Haar oder irgendetwas, das auf den Jungen hindeuten würde, entdecken. Georgieva verspürte schon jetzt Mitleid mit ihren Kollegen von der Spurensicherung. Sich durch diese eklige Müllhalde aus Staub und Asche, Fett und Dreck zu arbeiten, war sicherlich nicht das, wovon die meisten Kriminaltechniker geträumt hatten, als sie sich für diesen Beruf entschieden hatten.

»Zwei Autos sind auf Jonas Lagergren angemeldet«, sagte Nilsson, der es vorgezogen hatte, sein schwarzes Hemd, die Anzughose und die feinen ledernen Halbschuhe nicht schmutzig zu machen, und daher lieber draußen wartete. »Beide Autos stehen auf dem Hof. Entweder hat sich dieser Lagergren also auf andere Weise von hier fortbewegt oder aber er ist hier irgendwo.« Entschlossen ging er aus der Scheune und stellte sich in die Mitte des Hofes. »Hallo?!«, brüllte er in die Stille. »Ist da wer?«

Nichts. Nur Echo. Dann wieder Stille.

»Hallo?!«, brüllte Nilsson noch lauter.

Keine Antwort. Nichts.

Nilsson wandte sich schon wieder zum Gehen, aber da entdeckte Caroline Georgieva etwas. Dort hinten bei einem der Schuppen. Eine Tür öffnete sich, ein Kopf wurde herausgestreckt, doch als dieser das Polizeiauto sah, schnellte er wieder zurück und die Tür wurde rasch zugezogen. Das alles dauerte nicht länger als wenige Sekunden, und hätte Georgieva nicht zufälligerweise in diesem Moment zum Schuppen geschaut, hätten sie den Mann nie entdeckt.

»Im Schuppen«, raunte Georgieva Nilsson zu und zog ihre Pistole.

Der Novemberwind zerrte an ihren Haaren, als sie um die Ecke des Schuppens bog, um auf der Hinterseite nachzusehen, ob der Mann, den sie gesehen hatte, durch eine weitere Tür entkommen könnte. Doch es gab nur ein kleines dreckiges Fenster, das augenscheinlich schon seit Jahrzehnten nicht mehr geöffnet worden war. Ein Michel aus Lönneberga würde möglicherweise hindurchpassen, nie im Leben aber ein Mann im erwachsenen Alter. Hüfthoch wuchsen die Brennnesseln hier an der Rückseite des Gebäudes, das noch baufälliger wirkte als alle anderen. Der Lack blätterte überall in Stücken groß wie Ahornlaub vom Holz, das Dach hockte windschief auf dem eingeschossigen Verschlag, der etwa vierzig Quadratmeter maß. Viele Möglichkeiten, sich zu verstecken, gab es nicht. Wenn der Mann jedoch im Besitz einer Waffe war, spielte es keine Rolle, wie groß das Gebäude war. Entscheidender war, ob er im Inneren die Gelegenheit hatte, sich irgendwo zu verschanzen.

Vorsichtig näherte sich Georgieva dem Fenster und versuchte, nach innen zu schauen. Doch es war chancenlos. Der Schmutz der Jahrzehnte und eine dicke Staubschicht verwehrten ihr die Sicht. Lediglich Konturen irgendwelcher Gerätschaften konnte sie ausmachen, aber dabei konnte es sich um alles Mögliche handeln. Sie duckte sich unter dem Fenster hindurch, verbrannte sich die Hände an den Brennnesseln, unterdrückte den Fluch, der ihr auf den Lippen lag, und schlich langsam wieder auf die Vorderseite, wo Nilsson neben der Schuppentür auf sie wartete. Er kaute heftig auf einem Kaugummi herum, zermalmte ihn regelrecht. War er nervös? Nach dem Einsatz würde er zu seiner Kollegin sagen, dass es mal wieder ein Kinderspiel war. So war es immer. Jetzt stand er da wie ein Cowboy im Wilden Westen, der nicht wusste, wo der Feind lauerte. Mit dem Rücken drückte er sich an die Schuppenwand, der geschotterte Hof, das Bauernhaus, die Scheune ihm gegenüber. Der Wind hatte eine Strähne seines gefetteten Haares aufgewirbelt, die nun senkrecht von seinem Kopf abstand. Der Unterkiefer bewegte sich eckig auf und ab.

»Keine Chance, sich aus dem Staub zu machen«, flüsterte Georgieva ihrem Kollegen zu.

Nilsson schob den Kaugummi in die Backentasche. »Herr Lagergren, hier spricht die Polizei. Kommen Sie raus!«

Keine Reaktion, einzig der Wind schien stärker zu werden. Nilsson blickte Georgieva fragend an, die jedoch nur mit den Schultern zuckte.

»Kommen Sie raus! Wir wissen, dass Sie da drin sind.«

Nichts. Gar nichts. Nur pfeifender Wind. Und Kälte, die in die Mäntel kroch und die Finger um den Pistolengriff allmählich erstarren ließ.

»Wir müssen rein und ihn rausholen«, raunte Georgieva, woraufhin Nilsson nickte und dabei beinahe das Atmen vergaß. Der Kaugummi erlebte sein letztes Stündchen – zack, zack, zack. Dann schluckte Nilsson und spuckte das malträtierte weiße Stück aus.

»Herr Lagergren, wir kommen jetzt rein. Falls Sie eine Waffe haben, legen Sie sie weg und ergeben Sie sich. Widerstand ist zwecklos. Okay?«

Wieder nichts. Dann ein Scheppern. Kam er doch heraus? Sie warteten ungeduldig, Nilsson biss nun auf seiner Unterlippe herum. Keine weiteren Geräusche. Nur Stille.

Georgieva nahm die Pistole in den Anschlag und nickte Nilsson zu, der hinter die Tür trat, die Klinke fasste und sie mit einem Ruck aufzog. Georgieva machte einen großen Schritt hinein, die Waffe vor sich. Nur vage erkannte sie im Halbdunkel, was sie vor sich hatte. Und dann ging es schnell.

Ein Schatten verdeckte das kleine Fenster am anderen Ende des Schuppens, durch das ein klein wenig Licht hineingesickert war. Etwas schepperte, polterte, dann klirrte Glas.

»Er will durchs Fenster raus!«, schrie Georgieva. Sie stürzte nach vorne, während Nilsson auf der Außenseite zur rückwärtigen Wand rannte. »Kommen Sie zurück!«, brüllte sie in Richtung des fliehenden Mannes, der Kopf und Oberkörper bereits durchs Fenster gebracht hatte, dann aber in der kleinen Luke hängenblieb.

Georgieva erreichte ihn, doch kriegte sie ihn nicht zu fassen, denn der Mann strampelte und schlug und trat mit seinen Gummistiefeln. Aber dann hörte sie von draußen das vertraute Klicken von Handschellen und das Strampeln erschlaffte. Da hing er nun, Jonas Lagergren oder wer auch immer es war, mit dem Oberkörper auf der einen Seite, mit den Beinen auf der anderen und mit der Hüfte auf spitzen Glasscherben, die noch im Rahmen steckten. Sie brauchten eine Weile, bis sie den Mann wieder ins Innere geschoben und sich vergewissert hatten, dass er sich nicht schlimmer verletzt hatte.

Dann hatte Caroline Georgieva Zeit, sich im Schuppen umzusehen. In der Ecke stand ein Ofen, auf dem eine kupferne Glocke und ein ebenso kupferner Zylinder aufgebaut waren. Von dem

Zylinder führten Rohre in weitere Behältnisse. Sie entdeckte etwas, das ein Kühler sein konnte, ein großes Auffangbecken, Wasserschläuche und unzählige Kanister. Und über alldem hing ein Geruch, der nur einen Schluss zulassen konnte.

51

»Ein Schnapsbrenner?!«, rief Rhodén.

»Ja, ein Schwarzbrenner«, sagte Nilsson, wobei er hilflos die Arme ausbreitete, um sie dann ebenso hilflos wieder sinken zu lassen.

»Das wird Helland freuen!«, sagte Eva, die am Besprechungstisch saß, mit deutlicher Ironie in ihrer Stimme. »Wir jagen einen Entführer und Mörder und finden einen Schwarzbrenner. Immerhin verbessert's die Statistik und Helland hat am Jahresende schöne Zahlen vorzuweisen.«

Rhodén wollte seine Kollegin mit einem strengen Blick strafen, schließlich war das hier nicht zum Spaßen, denn eine hoffnungsvolle Fährte hatte sich höchstwahrscheinlich als weitere Sackgasse entpuppt. Es gelang ihm nicht. Ein Schmunzeln legte sich auf seine Lippen, froh, dass Wilhelmsson wieder aufgetaucht war. Vor wenigen Minuten war sie in sein Büro spaziert, als sei nichts gewesen, fragte, was zu tun sei, und ließ die Frage, wo sie gesteckt habe, einfach unbeantwortet.

Kurz darauf waren Georgieva und Nilsson aus Rackstad zurückgekehrt. Im Gepäck hatten sie Jonas Lagergren, einen ungepflegten, unrasierten und unfreundlichen Mann, zu dem offensichtlich noch nicht durchgedrungen war, dass seit dem Beitritt zur EU das Schwarzbrennen keine Konjunktur mehr hatte.

»Nur weil er vorgibt, sich vor uns versteckt zu haben, weil er illegal Schnaps brennt, heißt das noch lange nicht, dass er für unseren Fall nicht in Frage kommt«, gab Georgieva zu bedenken. »Immerhin ist er der Einzige in der Umgebung, auf den ein Volvo 740 und ein Wohnmobil zugelassen sind. Und diese beiden Fahrzeuge wurden im Zusammenhang mit den Entführungen gesichtet.«

»Wobei das Wohnmobil kaum einen fahrtüchtigen Eindruck macht ...« Nilsson kaute wieder Kaugummi, jetzt aber gelassener und in der coolen, entspannten Weise, wie es sein sollte.

Rhodén ordnete an, man solle Jonas Lagergren zu ihm hereinbringen. Sie würden ihn befragen und dann an die Kollegen, die sich mit Drogendelikten befassten, überstellen. Die Schnapsbrennerei in Rackstad gehörte jedenfalls der Geschichte an – wenngleich sie, wie Georgieva und Nilsson sagten, ohne schon historischen Wert gehabt habe. Paul Helland würde die Nachricht wahrscheinlich tatsächlich freuen; die Lokalzeitungen berichteten gerne über solche Themen.

»Ist Ihr Wohnmobil fahrtüchtig?«, fragte Rhodén, nachdem Lagergren sich mit einem Murren auf dem wackligen Besucherstuhl niedergelassen hatte. Wie bei seiner Festnahme trug er dunkelgrüne Gummistiefel, in die eine dreckige, ehemals blaue Arbeitshose gesteckt war. Am grünen Wollpulli hingen lose Fäden an den Ärmeln herab. Lagergren stank. Unter tief heruntergezogenen Augenbrauen schaute er den Kommissar an. Dann schniefte er und sog laut die Luft durch die Nase ein, wobei sich die Nasenflügel zornig hoben.

»Was interessiert dich das? Ihr habt mich erwischt, ich krieg ne Anzeige, zahl die Strafe und wir sehen uns hoffentlich nie wieder.«

»Ich habe Sie gefragt, ob Ihr Wohnmobil fahrtüchtig ist, Herr Lagergren.«

»Natürlich!«, fauchte der Mann. »Warum interessierst du dich für mein beschissenes Wohnmobil? Weil ich damit den Schnaps ausgeliefert habe, oder was?« Jonas Lagergren spuckte beim Reden. Kleine Tröpfchen nieselten auf die Vorderseite der Schreibtischplatte, wie Rhodén mit leichtem Ekel feststellte. Nun gut, so war er zumindest zum Putzen gezwungen.

»Herr Lagergren«, Wilhelmsson schaltete sich ein, »wenn wir die Kanister, in denen Sie den Schnaps abgefüllt haben, untersuchen – und das werden wir, dessen können Sie sich sicher sein -, welche Rückstände werden wir dann finden?«

»Hää?! Was sind denn das für Fragen?« Lagergren verschränkte die Arme vor der Brust und schaute abfällig zu der Polizistin, die da etwas abseits in der Ecke saß.

»Beantworten Sie sie einfach!«

»Ich spüle die Kanister immer sauber aus. Aber wenn, dann werden Sie Reste vom Selbstgebrannten finden. Das ist doch klar.«

»Vielleicht auch in einem oder mehreren Behältern Benzin?«, hakte Wilhelmsson nach.

»Was?« Lagergren verzerrte sein Gesicht zu einer ratlosen Fratze. »Warum sollte ich das denn tun? Dann könnte ich da ja nie wieder Schnaps reinfüllen. Warum stellt ihr mir solche beschissene Fragen? Seid ihr Polizisten oder irgendwelche Deppen?«

»Wir sind Polizisten, danke der Nachfrage«, sagte Rhodén im ruhigsten und freundlichsten Ton, zu dem er fähig war. Am liebsten hätte er diesen Typen hochkant rausgeworfen. Er widerte ihn mit seinem Schmutz, den fehlenden Manieren, dem Spucken an. Leute wie Lagergren widersprachen in allem - wie sie redeten, wie sie sich benahmen, sich bewegten, wie sie rochen, was und vor allem wie sie aßen, einfach mit allem - Rhodéns Vorstellungen einer gesellschaftlichen Grundübereinkunft. So sehr glaubte er noch an die Menschheit, dass er der Überzeugung war, bestimmte Gepflogenheiten müssten sich bei allen irgendwie durchsetzen. Weil sie der Vernunft entsprachen. Dem Anstand. Oder zumindest einem Ekel vor dem Ekel, den alle Menschen irgendwo in sich tragen mussten. Lagergren war einer dieser Typen, die Rhodéns Utopie platzen ließen. Sicher, er hatte ständig mit den Menschen vom Rand der Gesellschaft zu tun, die von anderen, die sich für was Besseres hielten, als Abschaum beschimpft würden. Doch selbst die meisten Verbrecher hatten Gepflogenheiten, manche sogar regelrecht Stil. Und die wenigsten stanken so erbärmlich wie Lagergren.

»Wann haben Sie das Wohnmobil zum letzten Mal bewegt?«, fragte Nilsson.

»Du meinst, wann ich die letzte Schnapslieferung ausgefahren habe?«

»Nein, wann Sie das Wohnmobil zum letzten Mal benutzt haben. Meine Frage war eindeutig. Antworten Sie also einfach!«

Lagergren grunzte. »Vor drei Wochen ungefähr.«

Rhodén beobachtete das feiste Gesicht seines Gegenübers genau, aber er konnte nichts entdecken, was auf eine Lüge hinweisen würde.

»Für wen ist der Schlafsack, der im Wohnmobil liegt?«, fragte Nilsson weiter.

»Für mich natürlich«, schnauzte Lagergren, wobei er die Stirn in Falten legte und die Nasenflügel anhob. »Manchmal muss ich länger warten, bis die Kundschaft kommt, dann brauche ich ihn, um mich warmzuhalten.«

»Er ist beschlagnahmt. Ebenso das Wohnmobil, der Volvo und die Brennerei« sagte Rhodén und genoss es zu sehen, wie sich Lagergrens Augen immer mehr weiteten. »Sie bleiben bis morgen hier. Wir haben ganz nette Unterkünfte und sogar eine Dusche.

Bis morgen haben wir den Untersuchungsbefehl für Ihr Wohnhaus.«

»Was?!«, rief Lagergren. »Was zum Teufel soll das?«

Rhodén winkte ab. »Bringt ihn raus und klärt ihn auf! Gebt Berg Bescheid, dass er sich die Autos ganz genau anschauen soll. Um den Durchsuchungsbefehl kümmere ich mich.«

Nilsson packte Lagergren, der protestieren wollte, jedoch erkannte, dass es nichts nützen würde und er sich daher, wie Rhodén zufrieden feststellte, zum Schweigen entschied. Georgieva folgte den beiden und schloss die Tür hinter sich. Rhodén ging zum Fenster, öffnete es und genoss die kalte und vor allem frische Luft, die hereinströmte.

»Und jetzt sag mir, weshalb du ständig abhaust.« Rhodén blickte Wilhelmsson, die hinter ihm am Besprechungstisch saß, nicht an, sondern schaute hinaus auf die Stadt, wo die ersten Lichter angingen, da sich der Tag, nachdem er kurz vorbeigeschaut hatte, schon wieder verabschiedete. »Was ist los mit dir?«

»Helland kann mich einfach mal mit seinen Sprüchen und Sichtweisen. Er führt sich auf, als sei er sonst wer.«

»Er ist der Chef.«

»Das gibt ihm aber kein Recht, verletzende Scheiße zu reden und so zu tun, als würden wir nicht alles tun, die beiden Kinder wiederzufinden. Und das weißt du genauso gut wie ich. Also nimm ihn nicht in Schutz.«

Jacob hatte sich zu seiner Kollegin umgedreht, die mit verkreuzten Armen und übereinandergeschlagenen Beinen auf dem Stuhl hockte und ihn sauer anschaute. Sie musste als Kind anstrengend gewesen sein, ging es ihm durch den Kopf. Wahrscheinlich konnte sie stundenlang so dasitzen, wenn sie nicht bekam, was sie wollte, und terrorisierte damit alle.

»Natürlich weiß ich, dass du Recht hast«, rief Jacob. »Aber darum geht es nicht. Das musst du doch mittlerweile verstanden haben. Bei Helland geht es darum, die Ausbrüche über sich ergehen zu lassen. Danach kann man dann wieder vernünftig mit ihm reden. Du hast deine seltsamen Minuten, er hat seine seltsamen Minuten, wir alle haben sie. Und es gehört eben auch dazu, damit umzugehen.«

Eva rührte keine Miene. Sie bewegte sich überhaupt nicht, schaute Jacob nur düster an. »Feige seid ihr«, knurrte sie.

»Das sind wir nicht.«

»Ihr habt kapituliert, weil er der Chef ist. Deswegen lasst ihr euch beschimpfen und beleidigen. Das IST Feigheit.«

Jacob drehte sich zur Seite und schloss die Augen. Sollte er nun etwa zugeben, dass sie Recht hatte? Dass er, weil er wusste, wie unnütz Konflikte mit Helland waren, lieber von Anfang an den Kopf einzog? Sicherlich konnte man das als Feigheit bezeichnen. Oder als Arrangement. Er hatte sich arrangiert, und das musste man eben manchmal im Leben. Letztlich war das ganze Dasein ein Arrangement. Sich immer nur stur im Recht zu sehen, darauf zu pochen und bockig mit verschränkten Armen zu warten, bis die anderen nachgaben, war nur selten eine Lösung. Vielleicht im Kindesalter. Und bei Eva.

»Ich motze dich auch hin und wieder an, obwohl es in dieser Situation möglicherweise ungerecht ist, Eva. Da reagierst du aber nie so wie gegenüber Helland. Warum kann er dich dermaßen provozieren? Ist es, weil er dich im Sommer vorübergehend suspendiert hatte?«

Damals war er tatsächlich wütend auf seinen Chef gewesen, obwohl er wusste, dass dieser sich nur streng an die Vorschriften gehalten hatte. Ein Mann hatte sich mit Evas Dienstwaffe selbst getötet, und gleich, ob sie den wesentlichen Beitrag zur Lösung des Falles beigetragen hatte, musste es natürlich eine interne Untersuchung geben, was bedeutete, dass Wilhelmsson für diese Zeit suspendiert worden war.

»Hör zu, Jacob.« Eva stand auf und kam dem Kommissar langsam näher. »Mir ist scheißegal, ob er mich vom Dienst beurlaubt oder nicht. Das musste er damals vielleicht tun. Keine Ahnung. Es ist mir egal. Wenn er aber meint, ich habe kein Einfühlungsvermögen für Mütter, weil ich selbst keine Kinder habe, dann bleibt für mich nur ein Fazit: Helland, du bist ein Arschloch.«

Sie war einen halben Meter vor ihm zum Stehen gekommen und schaute ihn finster an. Zum ersten Mal seit drei Jahren hatte Jacob das Gefühl, dass sie ihn hasste. Halte zu Helland und du bist gestorben für mich. Gib mir recht und ich hab dich wieder lieb. Jacob schaute ihr tief in die Augen, hielt ihrem Blick stand, nicht, weil er wollte, dass sie klein beigab, sondern weil er krampfhaft überlegte, wie er sich dem bockigen Mädchen gegenüber verhalten sollte.

Das Telefon klingelte.

Die Erlösung.

Oder doch nicht.

Stina war am anderen Ende der Leitung, und sie hatte keine gute Laune.

Als sie fragte, ob es sich gelohnt habe und er entscheidende Fortschritte im aktuellen Fall gemacht habe, die so am morgigen Montag nicht mehr möglich gewesen wäre, wusste er, was nun kommen würde. Kalle, er hatte ihn im Stich gelassen. So stolz war er auf das Turnier gewesen, seine Mannschaft und er hatten es sogar bis ins Finale geschafft, in dem Kalle ein Tor geschossen hatte. Beim Jubel der glückselige Blick auf die Tribüne. Aber da stand kein Vater mehr, der die Arme in die Höhe gerissen und dem Sohn das Gefühl gegeben hatte, das großartigste Kind auf der ganzen weiten Welt zu sein. Rabenvater! Stina sagte das, was er sich selbst vorwarf, und dennoch tat jedes einzelne Wort aus ihrem Mund weh. Er hatte seinen geliebten Kalle enttäuscht. Maßlos. Nun gut, nicht völlig maßlos. Da könne er sich bei seiner Kollegin bedanken. Sie habe an diesem Tag so einiges gerettet. Dann legte sie auf.

Jacob hielt noch eine Weile den Hörer in der Hand, als verheimliche dieser ihm die Lösung zu einem Rätsel. Irgendwann legte er sachte auf. »Eva?«, fragte er leise. »Wo bist du heute hin, nachdem du fluchtartig aus Bergs Labor gerannt bist?«

Eva zuckte lediglich mit den Schultern, aber kaum sichtbar umspielte ein winziges Lächeln ihre zusammengebissenen Lippen. Das tue doch nichts zur Sache, meinte sie. Und dann fügte sie hinzu, dass irgendjemand schließlich seine Idiotie in Grenzen halten müsse. Mehr sagte sie nicht, da konnte Jacob noch so lange nachbohren. Irgendwann griff er entnervt zum Telefon, wählte die Nummer von zu Hause, eine der wenigen, die er auswendig kannte, und ließ sich Kalle ans Telefon bringen.

»Kalle, es tut mir ganz schrecklich leid, dass ich heute schon früher vom Turnier gehen musste«, sagte er. »Es war aber äußerst wichtig und dringend. Ich hoffe, du bist mir nicht gar zu böse.«

Zuerst sagte Kalle nichts, was bedeutete, dass er sehr wohl sauer war. Wütende Kinder schwiegen.

»Kalle?« Jacob hörte, wie unsicher seine Stimme klang. »Es tut mir wirklich leid. Ich weiß, wie wichtig dir dieser Tag war.«

»Ist schon okay«, murmelte Kalle irgendwann. »Immerhin hast du Eva vorbeigeschickt.«

Jacob blickte vom Hörer auf und schaute zu Wilhelmsson. Entschuldigend hob sie die Arme.

»Eva ist super«, sagte Kalle. »Sie hat uns am lautesten angefeuert und nach dem Endspiel hat sie mir eine riesige Cola spendiert.«

»Ja, ja, sie ist super.« Jacob wusste nicht, was er sagen sollte. Er war wütend, irritiert, er wollte lachen, bekam die Runzeln aber nicht aus der Stirn, er wollte Eva aus dem Büro schmeißen, er wollte sie umarmen. »Ja, also ...«, stammelte er in den Hörer. »Es ... es war mich wichtig, dass wenigstens sie beim Turnier war.«

Umständlich beendete er das Gespräch, wobei er das Gefühl hatte, er sei der kleine Junge und am anderen Ende der Leitung sprach der strenge Erwachsene. Dann legte er auf.

»Ich habe dich also zum Turnier geschickt ...« Jacob schaute stur auf die Schreibtischplatte. Evas höhnisches, triumphierendes, auslachendes, mitleidiges Gesicht oder wie auch immer sie gerade schaute - er wollte es nicht sehen, konnte es nicht. »Kein weiteres Wort mehr darüber. Ja?«

Schweigen legte sich über sie. Jacob fuhr sich über die Wange und überlegte sich, dass er sich mal wieder rasieren sollte. Und er beschloss, morgen ein ernstes, klärendes Gespräch mit Helland zu suchen, in dem er ihm ein für alle Mal klar machen würde, dass er weder mit Wilhelmsson noch mit irgendjemand anders aus dem Team so umspringen konnte, wie er es manchmal tat.

Es klopfte, die Tür wurde aufgerissen und die mächtigen dunklen Locken Georgievas schoben sich in den Raum. Die pausbäckigen Wangen waren rot vor Anstrengung. Oder vor Aufregung? Sie beruhigte ihren Atem. »Ich bin die Treppen aus dem Keller heraufgerannt, weil ich nicht auf den lahmen Aufzug warten wollte«, keuchte sie.

»Was gibt es Wichtiges?« Rhodén war glücklich über ihr Erscheinen, immerhin ersparte es ihm, sich umständlich und ungelenk aus der unangenehmen Situation mit Wilhelmsson zu befreien.

»Lagergren«, sagte Georgieva. Ein Wort, als sei damit alles gesagt.

»Was?«

»Wir haben ihn in seine Zelle gebracht und ihn dort aufgeklärt, wo er hineingeraten ist und was es mit dem Wohnmobil und dem Volvo auf sich hat, weshalb wir die beiden Autos unbedingt untersuchen müssen. Da wurde er endlich still und nachdenklich, nachdem er uns während des gesamten Wegs nach unten beschimpft und beleidigt hatte. Er hockte sich auf die

Pritsche und sagte erstmal nichts. Ich glaube, er hatte Angst. Als wir schon gehen wollten, meinte er plötzlich, dass er vielleicht etwas gesehen habe. Oder jemanden. Gestern sei er am Rackensee angeln gewesen. Wie er so dasaß, sei eine ältere Frau mit zwei Kindern aus dem Wald ans Ufer gekommen. Zuerst hätten sie ihn nicht wahrgenommen, als die Frau ihn aber entdeckte, habe sie die Kinder an den Händen gepackt und von ihm fortgezogen. Er hatte sich gewundert, aber sich nichts weiter dabei gedacht.«

»Denken ist offensichtlich nicht seine Stärke«, warf Rhodén ein.

»Er lese auch keine Zeitung, deswegen habe er nichts von irgendwelchen Entführungen und Morden mitbekommen.«

»Glaubst du ihm?«, fragte Wilhelmsson.

Georgieva zuckte mit den Schultern. »Keine Ahnung. Vielleicht will er auch nur von sich ablenken. Wie gesagt, er wirkte plötzlich ängstlich.«

»Fahrt mit ihm raus«, ordnete Rhodén an. »Er soll euch die Stelle zeigen. Dann werden wir sehen. Wilhelmsson kommt mit euch. Ich muss wohl erst einmal nach Hause.«

Eva blickte ihn aus den Augenwinkeln an. Vertraut, nahezu verschwörerisch. Schließlich lächelte sie und nickte. Nur noch ein halber Idiot, schien sie zu sagen. Nur noch ein halber Idiot.

52

Wenige Stunden später, nachdem die Nacht schon längst ihren dunklen Mantel über die Stadt gelegt hatte und vom See her Nebelschwaden aufgezogen waren, stand Jacob Rhodén mit hochgeklapptem Kragen, dicken Handschuhen und dennoch frierend vor der weißen Außenmauer der Mikaeli-Kirche. Von drinnen drangen Orgelspiel und der Gesang einer großen Gemeinde nach draußen auf den Kiesweg und den umliegenden Friedhof, auf dem vereinzelt an den Gräbern Kerzen brannten. Der Kommissar atmete tief ein, gab sich einen Ruck und ging zur Tür. Gerne wäre er draußen geblieben, trotz des eisigen Frostes. Nicht nur, weil er seit jeher einen großen Bogen um Kirchen machte, sondern weil es ihn wieder nach Hause lockte. Die kurze Zeit, die er zwischen der Arbeit und seinem Gang zur Andacht daheim gewesen war, hatte ihn spüren lassen, wie angenehm es sein könnte, jedes Wochenende ganz und gar der Familie zu widmen. Gelobtes 9-to-5-Leben! Erst als er durch die Haustür getreten und von Stina und Kalle - Siri hatte gar nicht bemerkt, dass er zu Hause war, da sie ununterbrochen in ihrem Zimmer hockte und las - begrüßt worden war, wurde ihm bewusst, was er Eva zu verdanken hatte. Sie hatte ihm den Arsch gerettet. Das konnte man ruhig so sagen. Er musste keine Strafpredigt seiner Frau über sich ergehen lassen. Und vor allem war Kalle nur ein bisschen angefressen, aber nicht wirklich böse. Jacob entschuldigte sich, drückte Kalle fest an sich und schon sprudelte es aus seinem Sohn heraus. Ohne Pause, ja, beinahe ohne zu atmen, erzählte er vom Turnier. Kein Detail durfte fehlen. Weder die Fußverletzung eines Mitspielers noch die Qualität des Mittagessens noch das Tor, das während eines Spiels einfach umgefallen war. Und natürlich erst recht nicht sein Tor, das er im Finale geschossen hatte. Zwar musste Kalles Mannschaft als Verlierer vom Platz gehen, doch er, ja er, hatte ein Tor geschossen. Und was für eines. Gefühlte zehn Mal wurde es in epischer Breite vom vorbereiteten Pass über die Ballannahme, die Flugbahn, das Torwartverhalten bis zum Jubel erzählt. Dabei leuchteten Kalles Augen und schon längst war vergessen, dass sein Vater sich von der Tribüne geschlichen hatte. Mit einer gewissen Verwunderung stellte Jacob jedoch fest, dass auch seine Frau kaum mehr böse auf ihn war. Dass er Eva zum Turnier geschickt habe, zeige zumindest, dass er mitgedacht habe, was ansonsten bei stressigen Fällen ja nicht immer gegeben sei. Zwar könne sie nicht ganz verstehen, welche Arbeit so wichtig sei, dass sie nicht von ihm, sondern von Eva erledigt hätte werden können, aber gut, darüber wolle sie nun nicht streiten. Stattdessen legte sie ihre Hand in seinen Nacken, zog ihn zu sich heran und küsste ihn lange. Und auch als er später wieder los musste, da er sich verpflichtet fühlte, bei der Andacht für die Toten sowie den Gebeten für die verschwundenen Kinder in der Mikaeli-Kirche anwesend zu sein, hatte sie verständnisvoll genickt und - gänzlich ohne Ironie oder Spott - gemeint, dass sie die Kinder allein ins Bett bringen werde.

Jetzt stand er vor der Kirche - die Kälte der eisernen Türklinke drang bereits durch die Handschuhe - und bekam plötzlich Zweifel, ob da tatsächlich kein Spott in ihrer Stimme gewesen war. Egal. Rein in die Kirche, nach spätestens einer Stunde würde der Spuk vorbei sein, dann konnte er wieder nach Hause. Ein Whiskey, eine heiße Dusche, vielleicht sogar Sex mit Stina, der Abend war noch zu retten.

Rhodén öffnete die Tür genau in dem Moment, als der Gesang zu Ende war. Sie quietschte, ein paar der Kirchgänger aus den hinteren Reihen drehten sich mit strafendem Blick zu ihm um, er huschte schnell hinein und stellte sich hinter die letzte der Holzbänke. Zwei Reihen weiter vorne entdeckte er Wilhelmsson, die sich zu ihm umgedreht hatte und fröhlich winkte.

Der Pfarrer schob seinen dicken Bauch an den Ambo, testete dreimal hintereinander das Mikrofon, wodurch sein Pusten ohrenbetäubend durch die gesamte Kirche tönte, dann erinnerte er an die Toten, welch bezaubernde Menschen sie waren und was sie geleistet hatten. Jacob erkannte Jan Asmussen nicht wieder. Ein heiterer Kerl sei er gewesen. Zupackend und energisch - gut, das war gewiss so. Aber hilfsbereit? Freundlich? Lustig? Entweder war es eine Predigt, die mit Textbausteinen arbeitete, oder Asmussen hatte zwei Gesichter gehabt. Oder aber es ging der Kirche nicht um die Wahrheit. Es war weniger wichtig, wie die Verstorbenen wirklich waren, sondern vielmehr, wie sie in Erinnerung behalten werden sollten. Geschichtsklitterung in Miniaturformat. An so etwas wirkte die Kirche gerne mit, ging es Rhodén durch den Kopf.

Er zwang sich, seine feindselige Haltung der Kirche gegenüber für einen Moment hintenanzustellen, denn sie hatte hier nichts zu suchen. Da vorne hockten sie und trauerten. Viola Fridberg, Karla Asmussen, andere Verwandte in Schwarz und Tränen. In regelmäßigen Abständen schnäuzte sich jemand die Nase. Taschentücher wurden verteilt und an gerötete Augen gedrückt. Rhodén erkannte Tomas Begin in einer Reihe etwas weiter hinten. Ob er auch trauerte? Auf der anderen Seite sah er das Ehepaar Moström, das neben der wuchtigen Gestalt von Måns Sahlin saß. Sahlin - was geht dir gerade durch den Kopf?

Viele Kinder waren da. Wahrscheinlich Mitschüler von Linda und Olle. Manche lauschten andächtig, andere tuschelten, wieder andere spielten auf ihren Handys, wobei sie durch die hell leuchtenden Displays und die tief gesenkten Köpfe verraten wurden.

Als der Pfarrer auf Elma Fridberg zu sprechen kam, erhöhte sich die Frequenz der herumgereichten Taschentücher und der geschnäuzten Nasen. Rhodén erinnerte sich, dass sie hier lange Jahre als Mesnerin tätig gewesen war. Bei ihren Nachforschungen über Elma hatten sie nur liebe Worte gehört. Sie musste eine herzensgute, liebenswürdige und hilfsbereite Frau gewesen sein. Niemand hatte schlecht über sie geredet. Nicht einmal eine Andeutung, irgendwas. Sie war eine reine Seele, zumindest in den Beschreibungen der Gemeindemitglieder. Die warmen Worte des Pfarrers waren ein würdiger Abschied für eine würdige Frau.

Nun gedachten alle in Stille.

Rhodén dachte vor allem an verkohlte Leichen, an abgetrennte Penisse und Köpfe. Was ging Sahlin durch den Kopf, als er an Asmussen und Fridberg dachte? Spürte er Befriedigung? Kicherte er insgeheim? Von hinten sah Rhodén lediglich breite Schultern und einen grauhaarigen, gesenkten Hinterkopf.

Schließlich durchbrach der Pfarrer mit einem Räuspern die Stille und erinnerte an die beiden verschwundenen Kinder. Olle und Linda. Er bat die Gemeinde aufzustehen und sich beim gemeinsamen Gebet an den Händen zu fassen. Der Mann, der rechts von Rhodén stand, stupste ihn an, nachdem er zunächst dessen Hand einfach ignoriert hatte. Widerwillig ergriff er sie. Die linke Hand wurde von einer älteren Frau gepackt und energisch gedrückt. Da stand er nun, zwei unbekannte Menschen an der Hand, während der Pfarrer den Herrgott anrief, Gerechtigkeit walten zu lassen. Die Polizei ist für Gerechtigkeit zuständig, die Justiz und die Gerichte, aber nicht ein imaginärer Gott!, wollte Rhodén einwerfen, doch es war klar, dass er hier und jetzt nichts zu melden hatte. Tief atmete er ein und schloss die Augen. Und dann geschah etwas Merkwürdiges.

Während alle Kirchgänger mit ihren Ohren beim Pfarrer, mit ihren Händen bei ihren Nachbarn und mit ihren Gedanken bei den Kindern waren, strömten plötzlich eine Wärme und ein Gefühl der Zuversicht von einem zum anderen, bis es schließlich bei Rhodén in der hintersten Reihe angelangt war. Von den Händen des knorrigen Mannes und der energischen Frau floss sie zu ihm herüber. Wir werden die Kinder finden. Lebend. Sie werden bald wieder in unserer Mitte sein. Es wird Gerechtigkeit geben. Habt Vertrauen! Habt Vertrauen!

Rhodén öffnete die Augen. Woher kam diese Zuversicht? Hier hielten sich ein paar verzweifelte und trauernde Menschen an den Händen und beteten zu einem Gott, der es zulässt, dass ständig irgendwelche neue Seuchen und Katastrophen über die Menschheit hereinbrechen. Und er war Teil von ihnen geworden, Teil der Gemeinschaft. Sie gab ihm Wärme, den sicheren Glauben, dass die Kinder lebten und gefunden würden.

Was war das nur für ein esoterischer Quatsch?! Als das Gebet zu Ende war, machte er sich rasch von seinen Nachbarn los und eilte zur Tür. Ein Lied hob an, er huschte durch die Tür und fand sich allein und frierend in der Dunkelheit des Friedhofs. Drinnen hörte er den Gesang, und er hörte die Zuversicht darin.

Herrgott nochmal, was sollte denn das? Logik, Vernunft und analytischer Spürsinn würden ihm zum Erfolg verhelfen, nicht irgendwelche händchenhaltenden, singenden Menschlein!

Die Kälte kroch unbarmherzig durch die Schuhe, eisiger Wind wehte vom See her und ließ die Äste in den Bäumen über ihm gefährlich knarzen. Um in Bewegung zu bleiben, trat er von einem Fuß auf den anderen, die Hände tief in die Manteltaschen vergraben. Er hätte einfach zum Auto gehen und heimfahren können. Doch er wollte die Menschen beobachten, wenn sie aus der Kirche kamen. Wie würde Sahlin schauen? Mit wem würde er sich unterhalten? Was würde Begin machen?

Die Tür öffnete sich und Wilhelmsson trat heraus. »Na, hast du schon genug?«, fragte sie und grinste ihn an.

Rhodén brummte etwas vor sich hin. Über irgendwelche esoterischen Wohlfühl-Empfindungen würde er ganz sicher mit niemandem reden, mit Wilhelmsson als Allerletztes. Stattdessen erkundigte er sich nach dem Platz, an dem ihr Schwarzbrenner Lagergren angeblich die Frau mit den zwei Kindern gesehen hatte.

»Lagergren führte uns jedenfalls zielsicher zu der Angelstelle«, sagte Wilhelmsson. »Sie liegt ein paar hundert Meter nördlich seines Hofs. Etwas vom Ufer entfernt geht die Landstraße Richtung Gunnarskog vorbei. Es gibt aber keinen Parkplatz, an dem man halten könnte. Von der Straße muss man quer durch den Wald, um ans Ufer zu gelangen. Oder man nimmt den Trampelpfad, der von Lagergrens Hof dort hinführt. Den habe die Frau aber nicht genommen. Da war sich Lagergren sicher.«

»Wenn die Geschichte, die uns dieser Schwarzbrenner erzählt, stimmt, bedeutet das also, dass die Frau sich auskannte. Das war niemand, der zufälligerweise mit dem Auto vorbeigekommen und kurz zum See gegangen ist, weil die Kinder mal pinkeln mussten«, sagte Rhodén.

Wilhelmsson nickte. »Auf der anderen Seite der Straße schließen sich einige Felder, vor allem aber viel Wald an. Es gibt vereinzelte Bauernhöfe und mitten im Wald einen weiteren kleinen See, an dem ein paar Ferienhäuser liegen. Mehr ist da jedoch nicht.«

»Die Frau könnte also von einem der Höfe oder Ferienhäuser kommen«, überlegte Rhodén. »Das dürfte nicht allzu schwer zu überprüfen sein. Morgen werden wir das gleich anpacken.«

Die Kirchentür öffnete sich und heraus strömten die Gottesdienstbesucher. Manche unterhielten sich leise, manche blieben auf dem geschotterten Platz stehen, andere machten sich schleunigst auf den Heimweg. Von der Zuversicht war nichts mehr zu spüren, sobald sie in die Kälte traten. Zwischen hochgestellten Krägen, in Handschuhen verpackten Händen, tief ins Gesicht gezogenen Mützen war kein Platz mehr dafür. Auch wenn sich einige miteinander unterhielten, schien doch jeder für sich zu sein. Hinter den Moströms kam Måns Sahlin aus der Kirche. Er schaute ernst, redete noch kurz mit Karin und Bengt Moström, dann verschwand er in Richtung Parkplatz. Wilhelmsson und Rhodén blickten sich an und wussten, dass sie ihm folgen mussten. Sie eilten zum Wagen der Inspektorin, stiegen ein und hefteten sich in sicherem Abstand an Sahlin. Er bog rechts auf den Strandvägen, überquerte die Eisenbahnlinie, nahm im Kreisel die erste Abfahrt auf die Järnvägsgatan und fuhr diese am Stadtpark entlang, bis sie ihn aus der Stadt hinausführte. Dabei übertrat er nie die erlaubte Höchstgeschwindigkeit, sondern rollte stets etwas zu langsam über die beinahe menschenleeren Straßen. Dann bog er auf die 175 und nach wenigen Minuten nach rechts auf den Ingesundsvägen. Rhodén sog die Luft ein, presste die Lippen zusammen, ehe er den Atem mit einem Seufzen wieder ausstieß. Da fuhr niemand in die Wälder von Rackstad, um nach entführten Kindern zu sehen. Da fuhr jemand nach Hause. Gemächlich zuckelte Sahlin in den Symfonivägen, stellte das Auto vor seinem Haus ab, stieg aus, trat auf die Straße und winkte den beiden Polizisten, die wenige Meter entfernt zum Stehen gekommen waren, freundlich zu. Als Rhodén fluchend auf das Armaturenbrett schlug, hatte Sahlin sich schon dem Haus zugewandt, in dem er kurz darauf verschwand.

Tagebuch 8. Juli

Was ich hier eingeklebt habe, ist ein Büschel Haare von mir. Sie sehen schön aus, nicht wahr? Wenn man darüber streicht, dann sind sie ganz weich. Das ganze Badezimmer war voll davon. Überall Büschel meiner Haare. Das sah lustig aus, wie sie so herumlagen. Ich habe sie alle liegen lassen. Dann können sie ja da hingehen und auf dem Boden herumkriechen, wenn sie immer noch meinen, meine Haare seien so schön. Auffressen können sie die Haare, mir egal. Sie können damit machen, was sie wollen.

Was wohl Mama sagen wird, wenn sie mich sieht? Wahrscheinlich wird sie die Hände vors Gesicht schlagen und jammern und schluchzen. Dann wird sie mit Papa reden und später werden sie zu mir ins Zimmer kommen und Fragen stellen. Sie werden mich die ganze Zeit entsetzt anstarren und immer wieder den Kopf schütteln. Das machen sie oft. Aber eigentlich glaube ich, dass sie weinen wollen, aber das vor ihrem Kind natürlich nicht dürfen. Erwachsene dürfen nicht vor Kindern heulen. Deswegen schütteln sie ihre Köpfe und schimpfen und schlagen die Hände vor die Augen, damit man nicht sehen kann, wie es ihnen geht.

Zum Glück sind schon Sommerferien, deshalb muss ich nicht in die Schule und Mama und Papa müssen morgen nicht verzweifelt vor mir stehen, mir eine Mütze aufziehen und sagen, dass ich anders nicht draußen rumlaufen könne. Aber selbst wenn sie mir eine Mütze überstülpen. Ich würde sie vom Kopf reißen und sagen: Ich bin hässlich.

Hässlich, hässlich, hässlich.

Denn das bin ich jetzt.

53

Er drückte aufs Gas. Ohne genau zu wissen, woher die Eile kam, spürte er, dass er zügig im Präsidium sein musste. Frost hing in bizarren Formen an den Ampeln und Verkehrsschildern, an denen er vorbeizischte. Vorbei an der Tankstelle, im Kreisverkehr links Richtung Zentrum, das Volvo-Werk zur Rechten. Vor ihm trödelte ein Lieferwagen, der sich an die Geschwindigkeitsbegrenzungen hielt.

Die Straßen sind noch nicht glatt. Kein Grund, so langsam zu fahren! Immer war es so, wenn der erste Reif, der erste Schnee, die ersten vereisten Fensterscheiben kamen. Nur weil Schnee neben der Straße lag, meinten die Leute, es sei rutschig auf der Fahrbahn und sie müssten übervorsichtig fahren.

Rhodén zwang sich zur Ruhe und dazu, nicht zu dicht aufzufahren. Warum war er so unruhig? Es hatte ihn gepackt, als er daheim die Haustür hinter sich zugezogen hatte und in die Garage gegangen war. Er musste schnell sein, er musste sich beeilen. Das Gefühl hatte sein Herz schneller schlagen und den Fuß das Gaspedal etwas tiefer durchdrücken lassen. Aber warum?

Wichtige Dinge standen heute auf ihren Terminkalendern, jedoch nichts, was zu übertriebener Eile drängte. Sie mussten die Bauernhöfe und Ferienhäuser in Rackstad überprüfen, nochmals mit Karla wegen dem seltsamen Ausspruch über ihren Vater sprechen und dazu auch Tomas Begin befragen. Sie mussten auf Mikael Bergs Untersuchung des Wohnmobils warten, und vielleicht würden sie ja von Nysell aus Karlstad irgendwelche Befunde erhalten, die tatsächlich Neues enthielten. Doch zuvor würde Rhodén mit Paul Helland sprechen, obwohl Wilhelmsson ihn gestern gebeten hatte, es bleiben zu lassen, da es ja ohnehin nichts bringe. Aber dieses Mal würde er sich über seine Kollegin hinwegsetzen. Schließlich konnte es nicht sein, dass Helland ständig sein Team demoralisierte und dafür sorgte, dass Eva beleidigt und verletzt das Weite suchte und so als Ermittlerin inmitten eines wichtigen Falls ausfiel. Und das würde er Helland sagen. Er würde sich auf keine Gegenrede einlassen, er würde sich von seinem Chef nicht einschüchtern lassen, auch wenn er einen hochroten Kopf bekäme und kurz vor der Explosion stünde, er würde nicht rastlos in dessen Büro herumtigern auf der Suche nach den richtigen Worten. Nein, mit beiden Beinen fest auf dem Boden würde er vor Hellands Schreibtisch stehen und ihm klipp und klar die Meinung geigen. Das war er Eva schuldig.

Als er im Präsidium angekommen war, sich vor Hellands Bürotür aufgestellt hatte, nachdem er tief Luft geholt, sich die ersten Worte zurechtgelegt und endlich geklopft hatte, kam ihm ein Problem dazwischen, das er nicht einkalkuliert hatte. Helland war nicht da.

Niemand reagierte auf sein energisches Klopfen, und als er die Tür langsam öffnete und ins Büro hineinschaute, sah er nur den wuchtigen Schreibtisch, hinter dem der riesige, aber leere Chefsessel stand.

Sara Börjesson kam aus ihrem Zimmer. Sie hatte einen Zettel in der Hand und war wie immer zu dieser Jahreszeit etwas zu braun gebrannt. »Guten Morgen, Jacob, ich habe hier ...«

Doch Rhodén ließ sie nicht weiterreden. Nicht jetzt, wo er sich voll und ganz auf das Gespräch mit Helland konzentrierte, wo sein ganzer Körper angespannt und voller Energie dem entscheidenden Gefecht entgegenstrebte. Nicht jetzt! Er hob die Hand und brachte die junge Polizistin zum Schweigen. »Wo ist Helland?«, fragte er.

»Wahrscheinlich in der Pressekonferenz«, sagte Börjesson mit einem Achselzucken.

»Um diese Uhrzeit?«

»Montagmorgen. Da ruft er doch öfters bei wichtigen Fällen eine Konferenz ein.« Sie hielt noch immer den Zettel in der Hand und versuchte, mit einem vielsagenden Blick Rhodéns Aufmerksamkeit auf ihn zu lenken. Aber nicht jetzt!

»Die hat er nicht mit mir abgesprochen.« Der Kommissar spürte, wie es in der Magengegend grummelte. Und brodelte. Das passte zu seiner Stimmung. Helland konnte doch nicht einfach so, ohne sich mit ihm abzusprechen, vorpreschen und an die Presse gehen. Herrgott nochmal, das hatten sie schon unendlich oft diskutiert!

Abrupt drehte er sich um, eilte zum Treppenhaus und ließ Börjesson allein mit ihrem Zettel zurück. Er hastete die Stufen nach unten, grüßte Maria am Empfang nur beiläufig und steuerte mit großen Schritten auf den Konferenzraum zu, in dem für gewöhnlich die Pressekonferenzen abgehalten wurden. Er hatte bereits die Tür erreicht und die Hand auf die Klinke gelegt, als hinter ihm Maria, die das drohende Unheil in seinem Gang wohl erahnt hatte, rief: »Jacob! Warte!«

Für ihren Körperumfang beinahe leichtfüßig kam sie um den Tresen herumgewatschelt und eilte auf den Kommissar zu. Ihre ohnehin kräftig rot geschminkten Wangen glühten vor Anstrengung, als sie bei ihm ankam. »Du kannst da nicht hereinplatzen. Das Fernsehen ist da!« Jetzt strahlte sie, als seien die Fritzen vom Fernsehen nur wegen ihr hier.

Rhodén seufzte. Es war also so weit. Der Fall hatte die wichtigen Medien erreicht. Der Druck wurde größer. Helland musste mehr einstecken, folglich gab es auch mehr auszuteilen. Und jetzt würden sie liefern müssen. Wenn sie nicht bald einen Durchbruch schafften, dann standen spätestens in zwei, drei Tagen die Kollegen aus Karlstad oder vielleicht sogar aus Stockholm auf der Matte und würden die Ermittlung an sich reißen. Hellands große Angst, sie würde wahr werden! Das galt es, um jeden Preis zu verhindern. Er wollte noch länger mit Wilhelmsson zusammenarbeiten. Zudem machte er sich allmählich Sorgen um Fredrik Skogs Gesundheit während Hellands Ausbrüchen.

Er dankte Maria für die Warnung, drückte die Klinke nach unten und schickte ein Stoßgebet an wen auch immer, dass er da drinnen nicht auf Risko Järvinen, Schmierfink bei der »Aftonposten«, Querulant und Hassobjekt Nummer eins, treffen würde. Leise öffnete er die Tür und schlich in den vollbesetzten Saal. Ohne aufzufallen, verzog er sich nach hinten, von wo aus er einen guten Blick über die versammelten Journalisten und Helland auf der Bühne hatte. Järvinen konnte er nicht entdecken. Dafür schien eine andere Nervensäge anwesend zu sein, denn in dem Moment, als er in den Saal gekommen war, hatte sich ein Journalist zu Wort gemeldet. Ein Ambitionierter, das erkannte Rhodén sofort. Schick geschnittenes, kurzes schwarzes Haar, klares Profil, dazu ein gefälliges schwarzes Jackett und Röhrenjeans, aufrechte Körperhaltung, leicht nach oben gerecktes Kinn, Augenbrauen, die sich beim Stellen der Fragen auffordernd nach oben schoben. Er kannte solche Typen. Sie stellten kritische Fragen aus Prinzip, weil sie dachten, dass nur ständig nachbohrende Journalisten gute seien. Selbst bei banalsten Fällen gab es für sie Dinge, die es zu hinterfragen galt.

»Wenn zwei kleine Kinder verschwinden und vier Menschen getötet werden und die Polizei noch immer keine Verdächtigen präsentieren kann und keinen nennenswerten Fortschritt macht«, fing der Journalist an, wobei er leicht näselte, »dann muss man sich doch schon irgendwann die Frage stellen, ob die Polizei in Arvika überfordert ist oder irgendwelche Fehler macht.«

Schweigen auf der Bühne. Bohrende Blicke von unten. Kameras, die auf ihn gerichtet waren und auf eine Antwort warteten. Hellands Augen und Mund zogen sich zusammen. Die hohe Stirn glänzte im grellen Licht. Sie färbte sich leicht rötlich. Rhodén beobachtete fasziniert das Schauspiel. Er wusste, was diese Vorboten zu bedeuten hatten. Aber er wusste auch, dass der Journalist nichts zu befürchten hatte. Vor der Presse, und insbesondere vor Fernsehkameras, hatte Helland sich im Griff. Die Explosion würden sie dann im pressefreien Besprechungszimmer abbekommen.

»Nun hören Sie gut zu«, sagte Helland, nein, er knurrte vielmehr. »Meine Leute gehen jeder Spur nach, und glauben Sie mir, davon gibt es viele. Aber überfordert ist dabei niemand. Alle arbeiten hochkonzentriert, äußerst professionell und mehr oder weniger rund um die Uhr. Seien Sie also beruhigt, hier geht jeder absolut engagiert seiner Arbeit nach. Oder mit anderen Worten: Jeder Einzelne reißt sich tagtäglich den Hintern auf, um die beiden Kinder und den Mörder der vier Opfer zu finden.«

»Nun ja, aber es ist doch so, dass ...«

Ein Blick wie ein Giftpfeil ließ den Journalisten verstummen. »Ich finde es ungeheuerlich«, sagte Helland, »dass Ihnen im Angesicht eines solch dramatischen Falles, bei dem es um das Leben zweier Kinder geht und bei dem wir alle zusammenhalten und zusammenarbeiten sollten, nichts Besseres einfällt, als einen Keil zwischen die Bevölkerung und die Polizei zu treiben. Was wollen Sie mit Ihrer Frage? Für schlechte Stimmung gegen die Polizei sorgen? Aufhetzen? Wenn Ihnen nur ein bisschen daran liegt, dass die Kinder lebend gefunden werden, dann helfen Sie mit, dass Ihre Leser Augen und Ohren offen halten, ermutigen Sie, sich bei der Polizei zu melden, wenn sie etwas gesehen haben, aber versuchen Sie nicht, die Arbeit der Polizei zu desavouieren. Ich verspreche Ihnen, dass jeder einzelne Polizist seit Tagen kaum mehr schläft, seine Familie fast nicht mehr sieht und nur noch dafür lebt, die Kinder zu finden. Also vertrauen Sie uns und lassen Sie uns unsere Arbeit machen! Noch Fragen?«

Nein. Keine Fragen mehr. Der Journalist, der etwas kleiner geworden schien, setzte sich stumm, aber rasch hin.

Rhodén konnte seinen Ohren kaum glauben. War er gerade wirklich Zeuge dieser Worte geworden? Hellands Worte? Der Kommissar lächelte still in sich hinein und schüttelte verwundert den Kopf. Das Gespräch mit Helland hatte sich erübrigt. Er schlich sich wieder nach draußen, wo ihm Sara Börjesson entgegenkam. Noch immer hatte sie den Zettel in der Hand, den sie nun demonstrativ nach oben hielt.

»Eva hat gesagt, dass ich dich aus der Pressekonferenz holen soll, weil das hier wirklich wichtig ist!«

»Was ist das denn?«, fragte Rhodén.

»Die Liste mit allen Anwohnern und Ferienhausbesitzern in Rackstad und vor allem in der Nähe des Ortes, an dem Lagergren die Frau mit den zwei Kindern gesehen haben will«, sagte Börjesson, während sie sich das lange braune Haar hinter das Ohr strich.

»Und?« Jetzt wurde Rhodén neugierig. Hatten sie vielleicht einen interessanten Treffer?

»Ein Ferienhaus gehört einem Mann namens Gunnar Paulsson.«

Rhodén runzelte die Stirn. Bei dem Namen klingelte überhaupt nichts. Enttäuschung machte sich breit.

»Gunnar Paulsson ist der Bruder von Mia Sahlin, der verstorbenen Frau von Måns Sahlin«, sagte Börjesson mit einem triumphierenden Strahlen.

Die Falten aus Rhodéns Stirn waren augenblicklich verschwunden. Stattdessen verzogen sich die Mundwinkel zu einem entschlossenen Lächeln. »Gunnar ist also Måns Schwager«, sagte er. »Da haben wir sie, die heiße Spur. Sara, ruf alle zu einer Teambesprechung zusammen. Und dann fahren wir zu Måns. Endlich haben wir etwas Handfestes gegen ihn.«

54

Dafür, dass es Montagmorgen war, herrschte nahezu euphorische Stimmung im Besprechungsraum. Helland war noch in der Pressekonferenz, konnte sie folglich nicht stören. Die neuesten Informationen brauchten ihn und die Presse ohnehin noch nicht zu interessieren. Jedoch bräuchte Rhodén seinen Chef in Kürze, wenn es darum ging, einen Durchsuchungsbeschluss bei Voruntersuchungsleiter Alhem zu erwirken. Und sie würden bald Hausdurchsuchungen durchführen, das wusste er. Entweder bei Sahlin und im Ferienhaus seines Schwagers - oder bei beiden. Das war kein Zufall. Dort oben im Nirgendwo, dort, wo man an einer unzugänglichen Stelle eine Frau mit zwei Kindern gesehen hatte, da hatte nicht zufälligerweise der Bruder der verstorbenen Frau eines Verdächtigen sein Ferienhaus. Es gab einen Zusammenhang. Gewiss.

Rhodén spürte, wie das Adrenalin durch seinen Körper floss, wie alle Muskeln, jede Faser seines Hirns unter Strom standen. War das endlich der Durchbruch? Ja, ganz sicher. Ganz sicher. Und zu verdanken hatten sie ihn womöglich einem verlotterten Schwarzbrenner. Seltsame Welt.

Das Team saß aufrecht an den Tischen und schaute ihn erwartungsvoll an. Auch seine Kollegen spürten, dass sie bei der Lösung des Falls möglicherweise einen wichtigen Schritt weitergekommen waren. Nur Skog hatte offensichtlich wieder eine schlechte Nacht verbracht. Ein Glück hatte er nicht solche Kinder, dachte Rhodén. Der arme Kerl muss jede zweite Nacht mit einem der Kinder über oder vor der Toilettenschüssel verbringen. Er sah hundemüde aus, aber Rhodén wusste, dass er sich dennoch auf den treuen Fredrik verlassen konnte.

»Gunnar Paulsson konnten wir nicht erreichen. Eva und ich werden zuerst zu ihm und anschließend zu Sahlin fahren. Wir werden versuchen, den Schlüssel und die Erlaubnis, das Haus zu untersuchen, zu bekommen. Ansonsten müssen wir uns bei Alhem um einen Durchsuchungsbeschluss kümmern«, sagte der Kommissar. »Sara, kannst du nochmals die Listen der Fahrzeughalter durchgehen und schauen, ob es irgendeinen Bezug zwischen einem Fahrer eines Wohnmobils oder eines weißen Volvos der 700er-Reihe und Sahlin beziehungsweise Paulsson gibt. Vielleicht Freunde, Nachbarn, Verwandte. Überprüf die Liste ganz genau.«

Börjesson seufzte, nickte aber und kritzelte sich etwas in ihre Unterlagen. Skog erhielt die Aufgabe, mit Lagergren zum Polizeizeichner zu gehen, um eventuell ein Phantombild der Frau am See zu erhalten.

»Wir müssen neben Sahlin, Paulsson und dem Ferienhaus aber noch einer weiteren Spur nachgehen«, sagte Rhodén. »Das ist Karla Asmussens kryptische Aussage über ihren Vater. Irgendetwas liegt da im Verborgenen, was wir ans Licht befördern sollten. Caroline, Christoffer, ihr schnappt euch nochmal Tomas Begin und befragt ihn danach. Nachdem wir bei Sahlin gewesen sind, werden Eva und ich Karla Asmussen einen Besuch abstatten. Wollen wir hoffen, dass sie gesprächiger ist als sonst.«

Energisch standen alle auf. Es geht voran. Ganz sicher. Da war eine neue Zuversicht, dass sie den Tätern auf der Spur waren. Ja.

Als Rhodén und Wilhelmsson das Präsidium verließen, nahmen sie vorsichtshalber aber dennoch den Weg über die Nottreppe in die Tiefgarage, denn dort würden keine Fernsehkameras mit unangenehmen Fragen auf sie warten.

55

»Sie geben nicht auf, das muss man Ihnen beinahe hoch anrechnen.« Måns Sahlin lehnte sich im Sessel zurück und rieb mit den Handtellern, die pfannengroß waren, über die abgenutzte braune Cordhose, die er bereits bei ihrem ersten Besuch getragen hatte. Rhodén erinnerte sich daran und war fast ein wenig stolz auf sich, dass er sich einmal merken konnte, was ein Verdächtiger oder Zeuge angehabt hatte. Manchmal konnte das nützlich sein. Jetzt aber nicht, denn Sahlin trug offenbar nahezu täglich ein und dieselbe Hose.

»Ich rechne es Ihnen jedoch nicht hoch an, da es allmählich anstrengend wird, sich ständig neuen Verdächtigungen ausgesetzt zu sehen«, setzte er fort. »Kaffee?«

Wilhelmsson und Rhodén lehnten dankend ab. Sie mussten sich schließlich nicht freiwillig länger als nötig den Launen dieses Mannes aussetzen. »Weshalb neue Verdächtigungen?«, fragte Wilhelmsson. »Bisher haben wir noch nichts gesagt, außer, dass wir gefragt haben, ob wir hereinkommen dürfen.«

»Ach, hören Sie auf! Sie wissen doch besser als ich, dass Sie es auf mich abgesehen haben.« Sahlin fuhr sich mit der Rechten über das stoppelige graue Kopfhaar. »Ich kenne mich da aus und war schon öfter Opfer irgendwelcher Machenschaften.«

»Nun sind wir nicht hier, um über irgendwelche Verschwörungstheorien mit Ihnen zu diskutieren«, sagte Rhodén. »Ich bin mir sicher, das würde ohnehin wenig Sinn machen. Vielmehr interessiert uns, was Sie machen, wenn Sie mal entspannen wollen?«

»Hä?« Beim Aussprechen des universalsten Worts der Menschheitsgeschichte verzog sich Sahlins Gesicht zu einer hässlichen Fratze. Während sich die linke Augenbraue nach oben zog, schob sich die andere über das rechte Auge und drückte es zu. Diese Schieflage in seinem Gesicht wurde gedoppelt durch den Mund, denn der linke Winkel zuckte nach oben, wohingegen der rechte nach unten gezerrt wurde. So starrte er die beiden Ermittler eine Weile an, ehe er sich wieder gefangen hatte. »Warum wollen Sie jetzt das wissen?«

»Bitte beantworten Sie einfach die Frage.«

»Äh ... ich ... also, eigentlich bin ich recht entspannt.«

Jetzt war es an Wilhelmsson zu lachen. »Das ist gut, Herr Sahlin«, rief sie, während ihr blonder Zopf aufgeregt hüpfte. »Sie sind wahrlich die personifizierte Entspannung.« Nun zogen sich beide Augenbrauen gefährlich nach unten. Sahlin biss seine Lippen zusammen und knurrte zwischen ihnen hindurch: »Machen Sie sich etwa lustig über mich? Niemand macht sich über mich lustig.«

»Entschuldigung«, sagte Wilhelmsson, aber sie konnte ein weiteres Grinsen nicht unterdrücken.

»Lassen Sie mich die Frage anders stellen«, ging Rhodén dazwischen. »Wenn Sie mal Ruhe brauchen und Sie hier rauswollen, wo gehen Sie dann hin?«

Die Furchen in Sahlins Stirn wurden tiefer. »Was sollen diese Fragen?«

»Herr Sahlin, bitte ...«

»Ich will hier nicht raus. Ich verlasse das Haus nur noch selten. Ansonsten gehe ich hin und wieder in den Wald, spazieren, die Ruhe genießen.«

»Haben Sie noch Kontakt zu Gunnar Paulsson?«

»Äh ... ja.«

»Oft?«

»Eher nicht.«

»Wann haben Sie ihn zum letzten Mal gesprochen?«

Sahlin überlegte, während er noch irritierter dreinschaute als zuvor. »Vielleicht vor drei Wochen. So ungefähr.«

»Wissen Sie, wo er jetzt ist?«

Sie hatten bei Paulsson Sturm geklingelt, jedoch hatte niemand geöffnet. Er wohnte in einem kleinen Vorort am anderen Ende der Stadt. Brave Siedlung mit unscheinbaren Einfamilienhäusern. Gärten mit Apfelbäumen und Holzbänken darunter. Schreberidylle. Sie hatten durch die Fenster geschaut, in den Garten hinterm Haus. Doch nirgends war ein Bewohner zu entdecken gewesen.

»Ich denke, er ist noch in Spanien«, sagte Sahlin. »Da wollte er hin, als ich das letzte Mal mit ihm gesprochen habe. Ein bisschen Sonne und Wärme tanken.«

Der typische Schwede, dachte Rhodén. Die Alten flohen im Winter nach Spanien, die Jungen nach Thailand. Aber alle flohen sie.

»Was wollen Sie denn von ihm?«, fragte Sahlin. »Er hat ganz sicher nichts mit dem Tod der Asmussens und der Fridbergs zu tun. Er kannte sie ja kaum.«

»Er hat ein Ferienhaus bei Rackstad. Kennen Sie es?«

Sahlin hielt inne und beäugte die beiden Ermittler genau. Die Augen waren noch immer zusammengekniffen, aber nun schauten sie nicht mehr irritiert und auch nicht mehr wütend, jetzt musterten sie, scannten die Polizisten. »Ja, ich kenne es«, sagte er schließlich langsam. »Wieso wollen Sie das wissen?«

»Wann waren Sie zuletzt da?«, fragte Rhodén.

»Keine Ahnung!« Sahlin lehnte sich wieder im Sessel zurück. »Das ist Monate her. So viel habe ich mit Gunnar nun auch wieder nicht zu schaffen.«

»Haben Sie einen Schlüssel?«

»Ich? ... Ob ich einen ... Schlüssel? Wieso?«

»Einfache Frage, Herr Sahlin: Haben Sie einen Schlüssel - ja oder nein?« Rhodén beugte sich nach vorne und stützte sich mit den Ellbogen auf die Oberschenkel. Sahlin ließ er nicht mehr aus den Augen. Etwas ging in ihm vor. Da rotierten unzählige Gedanken. Das war unschwer zu erkennen.

»Äh ... nein, ich habe keinen Schlüssel.«

»Herr Sahlin, ich bitte Sie!«

»Nein, ganz ehrlich und aufrichtig: Ich habe keinen Schlüssel.«

Rhodén seufzte. »Das bedeutet, dass wir uns per Durchsuchungsbeschluss Zutritt verschaffen und das Ferienhaus aufbrechen müssen. Kein Problem, jedoch ärgerlich für beide Seiten. Geben Sie uns also einfach den Schlüssel, wir schauen uns kurz um und - wenn Sie nichts zu verbergen haben – sind nach wenigen Minuten wieder weg.«

»Ich habe aber keinen Schlüssel!«, rief Sahlin und sprang auf. Hektisch kratzte er sich an seinem Dreitagebart, während er eilig zur Treppe ging, die nach unten zur Haustür führte. »Und jetzt möchte ich Sie bitten zu gehen! Es kann nicht angehen, dass Sie einen Verwandten nach dem anderen ins Visier nehmen und hier alle in Aufruhr versetzen.«

»Herr Sahlin, wir haben begründeten Verdacht ...«

»Raus hier! Augenblicklich!«, schrie Sahlin. Sein Kopf verfärbte sich rötlich, der voluminöse Bauch blähte sich weiter auf, der ausgestreckte Arm zeigte den Weg. Treppe runter. Raus.

Wilhelmsson und Rhodén blickten sich an und beide wussten, was der andere dachte. Treffer. Sie mussten Alhem überzeugen, einen Durchsuchungsbeschluss bekommen und dann das Ferienhaus auseinandernehmen. Und dort würden sie etwas finden. Bestimmt.

»Auf Wiedersehen«, sagte Rhodén. »Auf Wiedersehen«, grüßte Wilhelmsson, als sie an Sahlin vorbei und die Treppe hinuntergingen. Sahlin grunzte etwas, was unmöglich als Gruß zu verstehen war.

Als die beiden Ermittler das Haus verlassen und mit dem Auto davongefahren waren, griff er mit zitternder Hand zum Telefonhörer und wählte die Nummer, die er bereits seit Jahren auswendig konnte.

56

»Heute ist das letzte Mal, dass ich zu Ihnen kommen kann«,
sagte er, während er mit durchgedrücktem Rücken auf einem
Stuhl in Nilssons und Georgievas Büro saß und starr und stur
aus dem Fenster schaute. »Ich muss zurück nach Stockholm und
wieder meiner Arbeit nachgehen. Schon mehrere Termine mit
Kunden musste ich absagen. Wissen Sie eigentlich, wie schlecht
so etwas fürs Geschäft ist?«

Nilsson war aufgestanden und hatte sich hinter Tomas Begin
gestellt. Von oben schaute er nun auf dessen braunes, kurzge-
schnittenes Haar, doch der Ex-Mann von Karla Asmussen ließ
sich dadurch nicht beeindrucken. Unbeirrt starrte er aus dem
Fenster, als liege dort die Rettung, eine größere Wahrheit oder
einfach der nächste Computer, um den er sich deutlich lieber
kümmern wollte, als hier irgendwelche Fragen zu beantworten.

»Wissen Sie, wie egal mir Ihre Arbeit ist?«, sagte Nilsson und
beugte sich zu Begin herab, sodass er mit seinem Mund nur
wenige Zentimeter von dessen Ohr entfernt war. »Ihre Tochter
und ein weiterer Junge sind verschwunden. Das ist alles, was
mich gerade interessiert. Und Ihnen sollte ihr Kind auch wichtiger sein als Ihre Arbeit.«

»Linda ist wichtiger. Das ist ja gar keine Frage«, sagte Begin
im nüchternsten Bürokratenton. »Dennoch muss ich als Selbst-
ständiger auch danach schauen, wo ich bleibe. Und wenn es wenigstens etwas bringen würde, dass ich ständig nach Arvika fahre,
dann würde ich es ja einsehen. Aber nie stellen Sie mir die wichtigen Fragen.«

»Was sind denn die wichtigen Fragen, Herr Begin?« Caroline
Georgieva nahm ihren Stuhl, stellte ihn vor Lindas Vater und
setzte sich so, dass sie direkt zwischen Begin und dem rettenden
Fenster saß.

»Das weiß ich doch nicht. Das müssen Sie schon selbst herausbekommen, schließlich sind Sie die Polizisten. Nicht ich.«

»Dann hören Sie jetzt gut zu. Vielleicht habe ich ja eine wichtige Frage«, sagte die Polizistin, während sich ihr Kollege hinter
seinen Schreibtisch bewegte und sich dort niederließ. Georgieva

berichtete, was Karla Asmussen gesagt hatte, als sie davon erfahren hatte, dass ihr Vater gestorben war. »Hat er also noch mehr ...« Dann hatte sie abgebrochen und nichts mehr gesagt.

»Was könnte Sie gemeint haben, Herr Begin? Ist Ihnen irgendetwas aus Jan Asmussens Vergangenheit bekannt? Denken Sie bitte gut nach, denn das, das könnte tatsächlich eine wichtige, eine entscheidende Frage sein.«

Erwartungsvoll blickten die beiden Ermittler den Softwareentwickler an, doch der rückte lediglich seine drahtige Brille zurecht und reagierte ansonsten überhaupt nicht. Von außen war es unmöglich zu erkennen, ob er angestrengt nachdachte oder völlig gedankenlos dasaß und die Polizisten mal wieder ins Leere laufen ließ.

Jedes Mal, wenn sie bei Karla Asmussen waren, erlebte Jacob Rhodén ein Déjà-vu. Es war immer dasselbe. Wie vor wenigen Tagen, als sie wegen Karlas Vermisstenanzeige zum ersten Mal auf diesem farblosen Sofas saßen, hier er, da Wilhelmsson. Sie starrten auf die Ödnis, die sich in diesem Haushalt Wohnzimmer nannte, begafften die Schrankwand, die mit jedem Mal übermächtiger erschien, und hörten das aufgeregte Tassengeklapper von Karla Asmussen, wenn sie in der Küche Kaffee machte. Dann kam sie, dieses Mal in einem erdfarbenen Kostüm, das akkurat saß, die leichten Rundungen im Hüftbereich jedoch unvorteilhaft betonte, mit dem Tablett herein, servierte Kaffee, setzte sich aufrecht in den Sessel, nahm die Tasse in die eine, die Untertasse in die andere Hand. Von nun an würde die Kaffeetasse Aufzug fahren, ständig nach oben, an die Lippen angesetzt, dann wieder nach unten. Pausenlos. Karla Asmussen würde dabei kerzengerade ganz vorne auf der Sitzfläche verharren. Es war jedes Mal die exakt gleiche Situation. Und das war nicht nur gespenstisch, das war bedrückend, erdrückend.

»Wie geht es Ihnen?«, fragte Wilhelmsson die Allerweltsfrage, doch Rhodén wusste, dass sie sie ernst meinte.

»Es geht«, sagte Karla, trank einen winzigen Schluck, fuhr die Tasse nach unten und setzte sie für einen kurzen Moment ab, ehe sie wieder nach oben wanderte.

Dann schwiegen sie. Die Schrankwand wuchs nochmals einige Zentimeter, und wenn man sie nur lange genug anschaute, dann konnte man meinen, sie beuge sich langsam nach vorne, um sie alle zu packen und zu verschlingen.

Rhodén überlegte, wie er den Anfang machen sollte. Die Frau, die hinter einer meterdicken Fassade, aber tapfer vor ihnen saß, hatte ihre Eltern verloren und das einzige Kind womöglich ebenfalls. Wie konnte man sie am besten danach fragen, was sie mit ihrem Ausspruch über ihren Vater gemeint hatte? Rhodén hatte einen Verdacht, den auch Wilhelmsson hegte, wie sie ihm bei der Herfahrt gesagt hatte. Das Vorkommnis mit Helga Olsson, die vor beinahe dreißig Jahren ihre Anzeige wegen sexueller Belästigung gegen Asmussen zurückgezogen hatte, stärkte ihren Verdacht. Hatte er sich an jungen Frauen vergriffen, sie vielleicht sogar vergewaltigt? War Helga Olsson kein Einzelfall? Wenn Karla darauf anspielen wollte, dann bedeutete es, dass sie von dieser dunklen Seite ihres Vaters etwas wusste. Doch wie konnte man dies aus ihr herauskitzeln, ohne dass sie, die ohnehin einen beinahe unüberwindbaren Schutzwall um sich herum hochgezogen hatte, sich komplett verschließen würde? Rhodén kaute auf der Unterlippe und fand keinen Ansatz. Er schaute zu Wilhelmsson, aber sie beobachtete aufmerksam Karla Asmussen. Es machte nicht den Anschein, als würde sie die erste Frage übernehmen und so Rhodén entlasten.

»Als Kind hatte ich einen Hund. Er hieß Mumpert.« Karla Asmussens Stimme war leise, doch ihre Worte schwebten dennoch klar und deutlich durch den kargen Raum. »Ich habe ihn nach einem Troll benannt, von dem meine Tante, die in der Nähe von Östersund lebte, immer erzählt hatte. Angeblich trieb er sich oben im Oviksfjäll herum, er war fies, aber dabei unglaublich tollpatschig, sodass er nie einem Menschen etwas antun konnte.«

Karla gab einen kurzen Laut von sich, der wie ein Lachen klang. Rhodén konnte am Glanz in ihren Augen sehen, dass sie an schöne Tage in ihrer Kindheit dachte. Tage, die sie zusammen mit ihrem Hund Mumpert erlebt hatte. Doch dann verdrängte ein grauer Schleier den sehnsüchtigen Glanz, und das Lächeln, das eben noch ganz vorsichtig ihre Mundwinkel umspielt hatte, verschwand.

»Er ist schon lange tot«, sagte sie.

»Weshalb erzählst du uns von Mumpert?«, fragte Wilhelmsson.

»Weil ...« Karla verstummte. Ihre Lippen waren so fest aufeinander gepresst, dass sie blutleer und weiß wurden. Sie schluckte schwer. »Weil ...« Sie atmete heftig aus. »Ich fühle mich so fürchterlich einsam. Wie nach Mumperts Tod. Wissen Sie, ich hatte nie viele Freunde. Mein Hund war für mich da, er hat Farbe in mein Leben gebracht. Erst seit Lindas Geburt habe ich wieder das Gefühl, dass etwas Buntes in mein Leben gekommen ist. Davor war alles nur grau und anstrengend. Ich habe mir Linda so sehr gewünscht. Sie ist mein Ein und Alles. Und jetzt ...« Mit zitternden Händen stellte sie die Kaffeetasse auf dem Couchtisch ab.

»Jetzt ... Wenn sie nicht wieder zurückkommt, dann ist mein Leben nichts weiter als ein großes Loch.«

Sie schlug die Hände vors Gesicht und schluchzte hinein. Wilhelmsson zog ein Taschentuch aus ihrer Handtasche, ging zu Karla Asmussen und reichte es ihr.

»Hat es mit deinem Vater zu tun, dass dein Leben vor Lindas Geburt so grau gewesen ist?«, fragte Wilhelmsson. Rhodén hätte gar nicht sagen können, wie glücklich er war, dass sie ihn begleitete und nach ihrem Wochenende voller Fluchten wieder an seiner Seite war. Er bewunderte seine Kollegin, wie behutsam sie in solchen Momenten sein konnte. Ihre fluchende, grobe Värmländer-Art war wie weggeblasen, als stehe plötzlich eine andere Wilhelmsson vor ihm. Aber er wusste es besser. Sie war eben nicht nur die taffe Polizistin, sie war viel mehr.

Karla nahm dankend das Taschentuch an, wischte sich damit über Augen und Nase und blickte die Ermittlerin seltsam irritiert an. »Wie meinen Sie das?«, fragte sie.

»Dein Vater war sehr dominant, nicht wahr?«

Karla schaute sie noch länger aus zusammengekniffenen, fragenden Augen an, ehe sie langsam nickte. »Ja, das war er«, flüsterte sie.

»Wie äußerte sich seine dominante Art?«

»Das ...« Ein Ruck ging durch ihren Körper. Plötzlich saß sie wieder kerzengerade und schaute geradeaus an die gegenüberliegende Wand. »Warum wollen Sie das wissen?«, fragte sie abweisend.

»Karla, es ist wichtig, dass wir deinen Vater kennen lernen, um so Hinweise entdecken zu können, wer hinter seinem Tod steckt. Deswegen brauchen wir ein möglichst klares Bild von ihm.«

»Er war ein starker Mann.« Frau Asmussen änderte weder ihre Haltung noch ihren Blick. Das Sprechen schien sie anzustrengen. »Das war nicht immer leicht. Vor allem nicht für meine Mutter.«

»Hat er versucht, über dich und deine Mutter zu bestimmen?«

»Das ... das geht Sie nichts an.«

Karlas Unterkiefer zitterte beim Sprechen. Rhodén beobachtete ihre Hände, die sich in krampfende Krallen verwandelten. Sie waren ganz nah. Hier lag etwas verborgen. Unter der Oberfläche war es bereits sichtbar. Es musste nur noch hindurchbrechen, sich einen Weg nach draußen verschaffen, dorthin, wo es wahrscheinlich noch nie gekommen war, weil Karla sich selbst eine dicke, undurchdringliche Haut geschaffen hatte.

»Hat er auch versucht, über andere Frauen zu bestimmen?«, fragte Wilhelmsson weiter. Sie war vollkommen ruhig und sachlich. Ihre linke Hand ruhte auf Karlas Schulter, die nun heftig erzitterte.

»Hören Sie auf! Das geht Sie nichts an!«, wiederholte Frau Asmussen.

»Karla, was hat dein Vater noch gemacht? Was hast du damit gemeint? Hat er andere Frauen ...«

»Hören Sie auf!!!«, gellte es aus Karla Asmussen heraus. Ihr Körper zitterte, bebte, wankte, stand unter Strom, war Strom. Spannung durchzuckte jedes Glied, jede Sehne, jeden Muskel. Dann ging das Licht aus.

Seit Minuten saß er nun schon da und bewegte sich nicht mehr. Georgieva beobachtete ihren Kollegen Nilsson, der sich mit Daumen und Zeigefinger unaufhörlich über seinen lächerlichen Oberlippenbart fuhr. Er lehnte hinter Tomas Begin an einem Regal. Die Unruhe war ihm ins Gesicht geschrieben. Das hier konnte er nicht, dachte Georgieva. Zu warten. Menschen Zeit zu geben.

Wie ein Panther schnellte Christoffer Nilsson nach vorne, er packte Begin grob an den Schultern und fauchte in dessen Ohr: »Verdammt nochmal, Begin! Hören Sie mit Ihren blöden Spielchen auf und helfen Sie uns!«

Tomas Begins Körper versteifte noch mehr. Er drehte seinen Kopf nicht zu Nilsson, er war nicht einmal zusammengezuckt, als die plötzliche Attacke von hinten gekommen war. Betont langsam schob er die fremden Hände von seinen Schultern.

»Bitte lassen Sie mich los.«

Caroline Georgieva versuchte mit einem Blick ihren Kollegen zur Gelassenheit zu ermahnen, denn der stand hinter Begin und schaute so aus, als habe er nur noch zwei Möglichkeiten im Umgang mit Lindas Vater: ihn erschlagen oder ihn fressen.

»Herr Begin, fällt Ihnen irgendetwas ein, was Karla mit dem angefangenen Satz über ihren Vater gemeint haben könnte?«, fragte Georgieva. Es fiel ihr schwer, ruhig und dennoch bestimmt zu klingen. Am liebsten hätte sie ihn wie Nilsson gepackt und angeschrien. Dass er immer noch nicht verstand, dass er mit seiner Art und Weise womöglich mit dem Leben seiner Tochter spielte. Manchmal hatte sie das Gefühl, nur von Idioten umgeben zu sein. Das war im normalen Leben bereits der Fall, bei der Arbeit als Polizistin potenzierte sich dieses Gefühl aber extrem.

»Ich habe einen Verdacht, ja«, sagte Begin und Georgieva horchte hoffnungsvoll auf. »Aber ich möchte nicht schlecht über einen Toten reden. Das macht man doch nicht. Vor allem wenn es nur ein Verdacht ist.«

Für einen kurzen Moment musste die Inspektorin die Augen schließen, tief ein- und ausatmen und versuchen, ihren bei vielen Yoga-Stunden mühsam erworbenen Einklang von Körper, Geist und Seele nicht gänzlich zu verlieren. Wahnsinn. Dieser Mann trieb sie geradewegs dort hinein.

»Herr Tomas Begin«, sagte sie, während sich ihre Hände in die Jeans krallten, »es geht um das Leben Ihrer Tochter. Ist das so schwer zu verstehen?! Sagen Sie uns bitte, welchen Verdacht Sie hegen. Er kann sehr wichtig sein.«

Sie hörte, wie ihre Stimme zitterte, wie sie kurz vor der Explosion stand. Doch sie durfte ihn nicht anschreien, denn dann würde Lindas Vater ungerührt aufstehen, den Raum verlassen und sagen, dass er nun zurück zu seiner Arbeit müsse.

Ein Gedanke schoss durch ihren Kopf, der sie unvermittelt traf. Auch wenn sie Begin aufgrund seines Alibis bereits von der Liste der Verdächtigen gestrichen hatten, konnte er dennoch Mittäter sein. Wer sagte denn, dass er die Entführung seiner Tochter selbst durchgeführt hatte? Es war doch ebenso gut möglich, dass er einen Komplizen hatte, der für ihn die Drecksarbeit erledigte, während er selbst im Hotel in Kristinehamn residierte, um ein perfektes Alibi zu haben. Das würde sie unbedingt mit Rhodén diskutieren müssen.

»Ich weiß nicht so recht, ob ich einen Toten verunglimpfen möchte.« Georgieva wurde von Begin aus den Gedanken gerissen. Sie seufzte erschöpft. Sie war erschöpft. Und wie.

Kräfte sammeln, Caroline! Ruhe bewahren, finde deinen Mittelpunkt! Einatmen, ausatmen.

»Hat Ihr Verdacht etwas mit einer Frau namens Helga Olsson zu tun?«

Begin runzelte die Stirn. Zumindest kam etwas Bewegung in die versteinerte Statue. »Wer ist Helga Olsson?«

»Also nicht?«

»Nein, ich kenne keine Frau mit diesem Namen.«

»Sie stellte 1987 eine Anzeige gegen Jan Asmussen wegen sexueller Belästigung, zog sie aber bereits einen Tag später wieder zurück. Klingelt da etwas?« Nilsson war erneut an den Stuhl herangetreten und hatte sich hinter Begin aufgebaut.

»Nein, das sagt mir nichts. Darüber hat Karla nicht mit mir gesprochen. Jedoch ...« Er verstummte. Stille breitete sich im engen Büro von Nilsson und Georgieva aus. Sie setzte sich überall fest und dröhnte in den Ohren. Übermächtig.

Georgieva wartete.

Nilsson wartete. Mit Händen, die sich zu Fäusten ballten. Mit einer Miene, die nichts Gutes erwarten ließ. Die Lippen waren weiß, die Augen gefährlich zusammengezogen.

Tomas Begin schwieg.

Sie warteten.

»Was?«, sagte Georgieva mit bebender Stimme. »Setzen Sie bitte fort.«

Schweigen.

Warten.

»Mein Verdacht ging in eine ähnliche Richtung.« Langsam, sickernd kamen die Worte aus Begins Mund.

»Welchen Verdacht hegen Sie, Herr Begin?«

»Ich weiß nicht, ob ich das sagen möchte.«

Die Sicherung sprang mit einem lauten Knall bei Nilsson heraus. Im Bruchteil einer Sekunde riss er den Stuhl, auf dem Tomas Begin hockte, herum. »Herrgott nochmal, es geht um Ihre Tochter!«, schrie Nilsson, wobei die Ader an der Stirn deutlich hervortrat, wie immer, wenn er sich anstrengte oder wütend wurde. Mit den Händen auf die Armlehnen gestützt, beugte sich der Polizist weit nach vorne. Nur noch wenige Zentimeter trennten die Sacharbeiter-Miene von der zähnefletschenden Furie namens Nilsson. Jetzt würde er Begin erschlagen. Jetzt würde er ihn fressen. Jetzt war es vorbei.

»Ich bitte darum, dass dieser Mann den Raum verlässt«, sagte Begin, ohne eine Miene zu verziehen.

Georgieva hätte beinahe aufgelacht, so komisch sahen die beiden Männer aus, die unterschiedlicher nicht hätten sein können. Aber sie lachte nicht, denn zu groß war ihre Wut auf Begin und ihre Sorge um Nilsson, dass er gleich einen schlimmen Fehler machen könnte.

Allmählich kam Karla Asmussen wieder zu sich. Sie hatten sie auf das Sofa gelegt und ihre Stirn mit einem nassen Tuch gekühlt, nachdem sie in Ohnmacht gefallen war. Jegliche Farbe war aus ihrem Gesicht gewichen. Nur das Rouge, das im Kontrast zur blutleeren Haut nun noch intensiver wirkte, tauchte die Wangen in unnatürliches Rot.

Sie hatten ins Schwarze getroffen. Mitten hinein. Jan Asmussen hatte, in welcher Weise auch immer, seine Ehefrau, vielleicht seine Tochter, möglicherweise noch andere Frauen unterdrückt. Hatte er noch mehr verbrochen? War er nicht nur dominant, sondern hatte er sie auch sexuell unterdrückt? Missbraucht? Sie waren auf dem richtigen Weg, sie hatten eine Fährte. Aber Rhodén und Wilhelmsson wussten genau, dass sie jetzt bei Karla nicht weiterbohren konnten. Sie brauchten Geduld. Der Schutzwall bröckelte, bald würde er einstürzen. Geduld. Es klang beinahe wie Hohn, von sich selbst zu verlangen, geduldig sein zu müssen, so lange irgendwo da draußen zwei kleine Kinder entführt waren und ein Mörder auf freiem Fuß herumlief. Doch das war, was sie nun sein mussten. Rhodén kratzte sich unruhig am Hals. Scheiße nochmal, er konnte keine Geduld aufbringen! Nicht jetzt und nicht in diesem Fall!

»Wir rufen einen Notarzt«, hörte er seine Kollegin, wie sie in ruhigem Ton zur erwachenden Karla Asmussen sprach. »Er wird sich um dich kümmern.«

»Nein, bitte keinen Arzt.« Karlas Stimme war schwach, sie klang rau. »Ich schaffe das alleine.«

Wilhelmsson hielt ihr ein Glas Wasser hin, aus dem sie vorsichtig trank. »Bist du sicher?«

»Ja«, sagte Asmussen.

»Bitte rufen Sie uns an, wenn Sie uns noch etwas mitteilen wollen«, schaltete sich Rhodén ein. »Unsere Nummern haben Sie ja.«

»Ja«, sagte die Frau.

»Eine letzte Frage habe ich noch an Sie, dann lassen wir Sie in Ruhe«, sagte Rhodén. Er setzte sich auf den Sessel, auf dem sonst

immer die Hausherrin saß. Durch Karlas Zusammenbruch war ein bisschen Veränderung in das öde Wohnzimmer gekommen.
»Mochten Sie Ihren Vater?«

Karla schaute den Kommissar lange und unverwandt an. Ihre braunen Augen wirkten fahl, beinahe grau. »Er war mein Vater«, sagte sie schließlich.

Schnaubend hatte Nilsson das Büro verlassen. Tomas Begin hatte ihm hinterhergeschaut und sich dann wieder Caroline Georgieva zugewandt. »Ich ertrag ihn nicht. Sie?«

»Berichten Sie bitte von Ihrem Verdacht, Herr Begin!«

Der hagere Mann nahm die Brille von der Nase, putzte sie mit dem Hemd und setzte sie auf. Sie saß ebenso schief wie zuvor. Sauberer war sie auch nicht.

Begin räusperte sich, dann hob er das Kinn und schaute die Inspektorin mit einem seltsamen Blick an. »Es ist sehr persönlich. Ich bitte Sie daher, keine Aufzeichnungen zu machen.«

Die Polizistin nickte und legte den Kugelschreiber demonstrativ zur Seite. Sie würde sich später Notizen machen können, wenn er weg war. »In Ordnung. Bitte beginnen Sie jetzt.«

»Wissen Sie, das Verhältnis zwischen Karla und ihrem Vater war nicht das beste. Meistens war sie ihm gegenüber kühl und abweisend, manchmal hatte ich das Gefühl, sie habe vor ihm Angst. Wenn ich jedoch etwas Kritisches über ihn sagte, da explodierte sie regelmäßig und verteidigte ihren Vater. Sie liebte und sie verachtete ihn. Sie hatte Angst, aber hin und wieder stritt sie sich auch aufs Heftigste mit ihm. Mir kam es immer sehr widersprüchlich vor.«

»Er war ihr Vater«, sagte Georgieva.

»Sie meinen, dass die Beziehungen zwischen Vätern und Töchtern selten frei von Widersprüchen sind? Vielleicht stimmt das. Aber bei Karla und Jan war es anders. Extremer. Verstehen Sie?«

Georgieva nickte.

»Das ist jedoch nicht das Entscheidende«, setzte Begin fort. »Seit Jahren trage ich einen Verdacht mit mir herum. Aber es gibt keine wirklichen Beweise und mit Karla konnte ich nie darüber sprechen.«

»Erzählen Sie einfach!«, ermutigte Georgieva ihn.

Und dann endlich begann Begin zu erzählen. Anfangs stockend und zögerlich, mit vielen Pausen und Blicken, die irgendwo an den weißen Bürowänden hängen blieben, aber er redete. Und was er zu berichten hatte, musste Georgieva augenblicklich aufschreiben, als er das Präsidium wieder verlassen hatte.

»Ich frage Sie, ob Sie Ihren Vater gemocht haben«, sagte Rhodén, »und Sie antworten, dass er Ihr Vater gewesen war. Was wollen Sie mir damit sagen, Frau Asmussen?«
Rhodén kannte die Antwort, doch er wollte sie aus ihrem Mund hören. Man mochte seine Väter, da konnten sie sich noch so daneben benehmen. Sie konnten trinken und man hasste sie dafür. Sie konnten ihre Frau schlagen und man verabscheute sie dafür. Und dennoch blieben sie immer eins: Väter. Er musste an seinen eigenen Erzeuger denken, der ihm zeitlebens hauptsächlich Vorwürfe machte. Weil er nicht gut genug in der Schule gewesen war. Weil er den Zeitungskiosk nicht übernommen und ihn so dem Untergang geweiht hatte. Weil er zur Polizei gegangen war, wohin laut Vater nur Versager oder Quälgeister gingen. Weil sie nach Arvika gezogen waren. Weil sie ihn so selten in Stockholm besuchen kamen. Weil, weil, weil. Wie oft er sich schon über seinen Vater aufgeregt hatte, wie oft er bereits mit einem erleichterten Aufatmen das Elternhaus in Stockholm verlassen hatte. Und dennoch: Er freute sich jedes Mal aufs Neue, wenn er ihn sah und von ihm zur Begrüßung in den Arm genommen wurde. Er liebte seinen Vater, wenn er ihn beobachtete, wie er mit den Kindern spielte. Selbst dann, wenn er ihn zugleich verfluchte, weil er ihnen alles erlaubte und nur Süßes spendierte.
Karla schlug die Augen nieder. »Ich habe ihm so oft den Tod gewünscht«, sagte sie leise. »Und jetzt, wo er tot ist, fühle ich mich schuldig und vermisse ihn so sehr.« Sie blickte den Kommissar an. »Reicht das?«
Langsam nickte Rhodén. Ja, das reichte. Er nickte, dann verabschiedeten sie sich und ließen eine Frau zurück, die bald in einem Meer aus Tränen auf dem Sofa lag und sich und ihr Leben und ihren Vater und Victor Fridberg verfluchte.

57

Sie trafen sich zu einer kurzen Besprechung im Präsidium. Nur Paul Helland fehlte noch, weil er einem Fernsehsender ein Interview geben musste. Je nachdem wie hartnäckig der Reporter war, dementsprechend würde seine Laune sein, wenn er später dazustoßen würde. Es gab also allen Grund, die Besprechung kurz zu halten, dachte Rhodén.

Sie berichteten von ihren Ergebnissen, vom seltsamen Verhalten Sahlins, als sie ihn auf das Ferienhaus seines Schwagers angesprochen hatten, und von Karla Asmussen, die zusammengebrochen war.

»Wir wollten von ihr wissen, in welcher Weise sich die Dominanz, die Jan Asmussen ausübte, zeigte und ob sie sich nicht nur gegen Karla und ihre Mutter, sondern auch noch gegen andere Frauen richtete. Die sonst so beherrschte Karla verlor gänzlich die Fassung«, sagte Wilhelmsson. »Auch wenn wir es nicht hundertprozentig wissen, so sind wir uns doch absolut sicher, dass wir hier einen wunden Punkt getroffen haben. Es gibt eine dunkle Seite in Jan Asmussens Vergangenheit. Wir haben sie nur noch nicht offengelegt.«

Caroline Georgieva meldete sich zu Wort. Sie räusperte sich und strich eine ihrer unzähligen dicken Locken hinters Ohr, wie sie es immer tat, ehe sie zu reden begann. »Das, was Tomas Begin mir vorhin berichtet hatte, könnte zu eurer Theorie passen.«

»Er hat tatsächlich gesprochen und etwas Nützliches beigetragen?«, fragte Fredrik Skog, der bisher nur still zugehört hatte.

»Ja, nachdem Christoffer den Raum verlassen hatte, ist er gesprächig geworden.« Georgieva warf ihrem Kollegen Nilsson ein liebes, spöttisches Grinsen zu, das dieser jedoch nur mit einer säuerlichen Miene kommentierte. »Ich hatte ihn danach gefragt, was Karla mit ihrem angefangenen und nicht vollendeten Satz gemeint haben könnte. Zunächst hatte er sich geziert, weil er einen Toten nicht verdächtigen und verunglimpfen wollte. Aber nach längerem Zureden war er schließlich damit rausgerückt. Und jetzt haltet euch fest: Karla Asmussen und Tomas Begin waren neun Jahre ein Paar. Wie oft hat man da Sex? Jacob, wie sieht's aus?«

Auffordernd blickte sie ihren Chef an, der sie zunächst irritiert anstarrte, dann rot wurde und schließlich Wilhelmsson hilfesuchend anschaute. »Was? Was ist denn das für eine Frage?«

»Na komm, Jacob«, lachte Nilsson. »Auf einmal pro Monat werdet ihr schon kommen, oder? Das macht in neun Jahren etwa hundert Mal. Nehmen wir an, dass das erste Jahr noch besonders verliebt war, dann kommen wir vielleicht auf hundertfünfzig. Trifft's das, Jacob?«

»Also, was soll denn das?« Rhodén schaute von einem grinsenden Gesicht ins andere. Hatten sie sich etwa abgesprochen und freuten sich nun, wie er ruderte und nicht wusste, wie er sich verhalten sollte? »Ein paar mehr darfst du gerne noch draufrechnen«, sagte er schließlich und rang sich ein Lächeln ab.

»Ist ja auch egal«, sagte Georgieva. »Auf was ich eigentlich hinauswollte: Karla und Tomas hatten in neun Jahren Beziehung nicht ein einziges Mal Sex, also richtigen Geschlechtsverkehr.«

»Was?«, entfuhr es Rhodén. »Warum das denn?«

»Da fragt man sich doch schon, weshalb die überhaupt geheiratet haben«, warf Nilsson ein, aber niemand beachtete ihn.

»Bitte nochmal!« Rhodén lehnte sich nach vorne über den Tisch. »In neun Jahren haben Karla Asmussen und Tomas Begin nicht ein einziges Mal miteinander geschlafen? Wieso das denn?«

»Tja, das fragt sich Begin auch«, sagte Georgieva, während sie sich zurücklehnte und vielsagend die Arme auseinanderbreitete. »Er habe es immer wieder versucht, besonders in den ersten Monaten, aber sie habe es nie zugelassen, dass er in sie eindrang. Das sagt zumindest Begin. Mit ihr reden habe er nicht können. Sie hatte wohl ständig irgendwelche Ausreden parat. Irgendwann hatte Begin sie gedrängt, eine Therapie zu beginnen, doch sie hatte sich strikt geweigert.«

»Deswegen wurde Linda also adoptiert«, murmelte Rhodén.

»Hat er eine Vermutung, woran es lag, dass sie nie Geschlechtsverkehr hatten?«, fragte Wilhelmsson. Alle hingen jetzt an Georgievas Lippen, denn jeder wusste, dass dies in Verknüpfung mit Karlas Verhalten entscheidend sein konnte.

»Ja, hat er, aber es dauerte lange, bis er sie äußerte, weil er wie gesagt einen Toten nicht verunglimpfen wollte. Er hat den Verdacht, dass Karla missbraucht worden war, vielleicht von ihrem eigenen Vater.«

»Hat er einen Anhaltspunkt, weshalb es ausgerechnet ihr Vater sein sollte?«, fragte Rhodén.

»Die Beziehung zwischen den beiden. Sie sei, so Begin, geprägt von Abscheu und Verehrung, von Dominanz und Unterwerfung. Er habe sich immer gewundert, wie Karla über ihren Vater sprach und sich ihm gegenüber verhielt. Sie hatte wohl Angst vor ihm, manchmal schimpfte sie in den schlimmsten Worten über ihn, wenn Tomas Begin ihn aber kritisierte, dann verteidigte sie ihren Vater mit Haut und Haar. Ein extrem wechselhaftes und inkonsequentes Verhalten, so Begin.«

Georgieva verstummte. Es wurde still im Raum, nur das eifrige Gekritzel mehrerer Bleistifte auf Papier war zu hören.

»Wenn dem so ist, wie Tomas Begin vermutet«, dachte Rhodén laut nach, wobei er seine Worte sorgsam wählte, »dann könnte das bedeuten, dass wir unseren Kreis der Verdächtigen erweitern müssen. Denn Karla Asmussen hätte somit ein starkes Motiv, ihren Vater zu töten. Und vielleicht auch ihre Mutter, weil sie davon gewusst, jedoch immer nur weggeschaut hatte.«

Wilhelmsson nickte. »Deswegen der abgesägte und falsch herum aufgesetzte Kopf. Beata Asmussen schaute weg. Genauso wurde sie am Tatort drapiert – als Wegschauende.«

»Aber wieso entführt sie ihr eigenes Kind?«, warf Sara Börjesson ein.

»Ablenkung?«

»Und die Fridbergs?«, fragte Börjesson weiter. »Das passt doch nicht zusammen.«

Sie hatte Recht. Wie bei jedem Verdächtigen fügte sich irgendein Puzzleteil nicht. Der eine hatte einen Grund, die vier Rentner umzubringen, aber keinen, die Kinder zu entführen, der andere wiederum ein Motiv, die Kinder zu kidnappen, aber keinen, ihre Großeltern zu ermorden. So war es bei allen Verdächtigen.

»Wir müssen Karla auf jeden Fall noch genauer unter die Lupe nehmen«, sagte Rhodén. »Erst aber schauen wir uns das Ferienhaus oben in Rackstad an. Wie sieht's aus mit den Listen der Fahrzeughalter, Sara? Bist du da schon weitergekommen?«

Börjesson seufzte erschöpft und meinte, dass sie über den Listen sitze und nun auch die Nachbarschaft der Halter mit einbeziehe. Rhodén konnte sich lebhaft vorstellen, welch eine ermüdende und sinnlos wirkende Arbeit das war, aber so sah Polizeiarbeit normalerweise eben aus. Entweder man hatte Formulare auszufüllen oder man überprüfte in endloser Detailarbeit irgendwelche Personen beziehungsweise Listen, auf denen unzählige zu überprüfende Personen standen.

Die Tür des Besprechungsraums flog auf und Paul Helland stürzte mit hochrotem Kopf herein. »Solche Idioten!«, fluchte er und jeder wusste, wen er meinte, aber niemand fragte nach, da man bei Helland eben lieber den Kopf einzog und schwieg, als nur irgendwie die Aufmerksamkeit des Chefs auf sich zu ziehen. Gerade wollte Rhodén aufstehen und sich bei Helland bedanken, dass er bei der Pressekonferenz am Morgen das Team verteidigt hatte. Doch der Polizeichef hob die Hand und zeigte Rhodén an, dass er sich wieder setzen sollte.

»Die reißen mir den Arsch auf, diese Fuzzis vom Fernsehen!«, knurrte er. »Und ich kann ihnen nichts Nennenswertes sagen, sondern immer nur das ewig gleiche ›Wir können aus ermittlungstechnischen Gründen ...‹-Blabla.« Mit den Fäusten stützte er sich auf den Tisch und schaute von einem zum anderen. Nein, er visierte jeden einzelnen an und vernichtete ihn dann mit einem Blick. »Ich will jetzt, dass ihr euch endlich zusammenreißt und mir Ergebnisse ...«

Weiter kam er nicht. Denn zum Entsetzen aller war Wilhelmsson aufgestanden und hatte sich mit verschränkten Armen zu Helland gedreht. »Wir haben jetzt keine Zeit für Predigten«, sagte sie scharf, woraufhin Helland abbrach und sein Kopf zu Wilhelmsson schnellte.

Tote, es wird Tote geben!, schoss es Rhodén durch den Kopf. Und er würde starr daneben sitzen und dem Gemetzel nur zuschauen können.

»Predigten haben wir schon gestern in der Kirche gehört. Jetzt müssen wir handeln. Hast du den Durchsuchungsbeschluss für das Ferienhaus von Gunnar Paulsson bekommen, um den wir dich gebeten haben?«

Fordernd blickte sie Helland an, der irritiert wirkte, aus dem Konzept gebracht. »Äh, ja ... Ja, den habe ich. Aber leicht war es nicht. Voruntersuchungsleiter Alhem zögerte lange, da eure Geschichte ja wieder fast nur auf Vermutungen aufbaut.«

»Gut«, sagte Wilhelmsson. »Dann können wir ja los. Jacob, Caroline, Christoffer, kommt ihr? Berg steckt bereits in den Startlöchern und wartet unten.«

Damit verließ sie den Raum. Zögernd erhoben sich Rhodén, Georgieva und Nilsson und ließen einen verdutzt dreinblickenden

Helland, der nicht so recht wusste, wo er hinsollte mit seiner Wut, zurück. Als Rhodén fast die Tür zum Treppenhaus erreicht hatte, hörte er die dröhnende Stimme seines Chefs aus dem Besprechungsraum tönen.

»Und ihr?«, rief er. »Was sitzt ihr tatenlos rum? Skog, Börjesson, ich will, dass ihr euch endlich mal den Arsch für diesen Fall aufreißt, verdammt nochmal!«

58

Der weiße Anstrich blätterte überall ab. Moos hockte auf der Regenrinne und dem Stapel Holz, der neben dem Haus aufgetürmt war. Das flache Dach war von einer dünnen Schneeschicht überzogen. Kahle Bäume standen rings um das Ferienhaus, das seine besten Tage offensichtlich seit geraumer Zeit hinter sich hatte. Auf der Vorderseite befanden sich die überdachte Eingangstür und zwei Fenster, hinter denen Vorhänge, aber kein Licht zu sehen waren. Das Haus wirkte verlassen, als Rhodén es aus sicherem Abstand mit dem Fernglas beobachtete. Auch wenn laut Sahlin niemand in dem Haus sein durfte, so mussten sie dennoch vorsichtig sein.

Etwa zwanzig Meter rechts des eingeschossigen Hauses entdeckte der Kommissar ein kleines Hüttchen, in dessen Tür ein Herz gesägt worden war. Das Plumpsklo. Das Haus war also noch nicht an die Kanalisation angeschlossen und verfügte nicht einmal über eine Sickergrube. Jedoch konnte er eine Stromleitung ausmachen, die zwischen den Bäumen hindurch zum Haus führte. Etwa hundert Meter hinter dem Gebäude musste sich ein kleiner See befinden, wie er zuvor auf der Karte gelesen hatte. Im Sommer konnte es durchaus ein idyllischer Fleck sein, jetzt jedoch lag das Häuschen einsam, verloren und verlassen in einem kargen und kein bisschen idyllischen Wald. Hier könnte man Horrorfilme drehen. Bei dem Gedanken fühlte er sich beobachtet. Befände er sich in einem Film, würde jetzt eine neue Kameraeinstellung kommen. Vielleicht von dort hinter dem Holzstapel oder von innen. Eine Hand, die einen der Vorhänge leicht zur Seite schob, um die Eindringlinge zu mustern. Die Kamera würde die Polizisten erfassen, wie sie sich unschuldig und ahnungslos dem Gebäude näherten, und als Zuschauer würde man bitten und bibbern, dass sie doch einfach umdrehen sollten. Was sie natürlich nicht machten. Nie taten die Leute in einem Horrorstreifen das, was man tun sollte.

Rhodén fühlte eine Gänsehaut, die ihm über den Nacken und den Hinterkopf kroch. Und sie? Sollten sie besser wieder umdrehen? Wurden sie da drin von wem auch immer erwartet? War bereits eine Waffe auf sie gerichtet? Mit dem Feldstecher suchte er nochmals die Fenster, den Holzstapel und das Toilettenhäuschen ab. Alles lag tot und verlassen da. Aber Rhodén spürte keine Sicherheit. Im Gegenteil.

»Schaut mal hier!«, rief Mikael Berg mit gedämpfter Stimme. Er hatte sich etwas von den anderen entfernt und zeigte nun auf eine Stelle am Boden. Die vier Ermittler eilten zu ihm und sahen augenblicklich die Reifenspuren im Schnee. »Heute Nacht hat es geschneit«, sagte Berg. »Die Abdrücke müssen also von heute sein. Und schaut dort!« Er ging einige Meter näher zum Ferienhaus. »Hier sind Fußspuren. Sie verlaufen in beide Richtungen. Es scheint, als sei der Weg mehrfach abgelaufen worden.«

Wieder dieses Gefühl! Sie wurden beobachtet. Rhodén blickte sich um, schaute in die Baumwipfel nach oben, doch nicht einmal ein Vogel kümmerte sich um sie.

»Macht die Spuren nicht kaputt!«, sagte Berg.

Ohne ein weiteres Wort zu sagen, liefen die vier Polizisten auf das Haus zu. Rhodén hatte seine Waffe zwar nicht gezogen, aber seine Hand ruhte auf dem Griff der Pistole, sodass er sie sofort ziehen könnte. Aus irgendeinem Grund hatte er Angst. Was würde sie da drin erwarten? Oder wer? Rhodén atmete heftig ein und aus. Bitte nicht die Leichen von zwei Kindern! Bitte nicht!

Der frisch gefallene Schnee knirschte unter seinen Füßen. Wieder die falschen Schuhe. Er würde es nie lernen, dass dünne Lederschuhe sich nicht mit dem värmländischen Winter vertrugen. Während Nilsson und Georgieva sich an der Tür postierten, ging Wilhelmsson auf die Rückseite des Hauses und Rhodén schaute vorsichtig erst durch das eine, dann durch das andere Fenster. Durch die milchige Scheibe und aufgrund des Vorhangs konnte er fast nichts erkennen. Nur die fahlen Umrisse eines Schranks. Alles lag im düsteren Halbdunkel. Nirgends brannte Licht. Wilhelmsson bog um die Hausecke.

»Da ist ein Komposthaufen«, flüsterte sie. »Kaffeesatz und Obstreste liegen auf dem Schnee.«

Sahlin hatte sie angelogen, dieser Hund, fuhr es Rhodén durch den Kopf. Jemand hatte den Schlüssel zu diesem Haus. Jemand war heute hier gewesen. Entweder war Paulsson doch schon von seinem Urlaub zurück oder es war Sahlin selbst. Oder irgendjemand anders. War er noch im Haus? Zumindest war kein Auto mehr zu sehen, was dafür sprach, dass sie niemanden mehr antreffen würden.

Rhodén gab Nilsson das Zeichen, dass er an der Tür klopfen sollte. Nichts geschah. Keine Bewegung im Haus. Nochmaliges Klopfen. Wieder nichts. Berg wurde herangewinkt. In weniger als einer halben Minute hatte er das Schloss geöffnet. Berg trat zurück, Nilsson zog die knarrende Tür auf. »Polizei!«, rief Rhodén ins düstere Innere. »Geben Sie sich zu erkennen!«

Stille.

Regelrechte Totenstille. Nicht einmal eine Krähe krächzte irgendwo. Selbst der Wind hielt still.

Der Kommissar zog seine Waffe und die Taschenlampe und betrat einen winzigen Flur. Waren das Gummistiefel für Kinder, die dort auf dem Schuhregal standen? Rhodén hielt den Atem an. Wenn sie jetzt die nächste Tür öffneten, würde er womöglich das sehen, was er bisher immer für unmöglich gehalten hatte: zwei tote Kinder. Ein vierzehnjähriges, schwarzhaariges Mädchen und einen kleinen Jungen, gerade einmal acht Jahre alt. So alt wie Siri. Er blickte sich zu Wilhelmsson um, die dicht hinter ihm stand, dann drückte er die Klinke der Tür, die ins Wohnzimmer führte.

Der Anblick toter Kinder blieb Rhodén und seinen Kollegen erspart. Dafür stellte sich ein anderes Gefühl ein: das bestimmte Gefühl, zu spät gekommen zu sein. Das Ferienhaus war verlassen, das konnten sie schnell feststellen. Neben dem Wohnzimmer gab es ein kleines Schlafzimmer, in das nicht viel mehr als ein Doppelbett und eine Kommode passte, und eine Kochnische. Größer als fünfzig Quadratmeter maß die Hütte sicher nicht. Auf dem Herd fanden sie einen Topf voll Wasser, das noch nicht gänzlich abgekühlt war. Abgespültes Geschirr stand in einem Abtropfbecken. Das Bett im Schlafzimmer war ebenso ungemacht wie das ausklappbare Sofa im Wohnzimmer. Und was sie dort entdeckten, ließ nicht nur Rhodéns Herz schneller schlagen. Zwei Schlafanzüge für Kinder, weitere Kinderklamotten, sogar Schulbücher und –hefte. Und auf den Heften standen Namen: Linda Asmussen. Olle Fridberg. Doch nichts fesselte Rhodéns Blick, nichts ließ ihn mehr frösteln als all die Bücher, die auf und neben dem Sofa lagen. Unzählige. Aber zwei stachen heraus. Rhodén sah sie sofort. »Ronja Räubertochter« und »Tom Sawyer« – Siris Lieblingsbücher.

59

Mikael Berg hatte sein gesamtes Team herbeordert. Sie würden das Ferienhaus auf den Kopf stellen und jede noch so winzig kleine Spur sichern. Dass sie hier die Fingerabdrücke der Entführer finden würden, davon konnten sie ausgehen. Es blieb wie so oft nur die Frage, ob sie einen Treffer erhielten, wenn sie einen Abdruck in die Datenbank einspeisten. Denn wenn der Täter bisher ein unbescholtenes Blatt gewesen war, dann halfen ihnen noch so viele Fingerabdrücke nichts, wenn sie nicht den dazugehörigen Finger hatten.

Christoffer Nilsson stand draußen im Schnee und rauchte, als Rhodén aus der Haustür trat. Wilhelmsson und Georgieva unterhielten sich etwas abseits.

»Dieses Haus wurde Hals über Kopf verlassen«, sagte Wilhelmsson, als er sich zu ihnen gesellte. »Es wurden keine Spuren beseitigt. Nichts wurde aufgeräumt. Der Entführer wusste, dass wir kommen würden.«

»Und das bedeutet«, sagte Caroline Georgieva, »dass der Täter entweder einen sehr guten Riecher hat oder dass er gewarnt worden ist.«

»Wobei Letzteres deutlich wahrscheinlicher ist.«

Sie alle wussten, was das bedeutete. Es gab nicht viele Menschen, die wussten, dass sie das Ferienhaus durchsuchen würden. Einige Kollegen, aber das wollte Rhodén nicht glauben, dass ein Polizist mit dem Täter unter einer Decke steckte, oder: »Sahlin!«, knurrte der Kommissar.

»Entweder ist er direkt, nachdem wir bei ihm gewesen sind, hergefahren und hat die Kinder geholt oder er hat den Täter gewarnt«, führte Wilhelmsson aus. »In jedem Fall ist er ein dreckiger Lügner.«

»Und deswegen kassieren wir ihn ein und nehmen ihn ordentlich in die Mangel«, sagte Rhodén, als sein Mobiltelefon klingelte. Er meldete sich, doch alles, was er hörte, war ein Heulen und Schniefen und Schluchzen. »Hallo? Wer ist denn da?«, rief er.

»Es ist alles meine Schuld«, schluchzte eine wohlbekannte Frauenstimme. »Nicht wahr, Herr Rhodén? Ich bin an allem schuld.«

»Karla?«, fragte Rhodén, aber er wusste bereits, dass sie es war. »Woran sollen Sie schuld sein?«

»Ich hätte einfach reden müssen. Die ganze Zeit hätte ich einfach nur reden müssen. Dann wäre das alles nicht so gekommen.« Sie schnappte nach Luft, ihre Stimme wurde von Tränen verschluckt.

»Frau Asmussen, bitte beruhigen Sie sich! Atmen Sie ganz tief ein und aus und beruhigen Sie sich!«

Wilhelmsson und Georgieva runzelten fragend die Stirn. Auch Nilsson war inzwischen zu ihnen getreten und lauschte gebannt dem Gespräch.

»Oh Gott, wenn ich doch nur hätte reden können. Dann wären sie alle noch am Leben. Und Linda wäre nicht verschwunden. Und Olle nicht. Herr Rhodén, ich bin an allem schuld. Es ist so, nicht wahr?«

»Frau Asmussen, ich habe keine Ahnung, wovon Sie sprechen! Worüber hätten Sie reden müssen?«

»Viel früher hätte alles rausgemusst. Aber ich konnte ich einfach nicht. Es ging nicht. Verstehen Sie das? Ach nein, wie wollen Sie das auch verstehen?«

Ihr Atem ging enorm schnell. Rhodén verstand ihre Worte kaum. Er hatte Angst, dass sie bald hyperventilieren würde. »Bitte beruhigen Sie sich, Frau Asmussen! Wir kommen sofort bei Ihnen vorbei und dann reden wir über alles, ja?«

»Jetzt ist zu spät!«, kreischte Karla Asmussen ins Telefon. Nicht nur Rhodén, auch die anderen drei Zuhörer zuckten zusammen. »Zu spät! Zu spät! Siv kommt nicht mehr zurück. Niemand mehr kommt zurück! Und ich bin schuld. Ich bin schuld. Schuld! Schuld! Schuld!« Die letzten Worte waren ein einziger Schrei.

»Karla, wer ist Siv?! Wovon reden Sie?« Hilflos drehte sich Rhodén im Kreis und fuhr sich durchs kurze Haar.

Er hörte, wie es still am anderen Ende wurde. Ein Poltern war zu hören, ein dumpfer Aufschlag, dann nichts mehr.

»Karla!«, rief er ins Telefon, doch er bekam keine Antwort mehr. »Karla! Verdammt!«, schrie er. »Wir müssen sofort zu ihr. Eva, ruf einen Krankenwagen! Christoffer und Caroline, ihr sackt währenddessen Sahlin ein!«

60

»Das ist doch alles eine große Scheiße!«, brüllte der Kommissar, als die Rettungssanitäter die Türen des Krankenwagens schlossen, nachdem sie die Trage mit Karla Asmussen darauf hineingeschoben hatten. »Diese Frau da drinnen kann uns vielleicht den entscheidenden Hinweis geben und Sie sagen, sie brauche jetzt Ruhe?!«

»Jacob, bitte!« Wilhelmsson legte ihre Hand auf seinen Unterarm, doch er wischte sie sofort wieder weg.

Der Sanitäter zuckte entschuldigend mit den Schultern und trottete dann, ohne ein weiteres Wort zu verlieren, zur Fahrertür. Blaulicht tanzte durch die Nacht und der Krankenwagen düste davon.

»Ich glaub's nicht! Ich glaube es einfach nicht«, sagte Rhodén, während er spürte, wie eine große Erschöpfung über ihn hinwegrollte.

Wilhelmsson legte erneut ihre Hand auf seinen Unterarm, und dieses Mal ließ er sie dort liegen. »Wir können sie morgen befragen. So lange müssen wir uns noch gedulden.«

Rhodén entfuhr ein Lachen, ein bitteres, ein böses. Sie waren so kurz vor der Lösung des Falls. Sie waren dem Täter so dicht auf den Fersen. Hatten sein Versteck entdeckt, hatten deutliche Hinweise, dass die Kinder noch lebten, hatten eine Zeugin, die möglicherweise Entscheidendes zu sagen hatte. Aber sie waren zu spät und die Zeugin hatte einen Zusammenbruch erlitten. Was würde jetzt geschehen? Täter, die unter Zugzwang gerieten, neigten oft zu Kurzschlusshandlungen. Sollte den Kindern jetzt etwas zustoßen, würde er sich das nie verzeihen können. Nie!

»Wer ist Siv?«, murmelte er vor sich hin. »Warum würde sie noch leben, wenn Karla früher geredet hätte? Was meinte Karla damit?«

Sie hatten sie nicht mehr befragen können, als sie die Wohnungstür aufgetreten hatten und in die Wohnung gestürmt waren. Karla war am Boden gelegen, zwar wieder bei Bewusstsein, aber so weggetreten, dass sie selbst einfachste Fragen nicht beantworten konnte. Sie in einem solchen Zustand nach dieser ominösen Siv zu fragen, mit der offensichtlich irgendwelche traumatischen Erfahrungen verbunden waren, wäre nicht nur taktlos, sondern gesundheitsgefährdend gewesen. Das hatte sogar Jacob verstanden. Und dennoch. Er hatte gerade zum Sprung angesetzt und plötzlich war aus dem Nichts der betäubende Pfeil gekommen. So fühlte er sich. Gelähmt im Aufbruch. Und da stand er nun, so knapp vor dem Ziel, aber trotzdem planlos und jedweder Initiative beraubt. Die einzige Hoffnung war, dass sie Sahlin endlich zum Reden bringen würden.

Rhodéns Hoffnung wurde schnell beerdigt. Denn Sahlin redete nicht. Bockig und stumm saß er auf dem Stuhl im grauen Verhörzimmer. Er wollte keinen Anwalt haben, aber auch nicht reden. Nur weil im Ferienhaus seines Schwagers Hinweise auf die entführten Kinder zu finden waren, hätten sie nichts gegen ihn in der Hand. Damit hatte er gar nicht so Unrecht. Es gab massenhaft Verbindungen zu Sahlin, doch etwas Handfestes, etwas, das es ihnen ermöglichte, den Verdächtigen länger als vierundzwanzig Stunden festzuhalten, hatten sie nicht.

Nichts half. Weder ruhiges Zureden noch Drohen noch Wüten, Sahlin hatte die Arme fest vor der Brust verschränkt und sagte nichts. Irgendwann musste Rhodén das Verhörzimmer verlassen, um in seinem Büro ungehört von allen die Fäuste gegen die Wand zu rammen. Vor Sahlin würde er seine Verzweiflung nicht zeigen, ganz sicher nicht. Das stand fest. Genauso wie der Plan, dass er sich tatsächlich einen Sandsack zulegen würde, sobald dieser Fall abgeschlossen war.

Berg war die Hoffnung. Er musste einen Fingerabdruck von Sahlin im Ferienhaus finden. Dann hätten sie ihn. Aber noch hatten sie nichts. Und er brauchte Geduld.

61

Unruhig saß er am Küchentisch, der über und über mit Akten vollgetürmt war. Die Uhr zeigte halb zwei. Rhodén nippte am Whiskey, den er wahllos aus dem Schrank genommen und sich eingeschenkt hatte.

Er hatte etwas übersehen. Irgendwo in diesen Stapeln an Papieren hatte er etwas übersehen. Einen Zusammenhang, ein verbindendes Glied, irgendwo, irgendwas. Er blätterte durch das Protokoll eines Gesprächs mit Tomas Begin, überflog Inventarlisten des niedergebrannten Hauses der Fridbergs, überprüfte die Mobilfunkdaten von Sahlin, die zeigten, wann sich sein Handy wo eingeloggt hatte. Vergebens. Er fand nichts, was auf irgendeinen Zusammenhang hinwies.

Erschöpft massierte er sich die Schläfen. Vor wenigen Minuten hatte Wilhelmsson angerufen. Sie versuche jetzt zu schlafen, werde morgen aber sehr früh im Präsidium sein. Gute Nacht hatte er gewünscht und er hatte diesen Wunsch selten so bewusst geäußert. Gute Nacht! Auch er musste wenigstens ein paar Stunden Schlaf bekommen. Morgen würde er hellwach sein müssen. Was würde Karla ihnen erzählen? Mit Eva hatte er am Telefon noch über diese Siv gesprochen, die Karla kurz vor ihrem Zusammenbruch erwähnt hatte. Der Name war so unvermittelt aufgetaucht. Wer war diese Frau? Alle Unterlagen blätterte er nach ihr durch, aber sie blieb unsichtbar. Es gab keine Verwandte mit diesem Namen. Er hatte sogar alte Anzeigen wegen sexueller Belästigung durchstöbert, doch auch hier fand er nie den Namen Siv. War sie der Schlüssel? Die große Unbekannte zur Lösung des Rätsels?

Jacob stand auf, um seine Beine zu bewegen. Er musste schlafen, aber wie konnte er seine Gedanken zur Ruhe bringen? Wenn er sich jetzt hinlegte, würden sie kreisen und schwirren und umherschießen, ihn aber gewiss nicht schlafen lassen. Er schenkte Whiskey nach. Manchmal war Alkohol zwar keine Lösung, jedoch die beste unter schlechten Möglichkeiten.

Als er vor wenigen Stunden heimgekommen war, hatten alle bereits geschlafen. Er hatte kurz zu Kalle geschaut und war dann in Siris Zimmer gegangen. Auf dem Nachttisch lagen »Tom Sawyer« und »Ronja Räubertochter«. Ein eisiger Schauer durchzuckte ihn, er packte die Bücher und stopfte sie irgendwo ins Regal, woraufhin Siri aufwachte und ihn entgeistert fragte, was um Himmels willen er da mache. Er fand keine Antwort, murmelte irgendetwas, drückte Siri fest an sich und verließ fluchtartig das Zimmer.

Der Wunsch nach einer Zigarette überwältigte ihn mit einer ungeheuren Wucht. Hatte er nicht noch irgendwo welche gebunkert? Für die ganz schlimmen Zeiten? Wahllos durchsuchte er irgendwelche Schubladen im Wohnzimmer und der Küche, aber er fand natürlich keine. Vor sechs Jahren hatte er aufgehört zu rauchen. Selbstverständlich hatte Stina mittlerweile alle geheimen Lagerorte ausfindig gemacht und die Zigaretten entsorgt. Dann eben mehr Whiskey.

Mit brennenden Augen ließ er sich ins Sofa sinken. Warm durchströmte der Alkohol seinen Körper. Er sah den schweigenden Sahlin, hörte die sich überschlagene Stimme von Karla Asmussen, roch den Muff des abgeschiedenen Ferienhauses. Dann dachte er an Tom Sawyer und an Ronja Räubertochter. Olle und Linda hatten darin gelesen. Genau wie Siri.

Von ihr wurde er am nächsten Morgen geweckt. Das halbleere Whiskey-Glas stand auf dem Couchtisch, die Akten türmten sich noch immer in der Küche und er roch und fühlte sich schlecht.

Tagebuch 28. August

Ich will nicht mehr. Ich will nicht mehr. Ich will nicht mehr.
Will nicht mehr ...
... lachen
... atmen
... hübsch sein
... reden
... angefasst werden
... glauben
... fühlen
... träumen
Will nicht mehr leben.

62

»Papa, warum schläfst du denn im Sitzen auf dem Sofa?«
Jacob fuhr hoch, seine Augen brauchten einen Moment, bis
sie scharf stellten und er erkannte, wo er war. Die Umrisse von
Siris Gesicht wurden allmählich deutlicher. Besorgt sah sie ihn an.
Er musste erbärmlich aussehen, und er fühlte sich auch so. Auf
dem Tisch entdeckte er das Glas, das noch halb gefüllt mit der
goldbraunen Flüssigkeit war. Er hatte es nicht einmal mehr geschafft, seinen Whiskey leerzutrinken.

Er murmelte irgendwas. Stechende Kopfschmerzen ließen ihn
zusammenzucken. Herrgott, was gab er nur für ein heruntergekommenes Bild vor seiner Tochter ab! Es war zum Schämen.

»Guten Morgen, Schatz!«, flüsterte er und zog Siri zu sich
heran, die sich zunächst sträubte, dann aber den Widerwillen
überwand und sich auf seinen Schoß setzte. »Es ist nichts, nur
die Arbeit.«

»Suchst du immer noch nach den beiden Kindern aus meiner
Schule, nach Olle und Linda?«, fragte Siri.

»Ja«, seufzte Jacob. »Ja, wir suchen weiterhin nach ihnen. Aber
bald haben wir sie gefunden.« Er versuchte, von ihr wegzuspre-
chen, es musste ja nicht sein, dass sie am frühen Morgen seinen
alkoholgeschwängerten Atem roch.

»Als Bengt uns gestern in der Schule vorgelesen hat, da hat er
gesagt, dass es den beiden ganz sicher gut gehe und wir uns
keine Sorgen zu machen brauchen.«

»Hat er das gesagt?«, fragte Jacob, woraufhin Siri eifrig nickte.
»Na, dann wird es wohl so sein.«

Zärtlich strich er ihr über die Wange und drückte sie fest an
sich. Aber Siri schob sich von ihm weg und schaute ihn mit mür-
rischer Miene an. »Du riechst komisch«, sagte sie.

Bitte, Siri, kannst du manche Dinge nicht einfach unausge-
sprochen lassen? Die Situation war ohnehin schon unangenehm,
jetzt wird sie peinlich. Jacob schlug die Augen nieder. Kinder
waren ihm eindeutig zu direkt.

»Heute ist übrigens die Lucia-Wahl.« Vielleicht hatte Siri ja
doch ein Gespür für die peinliche Last anderer Leute, so schnell

wie sie das Thema wechselte. Freudig strahlte sie ihren Vater an. »Ich weiß, dass ich nicht gewinnen werde. Aber das ist schon in Ordnung.«

Jacob lächelte sie milde an. »Na dann«, sagte er und hob seine Tochter von seinem Schoß. Rasch stand er auf, denn ein Gedanken war in ihm aufgekeimt. Und Siri hatte den Anstoß dazu gegeben. Er eilte nach oben ins Badezimmer, quetschte zu viel Paste auf die Zahnbürste und schrubbte sich die Zähne. Er hat einen Gedanken. Wirr noch, aber da war eine Idee. Das könnte es sein, das Puzzleteil, das er so lange vergeblich gesucht hatte. Er spuckte aus, spülte den Mund halbherzig aus und rannte die Treppe hinab, wobei er beinahe Kalle über den Haufen gerannt hätte, der ihm gerade entgegenkam und nun denken musste, dass sein Vater vollkommen verrückt geworden war. In gewisser Hinsicht stimmte das vielleicht sogar. Jacob wühlte sich durch die Ordner, die in einem heillosen Durcheinander auf dem Küchentisch lagen. Endlich hatte er den richtigen gefunden, als sein Handy klingelte.

Mikael Berg.

»Morgen! Was gibt's?« Eigentlich hatte Rhodén jetzt keine Zeit für Gespräche. Während er das Mobiltelefon in der einen Hand hielt, blätterte die andere wie wild durch den Ordner.

»Ist alles in Ordnung?«, fragte Berg.

»Gewiss, gewiss! Was hast du für mich?«

»Eher schlechte Neuigkeiten«, sagte der Kriminaltechniker. »Auf einem Spiegel im Schlafzimmer haben wir tatsächlich einen Fingerabdruck gefunden, der zu Sahlin passt.«

Rhodén schnellte hoch und vergaß das Blättern. »Aber das ist doch wunderbar!« Jetzt hatten sie Sahlin dran. Mit etwas Handfestem.

»Nun ja, nicht so ganz«, Berg zögerte. »Das ist der einzige Abdruck, den wir von Sahlin finden konnten. Es gibt unzählige andere. Überall. Die meisten gehören zu vier unterschiedlichen Personen, nicht aber zu Sahlin. Wenn er in der letzten Zeit öfters im Haus gewesen wäre, dann müsste es mehr Abdrücke von ihm geben. Dass wir nur einen gefunden haben, spricht eher dafür, dass er irgendwann einmal im Haus gewesen war. Doch das könnte schon vor längerer Zeit gewesen sein.«

Rhodén spürte, wie die freudige Anspannung schwand und enttäuschter Hoffnung Platz machte. Sahlin war wie ein Phantom: ständig und überall präsent, aber nie zu fassen.

»Und die Abdrücke der vier Personen?«, fragte er, wobei er wusste, dass er keine Hoffnung in sie setzen durfte.

»Keine Treffer im System«, bestätigte Berg seine Vermutung.

»Trotzdem danke«, sagte Rhodén matt und legte auf. Mit leerem Blick starrte er den aufgeschlagenen Ordner vor ihm an. Es dauerte einige Augenblicke, bis er sich wieder daran erinnerte, wonach er gesucht hatte. Eilig blätterte er weiter und dann hatte er die Information gefunden.

Das war es!

Die Hoffnung kehrte zurück. Die Anspannung. Die Gewissheit, dass sie endlich weiterkommen würden.

Das war das Puzzleteil, das er immer übersehen hatte. Dabei war es so offenkundig. Heftig schlug er sich gegen die Stirn.

»Ist alles okay«, fragte Kalle, der auf der Treppe stand und ihn beobachtete.

Na klasse, jetzt war er endgültig ein Bekloppter für seinen Sohn. Wie ein Irrer blätterte er durch irgendwelche Ordner, um sich dann selbst zu schlagen.

»Alles gut, Kalle! Alles gut!« Er warf ihm ein flüchtiges Lächeln zu, das beruhigend wirken sollte, aber wahrscheinlich das Gegenteil erreichte. Hastig griff er nach dem Handy und wählte Wilhelmssons Nummer.

»Bist du schon wach?«, rief er etwas zu laut ins Telefon, als sie abgenommen hatte. »Wir müssen uns sofort im Präsidium treffen.«

»Sicher bin ich schon wach. Schließlich sitze ich seit fünf Uhr im Archiv der ›Arvika Nyheter‹«, sagte Wilhelmsson.

»Was machst du denn da?«

»Ich wühle mich durch das Zeitungsarchiv, schaue die Todesanzeigen an und schreibe alle verstorbenen Sivs auf, die ich finden kann.« Wilhelmsson klang müde. Und bei dieser eintönigen Arbeit war sie es sicherlich auch.

»Konzentriere dich auf das Jahr 1981«, sagte Rhodén.

»Was? Wieso das denn?«

Rhodén erklärte ihr, was er herausgefunden hatte. Dann legte er auf, ließ sich ein Glas Leitungswasser ein, das er in einem Zug leertrank, ehe er eine kalte Dusche nahm, um fit für den Tag zu sein. Den entscheidenden Tag. Das wusste er.

63

Es herrschte eine angespannte Stille im Präsidium. Niemand war auf den Fluren. Alle arbeiteten in ihren Büros. Von irgendwoher klang das ferne Klappern einer Tastatur. Rhodén ging in sein Arbeitszimmer und hängte den Mantel sorgfältig an den Garderobenhaken hinter der Tür. Langsam schlenderte er zum Fenster und schaute auf die Dächer der Stadt. Es hatte wieder geschneit. Jetzt rauchten weiß die Schornsteine vor einem hellblauen Himmel. Eine dicke Schneedecke hatte sich auf die Bäume, die parkenden Autos, die Dächer und die Gehwege gelegt. Nur die Straßen waren bereits geräumt.

Eine Winteridylle.

Aber unter ihrem weißen Schneemantel war es düster. Denn noch versteckten sich irgendwo da draußen Täter, Entführer und Mörder, die die beiden Kinder in ihrer Gewalt hatten. Und so lange konnte der schönste Ort auf Erden keine Idylle sein.

Rhodén trat an den Stadtplan, der hinter seinem Schreibtisch an der Wand hing, und suchte mit dem Finger zuerst nach dem Symfonivägen. In der Hausnummer 30 wohnten die Sahlins. In der Parallelstraße, dem Etydvägen, nur einen Steinwurf von Måns Sahlins Haus entfernt, hatten sowohl die Fridbergs als auch die Asmussens gelebt. Bis ins Jahr 1981. Dann zogen die beiden Familien weg, dorthin, wo sie bis zu ihrem Tod lebten. Warum hatte er das nur übersehen?

Die Tür flog auf und krachte gegen die Wand. Wilhelmsson stürzte atemlos herein, ein Blatt Papier in der Hand. Sie drückte es Rhodén auf den Brustkorb und, als er es endlich irritiert zwischen die Finger genommen hatte, ließ sich seine Kollegin völlig außer Atem auf einen Stuhl fallen.

»1981 war gut«, japste sie. »Aber ich musste noch ein Jahr weiter in die Vergangenheit gehen. Bis zum dritten September.«

Rhodén schaute auf das Blatt in seiner Hand. Es war die Kopie einer Todesanzeige, schwarzer Rand, rechts ein großes schwarzes Kreuz. »Siv«, stand in riesigen Lettern in der Mitte der Anzeige, darüber: »Wir vermissen dich«. Unter dem Namen: »8.11.1968 – 1.9.1980«.

»Das Mädchen wurde nicht einmal zwölf Jahre alt«, murmelte Rhodén, ehe er weiterlas. Den Spruch aus der Bibel überflog er nur kurz, dann stockte ihm der Atem. »Das darf doch nicht wahr sein!«, flüsterte er.

»Das dachte ich mir auch«, sagte Wilhelmsson.

»Jacob! Eva!« Im Türrahmen stand Sara Börjesson. Sie sah aufgeregt aus, durcheinander. »Ich hab was entdeckt!«, sagte sie und schon war sie an Rhodéns Schreibtisch und legte zwei Stapel Papier, auf denen sich endlose Tabellen befanden, aus. »Ich könnte mich ohrfeigen, dass ich es nicht früher entdeckt habe«, sagte sie.

»Das habe ich schon getan«, meinte Rhodén, aber keiner achtete mehr auf ihn.

»Schaut her!« Börjesson zeigte auf die beiden Stapel. »Das hier ist die Liste mit den Haltern eines Volvos 740 oder 760. Und dort findet ihr alle Halter eines Wohnmobils in Arvika und Umgebung. Außer Lagergren, den Schwarzbrenner aus Rackstad, findet sich kein Name auf beiden Listen, weshalb mir auch nichts aufgefallen ist. Gerade eben habe ich mir die Tabellen nochmals angeschaut und dabei ist es mir so deutlich entgegengesprungen, dass ich bis jetzt nicht glauben kann, dass ich es bisher übersehen hatte.«

»Und was ist das?«, fragte Wilhelmsson ungeduldig.

»Schaut her!« Börjesson blätterte in einem Stapel und fuhr mit dem Zeigefinger eine Tabelle entlang, bis sie in einer Zeile verharrte. »Eine gewisse Karin Moström ist Halterin eines Wohnmobils.«

Rhodén spürte, wie sein Herz schneller schlug. Es fügte sich. Alles fügte sich zusammen.

»Und hier«, Börjesson hatte die andere Liste ergriffen, »seht ihr den Halter eines Volvo 740: Bengt Moström. Die beiden sind ein Ehepaar. Es stehen mehrere Moströms auf der Liste, der Name ist hier in der Gegend so geläufig, dass mir zunächst nicht aufgefallen ist, dass beide die gleiche Adresse haben.« Entschuldigend blickte sie zu ihrem Vorgesetzten.

»Jetzt haben wir sie!« Rhodén schlug mit der Faust in die flache rechte Hand. »Es passt alles zusammen. Schau, Sara, die Todesanzeige. Siehst du die Namen unter der Anzeige?«

»Karin und Bengt Moström«, las Börjesson und blickte irritiert von Rhodén zu Wilhelmsson. »Was ist das?«

»Karla Asmussen hatte gestern, ehe sie ihren Zusammenbruch erlitt, etwas von einer Siv gefaselt, an deren Tod sie angeblich schuld sei«, sagte Wilhelmsson. »Und das ist diese Siv. Siv Moström. Sie ist im Alter von elf Jahren gestorben und gleich alt wie Karla Asmussen.«

»Und«, Rhodén winkte sie zum Stadtplan hinter seinem Schreibtisch, »sie waren in dieser Zeit Nachbarn.« Er zeigte Wilhelmsson und Börjesson, wo bis 1981 die Sahlins, Asmussens und Fridbergs gewohnt hatten. Dann zeigte er auf ein Haus, das zwei von dem der Sahlins entfernt war. »Und hier wohnen Karin und Bengt Moström. Sie alle waren Nachbarn. Aber 1981 zogen die Asmussens und die Fridbergs plötzlich weg. In dieser Zeit muss etwas passiert sein.«

»Aber was?«, fragte Börjesson, deren Gedanken sichtbar ratterten, aber offensichtlich zu keinem brauchbaren Ergebnis kamen.

»Das wissen wir noch nicht. Vielleicht hat es mit Siv, der Tochter von Bengt und Karin, zu tun. Möglicherweise trägt Karla in irgendeiner Weise Schuld an ihrem Tod«, sagte Rhodén. Jetzt hatte er keine Ruhe mehr. Sie mussten aufbrechen. Er spürte, dass es nun um jede Minute gehen würde. Nicht noch einmal durften sie zu spät kommen wie gestern. »Eva, wir fahren sofort zu den Moströms. Sara, schick Nilsson und Georgieva hinterher! Geh du ins Archiv und finde alles heraus, was du über den Tod von Siv Moström finden kannst!«

Börjesson nickte, Wilhelmsson nickte. Es ging los. Endlich ging es los.

64

Wieder einmal fuhren sie nach Ingesund. Doch jetzt mit Blaulicht. Rhodén schaute aus dem Beifahrerfenster und sah die Häuser von Dottevik, dem Stadtteil, in dem er wohnte, vorbeisausen.
Von seinem Zuhause bis zu den Moströms war es nur ein Katzensprung. Unterwegs hatte er Helland angerufen, ihn über die
wichtigsten Dinge in Kenntnis gesetzt und ihn gedrängt, sich
augenblicklich um einen Durchsuchungsbeschluss bei Alhem zu
kümmern.

Wilhelmsson bog scharf rechts in den Ingesundsvägen ab, der
Wagen kam etwas ins Rutschen, aber Eva war eine geübte Fahre-
rin und hatte das Auto sofort wieder im Griff. Menschen auf den
verschneiten Gehsteigen blieben stehen und gafften dem vorbei-
rasenden schwarzen Volvo mit dem Blaulicht auf dem Dach neugierig hinterher. Endlich war mal etwas los in ihrem verschlafe-
nen Stadtteil.

Rhodén ärgerte sich, wütend biss er sich in die rechte Hand.
Warum hatte er nur übersehen, dass alle vier Familien bis 1981 in
direkter Nachbarschaft lebten? Dann hätten sie vielleicht früher
herausgefunden, was damals geschehen war, das zum Wegzug
der beiden Familien geführt hatte, die jetzt bereits tot unter der
Erde lagen. Irgendetwas musste es mit dem Tod von Siv Moström
zu tun haben. Hatte Karla Schuld daran? Aber warum mussten
dann ihre Eltern und die Fridbergs sterben? Jedenfalls musste
damals etwas geschehen sein. Anfang September 1980 starb die
Tochter von Karin und Bengt Moström und etwa ein halbes Jahr
später ziehen die Asmussens und die Fridbergs weg. Das kann
kein Zufall gewesen sein!

Sie schossen an Sahlins Haus vorbei und kamen mit quiet-
schenden Reifen zwei Häuser weiter vor dem Anwesen der Moströms zum Stehen. Rhodén sprang aus dem Auto, öffnete das
Gartentörchen, eilte zur Tür und klingelte Sturm. Von drinnen
tönte das Echo, doch ansonsten geschah nichts. Das Gebäude
hatte exakt die gleiche Bauweise wie das von Måns Sahlin, ach
was, wie alle Häuser hier in der Straße. Backstein, im ersten
Stock ein großer Balkon zur Vorderseite und zum See hinaus,

leichte Hanglage, Kunstwerke aus Eisen und Draht im Garten. Es war nett hier, und die Nähe zum See einmalig.

Rhodén klingelte erneut. Wieder nur Echo. Dong, dong, dong. Ein Auto kam herangerast und parkte neben Wilhelmssons Volvo. Georgieva und Nilsson stiegen aus. »Geht um das Haus und schaut vorsichtig durch die Fenster, ob ihr irgendjemanden erkennen könnt!«, befahl Rhodén. Zugleich zog er das Handy hervor und wählte Hellands Nummer, der augenblicklich abnahm.

»Wie sieht es mit dem Durchsuchungsbeschluss aus, Paul? Es scheint niemand hier zu sein, wir müssen aber hinein. Dringend!«

»Alhem ist gerade im Gericht und nicht zu erreichen. Ihr müsst euch wohl noch ein wenig gedulden.«

Nicht noch länger! Rhodén stopfte das Mobiltelefon wütend in die Innentasche seines Mantels. Er hatte keine Geduld mehr. Sie konnten hier doch nicht dumm herumstehen und warten, bis Alhem wieder aus seiner Verhandlung draußen war. Es ging um das Leben zweier Kinder. Hatte das da oben immer noch keiner kapiert?

»Wir sollen uns gedulden«, knurrte Rhodén zu Wilhelmsson, die ihn fragend anschaute.

Seine Kollegin lachte spöttisch. »Ha, das sollen wir tatsächlich?« Sie machte einen Schritt zurück, holte Atem und trat dann mit einem gezielten Tritt gegen die Tür, die mit einem Krachen aufflog. »So sieht meine Geduld gerade aus.« Sie zog die Pistole und sicherte die Eingangstür.

Rhodén wollte sie zurückpfeifen, aber dann pfiff er auf Prinzipien und Regelwerk und folgte seiner Kollegin ins Haus. Im Untergeschoss befanden sich wie bei Sahlin die Kellerräume. Viel Gerümpel, Gartenwerkzeuge und Einmachgläser. Nichts, was auf den ersten Blick zwingend verdächtig wirkte. Durch eine weitere Tür konnten sie einen Blick in die Garage werfen. Ein alter weißer Volvo stand darin. Leise schlichen sie die Treppe nach oben. Außer dem Knarzen der Stufen unter ihren Füßen und dem lauten Ticken einer Uhr lag das Haus mucksmäuschenstill da. Oben gelangten sie in die geräumige Wohnküche. Exakt wie bei Sahlin. Die Häuser hier glichen sich sogar in ihrem Inneren. Auf dem Couchtisch stand ein leeres Glas, auf der Anrichte in der Küche fanden sie zwei benutzte Kaffeetassen. Wilhelmsson öffnete die Terrassentür und ließ Nilsson und Georgieva hinein.

Sie drangen ins Schlafzimmer ein, die Betten waren säuberlich gemacht und mit einer Tagesdecke abgedeckt. In der Abstellkammer fanden sie das, was jeder darin abstellte. Alles war gewöhnlich, vielleicht etwas altmodisch, aber völlig unauffällig. Schließlich öffneten sie die letzte noch verbliebene Tür. Und hier war nichts mehr unauffällig.

»Das ist unglaublich.« Rhodén stand der Mund offen. Wilhelmsson drängte sich an ihm vorbei in das kleine Zimmer, Georgieva und Nilsson schauten ihm neugierig über die Schultern.

»Krass«, sagte Nilsson. Und ja, das war es: krass.

Sie standen in einem Kinderzimmer. Rechts hinter der Tür befand sich ein Bett aus weißem Holz, darauf Frottee-Bettwäsche, auf der ein Teddybär abgebildet war. An der Wand über dem Bett hing ein ABBA-Poster, an der gegenüberliegenden Seite über einem Kinderschreibtisch prangte ein ausgebleichtes, früher aber sicherlich knallbuntes Poster einer kindlichen Phantasiewelt. Ein Schrank war gerammelt voll mit Klamotten. Kleidung für ein kleines Mädchen. In der Ecke befand sich ein Bücherregal. Rhodén entdeckte die Reihe von Kerstin Thorvall, die er als Kind verschlungen hatte. Daneben stand Eurelius`»Lasses Opa ist tot«, auch so ein Klassiker. Daneben Bullerbü-Geschichten, Pippi Langstrumpf, Karlsson vom Dach, Kalle Blomquist. Welches schwedische Kind zu dieser Zeit hatte nicht Astrid Lindgren gelesen. Ein Buch würde er aber hier nicht finden, dessen war er sich sicher. Lindgrens »Ronja Räubertochter«, denn das war erst 1981 erschienen.

»Schaut mal hier«, wisperte Caroline Georgieva und winkte sie zum Schreibtisch. »In dieser Schublade liegen alte Schulhefte. Vorne steht überall der Name darauf: Siv Moström, Klasse 6.«

»Die hatte sie gerade begonnen«, sagte Wilhelmsson und verstummte. Rhodén glaubte, eine Gänsehaut auf ihren Armen zu sehen.

Er trat ans Fenster und schaute hinaus. Wenn er nach rechts blickte, sah er Birken und hoch aufragende Kiefern. Links lag der See, dessen grausilberne Oberfläche sich leicht im Wind kräuselte. Wie oft mochte Siv hier gestanden und hinausgeschaut haben? Saß sie am Schreibtisch und lernte? Oder lag sie lieber im Bett unter der warmen Frottee-Bettwäsche und las in ihren unzähligen Büchern? Ohne zu wissen, wer Siv Moström war, fühlte er, dass sie Siri nicht unähnlich gewesen war.

»Es sieht so aus, als hätten die Eltern seit ihrem Tod nichts in ihrem Zimmer verändert«, sagte Wilhelmsson. Sie alle sprachen leise, als wollten sie die Ruhe nicht stören, die Stille, die sich in jede Ritze, in die Vorhänge, ins Kopfkissen, überall hineingefressen hatte. »Die Bilder und Bücher sind nur etwas vergilbt.«

»Und es wurde regelmäßig Staub gewischt«, sagte Georgieva.

Ja, der Raum wurde gepflegt. Es hingen keine Spinnweben im Fensterrahmen, kein Staub bedeckte die Regale, selbst der Kleiderschrank roch nicht muffig.

»Das ist gruselig«, meinte Wilhelmsson und jeder nickte stumm.

»Was ist denn das?« Rhodén kniete sich neben dem Bett auf den Boden und tastete die Wand mit ihren weiß gestrichenen Holzpaneelen ab. Eines, und das war deutlich zu sehen, war unten abgebrochen und lose wieder angebracht worden. Auf dem Teppichboden vor dieser Stelle waren die Abdrücke eines Möbelstücks zu erkennen. Rhodén griff nach dem Nachttisch, der am anderen Bettende stand, und stellte ihn probeweise auf die Abdrücke. »Passt«, sagte er. »Es wurde also doch etwas verändert.« Langsam stellte er den Nachttisch wieder zurück, zog Plastikhandschuhe über und fuhr an dem losen Holzstück entlang. »Der Nachttisch musste früher hier gestanden haben, vor diesem herausgebrochenen Holzstück. Aber jemand hat ihn weggestellt.«

Er löste das Stück Holz aus der Wand. Dahinter befand sich ein kleiner Hohlraum, und in diesem Loch lag ein Buch. Vorsichtig zog er es heraus und öffnete es. Die Seiten waren braun und bereits leicht gewellt, doch die Schrift war nach wie vor gut zu lesen. »Sivs Tagebuch«, las er den anderen vor, dann blätterte er das Buch von hinten durch, bis er auf den letzten Beitrag stieß:

»28. August

Ich will nicht mehr. Ich will nicht mehr. Ich will nicht mehr.

Will nicht mehr ...

... lachen

... atmen

... hübsch sein

... reden

... angefasst werden

... glauben

... fühlen

... träumen

Will nicht mehr leben.«

Rhodén spürte, wie ihm der Schweiß aus allen Poren brach. Hier sprach ein kleines Mädchen zu ihnen, seit bald vierzig Jahren tot, und vielleicht würde es ihre Stimme sein, die Licht in die Dunkelheit des Falles brachte. Er versuchte den Kloß, der ihm schwer im Hals steckte, hinunterzuschlucken, doch die Kehle blieb wie zugeschnürt. Seine Hände, die das Buch hielten, zitterten leicht, als er aufstand und das Tagebuch auf den Schreibtisch legte. Wilhelmsson, Georgieva und Nilsson versammelten sich um ihn. Vorsichtig, beinahe andächtig blätterte er Seite um Seite nach vorne. Und während sie lasen, fügten sich nach und nach alle Puzzleteile zu einem großen Ganzen. Es herrschte vollkommene Stille, als sie bei der ersten Seite angekommen waren. Die Hektik, mit der sie gekommen waren, war gänzlich verschwunden und einem lautlosen Grauen gewichen. Wilhelmsson hielt die Hand vor den Mund und starrte apathisch an die Wand, Georgieva schnaufte immer wieder heftig durch die Nase aus, Nilsson schüttelte zaghaft den Kopf.

Sie alle zuckten heftig zusammen, als Rhodéns Handy klingelte. Es war Sara Börjesson, die einen Zeitungsartikel vom 2. September 1980 gefunden hatte. »Dort wird vom Tod eines Mädchens geschrieben, dessen Namen nicht genannt wird. Aber ich denke, das kann nur Siv Moström sein. Sie ist laut Zeitungsbericht im See ertrunken. Der Reporter schrieb, dass alles auf ein Unglück hindeute.«

»Das glaube ich nicht«, sagte Rhodén matt. »Das glaube ich nicht.«

»Was sollte es dann sein?«

»Jedenfalls kein Unglück.«

65

Siri konnte sich nicht recht konzentrieren. Die Stimme des Vorlesers war anders als sonst. Heute verströmte sie mit ihrem tiefen, gleichmäßigen Klang keine Ruhe und Wärme, wie sie es sonst immer tat. Der Text wurde zu schnell, zu hektisch vorgelesen, die Pausen fehlten. Nie blickte er zwischen den Sätzen auf, um amüsiert, furchteinflößend, rätselhaft über den Rand des Buchs zu seinem jungen Publikum zu schauen. Siri ertappte sich dabei, wie sie aus dem Fenster schaute und nur noch mit einem Ohr zuhörte, obwohl es doch um Huckleberry Finn und ihren geliebten Tom Sawyer ging. Bengt Moström gelang es heute nicht, sie gefangen zu nehmen, sie in die Welt der Geschichten zu entführen, die sie dann glaubte, mit allen Sinnen zu erleben.

Heute war das Vorlesen ungefähr so wie bei ihrem Vater: Es war okay.

Sie dachte an die Lucia-Wahl, die kurz zuvor stattgefunden hatte. Natürlich hatte sie nicht gewonnen, aber sie spürte keine Enttäuschung darüber. Ein Mädchen aus der neunten Klasse würde Lucia sein, und sie hatte es verdient. Sie sah einfach bezaubernd aus und konnte zudem wunderschön singen. Hinter ihr würde sie gerne und stolz als Jungfer hinterhergehen.

Komischerweise hatte sich seit ihrem Sieg in der Klasse nichts geändert. Es gab niemanden, der sie deswegen blöd anredete, es gab aber auch keinen, der nun mehr als zuvor mit ihr redete. Es war genauso still um sie wie vor der Wahl. Nur einen Unterschied gab es: Sie kam morgens nicht mehr mit gesenktem Kopf in das Klassenzimmer.

Sie versuchte sich zu konzentrieren und zwang sich, wieder Bengt Moström zuzuhören. Er erzählte gerade, wie Huckleberry Finn nach all den Abenteuern von der Witwe aufgenommen wurde, mit dem regelmäßigen Aufstehen und den ganzen Regeln und Bestimmungen jedoch einfach nicht zurechtkommen wollte. Ein paar Kinder kicherten leise. Jeder wäre wohl gerne wie Huck, aber keiner hätte den Mut dazu. Moström blätterte auf die letzte Seite und schaute dabei auf die Uhr. Noch nie zuvor hatte Siri gesehen, dass er guckte, wie spät es war. Er hatte immer so lange gelesen, bis ein Kapitel zu Ende oder die Spannung am größten war. Dann hatte er sie alle angeschaut, gesagt, dass sie morgen wiederkommen müssten, wenn sie wissen wollten, wie es weitergeht, und genussvoll das Bitten und Betteln, er solle doch weiterlesen, über sich ergehen lassen.

Aber heute war irgendetwas anders.

Moström las, wie Huck und Tom ausmachten, dass sie eine Räuberbande gründen wollten. »Donnerwetter, das ist eine tolle Sache!, sagte Huck. Wenn ich dann so ein richtig erstklassiger Räuber bin und alle von uns reden, dann wird die Witwe wohl stolz darauf sein, dass sie mich aus dem Sumpf gezogen hat.«

Der alte Mann mit den grauen Haaren klappte das Buch zu und schaute zu den Schülern, die rings um ihn auf dem Boden oder in Sitzkissen hockten. »So, das waren die Abenteuer von Huckleberry Finn und Tom Sawyer. Und jetzt raus auf den Schulhof mit euch, damit ihr euch noch ein wenig bewegt.«

Keines der Kinder murrte wie sonst, wenn er aufhörte zu lesen. Es war seltsam. Siri wartete, bis alle draußen waren, dann stand sie auf und ging wie immer zu den Regalen, in denen ihre Lieblingsbücher standen.

»Wir werden uns jetzt eine Weile nicht mehr sehen«, sagte Bengt Moström zu ihr. »Ich gehe auf eine Reise.«

Siri drehte sich zu ihm um und schaute ihn aus traurigen Augen an. Alle konnten ihretwegen die Schule verlassen, aber doch nicht Bengt. Nur wegen ihm ging sie noch einigermaßen gern in die Schule. »Aber ...«

»Es tut mir leid«, sagte Moström. »Du warst immer meine liebste Zuhörerin.«

»Aber ich will, dass du mir weiterhin vorliest.«

Der Alte seufzte und schwieg. Dann legte er seine Hand, auf der die Adern deutlich hervortraten, auf die Schulter des Mädchens. »Wenn ich dir weiterhin vorlesen soll«, sagte er zu Siri, »dann musst du mich auf der Reise begleiten. Willst du das?«

66

Sie überlegten, ob sie zu Karla Asmussen ins Krankenhaus fahren und sie befragen sollten. Doch sie entschieden sich dagegen. Was würde es bringen, eine Frau, die gerade eben einen Zusammenbruch erlitten hatte, nun noch weiter zu quälen? Rhodén meinte zwar, dass sie endgültige Sicherheit darüber bräuchten, dass es sich bei der Karla, die in Sivs Tagebuch erwähnt worden war, um Karla Asmussen handelte, dass die Männer, die anfangs Jan und Victor genannt wurden, später aber nur noch als »die Männer« oder »die beiden« oder einfach nur »sie«, Jan Asmussen und Victor Fridberg waren. Doch Wilhelmsson wandte zurecht ein, dass sie diese abschließende Bestätigung nicht bräuchten, denn es konnte nur so sein und nicht anders. Sie würden Karla auch später danach befragen können. Was hätten sie überhaupt im Krankenhaus sagen sollen? Hätten sie sich an Karlas Bett gesetzt und gefragt, ob sie es war, die als kleines elfjähriges Mädchen den Nachbarn Victor Fridberg an seinem Penis streicheln musste, während ihr eigener Vater dabei zuschaute und sich anschließend von der besten Freundin der Tochter, von Siv Moström, befriedigen ließ? Hätten sie fragen sollen, wie es sich angefühlt hatte, als sie endlich gewagt hatten, Karlas Mutter zumindest darauf hinzuweisen, ohne das Verbrechen der beiden Männer in den Mund zu nehmen, aber diese ihnen nur verbot, solche Sachen zu reden? Hätten sie kritisch nachhaken sollen, ob sie, Karla, nicht gemerkt hatte, wie sehr ihre Freundin Siv unter den Taten litt, so sehr, dass sie irgendwann nicht mehr leben wollte? Ein junges elfjähriges Mädchen, das sich die Haare abschneidet, sich verunstaltet, um irgendwie Frieden zu bekommen? Karla hatte das Schweigen gewählt, das stumme Ertragen. Siv die Flucht.

»Der eigene Vater«, flüsterte Wilhelmsson, während sie das Auto durch den fallenden Schnee steuerte. Fassungslos schüttelte sie den Kopf.

Rhodén atmete tief ein. Er wollte jetzt nicht an Karla und Siv und Jan und Victor, diese widerwärtigen Männer, denken. Die Fassungslosigkeit konnte ihn später noch übermannen und lähmen. Jetzt aber musste er denken, wach sein. Denn es galt, Bengt und Karin Moström zu finden. Sie hatten Olle und Linda in ihrer Gewalt. Und noch lebten sie. Rhodén wusste es. Er wusste, dass die Moströms den Enkelkindern von Jan Asmussen und Victor Fridberg nichts antun würden. Er kannte Bengt Moström. Siri kannte ihn, und sie schwärmte von ihm. Bengt war keiner, der Kindern etwas antat. Ganz sicher. Rhodén wusste es. Und zugleich wusste er, dass man Dinge zu wissen glaubte, die dermaßen unvorstellbar waren, dass man sein Hirn so manipulierte, bis es vorgab zu wissen, was man eigentlich nur glaubte – oder hoffte.

Er ließ die Lippen flattern und schloss für einen Moment die Augen, während der Wagen über die verschneite Straße zurück in die Stadt schoss. Dann zog er das Handy hervor, rief Helland an, sagte, dass der Durchsuchungsbeschluss nicht mehr erste Priorität habe, klärte ihn über ihre neuen Erkenntnisse auf und bat darum, dass sich Helland mit den Kollegen in Karlstad in Verbindung setzte. Diese sollten versuchen, Bengts oder Karins Mobiltelefon zu orten.

»Wo könnten sie sonst sein?«, fragte er Wilhelmsson.

Aber sie zuckte nur ratlos mit den Achseln. »Im Ferienhaus jedenfalls nicht. Dort sind noch die Techniker zu Gange.«

»Dreh um!«, rief Rhodén. »Vielleicht stecken sie bei Sahlin!«

»Der steckt doch in einer Zelle bei uns auf dem Präsidium«, sagte Wilhelmsson.

»Nicht mehr«, antwortete Rhodén. »Er wurde heute Morgen nach Hause geschickt. Anweisung von oben.«

Sie mussten nicht klingeln, denn als sie das Grundstück von Måns Sahlin betraten, öffnete der Mann mit dem ausladenden Bauch die Haustür. Er war grau im Gesicht und sah aus, als habe er seit hunderten Jahren nicht mehr geschlafen.

»Ich glaube, ich habe mich schuldig gemacht«, murmelte er mit gesenktem Blick, aber Rhodén schob ihn lediglich zur Seite und betrat den düsteren Hausflur. Zielstrebig steuerte er auf die Tür zur Rechten zu, die in den Raum führte, den Sahlin stets vor ihren Blicken bewahrt hatte. Entschlossen stieß er die Tür auf und verharrte auf der Schwelle.

Der Kellerraum war völlig zugemüllt. Zwischen Getränkeflaschen lagen alte Computer, Winterstiefel, ein Schlitten, Plastiktüten, vergammelte Sitzkissen von Balkonmöbeln, Blumenkästen,

Autoreifen, ein Kühlschrank, der aus den 60er Jahren stammen musste, Zeitungen, Styroporplatten. Der Boden war kaum mehr sichtbar. Hier versteckte sich alles Mögliche, aber gewiss weder Bengt noch Karin Moström, wie er kurzzeitig gehofft hatte.

»Da ist nichts versteckt«, murrte Sahlin hinter dem Kommissar. »Die Unordnung ist mir peinlich. Das habe ich Ihnen doch gesagt. Und das war die Wahrheit.«

»Mit der Wahrheit nehmen Sie es aber nicht immer so genau, was?«, sagte Wilhelmsson, die sich dicht neben Sahlin gestellt hatte und ihn nun giftig anblickte.

Der dicke Mann, dessen Hemd heute noch bedrohlicher über den Bauch gespannt war als sonst, schaute zu Boden und schwieg, während die Finger unaufhörlich ineinander rieben.

»Ich habe Sie beobachtet«, sagte er schließlich. »Sie sind in das Haus von Karin und Bengt eingedrungen.«

»Keine Sorge. Wir haben einen Durchsuchungsbefehl«, gab Rhodén zurück.

Sahlin winkte ab. »Darum geht es mir nicht. Ich war gestern nicht ganz ehrlich zu Ihnen, als Sie mich gefragt haben, wer den Schlüssel zum Ferienhaus hat.«

»Das wissen wir, Herr Sahlin, und das wird Konsequenzen für Sie haben.«

»Ich wollte doch meine Freunde nicht in Schwierigkeiten bringen.« Hilflos warf er die Arme in die Höhe, um sie anschließend kraftlos sinken und die Hände in den Hosentaschen der Cordhose verschwinden zu lassen. »Ich ahnte doch nicht, dass Bengt und Karin etwas mit der Entführung der Kinder und vielleicht sogar mit den Morden zu tun haben könnten.«

Rhodén baute sich vor dem alten Mann auf. Man hätte Mitleid mit ihm haben können, wie er da stand und nicht wusste, wo er mit seinen Händen hinsollte. Aber der Kommissar fühlte nichts dergleichen. »Haben Sie den Moströms Bescheid gegeben, dass wir uns nach dem Ferienhaus erkundigt haben?«

»Ja«, sagte Sahlin beinahe kleinlaut. »Ja«, wiederholte er.

»Damit haben Sie dringend Tatverdächtigen zur Flucht verholfen. Wissen Sie das?«

»Ja.« Sahlins Stimme war kaum mehr zu hören.

»Aber viel schlimmer ist, dass Sie damit mit dem Leben der entführten Kinder gespielt haben. Wären Sie ehrlich zu uns gewesen, hätten wir sie mittlerweile wahrscheinlich schon befreit. Ob sie jetzt noch am Leben sind, wissen wir nicht.«

»Es tut mir leid«, krächzte Sahlin. Sein Gesicht war nicht mehr zu sehen, so weit hatte er den Kopf gesenkt. Rhodén hörte ein Schniefen, ein Schluchzen.

»Es gibt eine Gelegenheit, wie Sie Ihre Schuld zumindest zu einem Teil wiedergutmachen können«, sagte Wilhelmsson. »Sagen Sie uns, wo sich die Moströms aufhalten!« Sahlins massiger Körper erzitterte. Rhodéns Herz blieb kalt.

»Ich weiß es nicht«, schniefte Sahlin.

»Gibt es einen Ort, an den die Moströms öfters hinfahren?« Der Mann schüttelte den Kopf mit dem kurzen grauen Haar. »Ich weiß nicht.«

»Herr Sahlin!«, rief Rhodén, woraufhin der Angeschriene heftig zusammenzuckte und beteuerte, dass er wirklich keine Ahnung habe, nicht den blassesten Schimmer.

Wilhelmsson wandte sich ab und fuhr sich entnervt durch die Haare. Rhodén griff nach dem Handy und rief einen Streifenwagen, der Sahlin wieder dorthin zurückbringen sollte, wo er heute Nacht gewesen war.

»Ich bitte Sie, ich habe wirklich keine Ahnung!« Sahlin hob den Kopf und schaute den Kommissar aus nach Mitleid haschenden Augen an. Sie waren nicht feucht, keine Tränen in ihnen.

»Sie ermüden mich«, sagte Rhodén.

»Manchmal sind sie mit dem Wohnmobil in die norwegischen Berge gefahren«, bettelte Sahlin.

»Die sind groß und weit. Wohin genau?«

»Das weiß ich doch nicht!«, rief der alte Mann.

»Zwei Kollegen kommen gleich vorbei und bringen Sie zur Wache«, sagte Rhodén kalt. »Wenn Ihnen noch etwas einfällt, lassen Sie es uns wissen.«

Aber Måns Sahlin fiel nichts mehr ein. Und so saß er kurz darauf auf der Rückbank eines Streifenwagens, während Wilhelmsson und Rhodén schweigend zurück in die Stadt fuhren.

67

Quietschend und rutschend kam Wilhelmssons Volvo vor der Schule zum Stehen. Hier las Bengt Moström regelmäßig für die jüngeren Schüler vor. Es war der einzige Ort, der Rhodén in den Sinn kommen wollte, an dem sie nach den Moströms suchen konnten. Aus Karlstad hatten sie nur den lapidaren Hinweis erhalten, dass weder das Mobiltelefon von Karin noch das von Bengt geortet werden konnte. Die beiden waren nicht dämlich und hatten ihre Handys ausgeschaltet.

Rhodén sprang die Treppenstufen zum Eingang hinauf, Wilhelmsson folgte dicht dahinter. In der Aula hallten ihre schnellen Schritte durch den beinahe leeren riesigen Raum. Nur wenige Schüler hockten auf den am Rand stehenden Bänken und unterhielten sich leise. Manche hingen über Büchern und Heften. Niemand beachtete die beiden Ermittler. Geradewegs steuerten sie auf das Rektorat zu, Rhodén klopfte und trat ein, ohne auf Antwort zu warten.

Frau Kaikanen, die Leiterin der Schule, fuhr auf ihrem drehbaren Schreibtischstuhl herum, wobei ihre kantigen Gesichtszüge die Überrumpelung nicht verbergen konnten. »Herr Rhodén, was ...«

»Wir suchen Bengt Moström«, sagte der Kommissar. »Ist er noch im Haus?«

Jetzt tauchten tiefe Falten auf der Stirn der Schulleiterin auf, als sie ihre Augenbrauen kräftig zusammenzog und sie zugleich den Mund leicht, aber irritiert öffnete. »Das ist ...« Sie hielt den Kopf seltsam schief und starrte die Ermittler aus zusammengekniffenen Augen an. »Warum fragen Sie nach ihm?«

»Bitte beantworten Sie einfach die Frage! Es ist dringend. Wir können Ihnen später alles erklären.«

»Das ist seltsam«, sagte Frau Kaikanen. »Er war gerade eben hier, hat sich entschuldigt, dass seine Kündigung so plötzlich komme, und hat dann diesen Brief auf den Schreibtisch gelegt.« Sie hielt ein aufgefaltetes Blatt Papier in die Höhe, auf dem handschriftlich etwas geschrieben stand. »Darin kündigt er, obwohl er das doch gar nicht müsste. Schließlich liest er ja nur ehrenamtlich für die Kinder.«

»Wann war das?« Rhodén spürte, wie der Puls schneller ging. »Wann hat er den Raum verlassen?«

»Vielleicht zwei Minuten, ehe Sie hereingeplatzt sind.«

»Dann muss er uns doch entgegengekommen sein!«, rief Rhodén. Waren sie etwa schon wieder zu spät gekommen? Das durfte einfach nicht wahr sein!

»Normalerweise kommt er mit dem Fahrrad«, sagte Kaikanen. »Wahrscheinlich hat er die Treppe hinunter zum Fahrradkeller genommen.«

Umständlich und viel zu ausführlich beschrieb sie den unruhigen und rastlosen Polizisten den Weg in den Keller, dann waren sie, ohne ein weiteres Wort zu verlieren, verschwunden. Rhodén und Wilhelmsson fanden die Treppe, rasten sie hinunter, gelangten an eine metallene Tür, stießen sie auf und sahen am anderen Ende des Kellerraums gerade noch, wie schummriges Tageslicht durch den Spalt einer weiteren Tür drang, ehe diese ins Schloss fiel. Nun war es stockdunkel. Fluchend tastete Wilhelmsson an der Wand, bis sie endlich den Lichtschalter fand. Neonröhren sprangen über verrosteten Fahrradständern, die wie Gerippe aussahen, an. Vereinzelte Räder steckten darin. Aber auf diese achteten die Ermittler nicht. Sie rannten durch den riesigen Raum, bis sie die andere Tür erreichten, drückten sie auf und gelangten ins Freie. Schneematsch lag auf den Stufen der Kellertreppe, unzählige Abdrücke von Schuhen und Fahrradreifen darin. Sie hasteten so schnell es ging nach oben und sahen, bereits etwas weiter entfernt auf der Straße, den Rücken und das Rücklicht eines Radlers, der zügig über die rutschige Fahrbahn davonfuhr. Wenige Sekunden später hatten sie Wilhelmssons Wagen erreicht und rasten ihm hinterher. Je näher sie kamen, desto sicherer wurde Rhodén, dass es sich um Moströmhandeln musste. Die weißen Haare, die Art, wie er fuhr. Er hatte ihn schon einmal davonradeln gesehen. Damals hatte er ihn für einen netten alten Mann gehalten, der seine Tochter in die Welt der Bücher entführte. Siri hatte ihm vertraut, sie hatte ihn geliebt, mehrmals in der Woche war sie ihm ganz nahe gewesen.

Nein! Er durfte jetzt nicht an Siri denken! Fokussier dich, Jacob! Sei professionell!

Ein Piepsen, eine neue Nachricht auf dem Handy. Während sie Moström gleich eingeholt hatten, schielte er mit einem Auge aufs

Handy. Es war Stina. »Weißt du etwas von Siri? Sie ist nicht mit dem Bus nach Hause gekommen.«

Die Zeit verstrich in Millisekunden, die sich über Minuten erstreckten. Vor ihm das Fahrrad mit dem Rentner auf dem Sattel. Schneeflocken fielen nass und schwer vom grauen Himmel. Die Scheinwerferkegel hatten den Mann erfasst, die Reflektoren glühten. Warum war Siri nicht zu Hause? Warum war Siri nicht zu Hause? Warum war Siri nicht zu Hause? In Zeitlupe überholten sie Bengt Moström auf dem Fahrrad. Rhodén schaute nach rechts aus dem Beifahrerfenster und sah jedes Detail, jede Falte im Gesicht des Mannes, jede Schneeflocke, die sich auf seine Nase, seine Brauen, sein Haar setzte. Er sah, wie Moström den Kopf zu ihm drehte, blickte ihm direkt in die Augen. Warum war Siri nicht zu Hause? Wo war sie? Während sie an ihm vorbeiflogen und die Zeit dabei stehenblieb, konnte Rhodén das kurze Entsetzen in Moströms Gesicht erkennen, ein Schrecken und die Erkenntnis, dass es jetzt vorbei war. Und dann – ein Lächeln? Lächelte Moström ihn an? Wo war Siri?

Nicht an Siri denken, Jacob! Nicht jetzt!

Er spürte, wie er im Beifahrersitz nach links geworfen wurde, als Wilhelmsson die Handbremse anzog, das Lenkrad einschlug, den Wagen um neunzig Grad drehte und quer auf der Straße zum Stehen kam. Bei alldem ließ er den Blick nicht von Bengt Moström, dessen Lächeln verschwand, als er sah, dass die Straße versperrt war. Er bremste etwas ab, aber als Rhodén die Tür aufriss und aus dem Wagen sprang, trat der alte Mann wieder in die Pedale, er fuhr auf den Gehsteig und am Polizeiauto vorbei. Rhodén hörte sich rufen, doch es war ihm, als wäre es nicht er, der da »Stehen bleiben!« schrie, der auf schlitternden Sohlen dem Fahrrad hinterherhechtete, der sah, wie Wilhelmsson auf der anderen Seite des Wagens nach Moström griff, aber den Fliehenden nicht zu packen bekam. Es war ihm, als wäre er selbst stehengeblieben, das Handy in der Hand, auf dessen Display noch immer stand: »Sie ist nicht mit dem Bus nach Hause gekommen.«

»Steig ein, verdammt!«, brüllte Wilhelmsson. Rhodén zuckte zusammen. Auf dem Gehsteig raste Moström davon. Schnell. In Echtzeit.

Der Kommissar sprang ins Auto und Wilhelmsson drückte aufs Gas. Aber sie sollten Moström nicht mehr einholen, denn dieser flüchtete über die Fußwege um die Dreifaltigkeitskirche, deren bunt markierte Pfosten in der Wegmitte es Autos unmöglich machte, sie zu befahren. Das Fahrrad fanden sie wenig später am Straßenrand, doch von Bengt Moström keine Spur.

Währenddessen verfluchte Rhodén sich selbst und seine pädagogischen Erziehungsmethoden. Denn diese hatten dazu geführt, dass Siri kein Handy besaß und somit auch nicht angerufen werden konnte.

68

Die Fahndung nach Bengt und Karin Moström ging an alle Streifenwagen in der Umgebung heraus. Zugegeben waren das nicht viele. In Värmland kümmerten sich Polizisten eher um Ruhestörungen, Alkoholdelikte und Geschwindigkeitsübertretungen. Aber jetzt konnten die Nachbarn lärmen, es konnte mit Alkohol am Steuer und zu schnell gefahren werden, denn alle Aufmerksamkeit aller Polizisten lag einzig darauf, die Augen aufzuhalten nach den beiden Personen, deren Bilder jeder nun auf seinem Handy hatte, und nach den Kennzeichen, die mitgesendet wurden. Eines gehörte zu einem Wohnmobil, das andere zu einem weißen Volvo 740.

Sie hatten keine Ahnung, in welche Richtung die Moströms fliehen würden. Ein Streifenwagen war hinaus nach Ingesund gefahren und überwachte die 175 Richtung Nysäter. Andere Polizeiwagen wurden auf die 172 nach Årjäng, auf den Rackstadvägen und auf die Bundesstraße 61 in beide Richtungen, nach Åmotfors und nach Karlstad, geschickt. Damit waren die wichtigsten Straßen kontrolliert. Aber es gab natürlich noch viele kleine Wege, die unmöglich alle im Blick behalten werden konnten.

Welche Richtung würden sie einschlagen? Wilhelmsson meinte, sie würden den Weg nach Rackstad nehmen, aus reiner Intuition, weil sie die entführten Kinder auch in diese Richtung davongeführt hatten. Rhodén tippte auf den Weg nach Åmotfors, an Charlottenberg vorbei und über die norwegische Grenze. Andererseits hätten die Moströms die meisten Möglichkeiten, wenn sie sich nach Karlstad aufmachten.

Dann meldete sich Paul Helland. Er klang gehetzt. Die Kollegen aus Karlstad hätten sich gemeldet. Sie hatten für kurze Zeit das Handy von Bengt Moström orten können. Zuerst in der Nähe der Dreifaltigkeitskirche in Arvika, von dort ging auch ein Anruf an eine unbekannte mobile Nummer, dann folgten Logins in Taserud und in Högvalta, ehe das Handy wieder ausgeschaltet worden war.

Rhodén klatschte mit der Hand auf das Armaturenbrett und lachte. »Auf die 61 nach Åmotfors, Eva! Er hat einen Fehler gemacht, nachdem er uns abgehängt hat.«

»Und welchen?«, fragte Wilhelmsson, während sie aufs Gas drückte, zugleich das Fenster herunterließ, um das Blaulicht auf das Dach zu setzen.

»Er hat jemanden angerufen und danach vergessen, das Handy wieder auszumachen.« Rhodén grinste. So war es oft. Die meisten Kriminellen waren gewieft und nicht dämlich, aber früher oder später machten sie Fehler. Fast alle.

Es blitzte zum ersten Mal, als sie Arvika gerade verlassen hatten. Ein zweites und ein drittes Mal, als sie mit deutlich überhöhter Geschwindigkeit über die 61 rasten. In regelmäßigen Abständen standen die Radarkontrollen am Straßenrand. In Situationen wie diesen waren sie Gold wert, denn die Moströms mussten sich an die vorgeschriebene Geschwindigkeit halten, wenn sie nicht verraten wollten, in welche Richtung sie geflohen waren.

Die Straße war geräumt und gesalzen, aber der Neuschnee hatte bereits wieder eine dünne, weiße Schicht auf die Fahrbahnoberfläche gezuckert. Sie schossen an vereinzelten Häusern vorbei, dann fuhren sie in die Wälder, eingeschneite Bäume säumten den Wegrand, hier und da Felsen aus hartem Granit. Wilhelmsson überholte gewagt auf der Straße, auf der es für die anderen Fahrzeuge keine Möglichkeit gab, rechts ranzufahren, wenn sie sich mit Blaulicht näherten. Rhodén stellte fest, dass sich seine rechte Hand am Haltegriff über der Tür festgekrallt hatte. Er versuchte, sie zu lösen, was ihm jedoch nicht gelang.

Links ging es nach Ottebol ab, wenig später gelangten sie an die Einmündung der Straße aus Fjäll und Myre. Das Wohnmobil, das sie suchten, hatte überall abbiegen können. Wenn die Moströms klug waren, dann hatten sie einen unscheinbaren Waldweg gewählt, uneinsehbar von der großen Straße, und warteten dort ab, bis der erste Trubel vorbei war. Wilhelmsson und Rhodén rasten auf der 61 weiter. Was blieb ihnen auch anderes übrig?

Schon lag Åmotfors zu ihrer Linken, als sich über den Polizeifunk zwei Kollegen eines Streifenwagens meldeten. Sie hatten das gesuchte Wohnmobil entdeckt und fuhren nun hinter ihm her. Auf der 61, am Bysee, kurz vor Eda. Ob sie zugreifen sollten?

»Wartet noch!«, rief Rhodén ins Funkgerät. »Wir sind knapp hinter euch!«

»Dann wollen sie über die norwegische Grenze«, sagte Wilhelmsson. »Wir müssen sie davor erwischen. Wenn sie Eda passiert haben, kommt Charlottenberg. Von dort sind es nur wenige Kilometer bis nach Eda glasbruk und zur Grenze.« In dieser Region kannte sie sich aus wie in ihrer Westentasche, denn hier war sie aufgewachsen und hatte als Jugendliche die värmländische Ödnis hinsichtlich Kneipen, Nachtleben und Abwechslung erlebt. Sie drückte das Gaspedal noch weiter durch, woraufhin sich Rhodéns Hand noch fester um den Griff klammerte.

Kurz nach Charlottenberg hatten sie ihre Kollegen eingeholt, die mit gewissem Abstand einem Wohnmobil folgten. Es schneite mittlerweile immer heftiger, dick lagen die Schneemassen auf den Kiefern, die rechts und links der Straße standen. Das letzte Tageslicht kämpfte seinen aussichtslosen Kampf gegen die hereinbrechende Dunkelheit. Kaum jemand war unterwegs, nur hier und da kam ihnen ein Auto entgegen.

Rhodéns Handy vibrierte. Es war Stina. »Siri ist zu einer Freundin gegangen. Schön, dass sie Anschluss findet. Alles gut«, las er. Er schloss die Augen und atmete tief ein. Erleichterung machte sich breit. Und neuer Mut.

»Zugriff!«, rief er ins Funkgerät.

Der Streifenwagen fuhr schneller und setzte zum Überholen an, woraufhin auch das Wohnmobil beschleunigte. Das Polizeiauto kehrte vor den Moströms auf die rechte Spur zurück, im Rückfenster blinkte »Anhalten« auf und die Polizisten verlangsamten. Plötzlich scherte das Wohnmobil nach links aus und versuchte, den Wagen vor ihm zu überholen, aber damit hatten die Kollegen gerechnet. Sie setzten ihr Fahrzeug in die Mitte der Straße, sodass es unmöglich war, an ihnen vorbeizukommen. Bremslichter leuchteten. Der Streifenwagen, das Wohnmobil und Wilhelmssons Volvo wurden langsamer und langsamer. Da bremste das Wohnmobil abrupt ab, schwenkte nach rechts und holperte auf einen kaum sichtbaren Forstweg über eine kleine Lichtung hin zum Wald. Wilhelmsson folgte, aber Rhodén befahl ihr, anzuhalten. Denn die Moströms kamen nicht weit. Sie hatten es gerade einmal wenige Meter über die Lichtung geschafft, als sie im tiefen Schnee stecken blieben. Der Motor heulte auf, Reifen drehten durch und schleuderten Schnee in die Höhe, ein zweites Mal, ein drittes Mal, dann gab der Fahrer des Wohnmobils auf. Der Motor wurde abgestellt, die Lichter erloschen.

»Mach das Fernlicht an, Eva!«, sagte Rhodén und stieg aus dem Wagen.

Im gleißenden Licht erstrahlten die baumfreie Fläche und das Wohnmobil. Dahinter der Wald, unendlich und schwarz. Der Schnee fiel immer dichter, die Flocken wurden größer und schwerer. Auch die Kollegen der Streife richteten ihr Fahrzeug so aus, dass sie mit dem Fernlicht das Wohnmobil ins Visier nehmen konnten.

Dann geschah erst einmal nichts.

Rhodén hatte die Pistole gezogen und stand hinter der geöffneten Beifahrertür, Wilhelmsson tat dasselbe auf der Fahrerseite.

»Karin und Bengt Moström! Lassen Sie die Kinder laufen und kommen Sie mit erhobenen Händen aus dem Wohnmobil!«, brüllte Rhodén durch Schnee und Wind.

Nichts.

»Geben Sie auf!«, versuchte es Rhodén erneut. »Es ist vorbei.«

Wieder nichts.

Er schaute zu seiner Kollegin Wilhelmsson, deren blondes Haar sich in kürzester Zeit schneeweiß gefärbt hatte. Aber sie zuckte nur ratlos mit den Achseln. Rhodén wollte das Wohnmobil nur ungern stürmen. Die Kinder waren mit großer Wahrscheinlichkeit darin und es war nicht einzuschätzen, wie Karin und Bengt reagieren würden, wenn Polizisten die Tür aufrissen und ins Wohnmobil eindrangen. Allzu lange warten konnten sie jedoch auch nicht mehr. Weiß Gott, was sich gerade im Inneren des Wohnmobils abspielte.

Völlige Stille hatte sich über die Straße, die Lichtung, den Wald gelegt. Das kalte Licht der Scheinwerfer spendete keine Wärme. Grell wurden die Flocken angestrahlt, die unaufhörlich schwer zu Boden fielen. Endzeitstimmung. Das Wohnmobil mit seinen schwarzen Fenstern wirkte plötzlich feindselig, als sei es das Böse selbst.

Dann öffnete sich die Tür. Langsam trat ein alter, weißhaariger Mann heraus und kam mit gesenktem Kopf und erhobenen Armen auf die vier Polizisten zu. Bengt Moström. Sechs, sieben Meter von ihnen entfernt blieb er stehen und hob den Kopf. Er sah traurig aus, aber irgendwie, so meinte Rhodén zumindest, auch erleichtert.

»Lassen Sie die Kinder frei!«, sagte Rhodén. »Sie sind unschuldig und haben nichts mit Sivs Tod zu tun.«

Moström machte einen Schritt zurück, sein Mund öffnete sich, doch er sagte nichts. Er wirkte überrascht. Dann hatte er sich wieder gefasst.

»Sie haben keine Ahnung«, sagte er.

»Wir haben das Tagebuch Ihrer Tochter gelesen, Herr Moström. Wir wissen Bescheid.«

Der alte Mann verharrte. Tiefe Furchen hatten sich zu beiden Seiten der großen Nase in sein Gesicht gegraben. Als Rhodén ihn vor wenigen Tagen zum ersten Mal getroffen hatte, hatte er einen rüstigen Rentner gesehen. Heute wirkte er eingefallen, müde, ein Mann, der vom Leben verraten worden war.

»Wir haben das Tagebuch vor wenigen Wochen gefunden«, sagte Moström. Seine Stimme klang kräftig, aber hier und da war ein Zittern zu hören, ein Zeichen, dass das Sprechen dem Mann die letzten Kräfte abverlangte. »Karin wischte in Sivs Zimmer Staub, dabei fiel ihr der Lumpen in den schmalen Spalt zwischen Nachttisch und Wand. Als sie den Nachttisch wegrückte, sah sie das lose Brett in der Wand.« Er schluckte und holte tief Luft. Auch auf seinem Kopf hatte sich eine dünne weiße Schicht aus Schnee abgelagert, doch Moström machte keine Anstalten, sie wegzuwischen. »Als wir das Tagebuch unserer Tochter gelesen haben, war alles anders. Wissen Sie, wie sich das anfühlt, wenn man plötzlich weiß, dass die besten Freunde, die, mit denen man sich abends auf ein Bier getroffen hat, mit denen man beim Angeln war, dass die ...« Er sprach nicht weiter. Tränen hatten sich in seinen eigentlich so strahlend blauen Augen gesammelt, die jetzt trüb und gebrochen aussahen. »Können Sie sich das vorstellen, Herr Rhodén?« Die Stimme war nur mehr ein Krächzen, einzelne Silben, die mit letzter Kraft hervorgebracht wurden.

Rhodén wollte diesem Mann, den er so schätzte, den seine Tochter so liebte, sagen, dass alles irgendwie gut werde. Aber nichts würde gut werden. Niemals mehr. Bengt Moström hatte das Liebste auf Erden verloren. Sie hatten gedacht, es war ein Unfall. Selbst das war schlimm genug, wenn die eigene Tochter im Alter von elf Jahren bei einem Unfall ums Leben kam und ertrank. Würde er je darüber hinwegkommen, wenn Siri plötzlich nicht mehr da wäre? Und dann, vierzig Jahre später – ein halbes Leben – hatten sie erfahren, dass es kein Unfall war. Siv hatte sich selbst getötet, weil sie es nicht mehr ausgehalten hatte. Weil die eigenen Freunde sie missbraucht und in den Tod getrieben hatten. Wie könnte da jemals wieder irgendetwas gut werden.

Moström war zum Mörder geworden. Sein Vertrauen in die Welt, in die Menschen, wahrscheinlich zu sich selbst war für immer zerstört.

Nichts würde jemals wieder gut werden.

Nichts.

Nie.

Rhodén musste sich räuspern, um den Kloß im Hals loszuwerden. Er durfte jetzt nicht mit Moström mitfühlen. Es ging um das Leben der beiden Kinder.

»Wir können über alles reden, Bengt«, rief er durch das Schneetreiben. »Aber lassen Sie zuvor die Kinder frei. Sie können nichts für all das, was hier geschehen ist.«

»Nehmen Sie mich mit!«, sagte Bengt Moström. Seine Stimme hatte sich wieder gefangen. »Ich bin für den Tod der vier verantwortlich. Ich allein. Karin hat damit nichts zu tun. Lassen Sie sie mit den Kindern wegfahren! Ich bitte Sie!«

»Herr Moström!«, rief Wilhelmsson. »Die Kinder sind unschuldig. Nichts gibt Ihnen das Recht, sie zu entführen.«

»Nichts gab Jan und Victor das Recht, meine Tochter zu missbrauchen!«, schrie Moström. Nein, das war kein Schreien, es war fürchterlicher, ein Speien, schrill, die Nacht zerschneidend. Es fuhr in Rhodéns Hirn und hallte nach und hallte und hallte, es schnitt sich regelrecht hinein und würde für immer dort bleiben.

»Nein, das, was Jan und Victor getan haben, war ein schreckliches Verbrechen, für das es keine Entschuldigung gibt«, sagte Wilhelmsson in ruhigem, aber bestimmtem Ton. »Jeder hier versteht, dass Sie ihnen nicht vergeben konnten. Doch dann zur Selbstjustiz zu greifen, das macht Sie nicht besser als Jan und Victor. Und wenn Sie die Kinder entführen, dann tun Sie den Müttern dasselbe an, was Sie selbst erlitten haben.«

»Wir holen nur zurück, was uns genommen wurde. Außerdem geht es den Kindern bei uns besser als bei ihren Müttern.«

»Herr Moström, wir alle verstehen Ihren Hass auf Jan und Victor. Doch zum letzten Mal: Linda und Olle haben damit nichts zu tun. Ihre Mütter sitzen in leeren Wohnungen, ihre Welt ist ein einziges schwarzes Loch geworden, bei jedem Anruf zucken sie erschreckt zusammen, weil sie fürchten, es sei die Polizei mit der Nachricht vom Tod ihres Kinds. Wollen Sie das den Müttern wirklich zumuten?«

Moström lachte. Oder hustete. Oder tat beides zugleich. »Jetzt können Sie sie ja anrufen und ihnen sagen, dass es den Kindern gut geht.«

»Bengt!« Rhodén schaltete sich wieder ein. »Wenn Sie die Kinder nicht freiwillig rauslassen, dann müssen wir das Wohnmobil stürmen. Aber wir wollen keine Gewalt anwenden, wir wollen nicht, dass irgendjemand zu Schaden kommt.«

»Ha, meinen Sie wirklich, Karin oder ich hätten noch Angst vor dem Tod, nach alldem, was uns widerfahren ist?« Moström schüttelte den Kopf. »Sie werden das Wohnmobil nicht stürmen, wenn Ihnen etwas am Wohl der Kinder liegt. Lassen Sie Karin fahren!«

»Ich appelliere zum letzten Mal an Sie!«, rief Wilhelmsson. »Denken Sie an die Mütter! Warum wollen Sie, dass es ihnen ebenso ergeht, wie Ihnen vor fast vierzig Jahren? Karla Asmussen und Viola Fridberg werden für etwas bestraft, was ihre Eltern verbrochen haben.«

Wieder lachte Moström auf diese seltsame Weise. »Linda geht es bei uns viel besser, glauben Sie mir! Karla ist eine fürchterliche Mutter. Linda muss aufwachsen in einem Netz von Schuldgefühlen, in einem Verlies unverarbeiteter Ängste. Karla hat all die Erniedrigungen, die sie durch ihren Vater und durch Victor erfahren hatte, über sich ergehen lassen. Sie hat sich nie gewehrt und hat Siv allein gelassen. Diese Frau adoptiert ein Kind, um damit ihren Schuldkomplexen Abhilfe zu schaffen. Und Sie glauben, Sie sei eine gute Mutter und habe das Recht, ein Kind aufzuziehen?«

»Haben Sie deshalb Linda entführt?«

»Sie soll es besser haben«, sagte Moström.

»Sollte sie nicht einfach Siv ersetzen?«, fragte Wilhelmsson. »Wollten Sie nicht alleine sein mit Ihrem Schmerz? Sollten andere das Gleiche fühlen wie Sie vor vierzig Jahren? Ist Lindas Entführung nichts anderes als billige Rache für das himmelschreiende Unrecht, das Ihnen angetan worden war?«

»Nein!«, rief Moström. »Nein! Linda soll es besser gehen. Es geht ihr jetzt schon viel besser.« Seine Stimme zitterte. Sein Körper. Alles. Und die Ursache war nicht die Kälte.

»Ich verstehe Sie, Bengt!«, sagte Rhodén. Er verstand nichts, aber manchmal muss man Tätern das Gefühl von Verständnis geben, um sie weich zu kriegen. »Was ich allerdings nicht verstehe, ist, weshalb dann auch Olle Fridberg entführt wurde. Viola, seine Mutter, wurde 1980 geboren. Sie ist definitiv unschuldig und hat nichts mit dem Tod Ihrer Tochter zu schaffen.«

Bengt Moström schaute den Kommissar lange mit leicht geöffnetem Mund an. Atemwölkchen kamen stoßweise zwischen seinen Lippen hervor und verloren sich irgendwo inmitten der Schneeflocken. Dann ließ er den Kopf sinken und sagte etwas, was die Polizisten nicht verstehen konnten.

»Was?«, rief Rhodén. »Sie müssen lauter sprechen.«

Moström hob den Kopf. »Linda brauchte einen Bruder.«

Rhodén sah, wie Wilhelmsson heftig den Kopf schüttelte, und erkannte, dass Moström weit weniger zurechnungsfähig war, als er bisher gedacht hatte. Die Wahrheit über den Tod seiner Tochter hatte ihn ganz offensichtlich völlig aus der Bahn geworfen. So schnell würde er nicht klein beigeben, was bedeutete, dass sie möglicherweise doch das Wohnmobil stürmen mussten. Aber das wollte Rhodén wiederum um alles in der Welt vermeiden. Wie würde Karin Moström reagieren? Alles war möglich.

In diesem Moment öffnete sich die Tür des Wohnmobils. Karin Moström stieg heraus, an jeder Hand führte sie ein Kind. Olle zur Rechten und Linda zur Linken. Sie wirkten etwas verwirrt angesichts des Blaulichts und der Scheinwerfer, die auf sie gerichtet waren, aber nicht verängstigt.

»Karin, geh zurück!«, rief Bengt Moström.

Doch Karin ging weiter, bis sie bei ihrem Mann stehen blieb. »Es hat keinen Sinn mehr«, sagte sie. »Das müssen wir einsehen.«

»Aber ...«

»Ich bitte dich, Bengt«, sagte sie und bedachte ihren Gatten mit einem milden Lächeln.

Und dann geschah etwas Seltsames. Karin Moström sagte zu den Kindern, dass sie sich nun wohl verabschieden müssten, woraufhin sie die Hände der beiden losließ. Wilhelmsson und Rhodén riefen Olle und Linda zu, dass sie zu den Polizeiautos kommen sollten. Die Kinder standen unschlüssig bei Bengt und Karin Moström und wussten nicht, was sie machen sollten.

»Na, geht schon«, sagte Karin mit Tränen in den Augen. »Eure Mütter warten auf euch.«

Linda Asmussen schaute zu den Polizisten, die sie zu sich herwinkten, dann drehte sie sich zu Karin und drückte sie fest, ehe sie vor Bengt trat, der in die Hocke ging, und ihn ebenfalls umarmte. Olle blickte von Linda zu Bengt und zu Karin, dann zu den Polizisten, und drehte sich dabei im Kreis. Er hatte eine etwas zu große Winterjacke und dicke Fäustlinge an. Schüchtern hob er diese und winkte damit vorsichtig.

»Auf Wiedersehen«, sagte er und es klang so anständig und höflich, als spräche er mit einem Onkel, der mal wieder zu Besuch war.

»Auf Wiedersehen«, sagten Bengt und Karin.

Während die Kinder langsam durch den Schnee zu den Polizeiautos stapften und sich dabei mehrmals umsahen, fassten sich die Moströms fest bei den Händen und warteten, bis die Polizisten bei ihnen waren, die ineinandergelegten Hände trennten und ihnen Handschellen anlegten.

69

Sie wäre gerne dabei gewesen, als Linda und Olle ihren Müttern zurückgegeben wurden. Es wäre ein Dank für ihre eigene Arbeit gewesen, in die Gesichter von Karla Asmussen und Viola Fridberg zu schauen und darin die Glückstränen und die tiefe Dankbarkeit zu sehen. Aber der Fall hatte Eva Wilhelmsson eines deutlich vor Augen geführt. Sie hatten so viele kaputte Beziehungen gesehen, zerstörte Familien, Misstrauen zwischen Menschen, die sich eigentlich vertrauen sollten.

In Charlottenberg bog sie am Kreisverkehr von der Bundesstraße links ab und fuhr am riesigen Shoppingcenter vorbei. Es war eine enorme Anlage und der Parkplatz wie immer voll, da die Norweger hier über die Grenze kamen, um sich mit für ihren Geldbeutel billigen Waren zu versorgen. Seltsame Welt – die deutschen und holländischen Touristen beklagten sich über die teuren Preise in Schweden, während es für Norweger ein Niedrigpreisland war. Auf der Storgatan fuhr Wilhelmsson durch den Dorfkern und verließ den Ort auf der Landstraße in Richtung Allstakan, oder besser gesagt, in Richtung Nirgendwo. Im Sommer blühten hier üppige Wiesen unter einem endlos blauen Himmel. Jetzt war der Himmel schwarz und dort, wo vor wenigen Monaten noch Blumen und Gräser blühten, begrub eine dicke weiße Schneeschicht alles Lebende. Sie fuhr langsam, denn die Straße war schon seit längerem nicht mehr geräumt worden. Immer wieder ragten Schneewehen weit auf die Fahrbahn. Es kam ihr nicht ein einziges Auto entgegen. Nach einigen Minuten war sie da. Sorgsam steuerte sie den Wagen auf den Schotterweg, von dem jedoch nichts zu sehen war. Zumindest hatte ihr Vater den Schnee in der Zufahrt etwas niedergetreten, sodass sie nicht einsank und schlimmstenfalls sogar steckenblieb.

Als sie den Motor abstellte, lehnte sie sich im Fahrersitz zurück und schloss die Augen. Erst allmählich sickerte die Information in ihr Gehirn, dass sie die Kinder tatsächlich lebend und unverletzt befreit hatten. Sie hatten es geschafft. Sie hatten es wirklich geschafft! Ein müdes Lächeln schob sich in ihr Gesicht. Am liebsten wäre sie hier sitzen geblieben und eingeschlafen.

Sie dachte an Jacob, der zusammen mit Nilsson und Georgieva, die nachgekommen waren, zurück nach Karlstad fuhr. Bald würden sie bei Karla Asmussen und bei Viola Fridberg sein und die Kinder zurückgeben. Dann wanderten ihre Gedanken weiter zu Karin und Bengt Moström. Sie hatte Rhodéns Gesicht gesehen, als sie die beiden Rentner mit gefesselten Händen in den Streifenwagen gesetzt hatten. Er war völlig konsterniert gewesen. Sie hatte seine Fassungslosigkeit, aber noch viel mehr seine Hilflosigkeit in seinen Augen gesehen.

»Ich weiß nicht, wie es Siri ohne Bengt Moström auf der Schule ergangen wäre«, hatte Rhodén gesagt. »Es wäre jedenfalls trostlos gewesen.«

Eva öffnete die Tür und stieg aus. Es hatte aufgehört zu schneien, die Luft war eisig, jedoch klar und frisch. Tief atmete sie ein und spürte das leichte Stechen in ihrer Brust, als die Kälte in die Lungen strömte. Im Erdgeschoss des roten Holzhauses brannte Licht. Sie trat ans Fenster und blickte ins Wohnzimmer. Im Ofen loderte ein heimeliges Feuer, davor der Sessel, in dem ihr Vater immer saß.

Es war Zeit aufzuhören zu schmollen. Ihr Vater hatte damals das Kind nicht gewollt, aber das war der Situation geschuldet und nicht gegen sie gerichtet. Und schließlich hatte er sich überzeugen lassen und war ein nicht immer leichter, aber doch zumindest geradliniger Vater gewesen, der sie zurechtwies, wenn es nötig war, und sie beschützte, wenn er spürte, dass sie seinen Schutz bedurfte. Sie konnte ihm nicht ewig nachtragen, dass er damals, in einer anderen Zeit, in einer anderen Welt, das Kind nicht gewollt hatte. Er war trotz allem ihr Vater. Und er war einsam.

Eva klopfte und trat durch die unverschlossene Tür, ohne zu warten, bis ihr Vater sie öffnete. Sie zog die Schuhe aus und gelangte in den Wohnraum, in dem die Hitze aus dem Holzofen wie eine Wand stand.

»Papa? Bist du hier?«

Auf dem Sofa lag eine Zeitung. Sie trat näher und sah auf dem Titelbild sich selbst zusammen mit Rhodén, wie sie hinter Absperrbändern aus dem Wald kamen, in dem Jan und Beata Asmussen hingerichtet worden waren. »Zwei weitere Tote – keine Spur vom Täter« stand in großen Buchstaben über dem Bild. Als sie die Zeitung in die Hand nahm, um den Artikel darunter zu lesen, hörte sie, wie die Haustür geöffnet und geschlossen wurde und Schuhe abgeklopft wurden. Dann kam ihr Vater mit einem Korb voller Holzscheite herein. Er wirkte nicht überrascht, weil er wahrscheinlich ihr Auto auf dem Hof gesehen hatte.

»Ich verfolge genau, was du machst«, sagte er mit seiner knorrigen Stimme und zeigte auf die Zeitung. »Habt ihr den elendigen Dreckskerl erwischt?«

Wenn er Bengt Moström kennen lernen würde, dann würde er ihn nie als elendigen Dreckskerl bezeichnen, dachte sich Eva, aber sie ließ es unkommentiert.

»Wir haben den Täter gefasst«, sagte sie stattdessen. »Die Kinder leben und sind wohlauf.«

»Gut so«, brummte Evas Vater und stellte den Holzkorb vor dem Ofen ab.

Eva beobachtete ihn, seine leicht gekrümmte Haltung, das Haar, das wie immer ungekämmt in alle Richtungen stand, die Arbeiterhose, die er wohl auch mit ins Grab nehmen würde. Er hatte sich in den letzten zehn Jahren kaum verändert. Doch wenn man ihn besser kannte, dann sah man, dass die Augen trauriger geworden waren, die Falten tiefer und die Haut grauer, seit Evas Mutter vor etwas mehr als einem Jahr gestorben war.

Sie legte die Zeitung weg, ging zu ihrem Vater und drückte ihn fest an sich. »Ich hab dich lieb, Papa!«, sagte sie, spürte die stoppeligen Wangen, roch die Einsamkeit, die in seiner Haut steckte. Dann löste sie sich von ihm, hielt ihn mit den Händen an den Schultern und blickte ihm fest in die Augen. »Das wollte ich dir einfach sagen. Und ich finde, dass wir uns wieder häufiger sehen sollten.«

»Glaubst du etwa, dass ich nicht mehr alleine zurechtkomme? Ist es das?«, murrte ihr Vater und machte sich los, um Holzscheite in den Ofen zu schichten. »Ich bin noch nicht so alt und tattrig, wie du denkst, und schaffe es durchaus alleine.«

Eva seufzte. »Das habe ich doch gar nicht gesagt, Papa. Ich will einfach, dass wir uns wieder häufiger sehen.«

Sie schnupperte. Ihre Nase hatte einen merkwürdigen Geruch eingefangen. Etwas roch verbrannt hier. Und der Gestank wurde rasch stärker. »Steht was auf dem Herd, Papa?«

»Wie? Was soll ...?«

Aber Eva achtete nicht mehr darauf, was ihr Vater sagte. Sie eilte in die Küche und fand einen großen Topf mit Suppe auf dem Herd. Sie blubberte und zischte und dem Geruch zufolge war der Boden des Topfes nicht mehr zu retten, weil er auf alle

Zeiten mit der Suppe verschmolzen war. Eva riss den Topf vom Herd und das Fenster auf, versuchte umzurühren, kratzte mit dem Kochlöffel am Topfboden jedoch über eine feste raue Fläche. Lange würde das mit ihrem Vater nicht mehr gutgehen, dachte sie sich. Dabei war er noch gar nicht so alt. Sie drehte sich um und sah ihn in der Tür stehen.

»Ach stimmt, ich war gerade dabei, eine Suppe zu kochen. Das hatte ich ganz vergessen.«

Entschuldigend und etwas verlegen lächelte er seine Tochter an, dann verbannte er sie barsch aus der Küche, schließlich sei das seine und auch die Suppe gehe sie nichts an. Etwas später, nachdem er eine Weile in der Küche geschrubbt und geflucht und geschimpft hatte, nahm er jedoch Evas Angebot, im Ort etwas essen zu gehen, durchaus dankend an.

70

Rache ist etwas Seltsames. Tief steckt sie in jedem Menschen. Sie ist ein Ventil, das, wenn es nicht geöffnet würde, dafür sorgt, dass man am erlittenen Unheil erstickt. Es muss geöffnet werden, es geht nicht anders. So denkt zumindest derjenige, der das Unrecht erfahren hat. Und er glaubt, das Leid, das man selbst erlebt hat, könne wiedergutmacht werden, indem man weiteres Leid in die Welt setzt. Leid heilt Leid. Aber so ist es nicht, denn Rache ist immer destruktiv. Rache zerstört, sie hilft nie. Vielleicht kurzzeitig, möglicherweise stellt sich für eine gewisse Phase ein Gefühl der Genugtuung ein. Doch davon wird das erfahrene Unrecht nicht rückgängig gemacht. Siv Moström bleibt tot. Und ihr Tod wird nicht weniger schlimm, wenn ihre Peiniger ebenfalls tot sind.

Bengt und Karin Moström wussten das und dennoch gaben sie wieder und wieder bei den Verhören an, dass es so sein musste, wenn man sie fragte, was sie dazu getrieben hatte, vier Menschen umzubringen. Immer die gleiche knappe Antwort: Es musste so sein.

Rache ist etwas Perverses. Sie gibt vor, dass sie sein muss, um ihre zerstörerische Kraft entfalten zu können. Dabei vernichtet sie den, der sie zur Entfaltung bringt, ebenso wie diejenigen, die ihr Opfer sein sollen.

Als könne Unrecht jemals wiedergutgemacht werden. Selbst das Gesetz, das Recht war dazu nicht in der Lage. Tief in Gedanken stapfte Kommissar Rhodén die Stufen des eintönig grauen Treppenhauses im Polizeipräsidium in der Styckåsgatan hinauf.

Sie waren weder an Bengt noch an Karin Moström herangekommen. Sicherlich, beide hatten die Taten gestanden. Sie hatten davon berichtet, wie sie auf das Tagebuch gestoßen waren und wie allmählich der Gedanke in ihnen aufgekeimt war, sich zu rächen. Irgendwann war der Gedanke so übermächtig geworden, dass sie zur Tat schreiten mussten. Sie hatten die Brandattacke gegen die Fridbergs und die Ermordung der Asmussens so genau und akkurat beschrieben, dass kein Zweifel daran bestehen konnte, dass sie die Täter waren.

Der Fall war gelöst. Alle könnten glücklich sein. Aber Rhodén war es nicht.

Da war zum einen Bengt, den er, nicht nur wegen Siri, sehr geschätzt hatte. Es fiel ihm schwer, in ihm den vierfachen Mörder zu sehen. Etwas in ihm wehrte sich noch immer gegen den Gedanken. Anstatt nun den Kindern in der Schule vorlesen und sie glücklich machen zu können, würde er wohl für den Rest seines Lebens hinter Schloss und Riegel sitzen und seine Frau, wenn überhaupt, dann nur noch während der Hofgänge zu Gesicht bekommen. Zum anderen wollte er sehen, dass es den Moströms leidtat, was sie angerichtet hatten, dass sie sich selbst ein Rätsel waren, dass sie zusammenbrachen und unter Tränen einräumten, wie sie sich selbst für ihre Taten hassten. Aber das taten sie nicht. Es musste so sein, war die einzige Antwort, die sie erhielten. Aufrecht, mit eingefallenem, aber ernstem Gesicht sagten sie es: »Es musste so sein.«

Rhodén stieg die letzten Stufen nach oben. Es war Freitag, schon drei Tagen waren vergangen, seitdem sie Bengt und Karin Moström verhaftet und die beiden Kinder befreit hatten. Er würde heute noch ein paar Berichte schreiben, dann würde er in den Feierabend gehen und das ganze Wochenende über nichts anderes machen, als mit Stina zu kochen, mit Kalle und Siri zu spielen und ihnen nicht zuletzt vorzulesen.

Viola Fridberg kam ihm in den Sinn. Wie sie ihn gedrückt hatte und nicht mehr loslassen wollte, wie sie heiße Tränen in seine Schulter geweint und ihn dermaßen fest im Arm gehalten hatte, dass er sich irgendwann beinahe gewaltsam von ihr befreien musste. Es war rührend zu sehen, wie Olle und Viola sich im Arm und sich aneinander festhielten. Auch Karla Asmussen hatte ihre Fassade fallen gelassen. Sie hatten schon Angst gehabt, sie würde ein weiteres Mal zusammenbrechen, so heftig war ihre Atmung gegangen, als die Polizei mit Linda vor ihrer Wohnungstür gestanden war. Linda hatte lange gezögert, ehe sie sich in die ausgebreiteten Arme Karlas begeben hatte. Vielleicht hatte die fassadenlose Mutter ihr Angst gemacht. Rhodén hätte es verstanden. Doch dann war sie Schritt für Schritt auf Karla zugegangen und ihr schließlich um den Hals gefallen, und Rhodén war sich sicher, dass Linda so schnell nicht wieder von zu Hause abhauen würde. Zumindest nicht in den nächsten Wochen.

Rhodén öffnete die Tür aus Milchglas, die in den Flur seiner Abteilung führte, und blieb überrascht stehen, da sämtliche Kollegen sich im Gang versammelt und ihn offenbar erwartet hatten. Paul Helland trat strahlend nach vorne und zog etwas hinter seinem Rücken hervor. Rhodén runzelte die Stirn, als er auf das Paar Boxhandschuhe blickte. Irritiert schaute er von einem grinsenden Gesicht ins nächste. Vor allem Wilhelmsson lachte über beide Wangen.

»Du wirst sie brauchen, Jacob! Und du hast sie dir verdient«, sagte Helland und drückte ihm die knallroten Handschuhe in die Hand. Dann klatschten alle und bald darauf löste sich die Runde auf.

Ratlos ging Rhodén den Flur hinunter zu seinem Büro, wurde jedoch von Wilhelmsson eingeholt. »Hier, das gehört zum Geschenk dazu«, sagte sie und überreichte ihm einen großen braunen Umschlag. »Es ist jedoch besser, wenn Helland es nicht sieht.«

Ihr Grinsen wurde noch breiter. Erwartungsvoll schaute sie ihn an und wartete, dass er den Umschlag öffnete. Rhodén zog vier Bögen Papier hervor. Nein, das war kein normales Papier. Es waren Abziehfolien, große Aufkleber. Auf einem war dreißig Zentimeter hoch das Gesicht von Stefan Nysell, dem Gerichtsmediziner aus Karlstad, abgebildet, auf einem weiteren Måns Sahlin, das dritte zeigte ein konturloses Gesicht mit einem großen Fragezeichen dort, wo sich eigentlich die Nase befand, und vom letzten Abziehbild schaute ihm lebensgroß der glatzköpfige Paul Helland entgegen.

»Was ...? Was soll das sein?«

Mittlerweile verstand er gar nichts mehr. Aber Wilhelmsson lachte nur und führte ihn in sein Büro. Und als er das Geheimnis sah, als er entdeckte, was dort zwischen Besprechungstisch und seinem Schreibtisch hing, als er endlich kapierte, musste er laut auflachen.

»Ihr seid mir Komiker!«, sagte er. »Und die Bilder, die kann ich hier ...?«

»Ja, die kannst du auf Fausthöhe auf den Boxsack kleben. Die Serie ist im Übrigen beliebig erweiterbar«, sagte Wilhelmsson, boxte ihm mit der Rechten in die Seite, ging in die Haltung eines Sparringspartners und rief, dass sie jetzt etwas von ihm sehen wolle.

Jacob saß auf der Kante von Siris Bett. Lange hatten sie sich über Bengt unterhalten und darüber, dass er nie mehr zurück in die Schule kommen und ihnen vorlesen würde. Siri wollte alles bis ins kleinste Detail wissen, sodass es Jacob schwerfiel, seiner Tochter begreiflich zu machen, was Moström verbrochen hatte, ohne auf all die Grausamkeiten einzugehen. Es gelang ihm nur teilweise und wieder einmal musste er sich eingestehen, dass er als Polizist tauglicher war als als Pädagoge.

»Ist Bengt also ein böser Mensch?«, fragte Siri und schaute ihn aus ihren großen braun-grünen Augen an.

Jacob strich ihr übers Haar. »Er hat etwas Böses getan. Ob er deswegen ein böser Mensch ist, das kann ich nicht sagen.«

»Wer beurteilt das, ob ein Mensch gut oder böse ist?«

Beinahe wäre ihm herausgerutscht, dass dafür nur Gott zuständig sein könne, doch gerade noch rechtzeitig fiel ihm ein, dass er an einen solchen ja gar nicht glaubte. »Das muss jeder für sich selbst entscheiden«, sagte er stattdessen.

»Dann wird Bengt in meinem Herzen immer ein guter Mensch sein«, sagte Siri. Sie drückte ihren Teddybären fest an sich und schob sich unter die Bettdecke. »Und jetzt lies mir vor!«

Jacob nickte und unterdrückte die Tränen, die ihm aufgestiegen waren. Er atmete tief ein, griff nach dem Buch, zögerte jedoch. »Ich hoffe, dass ich zumindest ansatzweise so gut vorlesen kann, wie es Bengt konnte.«

»Du machst das schon ganz ordentlich«, sagte Siri.

Und dann begann Jacob, seiner Tochter vorzulesen. Ein neues Buch. Ein neues Kapitel.

ENDE

Mehr über den Autor Johan Mattes und das Ermittler-Team
um Jacob Rhodén unter www.johanmattes.de oder
www.vaermland-krimi.de.